深度

惊心动魄三十多年国运家事纪实

李锦◎著

中国言实出版社

图书在版编目（CIP）数据

深度：惊心动魄三十多年国运家事纪实 / 李锦著.
—北京：中国言实出版社，2014.9
ISBN 978-7-5171-0743-9

Ⅰ.①深…　Ⅱ.①李…　Ⅲ.①新闻—作品集—中国—当代　Ⅳ.①I253

中国版本图书馆 CIP 数据核字（2014）第 190398 号

责任编辑：郭江妮

出版发行　中国言实出版社
地　址：北京市朝阳区北苑路 180 号加利大厦 5 号楼 105 室
邮　编：100101
编辑部：北京市西城区百万庄大街甲 16 号五层
邮　编：100037
电　话：64924853（总编室）　64924716（发行部）
网　址：www.zgyscbs.cn
E-mail：zgyscbs@263.net

经　销　新华书店
印　刷　北京毅峰迅捷印刷有限公司
版　次　2015 年 5 月第 1 版　2024 年 1 月第 4 次印刷
规　格　710 毫米×1000 毫米　1/16　24.25 印张
字　数　276 千字
定　价　78.00 元　ISBN 978-7-5171-0743-9

写在前面的话

这是一部关于以调查研究推动改革进程的书，是以我的蹲点经历为基础写出来的，全书用讲故事的形式，从头说到尾。

中国地大人多，历史悠久而且各地发展极不平衡，一套逻辑严密的概念或侃侃而谈的观点都有可能陷入“瞎子摸象”的陷阱，我多年的调查实践经验就是看见的基本上都是表面现象，只有深度调研才可能发现真相，从而求得真理。

作为一个身在基层做调查研究近40年的人，我深知调查研究是一件苦差事，说来容易，做来难，做好了更难；受罪不说，调研观点还有招致社会訾议的巨大压力；最难的，是一辈子坚持调查研究，不动摇，不懈怠。

我从20多岁就投身农村改革，经历毛泽东、邓小平、江泽民、胡锦涛、习近平五代领导集体，我写的调查报告得到过数十位国家领导人的批示。这本书中所讲述的事件是过来人的那种亲身体验。我有责任，给年轻人讲些调查研究的酸甜苦辣，苦乐忧患。做好调查研究既要有基本功，更重要的是要有独立自主、奉献报国的精神。

我属于老三届，下过乡，当过兵，也有混文凭的经历，但大半辈子做的是调查研究的事。我坚信自学重要，最重要的是会调查研究，尤其是学会在工人农民中调查研究，我是靠深入群众立身、靠调查研究起家、靠提出新思想吃饭的，所以至今仍然在一线冲锋陷阵，每天都在报纸、微博上发表自己的观点。我对调查研究的意义是深信不疑的，以至认定这就是自己的生命形态。

我的调查研究经历，是从 1976 年当新华社记者开始的。毛泽东去世后中国总是在转型，在突围。转型的起因、焦点、性质、动力是什么？哪些力量在推动这场变革，又是哪些力量在围困、在抵销这场变革的能量？我的思考一直围绕所有变化的中心，几乎没有偏差于焦点。因此我尽了一切可能的努力去到老百姓中蹲点，常在一个村庄或者企业一住就是 50 天，乃至改革开放后 23 个春节都是在农村调研中度过的。我总是想逼近中国现代化发展问题的本质，号准脉博，为国家提出对策，从而去推动那些突围的实现。就这样，做完一个再做下一个。当然，这些是以一个人的视角来说事的。

这本书依时间顺序，有两条线在交织。主线是毛泽东去世以后中国人追寻现代化的转折过程，包括我们称为中国特色社会主义理论的形成过程。我相信，细心的读者应会看到，我确实研究了中国改革进程中很多重大的问题。我自己的理论体系也可以视为中国特色社会主义理论体系的长河中一条微小的细流，为人们提供了有助于他们理解中国改革的事实依据。副线是我自己有关调查研究的实践与主张，一步步摸索其源、其流，是怎样形成的。譬如，最初属于战术层次的“第一个浪头新闻观”“三级朋友网”，属于战略设计层次的“新闻信息雷达网”“新闻调查过程论”；操作层次的“新闻典型全息胚论”“五位一体工程”；后来调查人才的三个层次、六条标准；到了新世纪提出的调查报告“十八字写作法”“发现思想、引领社会”的座右铭等等。直到我给中央关于金融危机的近万言建议获得采纳，我认定新闻传媒人追求的是“历史趋势的发现力、国家难题的破解力、社会进步的引领力”，为了这个价值观，我跌跌撞撞了大半生。尽管现在已经进入移动互联网时代，但是对我来说调查研究仍然是不可弃之的法定，我有许多故事可以印证。

一个民族的历史是思想者的历史。思想者的跋涉过程，是这个民族艰难前行的佐证。这本书对于那些对中国有深入了解以及有幸见证并了解改革过程的人，可能会引起对往事的记忆。万元户是怎样发现的，九间棚与沂蒙精神是怎样提出来的，“资本”这个最重要的经济学名词是怎样被解放的，治理西藏方略是怎样产生的，金融危机中抑制泡沫经济的建议是怎样为中央采纳的？在这些具体而细腻的第一手材料背后，展示了当时中国社会思想激烈碰撞甚至可以称为波涛汹涌的状态。

亲身经历是笔宝贵财富。年少时饥饿岁月的折磨，是我坚持长期为普通老百姓说话的基础。用心的编辑从网上搜索了我的这段经历，按时间与逻辑顺序排列，放在前面，变成全书的背景，把历史又向前拉了 10 多年。

我的调查研究形成重大影响是在胡耀邦领导改革的初期，成长中受到穆青、范敬宜等师长的莫大影响，我的父母亲与妻子为我做出的奉献，这些都是我终生感激的。这些内容成为此书的组成部分，附于最后。

这本书最初是给新闻理论界包括给大学的讲课材料。感谢北京大学艺术学院博士研究生李宁，他是沂蒙山区费县人，我在调研中所竭力宣扬的九间棚与沂蒙精神就是他家乡的事，他用两年时间来整理了这本书。我说，他记，一起琢磨，几经修改。这本书，实际上是我们两个人的作品。感谢北京新业文化黎雨女士的策划与言实出版社的支持。

我长期调研的地方是个圣贤辈出的地方，孟子关于大丈夫的标准：贫贱不能移，威武不能屈，富贵不能淫，对照当今好的和不好的社会环境，不能不让人感慨万千。在很多岗位，假以时日，谁都可以熟能生巧，但能做出多大成绩却和志向、气节相关，我走了大半辈子的路印证了前贤的格言，也用这句话来勉励后来人，特别是有志于报效社会的年轻人，愿你们比我走得更好、更远！

李　锦

CONTENT

目录

第一章 | CHAPTER 1

饥饿：个人与时代的记忆从未远去（1960—1977）

1960年春天，我8岁，那是我对饥饿体会最深的时候。

多年后，我看到米勒的名画“拾穗”，便想起拾麦的日子，想起那些拾麦的岁月，哪里是拾麦，简直是抢麦，是街上人在死亡的虎口抢回自己的生命，不是万不得已，怎会走到那一步?

诚民村的陈二舅叹一口气说，那年头不能提了，人都没有命了，不抢几把麦穗，能活下去吗？多少人便是在那年头饿死的。

第一节　灾难从吃食堂开始

我是 1952 年出生的，农历 5 月 13。我的家乡苏北淮河南岸的射阳县，据说名字由来于“后羿射日”的典故。上学刚刚两年，赶上大跃进后的大饥荒。中午放学回来，太阳一照，头晕眼花，走路摇摇晃晃。上学路上有条河，桥很窄，每次走到中间便两腿打颤，看到河里的水，心就发慌，趴在桥上不敢走，只有与同学相互搀扶着才敢过桥。过了桥，脚步便拖不动了。这种对饥饿的切身体验，是我一生都无法忘却的。浩然的《艳阳天》中有一句“饿得连自己的影子也拖不动了”，我很佩服这句话，这样的描绘，只有过来人才能够写出来。

一、五斗米道的“福音”

上世纪五十年代后期，左倾冒进思想在党内占上风后，一场接一场灾难接踵而至，中国农民饱受打击，1958 年下半年开始的吃食堂风刮起后，农民生活陷入困苦之中，极为悲惨。

人民公社成立后和吃食堂的开始，也正是我开始记事不久的时候，给我留下刻骨铭心的记忆。

我的家乡苏北射阳县兴桥人民公社成立，就在我们家东边五十来米的盐场上，有一万多农民参加了这场盛况空前的大会，每个人手里都举着纸做的小旗，高喊“人民公社万岁”，很多人嗓子都喊哑了。就是人民公社成立后几天的一个中午，父亲对放学回来的我说：“快，去黄奎德家，吃饭不要钱了。”我抱着铝锅飞跑到村中间开旅社的黄奎德家。吃的是大米饭、红烧肉，厚厚的一层油浮在碗面上，人们直吃得肚子打饱嗝。路过街上的外村农民也被拉来吃肉吃饭，他们不好意思，大人们就劝“共产主义了，天下一家，吃饭不要钱”。

接着大队也吃了一顿，大组吃了一顿。吃食堂的风很快地兴了起来，几乎所有的生产队都办起了公共食堂，有些人家把锅灶拆了，把自家的锅交给公家炼钢铁去了。

事情发展得特别快。第一顿吃的是红烧肉，第二顿是炒肉丝，第三顿是炒鸡蛋，往后便是蔬菜，一个炒韭菜，一个青菜汤。接着干饭吃不成了，顿顿是稀粥，粥里米越来越少，稀粥成了清水汤，食堂做粥的人就把大把的矾放在里面，表面上还是稠稠的。我们常对着粥汤看着自己瘦削的脸在汤中倒映着，往往喝到碗脚才见到几粒米，也舍不得咽下，在舌头尖上舔来舔去。

开始办食堂时，是把全组人的粮本、油本都收走，把粮油一起买回来。办食堂的干部常常在半夜里炸油饼吃，老百姓知道后都抱怨他们。大概过去一个多月，米也看不到了，从北方运来一批地瓜干，吃完了，便是整锅的胡萝卜缨子，后来便吃淀粉圆子，那是把玉米皮与杆子碾碎磨成面做的。

1960 年，中央派出许多调查组调查食堂问题，周恩来总理率领的河北调查组得出的结论是：绝大多数甚至全体社员，包括妇女与单身汉在内，都愿意回家做饭。胡耀邦赴东北调查的结果是：青壮年、妇女、老年人，甚至基层干部，没有一个说食堂好话的。河南省对一个模范食堂的调查结果是：全村32户，只有4户五保户和单身汉愿意吃食堂，其余28户都要求回家吃。

吃食堂这种做法，最早出于1700年前东汉末年张鲁之手，他实行“五斗米道”，在道路上饭铺里吃饭不要钱。毛泽东引用这个典故说明人民公社吃食堂是有来源的，这寄托着古代人曾有的梦想。但是条件不具备，往往带来的是灾害而不是福音。

二、大锅饭不够吃的无尽凄凉

食堂倒了，可粮本子上的粮食也早被食堂支走了。我们家开始买了1000多斤胡萝卜叶，吃完了便挑野菜吃。开始有马齿苋、盐蒿子，后来便挑一种带刺的曲曲菜，苦苦的，连猪也不肯吃。有人家开始吃树叶，剥树皮。我们家不远的合德镇有个姓戴的富农，家中藏有两罐银洋钱，饿得什么也没有吃的时，从地下挖出来，与人家换了两小罐咸菜，用咸菜和着水，喝了十多天，熬过最艰苦的日子。

抢麦穗

1960年我们家的日子过得异常艰难。县里在大跃进抽出干部带队到马鞍山炼钢铁，到福建去砍伐毛竹，父亲被抽去当伐竹连连长，一去就是大半年。母亲领着我们弟妹四个艰难度日，我是老大，8岁，妹妹6岁，三弟3岁，四弟1岁。200斤胡萝卜，60斤米就是我们全月的粮食，平均每人每天4两米，经常拿着瓢到邻居家借粮是我最感害羞而无法逃避的事。

现在开车从射阳县城合德朝南到黄沙河时，每到桥头我总要西望，那是诚民村，是我小时候拾麦子去得最多的地方。在大饥荒到来时，我随母亲一次次从大桥上过，到诚民大队的地里拾麦穗。

那一年，到了柳树飘絮的时候，家家户户断了粮。

饥荒的突然到来，射阳县兴桥街上的人苦极了。解放前本来就不多的土地早已被公社、医院、中学、供销社、食品站占满了，只剩下小河西边一个蔬菜队，也不再种麦子了，吃粮到粮公所买。灾害到来时，粮公所在供应最后一批从山东运来的地瓜干后，国家就再也没有粮食供应了，老百姓只得自救了。我们到乡下拾麦子吃，当时乡下人有土地，不容易饿死，街上反而出现饿死人的现象。

黄沙河北的诚民、西兴一带，沟渠多，土地肥，麦子也长得好。当一阵阵的热风把麦海推出道道金波，我们的眼看得都花了。我们经过没有收割的地边，乘乡下人转身的当儿，手伸出来一捋，很快地捋，等着看麦的人转过身来，麦穗已进篮子里了。人家割麦的人拿着镰刀，一把一把地往前割，“割麦不回头，回头无后程”，后面是本村的妇女、小孩，专门拾镰刀口掉下来的麦穗。等当村人拾完麦穗我们便一轰而上，在麦茬里寻找遗留下来的麦穗。这样拾一天也不过二三斤麦穗。后来，不等人家拾完，我们便跑到地里拾起来了，实际上是抢了起来。于是，乡下的人便换一种方法，只用一小部分人割，多数劳力在四周维持秩序，这些护麦的人都是五大三粗的庄稼汉，狠起来像凶神一般，手里挥舞着镰刀，谁敢抢先下地，便把你的篮子剐了。后来他们就挥舞着镰刀没头没脑地砍下来。旧社会，地主的家丁就是这么干的，现在是乡下干部们护麦。

然而，饥饿的人群也不在乎乡下人骂了，也顾不得脸皮了。只要麦田一开割，便冲到地里，在割麦人屁股后面拾麦穗，有胆大的竟和割麦人抢起来。甚至这边一开割，那边人便从麦田对面拔起麦子来了，连麦秸也一起拽进篮子里。四面八方的人像蝗虫般涌过来，一会儿，一块地便抢光了。气得乡下的干部带领壮工用铁锹、扁担挥舞着，少数抢麦子的妇女被打得头破血流，瘫在地上哭喊着，于是出现街上人与乡下人对骂的场面。抢麦大战变成对骂战争，有的人哭诉着一家快要饿死的状况，大家泪都流下来了，乡下的老人叹着气，说老天不让人活，大劫来了。

乡下人接受街上人抢麦的教训，于是白天派重点把守，在早晨天刚亮时割麦子，等街上人赶来时，一片又一片麦田早已割完了。这时乡下人笑话街上人懒。

于是街上人在第二天天还黑黑的便赶来了，在地边埋伏着，只要哪里一开镰，四面八方便涌现出无数街上人，像是天兵天将从天而降，一霎时便把麦田“吃”完了。乡下人恼火了，他们不再割麦了，见到街上人下来便先割篮子，像赶杀似的赶得街上人在田野里奔跑。母亲和姨母们带着我出来，让我带着篮子在远处的河边等着，她们用衣服兜子盛麦穗，跑起来也快。把麦子送到我这里，她们再回去拾。

麦收季节，拾麦子其实后来就是“抢麦穗”。那年我只有 8 岁，已经能干活了，三个弟妹都小，只有我能跟妈妈下乡拾麦子，挖野菜。

每天半夜里，天还黑黑的，便被母亲或姨母叫醒。太困了，有时被叫起来，我边钮衣扣边困得又躺下来，母亲便一哄再哄，用凉水浸湿的毛巾捂在我脑门上，让我快点清醒过来。

天黑得像锅盖倒扣下来，我被母亲拖着出门，跟着走。只听见街上“咚咚咚”的脚步声，没有一个人说话的，走在大桥的木板上，像是千军万马过桥似的。100 多户人到大桥头便分开了，西边到诚民、西兴，东边到友好、丰登、日新，北边到兴北、新东、新庄。我们家一般往诚民、西兴，因为我们家的干外婆家在这边。我被母亲拖着走，走过一片又一片麦地，我也跟着大人到麦田里抢麦穗，小小的手拔着麦杆，手划破了，流血了，也不敢喊。天黑黑的，根本看不清麦，只是用手拔麦秸。

乡下人来了！他们像凶神一般挥舞着镰刀、扁担，喊杀过来了，我们小孩便扔下篮子拼命跑着。有的鞋都跑掉了，光着脚在麦田里跑，留下一路血迹。我跑得慢，那扁担和镰刀带着“呼哧”的风在耳边掠过，乡下人心并不坏，见到我是小孩只是吓唬吓唬，真的把镰刀砍下来，我也早没命了。那一年，我家被乡下人的镰刀砍坏五六个篮子，不过没有人被砍，算是万幸。

有一天，过了兴北、诚民、西兴、青春等一个大队又一个大队，又饿又累，走得脚发酸头发晕，晕倒在地上。凉风吹醒后，想到弟妹们还等着野菜下锅，我又随着人流往西走。天黑了，等到地里已看不清野菜时，我才发现一起出来的大人一个也看不到了，赶快往回赶。路过乱坟场，萤火在坟顶一闪一闪的，出来觅食的狐狸与黄鼠狼窜来窜去，吓得哭了起来，黑天旷野里只有自己哭喊的声音。当时，路上常遇到大跃进新挖的农庄河和一条条深沟，沟沟坎坎，总转不过去。路上遇到同学王声洪的妈妈，与我是一个大组的，领着我回来。到家时已是深夜，母亲领着弟妹们瘫坐在门坎，弟妹们已睡着了。我见到母亲，眼泪像泉水一样流下来。

想起那些拾麦的岁月，哪里是拾麦，简直是抢麦，是街上人在死亡的虎口抢回自己的生命，不是万不得已，怎会走到那一步？

多年后，我看到米勒的名画“拾穗”，便想起拾麦的日子，引发我对故乡的思索。我觉得米勒画得不像，因为他画得太美了，他那融浑的色彩，显得太深沉了，太冷静了，特别是妇女很悠闲地弯腰拾穗，太富于诗意。米勒不了解灾荒与混乱那种拾麦穗，是一种抢夺与战争。当然，也没有见中国的画家画过那种场面。

那些场面，年长的人都记得，可是人们都不好意思说自己当时有过拾麦的经历，有抢和偷的意思，显得不文明。偶而闲谈起来，触及已经板结的伤疤，心总要有一阵痛被牵动。诚民村的陈二舅叹一口气说，那年头不能提了，人都没有命了，不抢几把麦穗，能活下去吗？多少人便是在那年头饿死的。

挖野菜

麦收时节，拾麦穗的日子仅仅是十天八天的，以后更长的是挖野菜的日子。

1960 年春天，是我们对饥饿体会最深的时候。1959 年 9 月，吃食堂过后接着是秋收减产，勉强把春节熬过去，到了三月里柳树飘絮的时候，家家户户断了粮。上学刚刚两年的我，中午放学回来，太阳在上头一照，头晕眼花，走路摇摇晃晃的。角头街木桥是用两块板铺起来的，很窄。我走到中间腿肚子打颤，看到河里的水，心发慌，头皮发麻，吓得蹲了下来。与同学们相互搀扶着才敢过桥。过了桥，出了一身汗，脚步便拖不动了。过了五、六年，我看到浩然的小说《艳阳天》中有一句："饿得连自己的影子也拖不动了"，我很佩服浩然的这句话，觉得他了解农村。那时候，我们便是看着自己在太阳下的影子，走不动了，看着，看着，眼就花了。

从建湖过来有个乡亲叫和尚头的，有一天在街南头路边倒下了。他是走路咚咚响的人，回老家数月不见，这个高大的男人挂着一脸的皮，吓得别人不敢靠近他。他瘫坐在地上哀求说："大爸大妈啊，有一口米汤喝，我就能回家了……"有人问，"你不是刚从家里来吗？回去干什么呀？"他回答说，"没想到天下都是没饭吃的地方。要死就死在家里呀。"大家默默地看着他走了，不久听说和尚头死在街南的草垛堆了，死得无声无息，也不知道死了多少天了。

我家粮食没有了，吃了几个月的胡萝卜缨子。到了三月，胡萝卜缨子也吃完了，野菜成了每顿饭的主食。荠菜、曲曲菜、马齿苋……

每天是一锅绿水，光捞野菜捞不出米来。有一天，几种野菜和在一起味道蛮好的。趁着高兴，我又到田野去挖野菜，被风一吹，肚里很难受，倒海翻江了，哇的一声吐了，全是绿绿的野菜水。

当时我只有 8 岁，老姨比我大 6 岁，堂姐桂英比我大两岁，她们领着我到河西边挑野菜。看我吐了，老姨便帮我擦嘴，用水湿了湿毛巾，放在我的脑门上，说歇一会就好了。老姨又挑野菜去了，让我在地上躺一会儿。可家里下顿还等着野菜，也不能回去。挖野菜时要不断的寻找，为了节省力气，便跪在地上用膝盖往前挪。头上的太阳像火一样炙烤着大地，实在因为虚弱，加上太阳在顶上晒着，挑了一会野菜，眼睛发花，直冒金星，一闪一闪的，腿发软，连沟也迈不过去了。我扶着南边的堤，站不住，竟倒下了，这是饿昏了。

等我醒来时，已是太阳落山了。起风了，天凉凉的，只听见肚里叽叽的响。老姨还在近处挑野菜哩，我们把野菜合到一起，桂英背着篮子，老姨搀着我，回家了。老姨说我晕过去了，在地上睡了一觉。母亲听了，赶快把给四弟的粥舀一口，我喝下一点米汤，甜津津的，马上便有了精神，又出去玩了。

三弟那时候三岁，咽不下野菜，整天歪着头，无精打采。吃野菜多了，拉屎拉不出来，一拉屎肛门就疼，哭着，喊着。见了野菜不敢吃，可是不吃就要饿死，边咽野菜，泪珠了边往下掉，母亲看了也掉泪。四弟才一岁多一点，没有奶水，每天给他喂一点大米粥，那是全家人的口粮余下的。喂完四弟，母亲用指头刮刮罐底，让三弟舔舔指头上那点米汁。

太阳一出来，白茫茫的一片盐碱，像下了雪似的，最多的野菜是盐蒿子。盐蒿子耐盐耐碱，碱很重，可它还是碧绿的。只有碱太重的地方，盐蒿子长成紫色的，那种盐蒿子太老，不能吃。在那些日子，得跑很远的地方去采。盐蒿头采光了，便采盐精子，也就是盐蒿的种子，晒干扬净后磨成面，掺在野菜里吃。过了清明，野菜越来越多，荠菜、曲曲菜、马齿苋都长起来了。

那时候，我深深体会饥饿的感觉。饥饿使人心慌，腿软，冒虚汗，手脚颤抖。而长期的饥饿并没有锐利的痛感，那是种慢性的虚脱。胃里没有食物，大脑被停止了供给，麻木了。这时对外界不再感兴趣，也没有欲望了。将要饿死的人知道，老师教的共产主义接班人、社会主义新农村，这时什么也不敢想了，只要能活下去，吃饱饭，那便是天堂了，能饱饱地吃一顿白米饭那便是“共产主义”了。

灾荒那年的麦收时节，遍野是拾穗的老人和孩子。那么多人拾麦穗，麦草尖上只有一粒麦，我们也舍不得丢掉。这时候闻到新麦的气息，大脑中便有种大难获救的感觉。

粮食没有了，我们亲戚中很多人都是在这时候饿死的。父亲的舅父王广如在家饿了十天，没吃一点东西，临到咽气时大声喊饿，总不瞑目。直到人们找来一小匙稀粥喂到口中，他才闭上眼睛，这样，他转世便不是“饿死鬼”了。有些青壮年也饿死了，有些人家老老少少都死绝了。

我们弟妹几个吃野菜多了，都饿得脸呈菜色，嘴唇发紫，患了青紫病。没有一点油水，肛门脱落，临到解手时弟妹们便哭得死去活来。三弟哭喊得一口气转不过来，憋死过去，久久醒不过来，邻居们说没用了，劝说扔了吧。母亲一手捂着三弟的肛门，一手狠命抓着头发，弟弟竟奇迹般地活过来了。

我有一次因吃野菜中毒，急性肠胃炎发作，被送到医院。有人说病床上刚死了一个小孩，用席子卷走了，你这个孩子命不强。母亲吓得把我从病床上抱起来，一直坐到天亮，泪也流了一夜。在那些饥饿的日子里，母亲总吃着野菜，仅有的米都让我们吃，遇到野菜饭不够了，她一口也不吃，常一、两顿饿着。我们终于奇迹般地活下来了。

我们那里地处黄海边，荒滩面积大，野菜多，死亡现象比其它地方还好些。而西边的建湖、兴化、高邮、宝应一带，灾民像流水一样涌来挑野菜，躲饥荒。

难熬的夜晚

回到老家狭长的院子，见到晾晒的衣服，又猛然间想起母亲。我们小的时候，母亲每天劳动量最大的便是拆洗被子，晒被子，缝被子。这些辛苦，都是弟妹们溺床为母亲带来的。

三年自然灾害时期，很害怕夜晚的到来。因为没有粮食吃，我们喝的稀汤水，尿就特别多，喝的水在夜里都尿完了，常常一尿半床被子都湿了。睡觉前，母亲总要提醒我们解手。可是睡到半夜，梦里总想到解手的事，有人追我，打架时自己便使劲地解手，解了一半才发现尿在床上，身子下面湿湿的，赶快起来。人越长越大，尿也越多，一尿就湿半床被子。我与三弟在两头睡，常两边发水，那就不能提了。我知道弟妹都溺床，没有被子换了，自己便忍受着，用自己身子把潮湿的垫被暖干，常常睡不着，到天快亮时才睡着。等母亲喊醒我时，都该上学了。一起床，我赶紧把这满是骚味的被子、褥子挂到洋条（铁丝）上晒。

天气渐渐冷了，母亲便忙着为我们做棉衣。晚上躺在床上，把弟弟们哄睡以后，母亲再起来做活，每个人棉衣的里子、面子要缀缀补补，再套棉花引线。孩子小的时候，自己不能系皮带，都是缝的布带子，挂在肩上，大的该钉扣子的钉扣子，都要做好，等天亮起来能穿上。忙活了这些，母亲再做衣裳，既是裁缝，又是针线工，一家七八口，过年都要有一件新衣裳，等母亲把这些活干完了，便是深夜一两点了。我们睡一觉也醒了，母亲再把小二子、小三子、小四子一个挨一个叫醒，嘴里“徐徐”地吹着哨子，哄着孩子解手。孩子们都是半夜里被叫醒，心愿意不愿的，迷迷糊糊地解完手躺下去，母亲再帮助一个个掖好被子。有的睡得很香被叫醒了，不愿意，还哭呀，闹呀。可是不叫醒也不行，否则这一夜又“水漫泗洲”了。就是这样，差不多每夜总有一个或两个尿床的。母亲预先把干被子准备好，等孩子们尿床了再换。

天亮了，母亲把尿湿的被子拆洗了，晾在外面晒。每天离开家，总见到堂屋里一大桶衣裳，一个搓板。为赶太阳，母亲一早便起来搓衣服，为了节省肥皂，总是使劲地搓，常搓得满头是汗。有时冬天要脱掉一个膀子的棉袄，才能使上力气。洗不完的一件又一件，母亲的手成天在水里泡着。我们看到母亲双手每个关节都裂开血口子，甚至连指尖上也裂开口子。母亲手上常贴着一块块胶布，有时血能渗出来。等到我们放晚学的时候，母亲总是在缝被子，三弟、四弟总喜欢在被子下面钻来钻去的，像小狗似的捉迷藏。这时候，母亲总催着我们去抬水、看粥锅。有时候，阴天没有太阳，母亲便在锅房里烘，一边烧火，一边烘被子，灶边总是放着鞋垫、袜子。每天晚上，把我们的鞋垫子放在锅灶旁，排成一队，第二天一早崩干，再替我们换上。冬天更麻烦了，潮湿的被子、褥子容易上冻，有时等我们晚上快要上床了，母亲还在锅屋里烤被子哩。

母亲总是这样，起早摸黑地忙着。也不知道她是什么时间睡的，有时都听见鸡叫了，或者黄沙河里轮船汽笛响了，她才打个瞌睡，母亲这时也不敢睡，一睡着了便醒不来，第二天一大家子的早饭，一大堆被子还都等着她呢。母亲常常是不脱衣服，就倚在床头上迷糊一会就起床了。

有时候，我也想插手做点家务，母亲总是不让，说男子汉念书就行了，不要婆婆妈妈的，那样没有出息。虽然母亲有时也与邻居说我“油瓶倒了也不扶”，但总是人家夸奖我学习用功的时候，母亲才这么说，母亲是在夸奖我哩。因为她总认为男的就应该读书求功名，不在乎做多少生活。后来，两个妹妹都很能干活，是受母亲的影响。

看到母亲这么累，我们有时说等大了就好了，这时母亲脸上很难得的露出点笑容，说“早点带个女人回来，就像秀风大姐那样的，你妈妈一辈子便是福份了”。秀风大姐是对门高大哥的女人，很勤快，也很孝顺，每天早上看到她为病重的婆婆梳头，洗衣服做菜很麻利，而且嘴也甜，从来都是笑眯眯的，没见到她发过一次火。我想，要找女人就要找秀风大姐这样的，将来能帮妈妈干活。我是老大，这是我的责任。嘴里没有这么说，可心里这么想，我长大了，一定要报答母亲。

在那些含辛茹苦的夜晚，看着妈妈和衣坐在床头在如豆的灯光下缝补衣裳，这是我永远记着的一幅画。我是看着妈妈怎么服伺我们，是怎样一把屎一把尿的把我们拉扯大的。

我们深情地热爱亲爱的母亲，是她带着我们渡过最艰难的岁月。后来，父亲回来了，我们的日子才见好转。

三、我在新华社整理过的关于饥荒的照片

江苏在全国灾情当时还不算最重的。据后来了解，1960 年 6 月 6 日，中国三大城市存粮维持销售时间：首都北京为 7 天，天津为 10 天，中国最大的工商城市上海几乎无大米库存！

1960 年 10 月 21 日，中央军委副主席陈毅在军委扩大会议上讲：“今年已经有几个省缺粮，秋收以后就缺粮，寅吃卯粮，明年会更缺了，有个怎样度过的问题。一个山东，一个河南，一个辽宁，一个河北，是最难过的，其次是山西，还有几个省。1958 年、1959 年几个大战役，把我们的存底挖完了，把我们的存粮箱箱柜柜拿来吃光了，又来了连续两年的灾害，所以引起困难，明年春天

又来了灾害怎么办？人民确实相当疲劳了，相当困苦了，情绪也很不好，劳动热情普遍不高，大家外逃也不愿意搞生产，需要我们军队帮一帮。”

后来，我当新华社记者30多年，跑了很多地方，了解到三年大饥荒是全国性的。整理过与大饥荒有关的照片，心情总难平静下来。

山东平邑县九间棚。在“瞎指挥”风兴起的年头，上面搞一平二调，搞大并村，很多村被逼赶到其它村。九间棚村在互助组后已盖起不少民房，在大并庄时全部被赶到山下的赵庄，两村合并。因生产、生活矛盾重重，无法相处，这个村的农民又全部搬回山上。可是，原来房子已被拆掉，木料被拆卸去大炼钢铁去了，全村几十口人只好搬回山顶石洞里居住，过着穴居山洞的生活。

山东平邑县九间棚村，在1958年大并庄时全部被赶到山下的赵庄。搬回山上时，房子木料被拆卸去大炼钢铁了，全村几十口人只好搬回山顶九间石洞里居住。

湖北红安县七里坪。“跑步进入共产主义”的口号使得无数中国人变得浮躁而轻狂。当时，甚至有人提出是中国先进入共产主义，还是苏联先进入共产主义的问题，干部们企图毕其功于一役，到处砍伐森林，大炼钢铁，使生存环境受到毁灭性破坏，为农村留下一片荒芜。七里坪是红四方面根据地的中心。在红军初创时，红安县有三万好儿女随红四方面军转移参加长征，有一万人把生命抛在战场上，这个县曾出过李先念、陈锡联、韩先楚、秦基伟等 100 多名将军，是著名的将军县。1959 年，这里的人民响应号召，为大炼钢铁把成片成片的树林砍光，运走木材，留下的是荒瘠的山地。兰桂珍，是当年闹红的积极分子，一家牺牲三个人。在大跃进时是砍伐森林的妇女营营长。党指向那里，就冲向那里，从来没有畏缩过。可是，晚年生活凄凉，面对当年砍代树林后留下的荒山，这位老人心中涌起的是失望与悲哀。

安徽省凤阳县小岗村。后来闻名全国的十八人秘密会议是在严立华家那破草屋里开的。严立华告诉笔者，在 1959 年吃食堂时，他家六口人，饿死了五口，父母兄弟都死了，他成了孤儿，是已经出嫁了的姐姐把他接走，才活了下来。他们公社从 1958 年 6 月开始办食堂，村里劳力被调走到哪干活，就吃住到哪，一点报酬也没有。数月间，夫妻分居，家人不能见面，工作生活都是军事化。秋后，食堂吃光了就吃“小秋收”和供应的豆饼了，口粮被公社调去做种子。1960 年春天，小岗食堂三个月没有开过饭。从 1959 年到 1962 年春天的三年中，小岗村有 60 人饿死，死绝 6 户，有 71 人逃荒要饭，逃离家乡。当时，村里活着的人连埋死人的劲都没有，只得将死尸扔到枯井或水塘里。到 1962 年夏天，小岗只剩下 10 户、39 口人，一犋牛和 100 多亩可耕地。

云南省盈江县的中缅边境。在这里，我曾遇到一位从缅甸逃回的中国妇女。她是云南腾冲人，原籍四川，家乡吃食堂后，出现饿死人的状况，她就是那一年出生的。父母怕她饿死，带着她要饭要到云南又逃到缅甸，得以生存下来。在缅甸发生战乱后，她又逃回云南，这时，新生的女儿正好一岁，还没有落地，便走上逃避战乱的路。她抚着孩子的脚说，我们吃尽了动乱的苦，孩子还不会走路，就没有立脚的地方，命太苦了。

四川省江津县。在1959年后，很多地方农民形成卖血养家糊口的习惯，出现一个个卖血村。卖血时，那些青壮劳力消削面庞与无神的目光，使人不忍直面。在一个血站，遇上一个十几岁的孩子，显得旁若无事似的，他已经习惯了这种生活。他说父母就是这样把他们养大的。

四川省江津县。在1959年后，很多农民形成卖血养家糊口的习惯，出现一个个卖血村。在重庆一个血站，遇上一群买血的江津人。

山东省高唐县王庄。“五风”席卷全国后，造成了多少人家流离失所，家破人亡，一个家庭甚至一个村庄都在饥荒中消失了。有的村庄，仅剩下断墙残壁和从生的杂草，就像沙漠中的高昌古城，使人觉得有人烟只是非常遥远的过去。高唐王庄村北的这户王姓人家，把六间房子都拆了，再拆，便什么也没有了。这门楼是老祖宗留下来的，好几代了，不能再拆了。一狠心，闯关东去了。1978年前，中国农民逃荒的每年达数千万人。秋收以后或春天播种后，逃荒的高潮一次次兴起，成千上万的人拖儿带女，逃离家乡。有的流落到东北与西北的荒凉地带开荒与打工。有的则沿着津浦、京广、陇海等铁路线流入大城市，沿街流浪，挨门乞讨。闯关东、走西口、下江南是鲁西北农民的三条出路。鲁西南济宁有趟列车，由济宁直达黑龙江的三棵树。房子木头早被人拆走，唯有门楼没有倒，这座纪念碑式的建筑，是被"借地度荒"挽救下来的。它就像圆明园遗址一样，记录着沧桑变化，诉说着造孽者的罪恶。我向县委翟瑞华书记建议，一定不要拆掉这个门楼，留着它作为批判极左思想横行的教材。

山东省高唐县王庄。"五风"席卷全国后，仅剩下断墙残壁，就像沙漠中的高昌古城。这户王姓人家，把六间房子都拆了。这门楼是老祖宗留下来的，好几代了，不能再拆了。一狠心，闯关东去了。

山东省茌平县城关公社的年集，我看到一个服饰高度统一的场面，清一色的农民，男人们几乎是统一穿着黄色的军服，带着黄色的军帽，四十岁到六十岁的男人有少数戴着"雷锋帽"的，也有头上扎着白毛巾的，那是标准的老农。大多数青年人都戴着黄帽子，就像新兵似的。这种服饰的高度一致性，是那个年代的特征。在文化大革命中，很多领导人穿着黄色的军装，连县委书记也喜欢穿着黄色的大衣上主席台，因为县委书记兼着县武装部第一政委。虽然文化大革命已经结束了，但这种高度统一的服饰仍在流行着。

……

山东省茌平县城关公社年集的农民，人们身着黄军服、军帽。服饰的高度一致性，是那个年代的特征。

当我整理这些照片时，心中一直难以平静。虽然这多是以后遇到的人和事，更多的是对那场浩劫的追述，然而这些也告诉我们，当时的历史是怎样的。恐怕在中国很多地方都有这样的记录，每一个六十岁以上的农民都能够讲述一大堆类似的事。那是以多少人的生命为代价留下的悲惨历史！中华民族到底应该从中汲取多少教训？

第二节　采访路上目击的贫穷（上）

黄、淮、海平原是黄河、淮河与海河冲积平原，北至燕山，南抵长江，西牵太行、伏牛山，东达大海，这是一片坦坦荡荡的大平原。晋、冀、鲁、豫、苏、皖六省近二亿人口生活在这片土地上。地势平坦，交通便利，气候温和，有着良好的发展农业的条件，是我国最大的粮食、棉花与油料生产基地。

但是，由于河流为患，特别是黄河肆虐，灾害频繁。近千年间，黄河多次泛滥，北夺海河，南夺淮河，留下大片黄泛区，历史上屡发生饥荒，是中国流民最多的地域。其中凤阳、阜南、兰考、东明、高唐、大名等县，都是有名的灾区。人民政权成立后，党和国家以巨大的人力、物力、财力治黄。但除了少数社队外，这一广大地区贫困落后面貌并未彻底改变，加以政策、工作上的失误，不少地方种地不养地，越种越薄，沙化碱化，加上人口大量增加，打的粮食比过去还少，农民不得不靠国家的供应、贷款、救济过日子。这是我国有名的“花钱靠贷款、吃粮靠返销，生活靠救济”的“三靠”地区。

一、兰考火车站外出逃荒的灾民

陇海线北、津浦线西的菏泽地区处在这片大平原中间地区。导致唐王朝复灭的农民起义领袖黄巢便是在这里起兵诏告天下的，宋江等梁山起义将领 108 人就有 40 多名出自菏泽。这在历史上一直是贫穷的地方，也是后来大包干发展最早最快的地方之一。菏泽地委书记周振兴是一个有见解的干部，他为很多学者、记者提供了所需的事实与观点。他在 1978 年曾向我介绍菏泽的困难情况：从 1955 年到 1977 年，购销相抵，净吃国家供应粮达 25. 638 亿斤。同一期间，花国家救济款 20636 万元，国家无偿投资 1. 17 亿元，免征农业税 9688 万元，发放农贷 7. 12 亿万元，积欠 1. 3 亿元。搞了 20 年的集体化，给国家背上沉重包袱，而农民的生活更苦。1977 年全地区社员从集体分配的口粮平均每人只有 301 斤，集体分配总值人均只有34元，无现金分配的基本核算单位占70%！这一年这里农村统销粮1.43亿斤。广大农民辛劳终年不得温饱。

从菏泽北上是山东的聊城、德州、惠民，河北的衡水、沧州，南下是安徽的宿县、阜阳、六安、滁县，江苏的徐州、淮阴、盐城，东去是山东的济宁、临沂、泰安、江苏的连云港，西行是河南的开封、驻马店、周口，情况与菏泽差不多。

1973年7、8月间，黄河泛滥，河南兰考、山东东明一带河水上涨，淹没河滩，也冲决一些河堤，黄河河南岸很多社队沦为一片泽国。济南军区舟桥团奔赴灾区抗洪，我取道徐州往兰考、东明采访。沿着津浦线、陇海线看到成群结队的农民埋伏在铁道线两边，遇到货车停下，便蝗虫一般涌上去，爬上车皮，把头埋下，随火车出外逃荒。

到了兰考是深夜二点，火车站上灾民把车站内内外外盖满了，使人没法挪步。有几个干部拿着喇叭大声劝着群众回家生产，在讲着道理，可是群众没有听的。这使人想起穆青、冯健、周原写的通讯《县委书记的榜样焦裕禄》中焦书记夜访火车站的场景，已经过去七八年了，怎么比那时更贫穷，农民处境更为凄惨？在兰考、东明一带黄河大堤上，灾民排成队等着领救济粮，人们多光着上身，裸露着瘦骨峋嶙的身体。十二、三岁的男孩都光着屁股，有的六七岁的女孩也是这样。躺在一个芦苇棚里，我看到两个女孩见人来了，躲到芦席里，仅露着头。一个老汉竟是光着身子，用一片麻袋用绳子围着下身。场景凄惨，这给我留下难忘印象。

随着文化大革命的深入和农业学大寨运动，中国农村更被推到极其困难的境地。中国农业走到崩溃的边缘，中国农民走到困苦不堪的境地。

1978年全国受灾，农民生活更为困难，这一年农村人口为8.032亿。全国农民人均年度纯收入仅有133元，其中90%以上为实物，货币收入不足 10%。

1978 年，每一个农民，一年中可以得到约 105 公斤粮食和若干麸糠，一天中可以吃到六两粮食和一把麸糠。这一年，全国有 4000 万户农民的粮食只能吃半年，还有几百万户农家，地净场光，就是断粮之时，从冬到春全靠政府救济加上借粮或外出讨饭度日。同是这一年，约有 2 亿人每天挣的现金不超过 2 角，有 2.716 亿人每天挣 1.64 角，有 1.9 亿人每天挣 0.14 角，有 1.2 亿人每人每天挣 0.11 角，山西省平鲁县，每人每天大约挣六分钱。（引自凌志军《历史不再徘徊》103 页）

每天一角钱的收入，是包括粮食、柴草、棉花、油料等等全部收入折算出来的。实际上，在不少社队，农民除了口粮外，再没有一分钱现金分配。如果社员有点家庭副业，自留地收入，还可以补充亏空，但在那个年代，都是门前屋后的树也入了公，农民没有其它任何收入，只那一角钱的分配，穷困窘迫之况当不难想象。

统计数字是有说服力的，但生活中的事实更能给人留下深刻印象。

二、夜不闭户无可偷

一个春节，已经当上新华社记者的我从阴历腊月二十二到正月初三在沂蒙山区一个村住了整整十天。亲眼看到农民是怎样过春节的，生活是怎样的艰苦。在这十天里，目睹那凄惨场面，心灵在一次次巨大的冲击中颤抖。尽管报纸不能刊登这些，但我还是一次次按动快门，记下那些使人看了心酸的历史。

大年三十，走进一个姓鲍的现役军人的家。一间大概有十二、三平方的小屋，屋角支着一张锅，四壁空空，因为烟熏火燎，墙壁黑得发亮。靠墙是一张木床，一家三口人挤在这张床上。床对面拴着两只山羊。因为实在太穷了，只好人畜同居，可以明显闻到家里一股羊粪的膻臭味。做父亲感到庆幸地说，老大到西安参军去了，家里比过去住得宽敞些了。

因为实在太穷，这户姓鲍的人家只能与羊挤在一间屋里，烟熏得屋子黑得发亮。可以明显闻到家里一股羊粪的膻臭味。

来到“老支前”王大爷家，正月初一上午十点。这是一座斜依在半山坡上的低矮草房，墙是碎石片堆起来的。老人在过年前两天没面吃了，嫁到山下的女儿送来一碗用豆腐白菜包的水饺。老伴90岁了，已病了很久，瘫在床上，听说闺女送水饺来了，嘴里直嚷嚷“水饺、水饺”，要起来吃。王大爷掀开被子，老伴竟一丝不挂，原来老人没有衣服穿，成天躺在这破被子里。只见大娘灰暗的皮包着骨头，肋骨清晰可辩，两条腿像是铁锨把一样细瘦。裹在她身上的棉被硬梆梆的，油光发亮。带我来的干部说：“没衣服穿，躺在床上两年了。也没好吃的，可命硬，今年九十岁，就是不肯走。”

就在87岁的王大爷扶老伴起床时，我随手拍下这张照片。屋里有种说不清的味道，像是霉味，又像是臭味，干部就把我拉到门外。干部向王大爷介绍我是新华社记者，北京来的。老人伸出双臂，抱住我双眼瞅住，连声喊“领导，领导”。我打量一下，老人脸上已布满老年斑，鼻涕流到胡须上也不擦，一根麻绳扎着黑棉袄，里面没有衬衣，光着身子。乡干部一把把他拉开，说把领导衣服弄脏了。老人很不好意思，忙伸出手替我掸，可又不敢，把抬起的手顺便擦了一下自己的鼻涕。

干部说，领导来看你日子过得咋样？老人说："好啊，有吃有穿，托共产党的福。"明明已经断粮，连过年也不能吃上一顿饱饭，老伴衣服也没有，还在为上面作掩饰。

老人听干部介绍我是北京的记者，大着胆问："刘司令还好吧？"我感到诧异。老人说，他与儿子一起参加过打孟良崮，打双堆集，又打过长江。儿子当兵，他是支前的民工。到南京他就回来了，儿子为刘伯承司令站岗，当了警卫班长。辞行时，还与刘司令一起照了照片。后来独生儿因没有文化，老是头疼，便主动要求回家。

听了老人的诉说，刹那间有一种负疚感涌上心头，我感到眼角发热。为了中国革命，老区人民做出多大的牺牲和奉献啊！没有他们，哪有新中国，哪有社会主义政权。可是，共产党打下江山后，他们的日子过得还是这么艰难！

沿着"老支前"家下山的路边，是抗日战争中老妇救会长王正英的家。老妇救会长病倒了，躺在一张床上。见来客了，想撑着起来，可欠欠身又倒了下去，没有力气。掀开她家的锅，从没洗的锅底能看得出来，煮过玉米糊糊，还有野菜。揭开面缸盖，大约有三四斤玉米面，地上篮子里是野菜，这家人因为缺粮食，一天只吃一顿饭，要到下午三点才做饭。老妇救会长不到六十岁，头发篷乱，倒在没有垫被的席子上。胃病发起来了，又没钱到医院去，就在家熬着。问她 1947 年带村里妇女去孟良崮支前的事，她光摇头。男人替她回答，头晕，记不清过去的事。枕边有三个碗，妇救会长不让洗，饿了就用舌头舔一舔，还能闻到玉米糊糊的香味。

接着，我们又找到支部书记老张的家，这个 58 岁的干瘦老头已当二十一年干部了。问群众为什么这么穷，他说“人懒”，问有没有办法，他说“一点办法也没有”。这个村处在山半腰，土地荒薄，小麦产量只有 100 斤，人均口粮 78 斤，老百姓靠借帐买返销粮。全村人均年收入只有 29 元，家产在 30 元以下的 13 户。这就意味着除去一张木床、一张破席、一床烂被和锅碗筷便一无所有了。村里有三十多个光棍汉，有的娶过媳妇，跟人家跑了。他家算混得最好的，有一堆地瓜干，从地上堆满东边半个山墙，还有三四个“山东白干”的酒瓶。与别人家不同的，他家有一扇门，很简陋的门，木条订的。他说，村子就是有一条好的——从没有贼，没有可偷的东西，所以也用不着关门。

他的 50 多岁的老伴一直在旁边，手插袖筒里，听我们拉呱。出了他家，乡里干部在路上向我介绍，这支部书记还是新郎倌，刚拜堂才 3 个月。他也当了二十多年干部，可他也当了二十多年的光棍。不久前，看这女人的老伴过世了，才把她接过来，这女人在人家那边已当奶奶了。乡干部还介绍，这支书年轻时就爱上过这女人，这女人也有点意思。后来因为他家太穷了，就跟了别人了。没想到三十多年村里一直穷，老张也说不上媳妇。也有说是老张有真情，在一直等着她。也有人说是女人看上老张家堆半墙的地瓜干，能吃几年。最后，老张还是得到这女人，日子过得还是蛮和顺的。乡干部说，城里文化人知道了这事，说不定能编出个梁山伯祝英台一样的戏文哩。听了这曲折又令人心酸的故事，我又折回身子，为他们在地瓜干堆前拍了一张“结婚照”，临出门时，这对夫妇直把我们送出来连声嘱咐“领导，好走”。

一个当了二十多年干部的人到五十多岁才娶上媳妇，这个村有那么多光棍汉，过多少年，这个村子就不会自生自灭了么。

路边上，这是一个老光棍汉，看着我进村又出村。干部说，他家里已经揭不开锅了，抄着手站在石墙前张望，等待政府救济粮食的到来。蹲着墙根，操着手，这是山里人的习惯动作。而穿着黄色的军大衣，头上的旧军帽，是上级发下来的救济物品。在沂蒙山区，无数次看到这样的镜头：空着黄色军大衣的光棍汉，在冬日懒洋洋的阳光下操着手，在石墙前张望着，像是等着谁。其实他谁也不等，就是在晒太阳。到了春节了，便是说等救济粮。地瓜干子倒是能填饱，就是没有白面，包不了水饺，过不去年了。

路边上，一个老光棍汉抄着手站在石墙前张望，等待政府救济粮食的到来。穿着黄色的军大衣，头上的旧军帽，是上级发下来的救济品。

其实，不单是光棍汉。在 1978 年，所有农户生活都很困难。这一年全国受灾，在农村，这样的老光棍汉已经无法找到媳妇了，连自己也养不活，谁跟他呀。不过，像这样操着手晒太阳的懒汉，银行是不会贷款给他的。在 1978 年，每一个农民，一年中可以得到约 105 公斤粮食和若干麸糠，一天中可以吃到六两粮食和一把麸糠。这一年，全国有 4000 万户农民的粮食只能吃半年，还有几百万户农家，地净场光，就是断粮之时，从冬到春全靠政府救济加上借粮或外出讨饭度日。

朝前说几年，整个七十年代的年终分配，真是可怜得很啊。秋季口粮，主要是地瓜。大豆基本上都被生产队留做饲料，给牛吃。花生也没有多少，不够零打牙的。剩下的就是鲜地瓜，地瓜是社员惟一可以分到的基本口粮。当时农民都愿意多种地瓜，其中很大一条原因是，政府在计算口粮时，鲜地瓜是按五斤折一斤粮食，实际上，五斤鲜地瓜可以晒一斤半地瓜干，等于赚了半斤的便宜。在整个 70 年代里，农民人人都生活在食物短缺的阴影里，大约三分之二的家庭要忍受饥饿。所以那时面黄肌瘦的人很多，营养不良而生病的人很多，出去逃荒要饭的人很多。

为什么那么多人外出讨饭？是农业生产受到严重破坏，家乡的土地养不活他们。很多社队农民年均口粮不到 200 斤，不出来乞讨只有饿死。而这个老光棍汉已经 50 多岁了，他说就怕得病，一病了就完了，只能等死。

这是我在沂蒙山区一个普通村庄的春节见闻。在近代中国，很多人都知道沂蒙山这三个字意味着什么，它是革命的代词。在抗日战争开始不久，徐向前、罗荣桓带领 119 师过津浦线，被敌人追得无处立脚，最后是沂蒙山区接纳了他们。因为这里穷，八路军是为穷人打江山的，沂蒙人民发自内心地拥护与支持自己的军队，沂蒙山养育了八路军，也养育了中国革命事业。解放战争年代，陈毅、粟裕领导的华东野战军被蒋介石部队从苏北追逼到沂蒙山区，也是这里的大山与人民掩护了子弟兵。红嫂用乳汁救伤病员的故事便是一例。

中国人民解放事业是在沂蒙山区揭开大反攻序幕的，从孟良崮战役、莱芜战役开始，以至淮海战役、渡江战役，在这场历史大转折中，沂蒙山区几乎家家户户都有人上战场。仅在淮海战役中，山东省就出动数百万人的支前队伍，出动小车 100 万辆，运送粮食，其中 60% 来自沂蒙山区，沂蒙山区在淮海战役中牺牲战士 4 万多人，民工数万人。沂蒙山区人民在最困难的时期，勒紧裤带，自己吃糠咽菜，把粮食送上前线，把自己的亲人送上战场，为中国革命做出巨大的牺牲。陈毅元帅建国后动情地说“淮海战役的胜利是老百姓用小车推出来的”！一次次告诫进城的干部与军队“不忘人民养育恩”。

可是，共产党打下江山已经几十年了，沂蒙山区农民群众的日子还过得这么困难。沂水沂源一带的群众对我说过，现在的日子不如陈老总在这里的时候，制订政策的领导们多是在铁路线上跑，在官员们安排的现场参观，很少到过这些最为贫穷的地方看过，丢弃了他们赖以生存与发展的土壤，背离了帮助他们成功的农民群众。

第三节　采访路上目击的贫穷（下）

民以食为天。接着灾荒与饥饿的是死亡的威胁。“穷是吵，饿是斗”，矛盾由此而生。农民在精神上也屡受打击而至失望与麻木，社会丑恶现象也接连出现，使得农村处在动荡不安与败落的状态。从 1971 年到 1978 年，我们一边报道农村“莺歌燕舞”的大好形势，一边目睹农村的贫穷与愚昧，心灵在截然对立的两种现实的巨大冲突中常常难以自安。

一、被遗弃的 108 个男人

我到过鲁西北 41 个县中的 39 个，几乎在每个县都遇到讨饭的。特别是在津浦线上的县城火车站附近，常常是讨饭的人聚集的地方。有次在禹城车站旁的饭店，仅仅20分钟就有13个人进来要饭。往往是服务员刚刚端饭上来，要饭的人便蜂拥而上，一起把手伸到你面前，那脏黑的手，使人恶心，有的背部裂开口子，血都渗出来。一个来自刘长子村的两姐妹，大的11岁，小的仅5岁，在我面前站了一会，其中大的女孩一下子跪在地上，说母亲病了，弟弟饿，悲哀的眼神使人可怜，我只好把新端上的水饺全部留给她。

为什么那么多人外出讨饭？是农业生产受到严重破坏，家乡的土地养不活他们。很多社队农民年均口粮不到200斤，不出来乞讨只有饿死。

在临清县康庄公社医院，我遇上医院抢救一位喝药水自尽的教师。当时，因为缺口粮，农村出现很多怪现象。胆大的有的砍公家树卖，有的到水利工地偷木材钢材卖，也有的到棉花收购站偷棉花。老实一点的就外出打零工，不要面子的便劝老婆孩子出去讨饭。这个教师本来是代课的，因为学生大多退学了，便在家中务劳。可他又是要脸面的人，不让妻儿出去要饭，眼看着家中口粮没了，到亲戚家借粮时又被羞辱一顿。一气之下，他喝了农药。亏得抢救及时才幸免于难。被救醒后，他还口口声声说“不怨天，不怨地，只怨自个没本事，不该养这么多孩子”，使听的人要掉泪。

因为贫穷，很多地方出现妇女成批外嫁的现象，使光棍汉迅速增多。茌平县王老公社民政干部统计人口时，发现在大王楼大队23岁至60岁的单身男人有108人，也就是说这个大队有108个光棍汉。历史上天灾战乱往往造成妻离子散的悲剧，那些漂泊在外，或死在他乡的多是男人，留下一群孤儿寡妇；而贫困造成的离散却是男人被遗弃的景象！

“108个光棍汉，这个村庄有多大？”当我听到茌平人介绍大王楼村有108条光棍汉时，极感诧异。

“这个村有200多户，600多人。”县委宣传部张宝海肯定地回答。

“是因为水质不好，残废人多，还是其它原因?”“水质也好，就是因为穷，逃荒到东北去的多。从1966年到1979年，只有闺女出门，极少有新媳妇进村的。”

我们知道，历代政权统治者总是想办法把农民稳定在自己的家园，以“安”字为要。安居乐业是政府、也是农民自己追求的理想。人民公社制度的建立意图之一便是依靠户籍制度把亿万农民固定在特定地盘上。然而，当物质财富到了极大贫乏以至生存无法维持的地步，户籍制度并不能阻碍农民外出的步伐。农民要么是揭竿而起，要么是逃荒要饭，舍此，别无它路。

在沂源县东里公社唐山山腰，我见到一个完全对生活失去信心的家庭，他们一家有五条光棍。老汉鲍延吉72岁，四个儿子，十一个孙子，当我第一天来到他家时，老汉坐在门口，一个医生到他门上要债。三个月前老伴病死了，欠下210元药费和30元的棺材钱，四个儿子拿不出钱，债主就逼老汉。老汉也怪犟的，说“你跟他们要，娘死了，归儿子出钱”，儿子们说“老的还在，钱由他出”，弄得医生急得直嚷“不像个人家”。我进老汉家一看，屋里的床是土块堆起来的，靠门口有一缸咸菜。他一边喝着自己熬的地瓜干酒，一边用舌头舔着大块咸盐，喝一口酒，舔一次盐。医生生气地说“你不还钱还喝酒”？老汉说“不喝酒，我活着还有啥意思啊”？

第二天又路过他们家时已是中午十一点。没有一个下地干活的，都在老汉门前下棋。这个光棍堂很有意思，清一色的黑棉袄黑棉裤，没有一个穿罩衣裳的。老汉摆擂台，儿子们都赢不过他。问他们为什么不下地干活，老大说“没啥干的。干也是白干，没有水浇地，全靠老天。修了十多年水库，都是替外村干的”。老汉补充说：“也不让开山砍树，不让养鸡，口粮买不回，只有国家救济，饿不死，就行。”

春节中午 11 点。在沂源县东里公社唐山山腰，我见到一个完全对生活失去信心的家庭，他们一家有五条光棍。

在农村有两件大事，一是能吃上饭，还有一件是能娶上媳妇。很多大队的党支部书记最焦心的便是这两件事。为了深入了解农村情况，我到陵县一个学大寨先进单位北小高大队书记家住下。他家也很穷，炕上只有席子，没有垫的，只有一床被子。他从一家刚结婚的人家借来一床新被，让我盖着。我们在炕上啦了半夜，他尽介绍怎样用转亲的方法为光棍汉找媳妇的事。

到了深夜一点，听到敲门声，进来一个面容憔悴的老太太，扑通一声跪在地上，直磕头。原来她儿媳喝药水还没死，请大队派拖拉机送到公社去抢救；她女儿要朝回跑，被邻村的婆家绑起来了，也请老支书找公社干部说话。老支书连忙起来忙活，等到他回来时天已亮了。原来是这位老太太的儿子快四十岁上还没说上对象，有个小妹妹才十六岁。正好邻村也有一户这样的人家，老支书出面介绍，让这个村的 16 岁女孩退了中学，嫁给那户人家，把那户人家的女儿换过来与她哥哥成亲。硬扭的瓜不甜，这两家常闹别扭。老支书一夜未睡便是处理这件事的。

第二天，老支书还领着我到小学校去看，介绍哪家有女孩，他哥哥将来就能换回一个媳妇。正因为老支书有这个本事，在村里威信很高，上级也对他满意得很。我问她，这样不符合婚姻法。老支书深深地叹一口气说，这二十年农村被折腾坏了，路歪了，只能用歪法子治，农村才能太平。

沂源县三岔乡有一户人家，哥哥残废在家，妹妹为了服伺哥哥，总不肯出嫁。想为哥哥换个对象，哪怕是聋子瞎子，她也情愿跟人家走。可是没有姑娘肯嫁给她哥哥，一拖再拖，她已经二十六岁了。村里是把她作为优秀女青年推荐给我拍照片的，说全村人都夸奖她是好闺女。了解清楚情况后，我哭笑不得，这怎么能报道呢？但是，为了给村干部面子，我还是把闪光灯亮了一次，为兄妹俩留下了照片。

在一次山区采访中，正是老百姓忙年的时候。见到远处走来一个抱着两只鸡的老大娘，后面跟着他的约有五十岁的光棍汉儿子。老太太也不与儿子搭话，只是自言自语地嘟囔着什么。走近了，才听老太太说的是“养儿不如养鸡”，反反复复就是这么一句话。虽然儿子每年也干活，可从来没从队里拿过一分钱

远处走来一位抱着两只鸡的老大娘，后面跟着她约有五十岁的光棍儿子。老太太只是自言自语地嘟囔着什么。走近了，我才听到老太太说的是“养儿不如养鸡”。

回来，穷得媳妇也娶不上。过年了，连拜祖宗烧的纸也买不回来。老太太养着两只鸡，山上有狼和狐狸，鸡活不了；把鸡放在山脚下的闺女家，平时，打油买盐都靠卖鸡蛋换。过年了，老大娘把两只鸡接回来，一起过年。

二、祖宗啊，保佑儿孙吃饱饭！

在农村越是贫困的地方，精神也越是贫乏，农村生活无着，只有乞灵于虚幻的祖宗魂灵与神仙，以祈盼来世转胎，脱离贫穷的苦海。很多地方农民情愿忍饥挨饿，哪怕把上级发的扶贫款花掉，把口粮卖掉也要把神仙敬起来。

在沂蒙山，我目睹一个村祭祖的热闹场面。也是一个春节的上午，在荒凉的山腰聚集着全村祭祖的人。当太阳有一竿子高的时候，近百号男人来到祖辈坟前。先是在各家近支先人墓前烧纸，在坟前摆着菜、肉与豆腐，插上香。然后在最老的祖宗墓前进行祭拜，由辈分高的村会计走上前去，默默地跪在地上，有人喊："祖宗，给您拜年了！保佑儿孙吃饱饭，说上媳妇。"接着是磕头，再磕头，三磕头。几个男孩目睹祖辈的架式，趴在地上一个劲儿地头碰地，似乎觉得很好玩，怎么也不肯起来，直到父兄把他们从地上拉了起来。

磕完头便放鞭炮。硝烟弥漫在整个山腰，很有城里开业的景象，鞭炮炸碎的纸屑铺满一地。在鞭炮炸响的时候，女人一哄而上，等到他们到祖宗坟前，鞭炮也点燃完了。大家散乱地站在石坎前，由会计宣读着这次祭祖的开支，共计 275 元。群众们听着，神情漠然，没有议论的，这也许是农村中唯一的一次没有争吵的摊派。读完后，人们便散了。这便是山村过节唯一的精神文化生活。

支撑农民人生的精神支柱，通常就是这样被一些有形的仪式巩固和强化着。当然，古老的迷信活动也是通过这些方式继承着。在最为贫穷的地方，也是迷信活动最为兴盛的地方。正是从这里使人看到，农民不仅面临物质上饥饿，精神也已陷入饥荒。面临的是双重贫困。

我讲这么多见闻，展示了这么多让人心碎的场景，并不是想暴露什么内幕，揭露黑暗，而是想说中国农村再这样下去是不行了，中国农民已走到了忍无可忍的边缘了。经过二十多年左的思想路线的影响，贫困与饥饿直接威胁农民的生存，农民精神上也已走到绝望的边缘，农村再也不能瞎折腾了，最好的办法是让农民休养生息。

对于1979年的农村形势应当怎么看？也许有人会提出，你是不是把农村说得有些过于困难了，是不是有个否认社会主义制度的问题。这里，让我们看一看邓小平是怎样论述的。邓小平在1982年对金日成说："我们干革命几十年，搞社会主义三十多年，截至一九七八年，工人的月平均工资只有四五十元，农村的大多数地区仍处于贫困状态。这叫什么社会主义优越性？因此，我强调指出，要迅速坚决地把工作重点转移到经济建设上来。"

1981年元月我去《人民日报》社送稿，发现编辑季音手中有一张表。全国60个年人均分配在50元以下的县，山东省26个，其中有19个集中在鲁西北平原上。因此在中国变化最大的是这一区域。在这期间，我每年都出发300天，先后去过鲁西北的800多个村庄，常骑自行车走村串户，报道的多是乡旮旯的事，拍摄的大批照片便可能成为这次大转折的原始记录，了解的情况也多成为第一手材料。以致后来领导这场大转折的邓小平在听取汇报后认为我是"有发言权"的人。

上世纪七十年代末的一个冬天，我赶往黄河岸边一个工地采访，遇到上河工的队伍。农民们打着红旗，推着独轮车，队伍浩浩荡荡，前不见头，后不见尾。突然前面传来吵闹声，队伍停下不走了。工地总指挥向县革委会主任报告说"有抗拒出工的，三个人"，主任不容置疑地说"先抓起来，押走"。一会儿，公安局的警车呜呜地开过来，人绑走了，队伍又前进了。他对同车的我解释说，对农民只有这个办法，逮起来再放。现在胆大的多了，不然就压不住台。

看到这种情况，我为矛盾激化而担忧。猛然想起陈胜、吴广揭竿而起就是发生在农民施工队伍中，心底不由得打个寒颤。

为什么农民情绪这样激烈，敢于抗上？这位县革委会主任介绍，从刮“五风”后，老百姓得到的实惠越来越少了。特别是1970年的北方农村工作会议以后，每年都要搞大规模的农田水利建设工程，国家的、省里的、地区的、县里的，最后是公社的。上面的工程还拨些款，到下面就纯是义务工。干一个冬天也没有报酬，虽然队里记工分，但没有现金分配，群众怨言日见增多。这两三年，农民生活更加困难，有些胆大的敢冒头反抗了。县里也拿不出好办法，只有先压下去再说。

在农村改革兴起时，我经常思考：在战争年代，亿万农民在极为贫困的条件下，能够跟随中国共产党出生入死闹革命，为解放全中国，有数千万人献出了自己的生命。而在社会主义时期却越来越不听话了，出现与政权消极对立的情绪。最后，他们敢于违背政府规定而偷偷地搞起包产到户，以至势不可挡。到底应当怎样认识农村改革发生的深层原因呢？

贫穷与饥饿对中国农村改革作了最广泛的动员。

第二章 | CHAPTER 2

行者：在希望的田野上千里走单骑（1978—1985）

1979 年 9 月 30 日下午，我正在章丘县绣惠公社路边饭店吃饭，有一个从平陵城公社来的司机说，今年黄桑院大队植棉的 13 个姑娘每个人分到 70 多元钱。

——几番波折后，这 13 个“包产到户”的姑娘当场领到现金，多的 80 多元，最少的也有 67 元。李山珍高兴得傻了似的跑到台上，问书记“这钱真是给俺的吧”。她活了 15 年，第一次手里拿到这么多钞票，竟孩子似地哭了起来。

三中全会前后，我在农村整整跑了 10 年，常睡在农家土炕上。

第一节　历史拐了一个大弯

一、不能刊登的真实画面

在中国现代史上，1976 年是一个十分微妙而又关键的年代。

从 1976 年 1 月到 1976 年 9 月的短短 9 个月内，中国有三位高层领导人相继离开了人世。先是周恩来总理于 1 月去世，然后是朱德委员长 7 月去世，到 9 月，毛主席也撒手人寰。随着这些领导人的去世和“四人帮”在 1976 年 10 月的被捕，一个新的时代开始了。

文革后期，毛主席亲自圈阅了一份报告，同意新招收一批新华社记者。已经数年没有吸纳新人的新华社从各省、各军区优秀通讯员中层层推荐选拔，我名列其中。这一批相继被招收的还有刘云山、徐光春、田聪明、蔡名照等人。

也是在这一年，我开始了自己新华社记者的职业生涯，落脚点是这场农村变革的核心地带。这一年我刚好 24 岁。

1976 年 10 月 3 日，我从济南军区转业到新华社山东分社。分社位于济南市中区大观园南边，只有两幢楼，地方很旧很挤，我住在洗照片的暗室外间，在烤片机旁放一张床，满屋的潮气与烤照片的糊味。虽然条件很差，但能在城里有个安身之所，还有了城市户口，我已很知足。

一到新华社，我便立即投入到农业学大寨的报道中。当时，大寨是被树为全国农业集体化样板的村子，投入大量人力兴建了大型引水渠等农业工程项目。华国锋提出要在4年内大干快上，实现农业机械化，历史证明这显然是一种乐观主义。

在新华社山东分社，我担任专门跑农村的摄影记者。可能是因为当过兵的原因吧，我这人行事风风火火，待人也比较谦和热诚，农民们都叫我为“小李记者”。几年间，一边报道农村“大干快上”的大好形势，一边目睹农村的贫穷与愚昧，巨大的冲突让我常常难以自安。

一个春节，我在沂蒙山区的一个村子住了整整十天。十天里，亲眼目睹了一个个凄惨的场面。尽管报纸不能刊登这些，但我还是一次次按动快门，拍下了那些令人心酸的画面。

1978年，中国历史不可思议地拐了一个大弯。

从农村到城市，一场名为“改革开放”的变革浪潮崛地而起，如河出伏流般跌宕起伏、声势浩然，浓缩了天下的雄壮与奇谲，形成20世纪人类发展史的奇丽篇章。

追溯这场农村改革的起源，还要从中原腹地一个偏僻小乡村的寒冷冬夜说起。1978年11月24日晚上，在安徽省凤阳县小岗生产队的一间破草屋里，借着昏暗的煤油灯，18位面带饥色、衣衫陈旧的农民，冒着巨大风险，在一张土地承包契约书上按下手印，打响了中国农村改革的“第一枪”。

历史的巨变往往出乎意料地肇始于这样一些偶然的小事件。当18位穷则思变的农民私结盟誓时，他们自然不会意识到，自己走投无路之下的无奈抗争，却拉开了一个时代的序幕。然而，这又是生活的必然，是几十年农村畸形发展到达极点的现实必然。当求生的闸门以秘不外宣的方式悄然打开时，一条条弱小却生机盎然的细流慢慢地渗入土地，肆意蔓延，集涓成流，最终轰然成势，浩荡前行，以毁灭一切又重建一切的巨大力量，冲破旧秩序的堤岸，涤荡出新的天地。

我搞新闻调研几十年，觉得天生的悟性与后天的勤奋都很重要，然而更重要的是对历史机遇的把握。在这种机遇到来时，你想躲也躲不了。在1978年后发生在黄淮海平原的农村家庭联产承包，是中国农村改革的核心地带。我此时分工搞农村报道，当时也没成家，整年在这一带跑，就像掉在新闻窝里。当时一批新华社记者因为接地气，了解下情，在这种机遇到来时，搞出不少成名之作。

二、马坊：更早的“小岗村”

在1978年，鲁西北平原的茌平县马坊村，有一群村民以与小岗村近乎同样悲壮的方式举起了“包产到户”的大旗。然而与后来载诸史册、殆为定论的小岗村相比，他们却早已被湮没在历史中。

1978年腊月，我无意间发现了山东茌平县马坊村“包产到户”的事情。

春节前，我在茌平县一个集市上采访，无意中听到两位老人在悄声议论“包产到户”的事情。我租来一辆自行车，一路尾随着老人来到了马坊村，发现了这里的惊人秘密。

鲁西平原上的茌平县，是黄河以北的一个贫困县，沙碱地多，以盛产圆铃大枣出名。马坊村便坐落在这片灾荒与饥馑频出的贫瘠土地上。1958年以来，这个只有15户人家、110亩地的村子已经连续21年靠国家统销粮生活。1978年，生产队棉花亩产只有7两，粮食亩产71斤。从60年代初开始，村里先后饿死过11个人，土地无人种，生活没着落，只能逃荒要饭。“马坊马坊，十年九荒；腰里没钱，屋里少粮；女的外嫁，男的逃荒”是马坊村村民生存状况的真实写照。

同小岗村一样，马坊村的转折也发生在一个寒夜。那年秋播拖了一个多月，迟迟没有落实，队里尚有不到二十斤种子，却没有人带领大家播种。全村中年人都轮流当过队长了，谁也不愿再为这出力不讨好的职位出头。管区派来学大寨工作组坐镇，催促马坊村选出队长来，可直至深夜，仍毫无进展。

几乎绝望之时，一位 80 多岁的老太太从人群中摸到台前，扑通一声跪在了工作组长面前：“分开过吧，过不好，俺要饭也不登你干部的门。”组长训斥：“你把公社的脸往哪搁？”老太太说：“俺饿死也不说是马坊的人。”组长气得脸扭到一边，可倔强的老太太就是跪着不起来。正是这沉重的一跪，让整个会场骚动起来。在场的管区书记闷声抽烟，不敢发火，然后猛地站起来，推门而出。有人喊道“怎么办”？工作组长无计可施，甩下一句“看着办”，跟着管区书记出了门。

就在当夜，马坊村 15 户人家自动分成了 6 个组，各管各家，队里不再统一分配。仅用三天，麦子便全部种下地。

从茌平回到济南后，我很多天都沉浸在发现马坊农民新创造的喜悦中，见到熟人便滔滔不绝地讲述起马坊村老太太的悲壮之举。当时安徽提出“省委六条”时，全国的政策仍然明令禁止包产到户，万里于 1978 年初在安徽允许各地继续缩小生产单位的规模。不久后，在四川，赵紫阳也提出了在农业生产中实行分散承包的“十二条”。但无论安徽还是四川，都只是将劳动单位缩至生产小组。我对马坊村的报道虽然写的也是生产小组，实质上就是“包产到户”。

没有料到的是，3 月 16 日，茌平县委报道组长张宝海突然出现在我的办公室门口，说是茌平县县委书记管春梅派他来的，一进屋，他便关起门来紧张兮兮地说："不好了，中央批'包产到户'了，管书记说马坊的稿子不能发，是掉脑袋的事情。"

原来《人民日报》3 月 15 日发表了一封署名为张浩的读者来信，后来人们称之为"张浩来信"。这封信明确反对包产到组，而《人民日报》的编者按语则明确表态：已经出现分田到组、包产到组的地方，应当正确贯彻执行党的政策，坚决纠正错误的做法。"张浩来信"如一盆凉水，浇在了刚刚燃起的"包产到户"星火上。我到新华社后所写的第一篇文字报道便这样无疾而终。如果当时稿件顺利刊发，或许成为中国农村改革起源地的便是马坊村了吧？

如果回到大转折时期的历史景深中加以测量，这一篇被毙掉的稿件，则是整个中国农村改革过程中矛盾斗争激烈、莫衷一是的缩影。

十一届三中全会时，有些干部已经主张进一步缩小劳动单位的规模，但高层的气氛仍然是坚决支持继续实行集体农业，当时农村实行"包产到户"的话题仍然属于大忌。一些党的领导人甚至担心，如果允许土地私有，贫苦农民最终会沦为佃户，剥削佃户的地主会重新出现，1949 年以前的农村问题会卷土重来。直到 1980 年 5 月，邓小平公开支持万里倡导的"包产到户"，整个形势才逐渐明朗。

1979 年秋，形势发生转机。这年 9 月下旬召开的中共十一届四中全会对《中共中央关于加快农业发展若干问题的决议（草案)》进行修改，并公布实行。有两处修改特别引人注目：一处是重申坚持按劳分配，反对平均主义的原则；另一处是将"不许分田单干，不许'包产到户'"改为"不许分田单干"。除某些副业生产的特殊需要和边远山区、交通不便的单家独户外，也不要"包产到户"。由"两个不许"变为"一个不许，一个不要"，对"包产到户"口气有所缓和，而且允许某些例外。

十一届四中全会一闭幕，我就来到了章丘县农村。新闻界传达的声音也在农村弥漫。在此前的半年内，“张浩来信”确如一盆凉水泼在刚刚点燃的“联产承包”的星火上，很多作业组都作鸟兽散。一开始，章丘县已经分开的数百个作业组又全部合并到了队里。可以说，从“张浩来信”到十一届四中全会这段时间正是农民最难受的时期，也是农村改革的低潮期。

马坊村农民的自发改革湮没无闻，也就成为情理之中的事情。

三、棉花姑娘的喜悦

十一届四中全会的召开使得按劳分配的思潮得到抬头，为农村干部壮了胆，基层开始出现干部鼓励农民联产承包的现象。这种现象在三中全会后第一个秋收时节刚出现，就被我碰上了。按照行内人说，我是抓到一条鲜活的“大鱼”。

1979 年 9 月 30 日下午，我正在章丘县绣惠公社路边饭店吃饭，有一个从平陵城公社来的司机说，今年黄桑院大队植棉的 13 个姑娘每个人分到 70 多元钱。我大为吃惊，要知道，从人民公社成立后，大队社员几乎都没有从队里得到过一分钱现金，一年竟然能分到 70 多元钱，这是一个很大的数字，是很难得到的新闻。

平陵城公社距离绣惠公社只有 30 里路。我与县委报道员陈玉先搭乘一辆过路运粮的拖拉机赶往平陵城。到时太阳已下山。我又从公社找了辆自行车，赶往姑娘们干活的地里采访。那是一块棉花长势旺盛的田野，人在里面看不到，大队长师振奎一声喊：都出来吧，天黑了，收工了。只见一群姑娘嘻嘻哈哈地从棉地里钻出来，扛着棉花包顺着狭窄的小道往回走，我倒退着走，抓拍了五六张照片。

路上，有个姑娘讲："说不定还有场生死搏斗呢。"我听到后意识到后面还有料，就将众人聚集到队长家谈话，一探究竟。

原来黄桑院大队的 13 个姑娘与大队签订合同，承包 70 亩棉花，联产到组。一开始她们干劲十足，春天"五定一奖"作业组解散后，公社又恢复大寨评工记分法，这些姑娘的情绪一下子低落下来。按过去计工方法，妇女劳力再强，一天也只能记 8.5 分。这时队长只好发话，说兑现的话还算数，姑娘们又生龙活虎起来。坐桃时棉铃虫猖獗，打药要天不亮带着露水下地。一个名叫李山珍的姑娘顶着繁星下地，天亮时已打了 3 遍药。喝过一碗稀饭又接着打，中午也不休息，最后累晕在地里。眼看棉花要摘花了，寻思着姑娘们要拿钱，村里人眼红，开始出现反对意见，说 13 个姑娘能分百十块钱，岂不是造反！反对最激烈的是两种人：村里壮劳力与干部家属。干部家属平时不下地，还记着 9 分。大队会计说每个人扯件的确良小褂哄哄她们就中了，分钱的事儿哪能当真。姑娘们哭开了，可没有人理睬。

赶巧，公社分管棉花生产的书记正为明年种植万亩棉花任务落实不下去而着急，一听说黄桑院大队棉花种得好，像遇到救兵似的，马上跑到队里看，要求大队算出账来，第二天要把全公社的生产队长召集起来开现场会。在干部家属们撑腰下，大队会计顶着不办。公社书记急了，深夜 11 点赶到队里，逼着会计算，会计磨磨蹭蹭，副队长、保管员也尽打岔，说不能这样算，不能那样算。书记看出他们是串起伙来成心糊弄他，气得火冒三丈一拍桌子，说，你们糊弄老百姓，还想糊弄我。今天算不出，天亮就撤你们的职。不换思想就换人，能当干部的不只你们几个。队长出来打圆场，说你们不要"弯弯绕"了，直算了吧。不到一泡烟的功夫，数字就出来了，每人奖励现金 140 元，为减小阻力，先发 73 元，余下的到秋后决分时再补。

第二天上午，全公社的生产队长聚到了一起，村里的老百姓也扶老携幼地来看分钱。书记的大嗓门响开了：“不是我抬举这十来个小妮子，是国家需要棉花。都干活不下力气，磨洋工不出产量，城里人吃啥穿啥，你们靠什么养活家小？经过了春，经过夏，大家看清了吧，还是靠责任制，要包干到劳，联产计酬，没有这法不中。”书记句句话讲得掷地有声，听得整个会场一片肃静。

这13个姑娘当场领到现金，多的80多元，最少的也有67元。李山珍高兴得傻了似的跑到台上，问书记“这钱真是给俺的吧”。她活了15年，第一次手里拿到这么多钞票，竟孩子似地哭了起来。

探明究竟，我立马赶回到分社汇报了此事，采编主任孙修纯认为这是带方向性的大问题，立即签发照片。12月17日，《人民日报》头版并列头条位置刊登了题为《棉花姑娘的喜悦》的照片，用了醒目的标题与全部文字说明。这是十一届三中全会后，《人民日报》第一次刊登落实分配政策的照片，引起社会各界的议论。章丘县委书记举着这张报纸在全县大会上说，《人民日报》、新华社都支持我们了，我们不用再担惊受怕了。今后没有实现联产到劳的一律照这样办，解散的要一律恢复起来。

后来我听说，这13个棉花姑娘一直把报纸藏在家中，一个叫李淑荣的姑娘还把报纸放在口袋里好几年。遇到有干部反对“包产到户”，她就把报纸拿出来示威。20年后，我重访时见她们仍然保留着这份报纸，说关键时候能镇邪，乡里人不敢找她们事。

《棉花姑娘的喜悦》是中国农村分配政策兑现最早的图片报道，后又为《中国青年报》、《解放军报》及其他国内27家大报采用，被评为1979年新华社获奖新闻作品。这则图片报道所揭示的黄桑村的一幕，是中国农村改革初期基层斗争的生动写照，从中可以看到早期改革进程的艰难曲折。

这个报道在我个人新闻生涯中，可以说是一次突破，多年以后

1980年秋，鲁西北地区41个县1300多万亩棉花获得大丰收，遍地是银山棉海。这是茌平县博平公社的棉田。

回望，我都把这个报道视为自己新闻生涯的转折点。从部队到新华社工作，我还保留着紧跟政策、按图索骥的采访习惯。十一届三中全会通过的新《六十条》（《人民公社管理条例》），是整个中国农村工作的纲领，也是新闻界宣传农村工作的纲领。我把《六十条》单行本带在采访包里，随时翻看，一条一条对照着搞报道。乍暖还寒的中国现实，虽然混乱依然，但是新的变革已经显现。我所写的“大寨县”报道稿却被成批退回，退稿单上的一行字十分显眼：“政策不是图解，而是实际生活反映。”《棉花姑娘的喜悦》终于让我意识到，最富有生命力的新闻来自人民群众的实践，而不是来自文件精神或者是衙门的介绍。也就是从这时候起，我完成了自己的思想蜕变，由眼睛朝上转为眼睛朝下，坚定地走上深入群众调查研究的道路。

第二节　蹲在鲁西北平原

一、第二次翻身　第二次解放

我投入到农村改革采访要感谢一个人，此人便是后来成为新华社总编辑的南振中。我刚到山东分社时，南振中也是跑农村的记者，年长我 10 岁。1977 年到 1981 年的 5 年间，我们两人常一起下乡调研。南振中爱读书，采访作风深入而细腻，每一篇稿件都写得一丝不苟，特别是以小见大的表现方法，令其文章颇具说服力。他常常得到穆青的表扬，新华社也常抽调他到总社开农村报道座谈会。因此他对中央许多新精神知道得快，对上层关于农村改革的动向了解得早。每次从北京回来，南振中常把记录本拿给我看，传达的基本上多是胡耀邦、穆青与杜润生这三个人的讲话。不仅开阔了我的视野，也引导了我调研的方向。我下的农村多，看的现场多，便经常把从农村带回来的故事讲给南振中听，与南振中一起分析。我们这种交流是“上得天光，下接地气”，搞起报道来，心里特别有底，几乎是“百发百中”。

1980 年的秋收时节，是检验“包产到户”责任制实际效果的时候，整个社会都在关注农村形势。

这一年 10 月 17 日，我取道德州来到夏津。出德州不远，便见到公路两边棉花竞相开放。到了夏津汽车站门口，映入眼帘的是望不到边的卖棉车，车挤着车，人挨着人。我抱着相机包从人群中朝前挪，常常要从棉花车上爬过去，粘得满身都是雪白的棉花。从汽车站到县委仅仅三里路，爬了两个多小时。

第二天上午，为了拍摄棉花丰收场面，我爬到收棉站30多米高的水塔顶上。棉叶枯黄，落了，留在杆上的都是雪白的棉花。展目四望，眼前简直是雪铺的大平原，土地被棉花盖得严严实实，几乎看不到黄土。横贯东西的马路和伸向南北的六条大路，都被卖棉的车队排满，像六条银色的河流汇向县城。眼下的银山都是几天内拔地而起的，去年40天才收购50万斤，而前一天在一天之内竟达到70万斤。远处农民拉着地板车，用竹竿撑起一块白布，让风推着棉花车，像一只只小船在棉海里缓缓行驶。蓝天之下，尽是银白，场面极为壮观。

我望着这秋收图激动不已，忽然听见下面有喊声。我低头一看，是个戴白毛巾的老汉："你多照几张，告诉党中央，俺农民翻身啦！"我招招手，表示听见了，内心也为农民这兴奋的情绪和飞扬的神采而高兴。

"没见过""没有过""没想到"，人们以这些话对形势进行描述。一年之间，荒地变棉海，农民多年愁容变笑脸。

下了塔，一下被群众团团围住。有人问："你是中央派来看俺大丰收的吧？你告诉党中央，俺日子好过了，不吃救济粮了，不给政府添麻烦了。"有个40岁左右的妇女手里拿着刚卖棉得的1419元钱的收据直擦眼泪。她指着身上缝有十几处补丁的衣服说："这还是俺结婚时做的，二十多年没做新衣裳了。结婚时是一间房子，现在还是。打入社起，哪见过队里分过一个钱呢。俺没能耐，使孩子们受罪了，这些年是怎么过来的呀。”说着抬起缀满补丁的衣袖擦着泪，竟像孩子似的抽泣着。在场的群众很久没有说话。过了许久，一位老大爷才擦擦眼眶说：“政策早来两年就好了。”

当时，在鲁西北棉区到处传播着这些振奋人心的消息。

“没见过”“没有过”“没想到”，干部也以这些话对形势进行描述。一年之间，荒地变棉海，农民多年愁容变笑颜，是什么力量带来这人间奇迹？入夜，我辗转反侧，无法入睡。干脆起身，在夏津县招待所铺着青砖的院子里，来回踱步，想着白天的所见所闻，心想应该把乡下的情况如何向编辑部汇报，让编辑与他一起分享这欢乐。于是，我深夜在灯下给编辑部写了封长信：“不管城里人怎么说这件事，乡下人的事实已经告诉我们，推行农业责任制已经为农村带来巨大的变化，这是一场激变。作为新闻工作者，我们不能不为农村的情况而兴奋。任何一个人，如果到农民中来走一走，看一看，一定会得出一个相同的结论，就是党的十一届三中全会的路子是走对了。农村大有希望，中国的发展前途也大有希望。”

后来，编辑部把我的信读了，还讨论过。我知道了，心里很高兴。编辑掌握着我们稿件的“生杀大权”，他们思想通了，我们在前方打仗的记者就更有勇气了，就更加有劲头了。

二、媒体突破坚冰

那时候，在鲁西北农村调查，每天都有一些新东西在撞击着自己胸膛，而这些东西总是以生动的故事进入自己视线的。茌平县杜郎口公社李寨村的一个小插曲让我心情久难平静。

当时丰收后的李寨村村民聚在一起舞龙灯，场面很热闹。新闻科张宝海、杜长之带着我到李寨村时，群众们已在场上舞开了，我拍了几张照片后便爬到房顶上，想拍张大场面。拍了几张，舞龙人步伐越来越慢，后来干脆坐在了地上。我站在屋顶上，风朝我这边来，凉得直打哆嗦。这时张宝海跑过来说，这帮人都是老头，村里30年没舞龙灯了，还是土改那年舞过，现在的年轻人都不会舞，这些老人就是土改那年舞龙灯的一帮人。土改时舞一次，“包产到户”又舞一次，整整30年，是个好素材，一下子唤起了我的兴奋点。我马上下了房顶，与瘫坐在队场上休息的老人们聊起天来。

一个叫李庆华的老汉讲起土改时那一次舞龙灯的情景。当时每家都分到十几亩到四十亩地不等，工作队把土地证发给他们，这12个贫苦农民都掉了泪。祖祖辈辈没有土地的农民有了自己的耕地，大伙都想乐一乐，于是舞起了龙灯。自从互助组后，硬要大伙牵牛入社，日子一年过得不如一年，想乐也乐不起来。后来“包产到户”，23年没有分过一分钱的李寨人从队里人均分到现金120元。粮也有了，钱也有了，老百姓又过上解放初的好日子。李庆华激动地说，这是第二次解放，第二次翻身啊！

“第二次解放，第二次翻身！”我与张宝海相视一笑，都体味到这句话的含义。张宝海说“又翻身了，还不舞欢些”？老人们一个个爬起来也不掸衣裳，说声“加把劲，把三十年的力气都使上”！举彩球的李庆华引龙头，忽儿贴地而行，忽儿俯首直扑，忽而陡昂头，引得围观的群众眼珠不停转动。陡然间，李庆华高喊“翻身了，解放了”！其他老汉也一齐跟着喊“翻身了，解放了”！这是1949年冬天他们齐声呐喊出来的。30年后，他们再次喊了出来。

李寨村的农民把联产承包责任制的推行看成是“第二次解放，第二次翻身”，是他们对自己生活质朴的感受，也是理性的归纳，更是整个中国农村生产力发展实况的写照。李寨农民的“第二次翻身”，喊出了时代的最强音。从1979年到1984年中国农村发展的历史证实了农民的预感，并为改革的总设计师邓小平所肯定，称之为中国的“第二次革命”。

新华社编辑胡颖是专门搞理论的，他写出文章对《十二老汉舞龙灯》作出高度评价，认为这是我鲁西北摄影报道的“点睛之笔”：

“画面上龙身虚了，有人看了感到遗憾。但这正体现出记者大胆创新的意图，他抓住真情实景的霎那间，大胆构思，敏捷决断，让游动的龙肚处于画面中心，晃动的老人撑于底下，龙身优美的曲线穿过大半个画面后，弯颈又昂起的龙首，穿过龙体，与右侧的火球相照应，这在耍龙灯的照片中可算是别具匠心之作。游动起来的虚影与龙身的曲线使画面生气动人，而舞龙灯的又恰恰是平均年龄63岁的12个老人，欢情快意跃于画面，30年不舞的龙灯又舞起来了，这正是农民第二次翻身喜悦心情的显露，虽不见人面，却也能看到农民内心的兴奋。这幅照片自然、生动的美是对常见的四平八稳构图完整的图片是一个突破，可见李锦创新的愿望与尝试。”

我回到济南与南振中会合后，二人决定兵分两路，继续到菏泽、德州、惠民等地采访，面更宽一点，以掌握足够的发言权。元旦前，两人一起赶赴北京，到新华社六号楼住下后便直奔《人民日报》农村部送稿。当时新华社分社与《人民日报》记者站是一家，分社记者同时也以《人民日报》记者名义发稿。我们把农村情况向“李老太”汇报。“李老太”叫李克林，是《人民日报》农村部主任，对农村改革情况很关心，也很支持。我把《十二老汉舞龙灯》等故事一个个讲出来，讲得生动感人，最后南振中再加以归纳。李老太当即决定采用我的一组题为《党的政策好，农村喜洋洋》的四张照片。没想到第二天，照片被撤了下来。我问为什么，对方称“领导不同意”。我急了，问为什么不同意。对方摇了摇头，南振中也立刻中止了我的质问。

后来南振中了解到，原因在于一位副总编说了句“不能给白如冰涂脂抹粉”。白如冰是当时的山东省委书记，对农村改革持观望态度，属于思想不够解放的领导。“文革”结束后没有被换掉的省委书记只有他与河北的刘子厚。我一时性子上来，就与李老太说，农村改革是老百姓干出来的，同白如冰没有多大关系呀。李老太笑着说，我与你看法一样呀，小李。当时南振中的心情更沉重，他写的长篇通讯《多年愁容换笑颜》还没有出手，也被压了下来。

到了 1 月 8 日，山东分社社长宫敬之传来消息，称中央领导人在进京路上到了山东菏泽，肯定了一年大翻身的变化，对“包产到户”表了态。南振中与我拿着电话记录又跑到了《人民日报》。李老太看后心里有了数，与总编辑沟通一下，当即让南振中代《人民日报》写一篇评论员文章，题目为《振奋人心的消息》。两天后，《人民日报》刊发了南振中的通讯与我拍的照片。自这组报道起，坚冰打破，《人民日报》开始大规模公开报道家庭联产承包了。

三、那个时代的亲民

1981 年，有一个突出的现象在冀鲁豫平原农村出现，这就是“鲁棉一号”的出现引发农民学习科学技术热潮的兴起。这是中国农民生产积极性爆发后，在生产力领域的大进军，也是生产关系调整适应和促进生产力发展的成功杰作。

一天，我随有“棉花县长”之称的茌平县副县长丁诺，到集市上为群众讲授棉花种植知识。讲完课后，有一个熟悉丁诺的农民说，“你讲的俺听不全，也不会记，小孩他娘也想听你的课，没空子来。你把明白纸给俺带回一张吧。”丁诺从准备发给社员的科技传单中抽出一份递给这位社员。没想到这张传单还没有接过来，半途便被人伸手截走了。丁诺又拿出一张，准备递过去。顿时，几十双手都伸向丁诺，群众喊着“给俺一张”、“丁财神，给俺一张”

散发科技传单的茌平县副县长丁诺，被急需科技传单的众多棉农团团围住。可见农村干群关系的新变化以及农业发展的新动向。

“棉花县长，我要一张”，场面极为热烈。我想拍张照片却被要传单的人流挤到一边，正在着急无法拍照时，一个小伙子架着自行车来抢传单，我拉着他的车把说，你别动，一会儿我替你要一张。我迅速爬上自行车后架，连续按下三次快门，接着就被人潮撞了下来。

我采访那么长时间，第一次遇到这么生动的画面。在推敲这幅图片说明时，围绕“棉花县长散传单”这七个字琢磨了很久。

正是农村联产承包责任制的推行，激发了亿万农民的生产积极性，使他们以空前的热情投入到劳动中，以“科技传单”为象征的科学技术成为农民最为向往、最为渴求的东西。农民要传单表达农民正向科学技术进军的实质内容，可以感受新的生产力的形成过程。众星捧月式会聚式的构图，可见农民“抢”的心情与渴求的欲望。反过来进行思考，我们便可以进入另一重境界。十一届三中全会的政治路线重要内容便是决定全党工作重点从大规模群众政治运动与阶级斗争转到生产建设中来。

这幅照片为《人民日报》头版头条刊登，后来还被评为 1981 年中国好新闻评比获奖作品与首届中国新闻摄影展览获奖作品，入选中国五十年瞬间精华优秀照片。

在全国农业生产体制的大规模变动中，鲁西北地区在 1981 年仍然一马当先，势如破竹，特别引人注目。这一地区是当时实行家庭联产承包责任制离首都北京最近、最大的一片地区，加上这一年天帮忙，太阳尽照着，没有阴雨天。秋季棉花丰收时间集中，气势大，此时如果加以宣传报道，可能就会形成推行家庭联产承包责任制宣传效果的最佳时节。我决定到自己的采访基地茌平县进行报道。

“哎哟，那个棉花啊，像海一样！”多次接待我采访的博平公社秘书杨朝国绘声绘色地向我介绍了博平棉花收购站的情况。这天上午来到茌平县，下午便有 13 个人到招待所找我，多是报道中接触过的熟人。我提出要拍一张棉花丰收大场面的照片，反映和留下中国 80 年代初推行“包产到户”的盛况，请朋友们分头替我看现场。最后选定了博平公社收棉站。博平是鲁西一个大集镇，这里收棉站有 400 多辆交棉的车子，远处还有 3 华里长的交棉队伍。如此浩浩荡荡的场面不但我从未见过的，也是报纸上未曾出现过的。

1981 年 11 月 9 日早上，中央广播电台的“新闻与报纸摘要节目”介绍了这条新闻。同一天，《人民日报》在头版头条位置刊登了《鲁西北地区棉花大丰收每天收购二十万担》的消息，编辑直接把图片说明改成简短的消息，照片放在头版头条上，加上《棉花县长散传单》一幅，占据了整个版面的四分之一。这天我正在新华社送稿，在院子里见到胡颖，他说蒋老给他打电话了，说这是新闻摄影界的大事，过去都是毛主席会见外宾才上这个位置，现在基层老百姓的新闻上《人民日报》头版头条，本身便是新闻。胡颖口中所说的“蒋老”便是中国新闻摄影学会会长蒋齐生，他是延安时期新华社的编委，资历很老，水平很高。在我心目中，他就是老舍、闻一多那样的教授，后来他写过多篇文章向报界介绍我的事，是我在新闻摄影界的老师。

第二天，人民日报又在头版发表评论“赞图片头条新闻”，这件事在新闻界一时成为人人关注的谈资。《人民日报》的这种破格处理，不仅使这一组图片成为中国农村改革进入高潮时期的宣传标志而为人们所牢记，而且被视为中国新闻改革的一个标志，在新闻界引起强烈反响。这个版面后来被评为1981年全国好新闻优秀版面奖，这是中国新闻界第一次进行这一奖项的评选。山东省委书记李振到新华社山东分社参加50周年座谈会时，盛赞了这幅照片，以此为例说明新华社对山东农村改革宣传的贡献，并向新华社表达致谢之意。

当时任新华社记者的徐光春在一篇文章中写道：“记者敏锐地抓住了落后的鲁西北地区棉花大丰收这一引人注目的事件进行报道，用生动的事实来证明党的三中全会路线的正确、农业生产责任制的威力。这些照片新闻性之强，说服力之大，不能不令人佩服记者的新闻敏感。”

四、比中央文件早一步

1980年10月，我遇到了一件十分苦恼的事，所有的稿件被编辑部压住不发，长达一个多月。

那时，中央发布了75号文件，文件发布当天，编辑便收到了我的《周村爱国大队社员承包养鹅》的报道。编辑开始很高兴，中央文件一发表，我们的记者便紧跟上了。但转念一想，这个记者也太神了吧，他的文章怎么能比中央文件还快？从济南寄到北京的邮件要在路上走两天，怎么可能与中央文件同一天出现呢？不可能的。于是编辑部议论纷纷，开始对我报道的真实性产生怀疑。有人提议，对这个年轻人的稿子先压一压，等他到北京来谈一谈。这一压，便压了十多篇稿件。

血气方刚的我听到老记者岳国芳带回来的消息，既愤怒又伤心，不禁脱口而出：“我为什么不可以比中央文件早哩，中央文件精神也是从老百姓中来的呀。”岳国芳连声劝：“小李，你沉住气，编辑是听中央的，这是习惯，你的认识比中央文件早，这个话不能说，是犯忌讳的。他们不了解你研究这么深，也很少有记者研究这么深的，编辑对你是爱护的，以后要多沟通。”老岳是解放初的老大学生，学识深，对我一直很爱护。听了他的劝告，我赶赴北京汇报了在基层调研的情况，编辑部由此对我了解更深了，关键时候我听老同志的劝，真管用。

这时候，新华社党组成员、摄影部主任孙振常夸奖我的报道有深度，找我谈话，让我写文章，他提出标题是“到深水里抓活鱼”。接着，又写了关于深入调研的几篇文章。其实，我之所以能比其他记者抢先一步，甚至比中央精神抢先一步，要得益于我常年在农民中跑，形成独特的新闻调研方法论。早期农村改革报道中，我已不满足于单纯的新闻报道，开始以更宏观与广阔的眼光看待这场变革，探索改革发生与发展的深层次原因，寻找改革进程中所体现出的种种矛盾。在这场新闻报道中，我总结出一些具有鲜明特色的新闻方法论，如“第一个浪头新闻论”“新闻信息网论”等都开始逐渐酝酿成型，写出理论文章，并逐渐引起新闻界的广泛注意。

在“第一个浪头新闻论”的指引下，我经常能抢占先机，迅速地发现新闻事件。像“第一个兑现承包政策的作业组”“万元户”“农民联户买拖拉机”“科技传单”“农民购销公司”“专业村”“电话村”等信息迅速涌到编辑部，成为新华社摄影报道的“第一个”。这些来自基层一线的新闻，事情小，切口也小，但反映的主题重要，内容新鲜，常常出现在人民日报头版上。

第三节　第一个报道万元户

一、算账算出来的“万元户”

1980年11月17日，新华社第一次发出“万元户”的传真照片。自此，“万元户”成为中国改革开放史上一个具有特定意义的名词。

中央新闻单位专门核实并拍摄这张照片的就是我。但作出这个报道，并非偶然，是我从大局出发调查出来的。

1978年5月11日，《光明日报》一篇《实践是检验真理的唯一标准》在沉闷窒息的中国社会引起了强烈反响。比它早六天，《人民日报》发表了特约评论员文章《贯彻执行按劳分配的社会主义原则》，将目光聚焦到按劳分配问题。多数人对后者所知甚少。其实，二者都在为十一届三中全会做理论准备，前者偏重思想理论，后者侧重经济理论。当然，后者的争论规模没有第一个那么大，而且比较顺利地取得了成功。当时一位中央副主席对《红旗》杂志两位交接班的负责人说：“论按劳分配和真理标准这两篇文章，不知是代表哪个中央的”。这句话印证了《贯彻执行按劳分配的社会主义原则》一文在当时的重要地位与作用。

1978年3月28日，邓小平与胡乔木、邓力群专门就《贯彻执行按劳分配的社会主义原则》一文谈了自己的修改意见，他认为“我们一定要坚持按劳分配的社会主义原则。按劳分配就是按劳动数量和质量进行分配”。“要有奖有罚，奖罚分明。对干得好的、干得差的，经过考核给予不同的报酬”，“为了一个目的，就是鼓励大家上进。”

党的十一届三中全会上关于要认真执行按劳分配原则的提法，事先确实存在着一个争论过程。在中央工作会议上，邓小平提出：“允许一部分地区、一部分企业、一部分工人、农民，由于辛勤努力成绩大而收入先多一些，生活先好起来。”把这段话与邓小平重视按劳分配理论争论联系起来，便可以较好地把握邓小平关于社会主义分配的理论。允许一部分先好起来的思想，是对按劳分配、多劳多得原则的一种发挥，是合乎社会主义客观规律的。

身在农村基层的我，与其说是敏锐地捕捉到政治发展趋势，不如说是直接感受到群众的真实需要，过去的种种组织上限制并没有给我报道的充分的自由。从实践上看，农民不敢富，也富不起来。

当时报道什么样的富裕户，也是需要慎重考虑的。有些经商或搞农副产品加工的人致富较快，在当时还不能予以报道，这些人属于过去的“投机倒把”之列，一时难以为人们的思想接受。如果围绕农业生产找出一个辛勤劳动而富起来的典型来报道，既符合国人当时的心理，也易为读者接受。人们从中甚至可以接受一个真理，这就是邓小平所指引的道路，是让中国人富裕起来的真理。

就在这时，一家种棉户进入了我的视野。

1980 年秋，在鲁西北平原，农民交棉逐渐进入高潮，不断传出收入上千元的喜讯。棉花价格上涨到每斤 2 元 7 角钱，且种植鲁棉一号良种，产量显著提高。尤其是高唐、夏津、临清三县，为当时山东种植量最大的县份。

临清全县植棉 34 万亩，单产超过 100 斤，国家定购任务 15 万担，这时已交 34 万担，形势一片大好。县供销社刘主任告诉我，说他听过有一家收入达到 8 千元的；我说想找找有没有超过 1 万元的。晚饭后，我到收购站找临时工们聊天。这些临时工都是从各个村子抽调上来的，对村里情况比较熟悉。我不问收入多的人家，只问谁家人口多、劳力多，谁家承包的土地多。交谈中，有个从赵塔头村来的男孩说他们村赵汝兰家有 4 个儿子、2 个姑娘，全家总共 10 个劳力，包地 20 多亩，交棉不少。

第二天一早，我便与公社财粮助理员骑车直奔赵塔头村。赵汝兰家住在村子外围，外面种了一片小树林，拴着五六只羊。走进家门一看，满院子的棉花，在阳光照射下，耀得人眼发花。赵汝兰见有客来，迎上前来握住我的手说："上级，今年政策太好了，一个是'包产到户'，劲儿有处使了，老老少少都出力。一个是棉花提价，对老百姓心路。"

当我问起收入来，赵汝兰就显得有点吞吞吐吐的，连声说没收几个钱。县委熊宝有干事向他解释："人家上级不是工商税务来收钱的，是了解政策好不好的，如果好，向中央汇报，明年还使这个政策，如果不对老百姓思想，就换个法子。"一听这话，赵汝兰这才消除了顾虑，兴致勃勃地向我介绍起家里的收入情况。

我们算账是从他家承包的土地算起的。赵汝兰家按人口承包了 21 亩地，自已又开荒 9 亩，30 亩都种了棉花。山东省棉花研究所就设在临清县，他们家用的都是研究所的"鲁棉一号"良种，棉花长得旺，质量也好，衣分高，每亩收获 220 斤，共收 6600 斤，多数是超售的，价格每斤卖 2. 6 元，收入 17160 元。再扣去成本，收入非常可观。"过万了！"当场激起大家一阵惊喜。"万元户啊！"我脱口而出。我们连算了三遍，第一遍是公社财粮助理用算盘打出来的，纯收入应是 13200 元；第二遍是我用钢笔在纸上算的，是 11239 元；第三遍是我们同时算的，又扣去剩下 5 亩未收而价格可能降为二级的，纯收入为 10239 元，我们便用了这个数。我的意思是留有余地，只要过万就行。他家通过套种、间种和补种等种了许多花生、芝麻、绿豆、地瓜，随收随吃，我们都未计在收入内。

赵汝兰一家边卖棉花边忙着置办家具，为小儿子结婚买了缝纫机、自行车，还为未过门的儿媳买了块上海牌手表。家里有 5 辆自行车，3 架缝纫机，2 块手表，2 台收音机。新盖了 6 间房子，计划再盖 9 间。赵汝兰说：“过去愁的是人口多，吃不饱，眼下愁的是劳力少。土地归公时，俺说了不算，什么都是队长发话，队长也听上头的。分配一拉平，工分多了也白搭，不值钱。现在终于是熬出头了，怎么种地，是自己的事，分配多少，也是自己的事。自己说了算，有权利了。”赵汝兰的话语朴实无华，我却从中体会到更深层次的内容。

赵汝兰的话说出一个重要的思想，就是土地归农民集体所有，但农民没有经营权与分配权，特别是不能实行按劳分配，只能长期捆在一起受穷。一旦实行三权统一，农民真正成为土地的主人，富裕便很快成为现实。

回到济南我要求发传真照片，领导很快就同意了。当时，新华社不能发传真，在济南只有电报局能发，发一张 24 元，相当于半个月工资。我是自己骑自行车送过去，在千佛山医院东边，很远的。1980 年 11 月 17 日，新华社以图片形式报道了我的这次采访，这组照片先后被国内外 51 家新闻媒体转载采用。自 1980 年秋后，“万元户”新闻在神州大地广为传播。随着秋收后农民收入普遍增加，到 1981 年 1 月以后，各家报纸纷纷登出自己的记者宣传万元户的报道。从此，“万元户”作为中国农村改革之初的特定象征被载入史册。“万元户”的叫法也在全国范围内流行起来，成为 20 世纪 80 年代最受关注的词汇之一。

万元户的报道，源于对邓小平“让中国一部分人先富起来”论断的深入解读，我认为“摄影记者是用照片做时代编年史的，没有什么比纪录时代重大变化而更令人振奋的了”。从一个家庭的变化，折射出一个民族、一个国家乃至一个时代的发展与变迁，这是万元户新闻的价值所在，亦是深入群众抓“活鱼”的价值所在。我觉得自己做的事，是对老百姓有用，也是能留在历史上的，心中是有种自豪感的，觉得多搞这样的东西，记者才能当出“味道”来。

二、农民朋友“王三万”

1980 年之后，农村推行联产承包责任制的成功，不仅给农民带来了巨大的物质效益，同时也为推动党员干部的思想解放提供了有力的武器。各级干部利用这个机会，向保守思想的最后堡垒发起进攻。

正当全国农村改革迅猛发展，广大群众欢欣鼓舞之时，国家农业领导部门的一些领导干部，依旧对“包产到户”持质疑与抵制态度。万里副总理当时就质问农业部的领导：“你到底要做人民的敌人，还是人民的朋友?”我接触到的基层干部，县一级的领导坚决反对者是少数，但在大队与生产队两级中持消极态度的人并不少。我深为这种情况忧虑，脑子里自然就想对这方面有所报道。王本跃的故事引起了我的兴趣。

王本跃，人称“王三万”，是高唐县梁村公社王庄大队的一名农民，也是农村承包责任制中先富起来的代表之一。农业学大寨时，王本跃每年出河工总是冲在最前面，是干部们青睐有加的一员虎将。1979 年初推行联产到劳责任制时，他却与全队唱起了反调，认为这是走资本主义道路。为了证明自己的看法，他要求成立集体组与联产到劳的小组对阵，看看到底是集体强，还是个人强。

王本跃组织了 6 户社员成立起一个集体组，自己担任组长，组员都是叔伯兄弟。刚开始，大伙心还比较齐，后来组员们下地干活开始变得懒散起来。无奈之下，夫妻俩只好亲自押阵带着劳力干活。年底一结算，联产到劳的小组，一个劳力分了好几百元，最多的分了 2400 元。王本跃的集体组一个劳力全年才分到 15 元，王本跃夫妻俩苦干一年，只分得 30 多元。

脾气倔强的王本跃不肯服输，决心在联产到劳上再比一比。1979 年拔完棉花柴，他便和妻子一起下了地，借来两辆牛车，干了一个冬春，动了 500 多方土，硬是把 12 亩高低不平的碱洼地，整成平坦的丰产田。早春二月，天上还飘着小雪，夫妻俩便把裤脚一挽，开始选墒造地。这年秋天，他承包的 23 亩棉花，收了 8700 多斤籽棉。分配加超产奖，共得 8100 元，一跃成了王庄的“冒尖户”。1981 年秋，王本跃交籽棉 1 万斤，收粮 1 万斤，收入超万元，人送外号“王三万”。

我第一次采访时，拍了“王三万”耕地的照片，发表后却反响寥寥。

1981 年 9 月 5 日，我又来到高唐县王庄，这次恰好遇到县委书记翟瑞华带领大队书记们来开现场会。王庄是县委书记翟瑞华的据点，他通过“户学王本跃，队学小王庄”活动，来推动全县生产责任制的落实工作。

现场会上，当王本跃说起县委、公社与大队干部对自己的帮助时，讲到动情处，这个 1 米 86 的汉子竟伸手擦起了眼泪，说：“党从来没有与农民心贴得这么紧过，干部从来没有这么好过，翟书记一年就到俺家二十次，帮俺出主意，想办法，从播种到秋收，掰着指头帮俺安排，留多少钱过日子，投多少发展生产，哪像个县太爷样，像个朋友，亲哥哥也不过有这么好哩。”听到王本跃的话，我心头为之一振。

“朋友”，多么真切地道出农民对干部的看法。从县太爷到朋友，党的形象变了。短短两年间，农民从一个真心帮他们落实责任制、脱贫致富的干部身上，重新认识了我们党，认识了重新回到人民心中的党。这是我们做多少工作也得不到的收益。过去我们让农民说党好，农民不说，现在没有叫他们说，农民自己说出来了。联想到几年前一次巧遇挖河队伍时见到农民反抗的情景，那时到处像铺满干柴，一点就着。仅仅过去几年时间，党群关系就发生这么大的变化，我是亲眼看到这种变化是怎么发生的，心中不由得生出许多感慨。

散会后，王本跃把翟书记拉到一边说，今年棉花多了，要排队几个小时才收，老百姓有意见。翟瑞华答应马上到棉花收购站解决卖棉难问题。此时王本跃的妻子正好装满一车棉花，随翟书记一起去棉花收购站。翟书记、王本跃二人与我都是老熟人了，收棉站也不远，他们就一路走，一路谈。路很窄，两人并排走也很拥挤。当时翟瑞华书记要王本跃放心，保证棉花能卖出去。看到他们两人表情特别亲切自然，我转身退到棉花地里抓拍了这张照片。

1981 年 10 月 9 日，这幅照片由徐佑珠、王呈选编发后，《人民日报》在头版以《冒尖户王本跃和他的书记朋友》为题刊发了这条图片新闻。新闻刊出后引起广泛瞩目。穆青当天就提出表扬，新华社也发出通报表扬。短短一个月里，就有 50 多批人到高唐来参观学习。

后来村里有人和王本跃开玩笑，说："你的照片上了报，当心成为王庄的姜冒富（电影《月亮湾的笑声》中的一个农民形象），说不定李锦也像那个城里来的记者，到时整你。"王本跃一本正经地回答说："不会的，老李是个老实人，翟书记是俺的书记朋友，老李是俺的记者朋友，咋会整我喃，俺信得过他。"

从 1979 年冬天我第一次到王本跃家，到 1983 年春节，五年间我去高唐王庄 13 次。每次都到王本跃家去，去时从济南带着点心给王本跃的老母亲，像走亲戚似的，晚上就住在王本跃家。坐在炕上与老大娘从老母鸡到小外孙拉起，一拉半个小时不动身，从老人絮絮叨叨的诉说里，了解农民喜欢什么，反对什么，盼望什么。经过我的多次宣传，王三万成了北京报纸上的名人。当时，"万元户"好像是我的专利，到北京后，老编辑们与我见面拉呱，总是问"万

图为人民日报头版刊发的“冒尖户”王本跃和他的书记朋友。

元户”有什么变化。《人民日报》夜班编辑保育钧在正月初一值夜班时，问起王三万家有什么新鲜事，我当场便说出十几件新事。保育钧说：“你写出来吧，写十件新事。”当时刚开始十大新闻，也算赶个时髦，我趴在保育钧的办公桌上当即写出《王三万家的经济与政治》，当即上版，第二天出现在《人民日报》头版中心位置。

第四节　市场经济在基层萌芽

一、千里单骑入农家

1981 年 11 月 24 日，正值寒冷的冬季，我开始了历时一年之久、骑自行车纵贯鲁西北的采访。我在这种下决心深入基层的调研中，发现了市场经济现象在农村的出现。

这次采访源自安徽分社尤淇、徐光春、王礼贶的启发。夏收时节，安徽分社社长尤淇带着记者骑自行车到凤阳县一路采访，此事得到了穆青的表扬。当时重视调查研究的穆青在新华社威信极高，他像一面大旗，指向哪里，新闻队伍便冲向哪里。我当时还不到30岁，浑身有股使不完的劲，觉得自己比他们年轻，也决意骑车下乡采访，想法得到已经是分社副社长的南振中的支持，他嘱咐我一定要发挥现场调查的优势，多发镜头式的现场新闻。

车骑到高唐，县委书记翟瑞华桌上放着一张《人民日报》，刊登着时任新华社内蒙分社农村记者刘云山写的一篇《夜宿车马店》的文章。翟书记说你们新华社记者真了不得，内蒙记者住在车马店，山东记者骑自行车下乡，新华社这种调研作风，真了不得。

我拿起县委书记桌上的报纸一看，这篇文章不长，却极为生动：

记者在暮色苍茫中来到车马店的时候，老远就听到里面传出庄户人爽朗的笑声和牲口的叫唤声。进店一看，宽敞的院子被进城来卖粮卖油的车辆挤得水泄不通。店堂里灯火通明，满屋子的人拉呱得挺热火。

车马店的老炊事员周二旦一边飞动着菜刀，一边乐呵呵地说："俺在店里干了十多年，天天跟庄户人打交道。过去庄户人眉头上挽着疙瘩，如今，个个膘得脸上放光。那些年住店的，多数人拿的是红（高粱）黄（玉米）面窝头，舀两碗开水就着吃；现在可不一般了，拿着白面馒头还嫌不顺口，还要到街上买块豆腐割斤肉，打二两白干，人家就图那个美气哩！"

……

这时，来自黄河边上十六股村的青年后生高兴宽接上话茬："过去队里年年不分红。有次俺爹进城，说要领俺去开开眼。到了街里，一不敢进商店，二不敢进饭馆，兜里空空，怕看了眼馋。这回俺进城，一次就卖了3000多斤油料。"说到这里，高兴宽拍拍自已鼓囊囊的上衣口袋。

看完这篇署着“新华社呼和浩特 1981 年 11 月 30 日电”的报道，一股愧疚涌上来。人家是文字记者，写的多有现场感。自己成天在现场跑，却写得干瘪瘪的。我这个人有个脾气，总是自责，觉得自己该努力的都没有把劲使出来，或者没有使好，心里就难受，为什么人家能做得比我好呢？总是这么要求自己。刘云山做好了，我得跟他学。

1982 年 1 月 23 日，我骑着自行车来到陵县。严冬傍晚，天冷得让人说话发颤，进门一烤火，手指钻心地疼。县委招待所的人都回家了，我是第一次到陵县来，办公室的人把我直接带到县委书记高传杰家。县委办公室主任莫振奎从家里端来一大碗面条，上面打了两个荷包蛋。我说吃饭的事不着急，先替我推荐个好的大队党支部，我要看看生产责任制后集体作用是怎么发挥的。莫振奎脱口便说“张西楼”。我又提出，我要住到老百姓家里，看他怎么过年的。莫振奎听说要住老百姓家，惊讶地说，老百姓家条件差，晚上回县委值班室住吧。我忙说，我们内蒙记者还住在车马店哩，离老百姓越近，越能写出好文章。

这一年 1 月 1 日，党中央一号文件正式宣告了“双包到户”责任制的合法性，高奏凯歌的同时，文件还不无担忧地指出：“最近以来，由于各种原因，农村一部分社队基层组织涣散，甚至陷入瘫痪状态，致使许多事情无人负责，不良现象在滋长蔓延。这种情况应当引起各级党委高度重视，在总结完善生产责任制的同时，一定要把这个问题切实解决好。”看到一号文件后，我意识到，党在向我们部署新任务了，农村基层组织涣散会成为新的经济体制难以顺利建立起来的原因之一，如果这个中间层次立不起来，就不容易形成完整的新体制。我得想办法用事实来破解这个难题。

问题该如何解决？张西楼的见闻恰好提供了这方面的思路。张西楼大队是德州地区脱穷致富的先进单位。这个村与我一路上看到的多数村庄有明显区别，大队部比较气派，村中街道很宽，规划得很好。大队有蔬菜队、食品厂、养牛场与机耕队等，集体实力比较雄厚。陪同的新闻干事杨光来介绍，这个村的特点是“统”得比较好，队里机耕、浇水等实现了五统一。大队书记张万泽不仅有管理水平，也有主张。别人“顶牛”时他不顶，组织好社员承包土地；别人“放羊”他不放，把集体经济抓得紧，公共财产一分钱也不让分。

除夕夜，我在张西楼看到一个极为生动的场面。当地老百姓习惯在晚上烧起几堆大火，燃放鞭炮，驱旧迎新。7 点天黑后，5 堆篝火便在村中 5 个路口燃起来，全村 500 多口人都出来了。爆竹声从全村每个角落响起，几十枚彩炮在空中开花，地上一片红光。一个老汉把 4 个鞭炮整齐地摆在地上，硬拉几个青年人来点。他们推辞说：“大爷，你高兴就多点几个吧。”老汉急，朝他们说：“给钱给肉，你们都不收，点几个鞭炮也不肯，我没法子报答党员啊！”这几个社员只好与老汉一起点，只见 4 股青烟冒处，4 个“穿天龙”带着呼啸声冲天而起，老汉哈哈地笑得特别开心。

大队书记张万泽告诉我，村里连续三年丰收，全村 130 户买了很多鞭炮，图个高兴，图个步步登高。这个老汉叫张书云，是个 68 岁的孤寡老人，去年得了场大病，老人急得要掉泪。大队党支部和生产队长几次请医生上门给老人看病，还安排几个党员帮老人的承包地治虫、锄草。由于大队实现了“五统一”，浇水、配药和换良种，都是大队负责，群众操心少。到年底这位老汉收入 2300 斤粮食，480 块钱，老人一次买了 6 块钱鞭炮，他说这辈子还没有这么痛快过呢。

在张万泽家，几个饲养员被请来看电视。张万泽说这几个专业户一年下来也够辛苦了，让他们乐一乐。党支部几个人在饲养棚里开了一个小时会，商量春耕为全大队统一换种的事。

我把自己看到的这些场景，几乎原封不动地写进了通讯里。一天一夜的见闻，让我感觉这个大队党支部是坚强有力的，是能“统”得起来的。张万泽说，老农民，没有那么大能耐，一时还离不开集体，集体人多，大事好张罗，一家一户闯不过大浪头。他们对机械播种、牲畜饲养等用的是“专业承包、联产计酬”的责任制方式，大队重点抓这几个专业的承包，集体这一块便保住了。实行的是集体与家庭两结合，宜统则统，宜分则分，统分两相宜。

除夕夜，我一直到天亮也没睡着，和杨光来住在张万泽家，这些活的镜头一个接一个涌到笔下。当晚的电视里，胡耀邦在讲话中特别强调加强党风建设。农村党风建设不仅牵涉到基层组织坚强，带动社会风气好转的问题，还关系到统分结合中“统”的一块能否搞好的问题，意义重大。我把在张西楼的见闻写了出来，一边思考，一边写，直到天亮。5 点钟，让杨光来帮我再抄一遍，我便睡一会儿。仿照《夜宿车马店》标题，写了篇《夜宿农家听民声》。

张西楼的见闻也让我产生了深层次的思考。农村这么复杂的问题靠谁来解决，农民那么多困难，靠谁来帮助。改革成功了，最容易产生的是松懈。从深层次看，仅家庭联产承包责任制是不能形成体制的，这只能是体制的基础或者说是一端，大队这一级非常重要，是一个中心枢纽，上面联系到社会与市场，三层要素都具备了，才是相对完整的体制，才可能取代人民公社的体制。这一点，以后多少年里，似乎一直未被人们认识。

当时，新华社每年评选一次社级好稿，这是新华社最高水平的象征。农村通讯特写很难入选，一年一篇而已。1981 年社级好稿中的农村特写是刘云山的《夜宿车马店》，1982 年社级好稿中的农村特写则是我的《新春佳节夸支部》。两篇稿件都是到最基层深入群众中采访出的新闻都是用讲故事，写镜头、说土话的方法，文风生动活泼，反映了群众的心声，以至于有人称之为“姐妹篇”。

新华社农村编辑马成广是有名的编辑，山东大学中文系毕业的，他写了一篇新闻业务文章，发表在刊物上，标题是《充满庄稼味的新闻》，他写道：

> 春节期间记者深入社员家里采访，写出反映党的十一届三中全会后农民生活改善的新闻不算少，但是写得生动和深刻的并不多见，《新春佳节夸支部》是写得较好的。这篇通讯有三好：
>
> 真实地反映出农民心目中党的形象，这是第一好。记者紧紧围绕一个“夸”字，在张西楼大队采访了老饲养员、五保老人等，他们夸赞党支部，很有典型性和代表性。因为这些人最能分辨生活的苦乐和人世的炎凉。因此通讯的说服力较强。
>
> 乡土气息出自天然，这是第二好。记者深入到炕头、槽头和街头，通过细致的观察和心对心的采访，不但采访到农民的心声，而且采访到农民的情趣。所以，写出的稿子，自然天成，乡土味浓，没有雕刻的痕迹，使人读了如见其人，如闻其声。
>
> 篇幅短小，生动形象，通篇庄稼话，这是第三好。能让读者感到真正是农民在说话，而不是记者自己在代替农民说话。所以，使人更加感到亲切和真实。

这年年底，在共青团第十一次全国代表大会上，我与刘云山在人民大会堂的会场上相遇，刘云山当时作为内蒙的代表，我是作为中直的代表，都当选为团中央委员。我们在一起谈论的共同话题，是穆青社长，是坚持群众路线、深入基层调查研究。

二、农民抢了政府的“饭碗”

从陵县至宁津，又到乐陵，我骑着自行车，晓行夜宿，走一村，停一村。当时想到河南、河北去，两省边界地带离中心城市远，政府管得松些，特别容易出新闻。可是新华社规定一省一个分社，不能种了人家的地。我在山东省的边境线上跑，有合适的内容便报道，没有就继续朝前走。

1982 年 11 月 20 日，乐陵陪我的县委干事孙书臣回去了，我从乐陵县杨安公社骑车到商河县境内的赵奎元公社时，被公社派出所扣留了。那天天寒地冻，路上行人稀少，眼看天色渐黑，我见公社就在路边，想进去讨口水喝，如果有地方住，就明天再赶路。没想到，进去便被扣留了。

那时出行流传着“地委书记两头平（轿车）、县委书记帆布篷（北京吉普）、公社书记 130（有驾驶室的运输车）、大队书记蹦蹦蹦（手扶拖拉机）”的说法。当时一个县只有一辆北京吉普车，我下乡时总是租一辆自行车，一天七毛钱，一租便是十多天。我已经习惯了骑自行车采访的生活。尽管我申明自己是新华社记者，公社书记把我的记者证接过去看了又看，问怎么没有公章，我告诉他凹进去的钢印便是公章。公社书记说了声“没有见过”，便拿着记者证出了门。那天因为寒风刺骨，我用围巾裹着头，然而拉下来塞在怀里，一副农村人赶集的样子，任谁也不会相信我是新华社记者。

一会儿派出所长来了，他盘问了一阵说，现在什么人都有，冒充公家收购羊肉的出来了，收购粮食的也出来了，胆大的，敢冒充记者了。看他了解不少“反面”的典型事例，正是了解新闻线索的极好机会。他不走，“陪”着我聊。他告诉我，张坊的白集人野得很，收羊收到内蒙古了，再跑就出国了，这不成土匪了，还要不要国家？这个村出了百十个万元户，都是赚的国家钱，这是造反呀，农村乱起来，没法管了。

当时一个县城只有两部长途电话，一部是县邮局，一部是县委办公室的。到了晚上八点，他们的电话接通了，县里苏广武主任讲新华社有个叫李锦的，到商河来过，还讲了我的容貌，戴眼镜的，是个蛮子。他们这才放我走，连个馒头也没给。一看，食堂里的门早关了，黑乎乎的，炊事员早回家了。

按说山东人待人是厚道的，尤其是给外乡人吃饭，总显得慷慨，甚至有点穷大方，看来，这个乡的干部真是把我当“坏人”了。我只好饿着肚子摸着黑赶路。天漆黑一片，伸手不见五指，公路很窄，路上有积肥堆也看不见，好几次骑上去，被甩了下来，眼镜也被摔掉了。当对面有汽车过来，车灯打得眼睁不开，车一过去，眼前黑咕隆咚，车把一摇晃，险些撞上车后尾。从中午离开到夜里十点，一点饭也没吃，又冷又饿，加上被派出所扣着，心里窝着一肚子火，但是派出所所长讲的“土匪窝”白集村却引起了我的兴趣。这里人跑到内蒙古收羊，要冒多大的风险，路上要闯多少红灯？

带着满腹的好奇心，我连夜赶到了白集村。一进村子，一股羊膻味便扑面而来。当时已是夜里十一点，还有咩咩的羊叫声。奔波一天的农民相互打着招呼，互报自己购羊的数量，声音很大，听得出其中洋溢的喜悦。

大队会计白云龙是村里文化水平最高的人，他问我吃饭了吗？我没吭声。我如果说没吃，人家不怀疑你身份吗，再说大半夜的，还麻烦人家，忍忍吧。知道记者是从大地方来的，白云龙还算客气，他向我介绍了白集村搞起收购的来龙去脉。白集大队是个回民村，1900 多人，却只有 2400 亩耕地，且有一半是盐碱地。在承包土地后，许多剩余劳力无处安排。这个村家家户户会宰羊，公社书记张士清看到这种情况，便鼓励他们宰羊到集市上去卖。全村只养几百只羊，肉源很快便没有了。有的社员便到附近村子里买羊杀，宰一只羊，能赚两三元，赶一个集便能收入二十来块钱。于是全村很快发展到二百多户收购专业户。

羊收多了，卖肉便成了难题，一开始都是大队出面把肉交售给公社食品收购站。有一次大队会计白云龙到北镇收购站去送羊，碰到北京市食品公司的业务员，从他口中得知公社收的羊肉，要经过县和地区的食品公司，再成批往北京送。两次周转后，自己出手时还是 0. 65 元一斤的羊肉，到北京就变成了 1. 2 元。白云龙想，要是自己直接把肉送到北京，中间这两道关口卡去的钱，不都归自己了么？于是他们马上赶到北镇与那位业务员通融关系，直接挂钩，签订了一年供应 100 万斤羊肉的合同。

之后，为了适应长途运销需要，白集村分离出 33 名劳力，专门从事经销。3 名大队干部负责总经销业务，包括与北京市食品公司签订合同，结算账目，为社员提供市场信息，派出收购组、交纳税款，并协助解决收购运销中碰到的问题。有一个干部在北京做常驻“大使”，负责办理交货在内的各项事宜。440 人的收购队伍，有 380 人在当地串乡赶集，早出晚归。有 30 多人自愿结合成若干收购组到外县、外省回民集中聚居的地方设点收购，就地宰杀，直接运送北京。33 人组成的运销组，则负责收购本村人交上的净肉，租国营公司的车辆运往北京，运销费用由他们自己承担。

为了解夜间收购实况，我住到了羊油收购站李凤英家，人家男人出去收羊了，就女人在家，我住着也不方便，就是白云龙陪着我过夜。李凤英家收购羊油直到深夜，三点半时熬羊油的声音与膻味不时传到屋内，我在土炕上辗转反侧，难以入睡，于是推醒白云龙，在炕上聊起白集农民与商河县商业部门对阵、经历冲破——对阵——进攻过程的情况。

商业局的食品收购站与白集农民对阵时，把每斤羊肉收购价由

0.65元提到0.70元的海报贴到白集村口，等于对白集人下了战书。白集人毫不含糊地迎战，跑到公社食品收购站的对面摆个收购点，白集人手拿着大喇叭喊“每斤七角五分”，比公家贵五分。食品站的人气恼了，架起喇叭，进行政治宣传，说共产党员共青团员要支持国家计划收购，还说党的文件规定不让农民经商。同时公布了一条消息，公家每斤羊肉增到七角八分。

白集农民的手提喇叭也响了，“我们八角钱！”

商业局的大喇叭又炸开了，“报告社员一个好消息，公家收购每斤八角一！”仅仅加了一分，看来他们心疼了，加这一分，他们保险会亏本。

白集农民不买帐，在喇叭喊“八角三”！

那边，商业局收购站喊“八角四！”这边马上又迎战上去“八角五”！

收购站长气恼了：“太放肆了。”可是收购站的大喇叭不再响了，每斤上涨一分，全公社收购就要倒赔近万元。

白集人放开了鞭炮，年轻人高喊胜利了。

食品公司找到县长孙贞先告状，商业局长找到县委书记王晓华。这时公社书记张士清出来打抱不平了，也找到县委书记，为白集农民辩护说：“他们一不套购国家统购物资，二不高价牟取暴利，怎么能说投机倒把？”

一场对台戏将县长、书记都引到了白集。经过一番了解，他们认为白集农民的做法胆大了些，但好处不少，便决定让这场对台戏继续唱下去，谁能得到买卖双方拥护，谁就站住脚。

最后，县收购站的领导要求下面职工也像白集人一样，走村串户收购。在一个农民家，收购站的人巧遇白集收羊的姑娘，这位只有十六七岁的姑娘也没带磅秤，用手捏一下羊身子，又提了一下羊后腿，说“16块”。农民找来秤一称，是18斤9两，只差1两。

收购站的人看得目瞪口呆，半天说不出话来。他回去向站长汇报，说公家的人腿没有白集人勤，嘴没有白集人巧，头脑没有白集人灵。气得站长火冒三丈，最后只好来个大撤退，只留下一个人，这个人后来也转行收鸡蛋去了。就这样，在与县收购站的对阵中，白集人大获全胜。

白云龙讲得绘声绘色，我也听得十分着迷。我问白云龙，白集人到内蒙收羊是不是真的。白云龙说，也到内蒙去过，但重点在河北沽源县，那里回民村在大山沟里，白集人大都是在国家购销没有下达计划的地方活动。他还介绍了在山东省临清县设点的事情。临清有不少回民，可是国家给那里下的收购计划很少，羊多了卖不出去，白集人也设了一个收购点，使那里养羊数量翻了一番。现在，白集人已在山东、山西、河北的 10 多个县 30 多个村子设立了收购点。

听完白云龙的讲述，食品公司收购站之所以败下阵来的原因也就豁然开朗了：这不能怪他们无能，也不是因为白集人“太狡猾”，而是因为计划经济造就的统购统销制度太“死”了，在这种体制下吃惯大锅饭的职工也不愿意再出那份力了。

流通领域的改革，关键在于竞争。长期以来，我们对市场竞争进行种种限制，流通越搞越死，使国营商业丧失了活力。包购包销，包得“死”；独家经营，“统得死”；按行政区划组织商品流通，“管得死”；环节过多，迂回曲折，“卡得死”；统一物价，“定得死”。这些在计划经济体制下形成的东西年深日久，已经系统配套，使得国营商业部门形成官商作风，在与农民流通队伍竞争中，一触即败。

李凤英家的夜晚，宰羊的场面闹腾得让人睡不着。听完白云龙的叙述，趁着激情，我当即在炕桌上写出了初稿。在这篇名为《农民走进流通渠道大有可为——山东白集村农民经销羊肉的调查》的稿件中，我对白集村卖羊肉所形成的新的经济体制作了概述，并且总结了这种经营方式的优点：白集农民的做法，使渠道畅通，多方受益。从体制角度来讲，这是一种新型的合作组织关系，每一户都是独立经营者，自负盈亏，同时又是合作经营者，相互帮助。显然，在白集农民的实践中，我意外地已经看到了市场经济在农村的萌芽。

三、胡耀邦认为问题值得思考

调查报告在新华社内部刊物刊登后，很快引起决策层的重视。12 月 24 日，胡耀邦总书记在调查报告上作出批示："启立同志看后，转万里、润生、刘毅同志。这是一个极生动、极有说服力的例子。许多问题值得我们思考。"

中央办公厅把这个批示转告山东省委。山东省政府迅速以文件形式，将胡耀邦的批示精神与调查报告转发全省各县，要求各地学习白集农民经销羊肉的经验，引导农民搞好流通，把农村改革引向深入。

《人民日报》对这个调查也极为重视。农村部编辑肖俊熙特地打电话来，要求我立即写一条消息。消息刊登在《人民日报》1 月 20 日的第二版头条，很醒目，仅标题便用了 61 个字，还加了编者按并配了图片。编者按指出：

> 白集大队一年向市场提供 200 万斤新鲜羊肉，说明农村有很大的经济活力，只要按照商品生产的规律办事，打开思路，疏通渠道，就可取得显著的经济效益。白集羊肉入城进京，是一个很生动、很有说服力的例子，值得农业、商业、交通运输业等领导部门认真思考。

《人民日报》记者段存章特地写了一篇文章，题目叫《赞“庄稼搅买卖”》，在概括地介绍了白集农民的做法后，他写道：

> 白集大队这种既种田又经商的致富之路用一句老话来说叫“要想发财快，庄稼搅买卖”。这句话，当年的“大寨人”也曾经说过，后来被批掉了，现在，白集大队用生动事实证明了“庄稼搅买卖”的做法是值得赞赏的，富了自己，方便了卖羊人与买肉人，何乐而不为呢？不仅仅是白集大队，山西昔阳县的大寨大队现在也办起了醋坊、酒坊、酱坊，干起了“庄稼搅买卖”。

我当时在思考这样一个问题：胡耀邦作为党中央最高领导人，能对一个大队的材料做出批示，可见农村流通问题的重要性。而且胡耀邦批给的是中央书记处、国务院及国家农村政策研究部门、商业部门的负责同志。他认为这个事例“极生动、极有说服力”，显然是对思想解放与保守教条之间的斗争感兴趣。胡耀邦的“许多问题值得我们思考”这句话十分值得琢磨。

我记得很清楚，分社的老采编主任陈雨明在帮助我编稿时，笑眯眯地说：“有意思，有意思。”当时稿子最后一部分有一个小标题“叫羊肉经销公司好，还是叫商业生产队好”，陈雨明与南振中商量，让小李再去商河县一趟，听听县委意见吧。我再到商河，县委书记王晓华说，把大队叫公司，符合事实，可是性质变了，全国都这么变，就不得了了，这是违背国家体制的呀，要犯大错误的。他说，不提不知道，一提吓一跳，可不能这么写。听了王书记的话，我觉得火候不到，还是暂且把体制变化留一笔。

白集农民集体贩卖羊肉串的做法，确实很有意思，他是集体贩卖，成立了公司，不是个体户或私营公司。中国农村的商品经济是农民从事家庭联产承包责任制后的又一伟大创举。如果说家庭联产承包责任制是对人民公社体制的一次变革，那么，农民走进流通渠道不仅是对统购统销制度，也是对计划经济体制的一次“造反”。白集农民的所作所为，堪称市场经济在基层农村的最早实践，比中央确立市场经济体制整整早了10年，它预示着中国农村市场经济改革大潮的即将到来。后来的历史证明了这一点。

第五节　邓小平说，你有发言权

一、庄户人家的好记者

1980年12月，在我采访的根据地茌平，突然传来“李记者犯错误了”的消息。

没过几天，县委新闻科长张宝海来到济南，说县委管春梅书记让来看看你，看身体还好吧。他以朋友的情分向我透露了情况，原来新华社编辑部收到一封加盖公章的调查信，要求县委对我拍摄的“杨成海包地得到奖金”的情况进行调查。县委很紧张，不知道到底发生了什么事，是上面政策变了，还是我这个人出问题了，只好派人到杨庄搞个调查，把情况如实反馈上去。张宝海说，县委不让说这个事，就是让我来看看你，送10斤乌枣给你尝尝。

为这事，我纳闷了一个多月。按当时的总形势分析，国务院新班子已经调整，万里分管农业，农村政策不会有大的变动，只能向更好的方向发展。如果是稿件自身问题，编辑总应该先和记者打个招呼，找记者核实一下。可是调查不通过分社组织，也向记者本人封锁消息，实在蹊跷。杨庄农民分配兑现，是县委管春梅书记告诉这个消息并且陪着我一起去的，分配兑现会等我来才开始的。其中有个叫杨成海的社员在承包土地后得到奖金2206元，开会领奖的气氛比较好，我就发稿了，没想到后来惹出了麻烦。

直到一个多月后，我才知道事情的原委。原来这幅照片是秋收中发稿比较早的一张，图片说明中的一个“包”字，引起了不同意见。短短几天便收到 13 封读者来信。其中有 8 封是反对“包产到户”，包括向新华社与记者本人提出责问的；有 5 封表示赞同，包括 3 封来信询问杨成海包 13 亩 3 分 5 厘地的办法，以及承包合同的条款细节。

南京军区某部有一封来信，署了 11 个人的名字，用词严厉，认为报道“是有严重政治问题的报道，牵涉到社会主义方向问题”，记者说杨成海这个人近十年没有从队里分过现金，这是攻击和诬蔑社会主义制度，一夜退到解放前……这是有意否定社会主义。

来信特别提出对“包”字的愤慨。认为“包产到户”是资本主义道路，在中国已经是臭不可闻的道路，人民已经适应新社会，而记者提出“包产到户”，是存心把历史往后拉，是充当了资本主义的代言人，这是绝不允许的，也是人民解放军绝不答应的。作为国家通讯社，是党的宣传工具，应该按照党中央的路线、方针和政策工作，党中央文件明明讲“不许分田单干，不许包产到户”，而新华社报道还是强调“包产到户”，这是违反党的纪律的，应该得到处理，对记者应该实施制裁。

新华社摄影部的有关编辑在收到来信后，没有正面答复，事实上也回答不了。只能用一个短函把茌平县委对实际情况的调查附在后面，印了一、二十份，给写信的地方一一寄上。

因为此事，我受到调查与责问。这是有思想准备的，因为我生活在基层，太了解实际情况了，坚信历史会沿着这个趋势走。当时最大的压力并不在社会，而在新闻宣传队伍内部。

当时新华社内部也有一股批判“包产到户”的潮流。南振中与我长年在农村跑，不常在家，分社开会一说起农村形势，常常变成

“包产到户”的“声讨会”。我与南振中像“地下党”一样，只能私下交换意见。当时，我的稿件一度被限制编发，还成为分社唯一没有涨工资的记者。后来总社党组成员、摄影部主任孙振听到调查的人介绍情况后生气了，说“第一个涨工资的就应该是李锦”。穆青还专门打电话给分社社长宫敬之，要他支持“包产到户”的调查，支持这样的记者。1981 年 10 月，宫敬之进行了一次鲁西北之行，让南振中和我陪同去了鲁西北农村，去了高唐王三万家，回来后便大力表扬我们。我从乡下调研回来，宫敬之就把全体业务人员集中起来，让我讲乡下新鲜事，活跃报道思想，从而扭转分社内部指责和否定“包产到户”报道的风气。

到 1982 年 1 月以后，中央领导对“包产到户”问题多次明确表态，家庭联产承包责任制在舆论上逐渐占据上风。山东省委明确批示要宣传鲁西北棉花丰收与推行责任制的形势，整个局面才由此发生了变化。

形势变化了，茌平县杨庄党支部开会研究，觉得我宣传“包产到户”为老百姓着了难，受了罪，于是他们便主动给新华社写材料，称赞我是“庄户人家的好记者”，在困难时候为庄户人讲了话。其后，鲁西北地区先后有高唐、茌平、齐河、平原、陵县、乐陵 6 个县写信给新华社、山东省委和党中央，赞扬我深入农家炕头调查和艰苦奋斗的作风。

“庄户人家的好记者”，是我一生中铭记在心的褒奖。

几年间，我在鲁西北、沂蒙山过夜的村庄多达 96 个。那时村里没有招待所，每到一地，基本上都是与老百姓在一个炕上睡。在陵县义渡公社小高家大队，我与支书裴玉海睡一个炕，老汉 68 岁了，睡觉时喜欢光着身子睡，我也脱光身子，老百姓怎么睡，我就怎么睡。县委新闻干事杨光来陪着我采访了一路，耳闻目睹我与群众打成一片的情况，非常感动，向县委汇报，办公室主任莫振奎便让他写了一篇通讯，发在县委文件上，号召全县党员干部学习李锦深入群众调查研究的作风。

历时一年多的骑自行车采访，好多事情回想起来都历历在目。一次采访中，在离开齐河县前往高唐县时，天气骤变，北风呼啸，飞雪漫天，路上行人稀少，更不用说骑自行车长途跋涉了。县委宣传部长许会三再三挽留我，我说："天气不好，不影响赶路。明天或许能转晴，我便可以照相。"县委宣传部干事史好全等人只好送我上路，透过茫茫飞雪，看到他们站在那里向我招手。

从齐河骑车 5 个小时，赶到 120 里外的高唐时，棉衣已经湿透，裤腿沾满泥浆。我没顾得喝口热茶，只在招待所食堂吃了两个馒头，便径直来到县委宣传部，约了新闻干事田乃仁，直奔 30 里外的王庄。

由于顶风冒雪骑车赶路和连日紧张的工作，到高唐第三天，我就病了，头疼，发烧，吃饭很少，说话非常吃力，田乃仁劝我休息一天。为了赶上拍摄农民入党宣誓的照片，我又骑上车子到离县里 40 多里的南镇公社于桥大队去采访。嗓子哑得说不出话来，我只得在本子上写给别人看，请别人介绍情况。公社书记把医生找来，医生说我不能再工作了，要休息几天。为了病快好多工作，我把本来应服 5 片的药一气吃了 15 片，提起照相机又出了门。老医生看了说："想不到新华社记者是这样工作的。"在场的干部社员也都感动得说不出话来。我拍完照片，天已昏黑，十多名社员推着车子，手拉手地一直把我送到村外，走得很远了，还见社员们站在寒风里向我招手。

我从济南出发经齐河、禹城、高唐、夏津、平原到陵县，骑车采访近千里。所到之县，都提出给我派车。我都推掉了，说战争年代，咱们的老同志采访全凭两条腿，有时还要冒生命危险，和他们比起来，我骑车算不了什么；再说，骑车采访便于接近群众，让老百姓觉得你和他们是一样的人，能从心窝里掏出话来，与你交流，了解真实情况，这对记者是最重要的。

二、让人民来评判

从1979年起，几年间，我32次深入到鲁西北农民中去，每年出差在外都在300天以上。新华社发出我拍摄的照片476幅，文字稿32篇。其中，《人民日报》采用105幅（篇），总社评好稿95组（篇），全国性新闻影展入选10幅，新华社年度获奖好新闻照片5幅，获奖好通讯1篇，4幅照片被评为全国好新闻。在5项质量指标中，我在新华社摄影记者中位列第一。《新闻战线》、《新闻业务》、《前进报》等64种报刊和书籍在204篇文章中对我的调查研究活动与稿件进行了报道与评述。

1981年，我的事迹就引起了新华社总社的关注。孙振主任总是拿我说事，不断表扬，也不断向穆青社长报告我的情况。那年年底召开的新华社摄影工作会议上，以爱才著称的社长穆青特意表扬了我。

会议结束时，穆青来了。他坐定后，作了“新闻摄影大有作为”的讲话，讲到一定要深入生活时，突然问“谁是李锦，站起来！”我从第五排站了起来，全场都望着我，穆青同志盯着我看，约有三四秒钟，会场气氛像凝固了，一片静默。短暂的停顿后，他招手让我坐下。穆青说：“李锦同志为我们新华社争了光，带来了荣誉。李锦采访很深入，所以取得了突出的成绩。”接着又说，“什么是优秀记者，要让人民来说。自己说自己是高级记者、特级记者不行呀，要让人民来评判，‘庄户人家的好记者’，这是谁封的呀？人民封的。”我内心非常激动，穆青讲的什么话，我也记不清了，满脑子只记着两个字：“人民。”

1982年1月7日，党中央总书记胡耀邦在《中直内部情况》

看到高唐县委干部田乃仁写的《千里单骑采访，留下一路新风》的材料，批示给中宣部与新华社领导："请考察核实后，看是不是能公开表彰和在你们这一行中作为先进工作者典型介绍。"

中央宣传部和新华社领导看到胡耀邦总书记的批示后非常重视，领导分别作了批示，在 1982 年春节前派新华社特级记者袁苓和高级记者徐佑珠前往山东。春节后，他们又来到鲁西北的茌平、高唐、平原、陵县等地进行调查核实，到王庄、张西楼村听取农民反映，前后历时一个月，考察证明，这些来信表扬我的情况，符合实际。

1982 年 4 月 3 日，新华通讯社党组发出《关于表彰和学习李锦同志的决定》。

三、邓小平说，你有发言权

在 20 世纪下半叶的中国，邓小平这位"改革开放的掌舵人"总是能展现出夺人的气势。他在经济事务上需要有人充当中国的战略家——核查细节、确定问题、提出和评估不同的选择、设计可能的行动路线，因此他极其注重了解来自一线的情况。长期在农民中调查研究的我由此得到了汇报基层情况的机遇。

1997 年邓小平去世时，我在《西藏日报》发表的一篇纪念文章中写道：

> 一个人的成长可能会遇到很多困难，甚至受很大的误解与委屈，但面对领导与亲人的一句话，会得到莫大的安慰。当想起"中国改革总设计师"邓小平"你有发言权"那句话时，我常觉得自豪，更感到有一种义无反顾前进的勇气在血管中激荡。15 年来，我一直把小平同志听取我汇报的照片放在记者

证里，随身带着，一直在改革第一线做调查，写出不少调查报告，努力探索中国改革与发展的规律。

1982年，我正在商河县农村采访，突然接到了新华总社团委书记沈建国的电话，通知我出席共青团第十一次全国代表大会，闻讯后我立即赶赴北京。此前，中直团委书记刘胜玉对我的情况进行考察，他向中直机关党委与团中央汇报我“为宣传三中全会立了功”的情况。这个提法最早是穆青讲的“为新华社立了功”，后来刘胜玉用这句话来归纳，并为中直工委和团中央领导所沿用。12月31日下午3时，人民大会堂北大厅。邓小平和中央其他领导在那里接见了共青团代表。团中央从中央委员中特地挑选了十多人专门向首长汇报情况，我是其中唯一的一位记者。胡锦涛同志等对挑选出的人比较了解，一一向中央领导介绍这些代表。介绍到我的情况时，胡锦涛同志说：“他是记者的代表，为宣传三中全会立了功。”中央书记处书记万里听后很高兴，“你是记者的代表，好哇!”

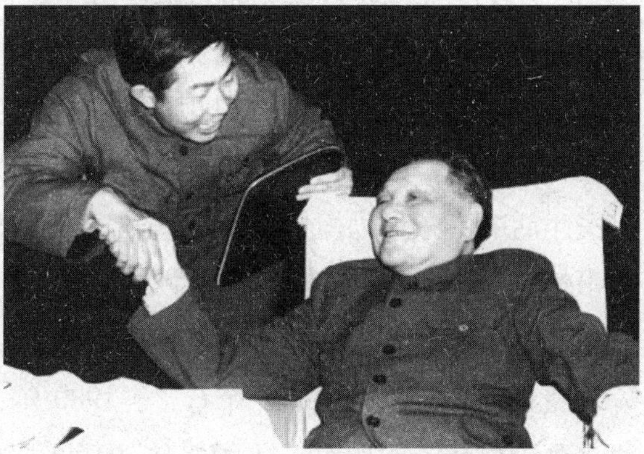

1982年12月31日，邓小平在北京人民大会堂听取我汇报农村改革情况时说，“你有发言权”。

邓小平问我：“现在农民生活怎么样?”

我回答说：“农民差不多天天吃肉，5天赶一次集，每次买个五六斤，用大锅煮好，撒上盐，每天炒一点，下次赶集再去买”。

邓小平又问：“农民住房怎么样?”

我回答说："现在盖新房的很多，一般是5间房，3间正房，2间偏房。"

邓小平听了这些具体情况后，连声说："好、好、好。"我用鲁西北农民"粮满仓，油满缸，穿新衣，盖新房，腰包票子鼓囊囊，光棍汉子娶新娘，农村一片喜洋洋"的说法向邓小平汇报。最后，我说："农村老百姓想念您，都知道好政策是您制定的。他们祝愿您健康长寿，领着农民朝前走。"邓小平一直专注地听着，脸露笑容盯着我说，"你有发言权！"

与邓小平见面那段谈话再普通不过了，但那情景却如闪电般照亮我的心际。后来这一段被记录在大型文献电视片《邓小平》第八集"新的革命"里，在中央电视台多次播放。邓小平所问的都是实实在在的事情，他把认识问题的出发点放在农民的温饱问题上，把人民生活的幸福作为衡量工作的基本标准。吃饭、住房都是最简单的事情，他却时刻挂在心上。他以寥寥数语，从最关键的问题了解起，从农民生活变化看农村改革的成功与否。

我记起农村改革中的一个背景，1980年2月中央召开会议，当讨论到农村政策问题时，华国锋等领导人坚持农业学大寨的思路，甚至对划小作业单位表达反对的倾向。轮到邓小平讲话时，他说这么大的问题，事先没有通气，他不了解情况，没有发言权。仅仅过去三个月，他便对凤阳的做法表态支持。邓小平非常重视来自最基层的第一手材料，对我"你有发言权"的评价，间接表明他对农村改革的看法，意味深长。

如今，回过头来遥望农村改革那个激荡人心的时代，为何在中国千千万万个新闻记者中，我有幸能够得到邓小平"你有发言权"的评价，能够大放异彩？新华社高级记者陶峻峰是我的启蒙老师之一，后来则是多年的好友，他在会上发言："李锦的成就的获得，是因为特别能吃苦，能长期到老百姓中搞调查，一年有300天时间在下面，所以他从生活中得出真知灼见，对国家什么重大问题都有他自己的看法。这一点，是他进步的关键。”

当然，更为重要的是，有一个伟大的时代给人以勇气，催人奋进。中国正进入历史最重要的转折期之一，改革又从农村开始。我躬逢其时，又处在改革腹地，不断从群众中汲取营养，想法便如江河般挡也挡不住。

1984 年，在中宣部与全国记协举行的首届全国优秀新闻工作者表彰大会上，我作了“到农民中调查，反映时代变革”的发言：

> 我常想，在新闻前辈留给我们的许多精神财富中，不息的追求之心是最宝贵的。一个人追求的目标越高，他的毅力就越坚韧，才力也发展得越快，对人民也越有益。因此，我不满足每一次采访仅仅是完成报道任务，而是把它作为深入群众、调查中国国情的机遇。在这种探求中要放弃许多享受，做出许多牺牲。这些年来，从晚上六点到夜间一点，我一般都是在读书生活中度过的，我家里没有电视机、录音机、缝纫机、洗衣机，却有一千五百元钱的书籍。要想有所为，就要有所不为，想探索就要吃苦，想有益于历史就要无条件地迈开双腿到人民群众中去，倾听他们的声音，争取更大更多的发言权，做到一辈子不脱离人民群众。

第三章 | CHAPTER 3

蹲点：身入基层接地气

（1986—1991）

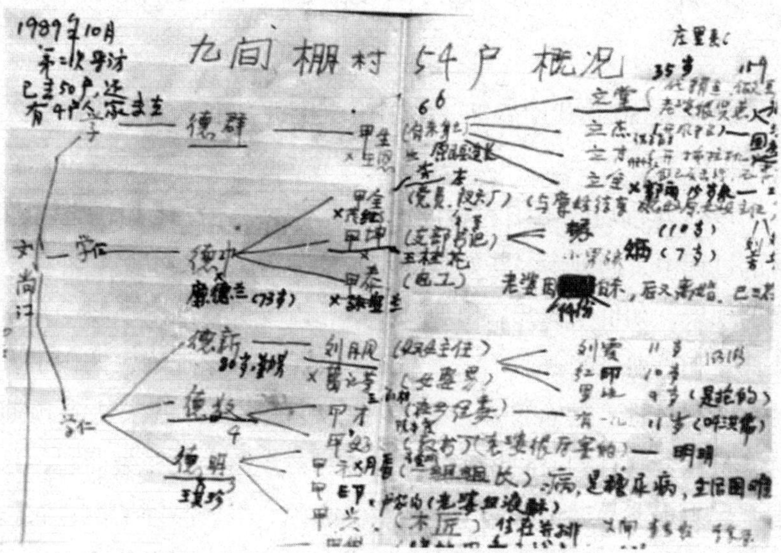

在九间棚村调查时，我把每家人数、姓名都记下来，按辈份和亲戚关系列出了一张密密麻麻的“亲戚关系表”，就连每家几头猪、几只羊也记录在案。

然后按经济实力、致富能力、文化追求和邻里关系四项，分上中下三类排队。看看党员干部在哪一类里，发挥作用怎样。这种基本分析使我能准确地作政治与经济分析，并能迅速接触采访对象。

这时，呈现在我面前的九间棚，已不再是一张平面的图表，而是一出充满矛盾甚至带着火药味的戏剧。1989 年，我在这个村住了 52 天。

第一节　在大别山发现“初级阶段”

20 世纪 80 年代中后期，中国历史走进多事之秋，改革落入徘徊境地。

1985 年以后，中国农村问题日益增多。在深化和拓宽改革领域的过程中，遇到了一些始料未及的复杂情况，并引起了种种不协调的现象，如价格放开后出现农副产品市场价格的剧烈波动，引起生产者和消费者的普遍不安，加上卖难买难现象加剧，挫伤了农民的生产积极性；粮食产量一度下滑，粮食购销体制未达到预期目标，又从合同订购退回到实际上的统购；乡镇企业一轰而起，秩序混乱，出现了与城镇工业争原料、争能源、争产品等情况；农民进入非农产业领域的摩擦加剧；老、少、边、穷、山区贫困现象更为突出等等。在思想解放的旗帜下，有些人严厉抨击中国社会的落后，甚至揭露报纸在说假话。

一、贫困落后，令人不安

1984 年，我连续两次脱产学习，先到中央党校培训部学习半年，接着又到中国新闻学院学习两年。马克思主义与新闻学的教育，使我得到知识补充。学习结束不久，我接到总社安排前往大别山老区采访的任务，要求以“改革带来新变化”为主题，报道老区形势，以迎接党的十三大的召开。

报道新变化是新华社的一贯要求，可是当时离十三大召开还有半年时间，我对十三大报告的主题并不了解，该从何着手呢？

从 1987 年 5 月 20 日至 7 月 18 日，带着上级指定的“生机勃勃的大别山区”的主题，我相继来到安徽省的安庆、宿松、太湖、岳西、金寨，湖北省的英山、罗田、红安、黄冈、蕲春、浠水，河南省的新县等地采访。我调查了 12 个县，看到的却是农民们异常艰苦的生存处境。究竟应该只反映改革的成就，还是应当也反映改革面临的困难；是组织画面表达改革的成就，还是抓取真相，反映现实与理想的差距，展示改革的客观进程？在反复的考量中，我最终放弃了上级布置的主题，改以“贫穷落后，令人不安”为主题。

这是风险极大的改变，但最后我还是遵从了自己的内心。

5 月 29 日，我来到坐落在大别山南端的宿松县北浴乡滑石村，与我同行的还有新华社记者张晓华、南康宁。到村中时，刚刚天黑，有些人家已经入睡。为了掌握农村的真实情况，我敲开一家一户的门，目睹了山民们贫困而凄凉的生活。

第一户是汪连昌家。他已经 59 岁了，可是一辈子没有穿过棉袄。床上铺的是草，上面盖的是蓑衣，下面有一床新棉胎。这个村有 36 人参加红军，都死了，带他们走的队长当了大官，今年拨来一批棉胎。他说小儿子能过上睡棉胎的日子，真是托共产党的福。大儿子是 65 年生的，22 岁了。我说也该说个媳妇了，汪连昌说不是不想，是想不着，这穷日子，哪个媳妇肯进门。说完，用手擦开眼眶，竟哭了。

一辈子没有穿上棉袄的汪连昌为生活的艰难而流下眼泪。

第二户是梅银姣家。因为太穷了，借的别人家一间屋住。男伢23岁，女伢14岁，与爹娘合盖一床被。像这样父母与大龄儿女睡一张床的，在滑石村有56户。我们进屋时，男伢伸手挡脸，女伢把头蒙在被里，做母亲的长长地叹了一口气。深夜里，大家默默无语，那一声叹气久久地弥漫在空气里，使人的心觉得沉重。

第三户是汪方宝家……

这一夜，我走访了21户，其中父母与成年子女同床的有11户，没被子盖的有5户。直到深夜一点，我们才到村部吃饭。村部四壁空空，饭桌是抓计划生育时从超生的一户罚来的。从春节以来，村干部都没有吃过肉，听说北京客人来，他们专门派人出山买了肉，是梅菜烧肉。我们几个一口也吃不下，只吃了几块梅干菜。除了想把肉让给这几位半年没有吃过肉的干部外，此情此景也实在是难以下咽。

6月2日上午，我前往太湖县凉亭水库，途中遇到一位叫吴春香的老太太。老人快80岁了，两天没有吃饭，饿得心慌，没有力气站起来，就坐在地上。眼前晒在石头上的一小片麦子，能打20斤面，是她全家一年的口粮。我记下了老人说的一段话：

我们是单门独户，儿子是个残疾。只有在山上开一片地，就打这么多面，一年尽吃野菜。两年多没吃肉了，闻到肉味就淌口水。养两只鸡，鸡蛋也舍不得吃，油、盐全靠这两只鸡了。我现在巴不得死，死了就什么也不晓得了。可我走了，儿子谁管呀。儿子是老光棍，没人跟他了，我死了放不下心。

幼小的孩子负起生活重担。滑石村的孩子扛着一根毛竹下山去卖。

从安徽到湖北，又到河南，顺着大别山走，我见到了很多贫困村庄，也看到不少像吴春香这样无法活下去的老人。这些令人痛心的现实，让我受到一次次的撞击。农村改革初期，在沂蒙山区目击的种种贫穷景象，曾让我内心久难平息。改革六七年后，在大别山革命老区，我又目睹了与当年如出一辙的贫苦生活，心中不免感慨万千。

我们新闻记者习惯了正面报道，也走惯了干部们指定的采访路线，在大城市和县城附近转悠，画面上总是“莺歌燕舞”的形势。要知道中国地形复杂，在边边角角有多少穷人需要我们去了解他们，帮助他们。改革确实为农村带来巨大变化，但我们千万不能过于乐观，把形势看得过好。我们做报道的，要对得起自己的良心。

长期以来，每当上面强调一种精神，新闻领域总要刮一阵风。不少人常把理想当作现实，对眼前的真实视而不见，以至于读者的视线里只有光彩的一面。这种风气源于50年代“人有多大胆，地有多大产”的浮夸风，并在十年动乱中大刮特刮。然而三中全会毕竟已开过8年了，全党的思想路线已确定为实事求是，再把此风的存在归咎于历史是不公正的。

正是在这种思考之下，我觉得应该把自己看到的贫穷落后状况以恰当的方法报道出来，使人们认识到中国农村生产力的落后，认识到中国还处于社会主义的起步阶段。这种想法，违背了上级下达的指示，也违背了当时新闻界宣传的统一口径。

1987年8月22日，《人民日报》刊登了我拍摄的一组四幅照片，标题是“贫困落后，令人不安”，副题是“大别山区掠影”。当时发这样一组报道是要冒政治风险的，《人民日报》农村部编辑黄彩忠、凌志军给予破例处理。这是《人民日报》在建国后第一次刊登直接从正面揭露我国贫穷落后局面的照片。而新华社编辑部对这组照片，则一张也没有发出。

二、与十三大的主题不谋而合

1987年10月25日至11月1日，中国共产党第十三次全国代表大会在北京举行。这件代表大会的突出贡献是提出了社会主义初级阶段理论。

这组以“贫穷落后，令人不安”为主题的大别山报道，揭示了我国改革发展形势中的一些贫困现状，与十三大的主题不谋而合。两个月里，仅我拍摄的新闻照片就被总社采用96幅，全国性报刊采用8个画刊与辟栏，仅《人民日报》就采用26幅（篇）。这不是对旧社会的揭露，也不是对错误路线的批判，而是我国进入社会主义历史阶段后，第一次公开在报纸上正面反映我们贫穷落后真相的形象报道，本身就称得上新闻。

大别山报道的意义，不仅在于用镜头反映出中国仍处于社会主义初级阶段的现实，还在于我逐渐形成了又一独具特色的新闻调研方法论——“新闻摄影过程论”。这一理论提出的背景是 20 世纪 80 年代中国新闻摄影的改革。在中国，长期以来，摄影记者只是新闻报道的“配角”，并且新闻报道受“新闻即政治”定势思维的禁锢已久，新闻摄影亟待改善地位。80 年代后，中国新闻摄影界陆续提出新闻摄影兵种论、主体论等，着重强调摄影的地位。“新闻摄影过程论”是新闻摄影领域思想路线的一场变革。

我把自己关于“新闻摄影过程论”的思考讲给中国新闻摄影学会会长蒋齐生听，蒋老听后拍案叫好，立刻让我把这些体会写出来，名字就叫《过程论与新闻摄影的新思维》。有意思的是，当时杨超关于过程论的论文集《探索的十年》在王府井书店书架上只有两本，如果不是专业研究人员，是不会有人买的。没想到我在偌大的王府井书店买走一本，一个月后，另一本被蒋齐生买到了，师徒二人如此心有灵犀。

“新闻摄影过程论”作为一面旗帜打出来，是中国新闻摄影改革进入理论成熟阶段的一个标志。《过程论与摄影记者的新思维》一文受到了新闻界同行的高度评价。在《经济日报》召开的摄影改革研讨会上，蒋齐生以这个主题把中国的新闻摄影界引入新阶段。当年的新闻摄影学会研讨会主题便是“过程论与新闻摄影”，学会副会长兼秘书长胡颖主编了这本书。以过程论作为主题，新闻摄影界当时达到的理论层次是不低的。新闻摄影界有蒋齐生这个人，水平便一下子高了起来，这是大家都尊重蒋老的原因之一。

许多年后，我仍然感到惋惜的是，1987 年下半年学术界本应该有一场“过程论”的思想理论教育，国家将其作为初级阶段理论的哲学武器，但我们国家失去了那次机会。我觉得，“过程论”与“实践论”“矛盾论”同样重要，历史迟早是要补上这一课的。

第二节　九柱擎天

一、潜入深山

1989 年是个动荡变幻的年份。

在国外，戈尔巴乔夫的改革试图从根本上重建社会主义的价值观与政治体系，东欧政局剧烈动荡，横亘在中西方之间的铁幕摇摇欲坠。而在春夏之交的中国，北京发生的政治风波令全世界为之瞩目。

在经历了 1988 年的通货膨胀、胡耀邦去世和北京政治风波后，民众对党的拥护跌至低点，这与 5 年前因为农村改革带来高涨的民意支持形成鲜明对比。不仅外国人，很多国人也开始议论中国共产党能否继续执政下去。柏林墙的倒塌、东欧国家共产党统治的结束和苏联的解体，让很多西方人兴高采烈，他们希望中国的民主派也能让共产党的统治寿终正寝。中国领导层则竭力稳住国内，但媒体向民众所作的正面报道，又时常被那些发生在东欧和苏联的出人预料的事件所干扰，一次又一次令人尴尬。与此同时，西方高官停止了访华，并限制对华贸易尤其是军事技术出口，中国的外贸和旅游业都蒙受了损失。

舟至中流，突遇漩涡；改革之路，荆棘丛生。

1989 年 6 月 9 日，邓小平向军级以上干部发表了讲话。他说：“以后我们怎么办？我说，我们原来制定的基本路线、方针、政策，照样干下去，坚定不移地干下去。”

在这一年 6 月 23 日至 24 日召开的党的十三届四中全会上，赵紫阳被免职，党中央常委会增添了三位新成员：江泽民、宋平、李瑞环。风波刚刚过去，全国上下都在反思，也在翘首以待，以江泽民为核心的新一代党中央领导集体，将以怎样的举动引导中国继续前行，我们党将怎样安全渡过政治危机，走上坦途的问题。

此时的我也走到了人生的低谷。

1988 年 3 月，在北京某家新闻单位中就已出现“要搞新华社就要搞李锦”的说法。我在大别山区搞了一批批评报道，有个新闻单位的同行根据一封匿名信，在报纸上发难，指出某一张照片失实。在 1989 年春夏之交的前一阶段，舆论界几近失控状态，有些报社的人攻击新华社特别起劲。当时的分社社长刘光辉非常关心记者，关心职工，是我接触的新华社社长中少有的能担当、能真心帮助下级的好领导。为了避开舆论锋芒保护我，刘光辉顶住各种压力，做了不少工作。一方面与单位的同志解释复杂的形势，理解我的处境；一方面被迫暂时停止我的采访与发稿。春夏之交，形势更为明晰。6 月初新闻界有人直接把我作为坚持党性原则的典型推上祭台进行批判，公开批判党性原则。形势变化了，似乎什么也挡不住。

当时，不光新闻界，整个国家都在等待新一届领导拿出办法来，到底社会主义的路该怎样走下去？执政党怎样回答群众提出的问题，重新凝聚人心。新闻单位的人都在家学习，也没有什么新的报道精神下来。这时候，刘光辉社长说，你不要总闷在家里，下去转转吧。

那年 8 月，我带着满腹委屈与疑惑，只身一人来到了山东省临沂地区平邑县九间棚村。下去的时候带着一捆书和一个剪报本，剪报本是 4 月 5 日至 6 月 10 日的《人民日报》文章，我把文章中的群众意见梳理一遍，列出了一个调研提纲。我觉得人没有被别人打倒的，只有自己打倒自己才是真的倒了，越是在别人议论纷纷时自己越要挺住。自己的事历史会证明，而国家的事是耽误不得的。我把自己的想法向好友李敬堂诉说。李敬堂说，老战友，你不要为国家的事操心了，你出来散散心，我陪你转转，想看嘛就看嘛，想吃嘛就吃嘛。其他的东西是身外之物，该放下就放下。我说，国家遇到大难，到了需要我出力的时候了，哪能说放得下就放得下呀。李敬堂只是长长地叹了一口气，直摇头。

李敬堂是临沂地区交通委员会的宣传干事，他带着我看临沂交通情况，到九间棚村看农民修的路。九间棚村坐落在沂蒙山区一个陡峭的山顶之上，四面是悬崖峭壁，位置极为偏僻。这是个只有54户184人的小山村，5年间依靠自己的力量修筑了32华里的盘山公路，因为这个村坐落在四面是悬崖峭壁的山顶上，要凿山填沟，工程异常艰巨。老百姓们靠盐粒为菜，啃煎饼，喝冷水，把路修成了。黄门根悬崖前的路，硬把悬崖削掉6米，再在山谷中填起7米，路基像长城般凌空而起，气势雄壮。不仅使人想象到工程的艰巨，更使人感受到团结与坚强，这石壁里透发出一种与自然的抗争力和社会凝聚力，似乎在向人们昭示着什么。

住在山顶的我心绪难平，个人与国家的命运感此时更显强烈。北京政治风波已经平息，然而危难并未远去。苏联在动荡，中国处在风雨飘摇中；中华民族急需一种凝聚力，中国共产党需要弘扬一种天塌下来撑得起的气概。我隐约从九间棚看到了新闻报道的政治价值。如此坚如磐石的大工程背后，党组织是怎样把大家聚在一起的，能否从中找到解答国家难题的思路？

我决定上山住下来，就将想法与地委宣传部长李祥栋与新闻科长高明说了，李祥栋非常支持这种蹲点的做法。

过去这个不足二百人的小山村，很少有上级来视察，村里也没有任何公用设备。平邑县交通局局长卢传文从县城借来两床被、一顶蚊帐、一把手电筒还有两扎蜡烛。村支书刘嘉坤把我和李敬堂安排在妇女主任刘月凤家吃饭，一天三顿由她做。村里没住处，一间小房是计划生育时为妇女做结扎的，一直闲置着，布满了蜘蛛网，我们便打扫一下，铺上麦秆住了进去。

在九间棚，我白天串门或泡在田地里，有时帮老乡干活，边干边聊天，没用两三天，对村里情况就有了大体了解。

九间棚村是个山顶村，自然条件极为恶劣。二百多年前，有一个逃荒人路过这里，看到一个大石棚从山间凹进去，棚外有水，便住了下来。到八路军进来时，这里是九户人家，把龙顶山顶上的石棚分成九间居住，"九间棚"由此得名。

1959 年搞运动，山上的人被赶到山下赵庄，后来又搬回去，有的人家在石洞里一直住到 1964 年。因为山太陡，村里有三分之一的人没有到公社去过。有个老妈妈一辈子没见过自行车，病重了，硬要儿子把自行车扛到山上让她看一眼。

实行"包产到户"后，很多地方"包产到了户，不用党支部"，党组织瘫痪了，村里的事也没人管。这时，村里出了一个青年党员刘嘉坤，他决心要带领乡亲们闹翻身。乡里当时正好架电线，可九间棚没有钱，刘嘉坤把自已家猪卖了，鸡也卖了，凑起 300 元，在他的带动下，全村集资把电线杆架上了山。紧接着，刘嘉坤又带着全村 54 户农民完成修路、引水工程。在 5 年时间里，投入义务工 10 万多个，平均每个劳力每年出义务工达 310 个，动用土石方 25000 多立方，修建三级扬程 269 米高的扬水站一座，砌石渠 4000 多米，连着 38 个蓄水渠，实现了"路跟渠、渠带路，田水池满天布，灌溉田园绕果树，自来水送到户"的高山水利化，2000 多亩荒山得到了治理。

九间棚村的奋斗事迹让我深为感动。然而衡量它能否有代表性，关键点是它在社会大环境中是否具有不可替代的重要意义。在我看来，1984 年后，我国农村问题愈渐增多。北京政治风波前后，有些问题已经十分严重。主要表现在：一、基层组织软弱涣散，使党的威信严重下降；二、党支部书记不合格，以权谋私，党内腐败现象引起群众强烈反感。党员干部形象作风问题影响到组织建设，也危及村庄稳定；三、农业投入下降，基础设施受到严重破坏，国家对农业投资逐年下降，山东省90%的水库得不到维修，抗旱能力下降30%以上；四、经济秩序混乱，非法致富现象加重，大家对分配不公问题议论纷纷；五、社会秩序不稳，20世纪80年代末，有上亿农村外流人口，带来社会不安定的因素。

这些是总的问题、普遍性的问题，我意识到，从上到下都面临着共产党统治的合法性的挑战，群众是不是还信任共产党，是否还愿意跟共产党走。结合到九间棚，这个小山村对于党和国家正面临的凝聚人心、唤起信心来说，是否有特殊的借鉴意义呢？

九间棚只是一个小小的山村，他们在自然界生产斗争的事例很多，可在社会思想与精神领域又能够向我们提供多少有价值的东西，在党的领导及自我建设方面，九间棚有没有斗争，有没有误解，有没有丧失信心的时候，有没有由分散到凝聚的过程，能不能折射出当下中国的整个景象？

要搞清这些，没有深入生活的功夫是做不到的，挖不到应有的深度是找不到精准答案的，听来的故事未必可靠。

但这里的人信奉家丑不可外扬。与群众不熟，就没有人肯讲内情。要让群众相信你，你就要到群众中去，让他们觉得你跟他们是一样的人。李敬堂住了几天，局里有事被叫回去了。临走前，我们一起拍了一部新闻电视片，叫做九间棚之路，这个电视片的解说词叫九间棚精神。他回去不久就在山东电视台与临沂电视台放了。他回去了，我决定在九间棚蹲下去，我绕开报道话题，与群众东拉西扯，什么也问，什么也谈。

二、惊心动魄的风波

村里最年长的84岁老人刘德顺有2个儿子、6个孙子，可是好几年没有喝过儿孙的酒了。大年三十，我从小卖部刘立海家买来一扎白酒。刘立海心想，李哥在这里没亲没故的，给谁买酒？好奇的他悄悄跟在我后面，看着我拎着白酒进了他爷爷刘德顺的院门。刘立海撒腿就往回跑，当即把家中肉和油带到爷爷家，吆喝着兄弟几个给爷爷送年礼。此事在九间棚村激起一连串涟漪，带动了家家给老人送年礼的风气，都孝敬老人了。

李敬堂记录下了我在九间棚调查研究的情形：

> 李锦从柴米油盐问起，捡老百姓最关心的问。村里谁有重病，谁家日子过不下去，谁最能吃苦，他总找这些人家去交朋友。他不要干部陪同，就一个人走家串户走访。山里常停电，村里一片黑，他就披着黄大衣，打着手电筒，摸着陡峭的山路走访。有时，在老乡家一边吃饭，一边拉呱，一顿饭吃了四个小时。
>
> 李锦比支书刘嘉坤大两岁，他就顺着刘嘉坤辈份，称呼山里人“大爷”“大叔”“婶子”，人家喊他“大哥”“大兄弟”，孩子们称他“李大爷”。
>
> 怕为村里添麻烦，他说自己爱吃地瓜、小米粥和辣椒咸菜。村里为他做的肉和鸡蛋，他一筷子也不动，只好按他说的办。他连吃三天地瓜，不消化，腹泻不止，一夜出门七、八次，没有力气，就扶着墙走，回到宿舍满身是汗。就是这样，他不让改善生活，每天光喝小米粥，吃咸菜，却一天承担14个小时的采访。
>
> 调查核实情况，李锦非常认真，不仅走遍了全村，而且连每

> 个工程险要的地方都亲自看了，村里收入开支及投工情况都是李锦一笔一划算出来的。他爬遍了龙顶山所有山头，连对面天宝山南大顶也爬上去了。走的时候，裤子被划破了，露出皮肉，他自己用白线缝了几针，凑合着穿。皮鞋掉了跟，走起来一高一低。眼镜片被悬崖碰碎了，就用胶布撕成小条条粘起来。”

这段文字后来发表在全国记协的《纪事》刊物上，所描述的其实还并不是最为艰苦的情况。因为气温骤降，我病倒在山顶，腹泻不止。没有医生，也没有药。整整腹泻 8 天，最多一天拉肚 20 次。也不能吃油性东西，天天喝小米稀饭，吃咸菜，身体极度虚弱。有天夜里从厕所里回来，站不住，两眼冒金星，竟晕倒在山坡上。半夜里，被冷风吹醒，站不起来，我就咬紧牙从山坡上一点一点地往回爬，爬回住处，身上衬衣都被汗湿透了，直冒热气。最困难的时候，我拄着一根棍子硬撑着身子，披着黄大衣，在村里转悠，敲开一家家的门。

我终于撑不住，躺在床上起不来了，大爷大娘们送来花生、鸡蛋、面条与咸菜。有个叫刘德香的老党员看到我来时带着一包书，有《列宁选集》、《毛泽东农村调查文选》和北京风波前后的报纸剪贴本，摆满了桌子。老人看着这一大堆书说：“你走人吧，俺山里穷，买不起书。”村里人不知道新华社是干什么的，还以为我是新华书店卖书在此落难的人。我忙说，“大爷，村里人嫌弃俺啦?”刘德香说，“哪里的话？俺是心疼你呀。”老人带来大葱、煎饼、花生，走时抹了眼泪。

就这样，我一直蹲在这个村半个月没有动身。

在九间棚村调查时，我把每家人数、姓名都记下来，按辈份和亲戚关系列出了几大支，画了一张密密麻麻的“亲戚关系表”，就连每家几头猪、几只羊也记录在案。然后按经济实力、劳动态度、致富能力和邻里关系四项，分上中下三类排队。村里这几年办了几件大事，爆发什么矛盾，看看党员干部在哪一支里，发挥作用怎样。这种基本分析使我能准确地作政治与经济分析，并能迅速接触采访对象。这时，呈现在我面前的九间棚，已不再是一张平面的图表，而是一出充满矛盾甚至带着火药味的戏剧。

“大洼风波”是村民矛盾的一次集中体现。这是我与村民张如意、刘加华在一起猜火柴喝酒时听到的线索，我再三追问才知道了前因后果。“大洼风波”的主人公是农民刘加五，住在我隔壁。我找到刘加五，看到自己的底细已经被我摸透，刘加五索性把跟干部斗争的过程竹筒倒豆子般说了出来。我把前后经过完整地写在了调查报告中：

九间棚村的干部和党员也有被群众误解的时候，“大洼风波”就是令人心惊的一幕。这发生在正修建山上输水渠道的 1987 年夏天。

当时，山上的 3 个蓄水池都干得底朝天，10 万株雪花梨苗被旱死 9 万株，输水工程急需一台水泵和大口径塑料管，村里派党支部委员和会计赶往淄博市采购。他俩出去十多天，还没有回来，全村人都急坏了。有人怀疑说：“没准在城里吃喝玩乐，把大伙的血汗钱给花了！”不想，这话被一个叫刘加五的青年听到了，他是平时不肯下力气干苦活但敢闯纰漏的人，全村人都叫他“癞五子”。

谁也想不到，第二天一早上工后，“癞五子”坐在炮眼上，向大家喊开了：“咱们在家拼死干活，党员干部用咱们的血汗钱大吃大喝，这日子还有啥奔头，不如死了痛快！”这时，导火索已被点燃，正嗤嗤冒烟，他坐在炮眼上一动也不动地等死，吓得人们不顾一切地冲上去，把他从炮眼上拖了下来，按倒在地，这才避免了一场恶性事故的发生。不过，他还爬在地上不起来，一个劲地狂喊哭闹，煽动人们“罢工”“和干部展开斗争”！这可把大伙的心绪都搞乱了，一些不明真相的群众真的不干活了，交头接耳地议论。党支部临时决定把劳力都集中到大洼工地“整顿”。

就在这天夜里，买塑料管的党支部委员和会计回来了，委屈得搂着刘嘉坤的肩头哭出了声。原来，他俩把济南的九家塑料厂都跑遍了，得到的答复都是没有现货，急得他们认准塑料一厂苦苦哀求，厂领导得知他们来自革命老区，严重干旱已使群众吃水困难，当即同意给他们现加工，让他们等几天提货。这时，他俩才找了一个最便宜的小旅社住了下来，每人每天床费为 6 角钱。而在这之前，他俩一直没有住宿，夜晚都是在火车站的屋檐下度过的。外出的十天里，他们仅买过一块咸萝卜头，啃馒头时就掏出来撕一丁点放在嘴里嚼嚼。提到货后，他俩随即雇了一辆卡车，把水泵也一并装上就匆匆往回赶。这时，口袋里一共只剩下 7 元 2 角钱，也分两次买冰糕给司机吃了。当天黑车子开到九间棚山下的一个亲戚家门口把货卸下来后，他俩都昏了过去。这时，司机才知道，这两位被他误认为小气的硬汉子，还是前一天中午啃了点干馒头。

第二天，刘嘉坤在大洼工地上召开的村民大会，把情况如实向大家介绍后，很多群众感动得掉下泪。一些老人指着“癞五子”的鼻子一个劲地教训他，“你看看人家干部和党员……”。

炸药的“检验”，使全村人更坚定了对干部和党员的信赖，大家的心贴得更紧了。为了加快工程进度，挺过困难时期，不少人家当晚就派人下山请亲戚上山增援。“癞五子”夫妻俩一夜没合眼，分头从山下亲戚家请来了 9 位壮劳力。第二天一早，村干部们到工地时大吃一惊，工地上干活的人数已猛增到 140 多人，比风波前增加了一倍。

惊心动魄！从群众对党员干部的极不信任，到党群一心，生死与共，众志成城，一场“大洼风波”反映出九间棚党组织使人心由面临涣散到凝聚的过程，表现出党群关系由水火关系到鱼水关系的转变。一个小山村的惊险一幕，不正是整个中国局势的缩影？北京政治风波中部分群众对社会主义的误解，对共产党队伍腐败现象的意见，那种激烈对抗的场面，千钧一发的瞬间，似乎在九间棚“大洼风波”中都有着折射和反映。

这时候，我不仅感觉已经号准中国政局陷入困境的脉搏，而且已经找到打通脉络的“穴位”。

第三节 九十年代最耀眼的农村典型

一、九名党员九根擎天柱

这时我一边在乡下调研，一边关注着天下大势。

1989 年 9 月底到 10 月初，成千上万的东德人涌入西德避难。社会主义正面临一场空前的劫难。九间棚的现实，在我看来，就像一根银针，似乎正扎在中国发展的穴位上。面临挫折与巨大风险冲击的中国要清楚地知道自己应该走什么路，为什么要走社会主义这条路，共产党怎样领着大伙走这条路，目前要迈开什么步伐，一系列的问题都急需回答。这是当前中国最大的大局，也是遁入深山的我最想弄明白的焦点。

在我看来，“大洼风波”昭示出一个真理：共产党人能够坚持群众路线，带领群众前进，关键是要改善自身领导，保持先进性。这是一种“好换好”的关系，首先是党员有先进性，与群众甘苦与共，群众才能跟党走，做到水乳交融。

坚强的领导核心是九间棚形成凝聚力的关键，一个群体、一个集团乃至一个国家凝聚起来需要一个核心。在九间棚，这核心就是只有九个人的党员队伍。九间棚原来的党组织软弱是长期陷于困境的重要原因，而从软弱走向坚强，关键在于刘嘉坤这样的好支书。他无私奉献，不怕吃苦，不怕吃亏，不怕受气，一心一意为大伙儿，正是这种力量对九间棚人形成强大的感召力。先进的力量最有吸引力，最受人民的拥护和支持，九间棚的党支部就是这样一个强大吸引力的凝聚核。正像群众夸赞的那样：九个党员九根擎天柱。

九间棚村共产党员的作为，从一个小山村为中国面临的困局实践了一条有效路径。后来我在第一届“沂蒙精神”讨论会上发言说：“就九间棚调查产生的时代背景看，时代确实需要这样一个典型，来振奋全中国的神经。共产党人能不能在这个时候撑得住，做到‘天欲坠，赖以柱其间’，是摆在第三代领导集体面前的一道考题。我们提出‘九柱擎天’的精神，是有意用九间棚这根‘银针’，来扎中国社会疾病的‘穴位’，为党和国家献出一道‘药方’。”

寻找到九间棚与全中国这一大局的联系，“天塌下来要擎得起”的报道思想在我头脑中迅速明确起来。等到把“大洼风波”核实清楚，我已经进村 14 天。这时的我因为爬山皮鞋掉了一只跟，胡子长了一脸，人也瘦了整整一圈。平邑县县委书记綦敦祥听说有个新华社记者在山上住了十多天，大吃一惊，他带着办公室、宣传部与新闻科全班人马开着三辆车来看望，接我下了山。

下山时，全村的群众停下手中的农活来送行，十几户老乡为我煮鸡蛋、炒花生、装山楂、地瓜和黄梨，送鞋垫，把车都塞满了。有位老大娘抱着我直流泪，连声问“儿哪，啥时回来?”我自己也掉泪，说不出话来。

在山上的十几天里，我记录下了数万字的翔实材料。下山后，我和县委宣传部的甄德生奋战一个星期，完成了调查初稿。在平邑县招待所里写了一封长信，向新华社总编辑南振中汇报了这个典型，信中我说：

> 社会主义处在生死存亡关头，我们应该突出地宣传凝聚力与党的先进性问题。加强党的基层组织建设，改进党的领导，增强群众对党的信任感，增强走社会主义道路的信心。九间棚村党支部在人心涣散的关头，把群众团结起来，凝聚起来，使群众维护集体，想着未来，决心跟党走，这种凝聚力的形成过程与方法对基层组织建设乃至形势的稳定与发展都有重要参考价值。

正当我对调查报告作深入思考与修改之际，山东省委常委、副省长高昌礼提出春节找一个有特色的村庄过年、做点调查的想法。我向他推荐了九间棚村。于是农历腊月二十九那天，我陪同高副省长上了山，再次住进了村中，在村里小学校里铺上麦草秸的地铺，两个人面对面睡着。

当天晚上，我与高副省长促膝长谈，一直从 5 点谈到到 10 点半。我把自己对九间棚的了解及看法和盘托出，希望山东省委与新华社一起抓好这个典型的宣传。高昌礼副省长对基层情况熟悉，思想理论水平高，听完我的汇报后也很兴奋。他认为，九间棚肯定是一个大典型。现在必须考虑一个信心问题，在国家内部与外部都面临严重困难的时候，既需要社会稳定，更需要帮助人们增强信心。九间棚环境这么恶劣，却干得那么出色，让每一个看过的人都觉得是个奇迹，这个典型的意义就在这里。

经过实地调查后，高副省长决定根据确定的思路，与我们联合拿出调查报告。高昌礼向省委报送，我们则向新华社报送，分头进行，争取在多方面开展工作，把这个典型推广出去。

后来还有一段小插曲。宋平同志到山东考察时，我找到省委书记姜春云，希望向宋平同志汇报九间棚情况，认为讲清苏东事变背景对于认识九间棚的党员保持先进性的典型意义会更充分些，这是新时期党的建设的重大典型。宋平非常重视，他安排秘书彭清华在当晚专门听取我的汇报，姜春云的秘书李孝声陪着我一起汇报，彭清华特别对我将共产党员先进性作为一种重要思想提出来非常赞赏。

当天晚上，彭清华将我的汇报情况向宋平作了汇报。第二天上午，彭清华向我反馈说，宋平同志对九间棚事迹非常感兴趣，还说新华社记者在群众中调查研究吃了不少苦，以九间棚精神调查九间棚，这个记者的事迹也很感人，要向这个新华社记者为党建工作做出的贡献表示感谢。

二、历史转折关头的新典型

九间棚调查报告刊发得并不顺利。

起初，新华社总编辑南振中把调查批给编辑部门，编辑却以正面报道为由，不肯发内参。1990 年 3 月，我与记者刘德玉赶赴北京，专程向编辑部汇报九间棚情况，并陈述九间棚的时代意义与推广价值。几经努力，调查最终得以刊发。这组题为《背水决战，穷村巨变》、《九名党员九根擎天柱》的调查报告虽然长达一万余字，新华社内部刊物破例全文采用，提供给中央政治局领导。

之后，《人民日报》、《农民日报》、《半月谈》、《瞭望》等刊物相继刊用报道九间棚的文章与照片，新华社随后又发了题为“九柱擎天”的通讯。这时，山东省委组织部长张全景把九间棚作为全省党建的先进典型树立起来，山东省委书记姜春云也高度重视九间棚与“沂蒙精神”的宣传，并在济南召开“沂蒙精神”报告会。省委书记亲自出席，让九间棚党支书刘嘉坤第一个发言。

宋平读了九间棚的报道后深受感动，当即写信给中共山东省委书记姜春云，他说：

他们在那么穷困落后的地方，依靠自己的双手艰苦奋斗，改变了家乡的面貌，人均收入达到七、八百元的水平，实在是了不起的成绩。现在我国类似这样的地方还不少，农村富余劳力很多，这是我们的一大优势。如能有像九间棚这样公而忘私的党员干部带头，党员又能发挥先锋模范作用，把人民群众组织起来，就什么样的困难也能克服，什么奇迹也可以创造出来。

时任中央政治局委员、国务院副总理田纪云专门来到九间棚村。他看了引水上山工程、山顶天池、果园和九间棚旧址，对陪同的山东省副省长王乐泉说："如果我们大家都能发扬九间棚精神，那么中国的什么事也办好了！"

中央政治局委员、国务委员李铁映，中央书记处书记温家宝也相继来到九间棚。

几乎一夜之间，九间棚的名字传遍神州，到九间棚参观学习的热潮骤然兴起，出现了自"农业学大寨"之后没有过的农村参观潮。

我住在山上，接待了一批又一批从全国各地赶来的基层干部。陕西省米脂县有个贫困村，听说了九间棚在极为恶劣的条件下发生的巨大变化，很想了解实情，全村凑起300多元钱，让干部专程来九间棚学习。这个小伙子每天只吃一顿饭，赶到九间棚。他从山脚下一直爬到山顶，走一处停一处，到村中一户一户地看过去，了解架电、修路、治水的情况，记了厚厚一大本。

据平邑县委九间棚接待站统计，从1990年到1991年底，全国有186万人到九间棚参观，还有6个国家的客人到九间棚参观。党和国家领导人，有6位到九间棚考察。有30个省市与自治区的110位省部级干部来到九间棚。48所大学的师生到九间棚考察，办调研班，或开展夏令营活动。我和李敬堂拍摄的《九间棚之路》录像卖出上千盘，以我写的文章为主的"九间棚事迹材料汇编"卖出6

万本。反映九间棚的电影、电视剧、报告文学、小说接连面世，理论研讨会连续开了三次。

宋平与刘白羽谈起这件事，刘白羽又推荐李存葆与王光明一起写出长篇报告文学《沂蒙九章》，使得沂蒙精神在全国得到进一步推广。

同时，相关荣誉也接踵而来。九间棚村党支部书记刘嘉坤成为全国瞩目的人物，在中央电视台1990年春节联欢晚会上，刘嘉坤作为特邀嘉宾出现在镜头前，被选为全国劳动模范、党的十四大代表、全国九届人大代表，九间棚党支部成了山东省和全国基层组织先进单位。

九间棚的声名远播，与1990年8月的莱西会议有极大的关系。莱西会议是党建史上极为重要的一次会议，在那次由中组部、民政部、团中央、妇联联合召开的会议上，宋平讲话时一连三次讲到九间棚，说着说着便激动地站了起来。团中央书记刘奇葆主持会议时，正好是村支书刘嘉坤发言。发言结束后，刘奇葆举起胳膊，大声说："九间棚，了不起!"整个会场掌声雷动。我坐在台下，浑身的血液似乎沸腾了起来。我把自己了解的信息一封又一封信写出来，寄给临沂地委书记王渭田，鼓励了他们宣传与推广九间棚与沂蒙精神的决心。

从1990年初到1992年前，九间棚成为中国农村影响最大的典型。《临沂大众报》在1989年12月12日刊登九间棚长篇通讯时，临沂地委委员、宣传部长李祥栋配发一篇题为"发挥老区优势，弘扬沂蒙精神"的评论，是"沂蒙精神"四个字第一次出现在报纸上。因此，人们认为，沂蒙精神源自九间棚精神，是九间棚这个典型的发现与总结揭开了沂蒙精神宣传的序幕。以后，我跟踪、报道和研究沂蒙精神二十多年。

三、胡锦涛说，“你会搞调查，会总结经验”

1994年9月11日，九间棚典型提出的四年后，我有机会与时任中共中央政治局常委、书记处书记的胡锦涛进行了一次长谈。谈话发生在山东威海飞往济南的飞机上。当时胡锦涛到威海参加全国党校会议后返回济南，我作为随行记者从文登大水泊机场同机返回。我们两人在飞机上谈论了30多分钟，一直谈到济南。谈话的重点内容，是对九间棚典型的认识、宣传和推广到抓典型的一系列问题。

当时胡锦涛独自在前舱，随行的山东省委副书记李文全找到我，“你不是十一届团中央委员嘛，陪着老领导说说话吧”。他带着我来到前舱，向胡锦涛介绍：李锦是老团中央委员，新华社名记，搞了不少有影响的报道。胡锦涛笑着说：“知道，是名记。团中央委员中你是宣传战线的。”

李文全书记接着介绍说：“李锦抓了不少典型，万元户是他发现的，九间棚就是他写的。”胡锦涛点了点头：“知道，中央对这个典型很重视。”

我试探地问，“锦涛同志，您知道九间棚?”胡锦涛说：“是沂蒙山区的一个村庄，住在山顶上，四面是悬崖峭壁，只有一条羊肠小道与山外相通。”我惊讶万分，这正是自己调查报告开头的一段话。胡锦涛说，“典型事迹要突出，有特点才有吸引力，要用事实讲话，生动形象，让人记得住。九柱擎天，九个党员嘛，还有山洞里九间石棚，就记得住。”

听取了我对九间棚的汇报后，胡锦涛说：“九间棚这个典型在关键时刻发挥了重要作用。”他说，“当时形势动荡，人心涣散，从九间棚这个典型身上反映了一种精神。那么小的一个小山村，在党支书带领下，依靠自己的力量，架上电，把路修上去了，把水引上山，事迹很感人。特别是在出现困难时，九个共产党员团结一心，干成那么多事，真是了不起。这是发动群众、组织群众、依靠群众办事的好典型。”

陪同的省委领导告诉胡锦涛，我当时是带着被子、蚊帐和手电筒上的山，独自在村中先后住了52天，也不要人陪，就是一个人挨家逐户地走访，大人、小孩的名字都说得出，病在山上半个月，很艰苦。胡锦涛听后对我说，“你吃苦了”。他沉思良久说，“深入群众、调查研究这条路一定要坚持。‘从群众中来，到群众中去’是我们党的思想方法和基本的工作方法。”他说，“提高抓典型水平，关键在人。光靠写不行，要研究。发现和挖掘典型要花很大功夫，是个艰苦劳动。”胡锦涛仍能记起我以前调查研究的事迹，他说：“中央直属机关在1982年号召向你学习，就是因为你深入到农民中调查研究，搞了很多有影响的报道，对中央决策起了参考作用，为宣传三中全会立了功，当时让你当团中央委员，还安排向中央领导汇报。难得的是你这么多年一直深入群众调查研究，坚持了下来。”

讲到这里，胡锦涛问我山东还有什么好典型。我向他介绍了自己所跟踪的滨州“兴福现象”。胡锦涛听后说，观察一段，先放一放。7年后，我写出了反映新阶层可以入党的调查报告，胡锦涛做出长篇批示，认为“这个问题可以做结论了”。

当胡锦涛了解到九间棚这一典型在全国引起的轰动性效应后，他高兴地说：“很好，典型就得在实践中行得通，群众接受，学了有效果”。他继续询问：“这个典型现在怎么样？有什么新发展？党员发挥作用怎么样?”我汇报了九间棚村下山办厂的情况后，他对我说，你熟悉这个典型，要注意跟踪，注意培养，有什么困难也要帮助解决，发现有什么新的变化，要进一步宣传。

1994 年 9 月 10 日，胡锦涛听取我汇报农村党建调查情况时说“深入基层的道路，一定要坚持下去”。

9 月 12 日晚上 9 点多，在胡锦涛即将离山东之前，我到南郊宾馆送照片并为之送行。胡锦涛说，“你会搞调查，会总结经验，以后有什么好典型，可以直接向我报告。”说完，又让在场的省委秘书马世忠为我们摄影留念。合影前，胡锦涛看到我的上衣有颗纽扣没有扣好，马上帮我扣好，这一瞬间被抓拍了下来。每当看到这张照片，我就有一股暖流涌上心头，深感党和国家领导人对新闻记者和新闻事业关爱之情。

与胡锦涛在飞机上的谈话，气氛轻松而随意，时间不短，主题也相对集中。正是在这不经意的交谈中，可以窥见胡锦涛对典型的深刻理解，对群众路线的高度重视。虽然谈话已经过去二十年了，但是我对于当时的情形依然历历在目，胡锦涛“要深入生活、深入群众，调查研究，继续抓出好的典型，这一点，一辈子不要动摇”的嘱咐，我也一直谨记在心。

在九间棚后，我又挖掘出了“双星道路”“兴福现象”“中石化大明集团”、西藏“甲日经验”“拉啤模式”等重大典型。其中西藏甲日乡反分裂斗争中基层党建与兴福新阶层入党现象两个典型，胡锦涛分别批示“经验很好”“值得关注”。两个典型表达的主题对西藏工作与新阶层入党工作的决策，都起到了智囊作用。

四、相信人民相信历史

九间棚调研的成功意义重大。在国家危难之时，它强调共产党人的先进性凝聚了人心，稳定了社会，也为我接下来的工作开启了一扇大门。

也就是从那时开始，我出门就很少拿出照相机了。我觉得经济改革与现代化的复杂性，需要大批有志者投入研究并能够提出新思路，新闻图片常常难以在宏观上担此重任。在九间棚报道之前，我对这一点已有认识，之后，我犹如经历一次蜕变，离摄影愈来愈远，彻底地走向了国家走向现代化重大课题的调查研究，我的新闻生涯也进入了一个新的生命周期。

在到九间棚之前，我对于新闻获奖之类的名誉还是有热心的。而对九间棚的调查研究，特别是九间棚的推出在民族危难时刻发挥的巨大作用，让我理解了新闻记者的核心价值。从此我认定了一条，那就是新闻要有利于实践，有利于社会发展，不要硬做新闻，更不能追求获奖，要彻底从那个太具行帮特征的小圈子里走出来，要立足于解决实际问题，要有"居庙堂之高则忧其民，处江湖之远则忧其君"的情怀，要有谏为苍生的责任感。

九间棚典型在全国范围内形成轰动效应，也让我获得党组织与人民的信任。中共中央政治局委员、山东省委书记姜春云专门接见我，认为"为宣传山东、宣传九间棚做出了特殊的、重要的贡献"。并让他的秘书孙清云记录整理作为文件下发。山东省委副书记高昌礼也亲自宴请我，称赞我说："你为山东人民立了一大功，山东父老兄弟不会忘记你。"

沂蒙山的百姓向县委、地委请功，县委书记綦敦祥专门向地委书记汇报我的事迹，临沂地委在王渭田书记主持下进行讨论，决定在全区开展“学习李锦深入群众调查研究作风”的活动。地委副书记李祥栋给新华社总编辑南振中打了30分钟的长途电话，转达沂蒙山区基层干部和农民的反映，新华社应该为有这样密切联系群众的记者而骄傲，并介绍临沂地委宣传部发出《向李锦同志学习加强干部思想作风建设》的决定的情况。

一个地区发起大规模的学习外来记者的活动，这在中国新闻界还是前所未有的事情。临沂地委宣传部的文件传至中宣部，中宣部部长王忍之与全国记协主席吴冷西分别做出批示，要求开展学习我深入群众调查研究活动。《新闻出版报》派记者三度到沂蒙山区调查核实我调查研究的事迹，总编辑谢宏写出社论，把我作为新闻界一面旗帜进行宣传。

这时候风言风语出来了，压力转移到临沂地委。李祥栋是沂蒙山区当地人，是搞理论出身的，在宣传部几十年，1989年九间棚典型出来后，《临沂大众报》发表时配了评说。第一次提出“沂蒙精神”这个概念的就是李祥栋。他是个性格直爽的领导，当晚给南振中打了一个长途电话。李祥栋直言，学习你们的人到底是好事还是坏事？你们记者在前方打仗，出生入死，老百姓都说他好，带来了老八路的作风，功劳很大，威信很高，可是有人却压制。异常谨慎的南振中一言不发，他相信沂蒙山区干部的反映，他更了解我。

不管怎样，在九间棚这块偏僻而贫瘠的小山村里，尝尽人情冷暖、世事不平的我付出了最真诚的情感、最艰辛的努力、最美好的时光，历经煎熬与考验，终于淬火重生。

在1990年，我连去九间棚村16次，帮助村里发展经济，排除困难。其后的几十年间，重返九间棚100多次，与九间棚、与沂蒙山区结下了不解之缘。我与九间棚的党委书记刘嘉坤亲如兄弟，情逾骨肉。为了九间棚的发展，做到尽心尽力，把自己的能力与真情都倾洒在这块土地之上。

李敬堂的《人民记者的崇高风范——记新华社记者李锦在沂蒙山区》一文记录了我与九间棚难以割舍的情感：

> 刘嘉坤与廉茂杰出差到了济南，李锦与夫人做了一桌子菜，两口子陪着劝酒劝菜。李锦领着他们到新华分社澡堂洗澡，还帮刘嘉坤擦背，让刘嘉坤很过意不去。
>
> 有时，村里人去多了，李锦家一屋子都是九间棚的农民，他们两口子强留着人家吃饭。逢上李锦不在家，他们家也是倒茶削苹果，很热情。
>
> 越深入群众，就越了解、越热爱群众，须臾不想分离，离开了则常常念叨。好几次离村时，农民一程一程送，直送出五六里。支书刘嘉坤眼泪盈眶，李锦也说不出话。常常走很远了，群众还站着不动身。而李锦应邀在山东教育学院讲社会主义理论课时，讲群众路线，讲九间棚的党员群众，边讲边流泪，大学生也泪流满面，台上台下情感交融，大学生们说这是他们听到的最好的报告。
>
> 每次李锦早上离开济南，下午到县里，晚上就上山住在村子里，他一来，村里就开两委会议，与大伙交谈一两个小时，然后帮助分析，李锦成了不在编的“支委”。县里帮村里搞规划，李锦和大家一条一条研究，一研究就是一下午；村里遇到麻烦事，李锦就找县里领导和各部门谈；他还与山下村庄的干部交谈，帮助九间棚村疏通与周围村的关系。

正是这种血浓于水的真情，让我在此后的岁月里时时都对九间棚心生牵挂。

第四章　觉醒：报道？还是发现？

（1992—1995）

1993年，有人告诉我滨州地区的博兴县兴福镇出现了100个百万元户，报纸上还没有报道过。老板们开着小轿车，拿着大哥大，很神气。当时所有制问题是个十分敏感的话题，国家还没有肯定非公有制，当地干部称这里是“白区”。

县里胆小的干部都不敢去那里，怕将来解释不清。我一下子在这里住了28天。

第一节　探索双星道路

一、“李锦是来潜水的”

1992 年是中国的市场经济元年，改革卸下计划经济枷锁，翩然前行。

在这历史性的转折年，我的双星调查与报道，成为市场经济初期的开路先锋。

1992 年春天，87 岁的邓小平先后到武昌、深圳、珠海、上海等地视察，并发表了一系列重要讲话。这个“南方谈话”，不但在政治上造成空前震动，也在经济上形成强大号召力。谈话指出，要加快改革开放的步伐，不要纠缠于姓“资”还是姓“社”的问题讨论；改革开放的判断标准主要看是否有利于发展社会主义社会的生产力，是否有利于增强社会主义国家的综合国力，是否有利于提高人民的生活水平；计划和市场不是社会主义和资本主义的本质区别。上述宣言，自然对僵硬保守思潮是强烈反击。

随着“南方谈话”的传达，一时间，解放思想，加快改革步伐，成为舆论之共声。

然而，对于要不要走市场经济仍在争论，市场经济道路该如何走，当时并无先例。当绝大多数人还在围绕“姓资”“姓社”的问题争论得面红耳赤的时候，我来到了青岛双星集团蹲点，在双星集团一下子住了42天，寻找破解这个难题的思路。

1992年春天，青岛双星集团专门召开新闻发布会，介绍企业管理经验。双星集团是一家以闯市场闻名一时的企业，它摒弃计划经济下企业只管生产、不顾销售、不问市场的旧观念，确立了“市场是企业的最高领导”的指导思想。1984年就以企业名义召开新闻发布会和新产品订货会，开始全面进入市场。在双星集团发展史上，总裁汪海有着不可替代的作用。志愿军出身的他个性张扬果断，曾亲自背着鞋四处推销。在他的运营下，双星成为当时全国最大的旅游鞋制造商。

走在市场经济前面的双星集团掌门人汪海。他说：别人是来“游泳”的，而他是“潜水”的，能沉到水底。会散了，记者们潮涌一般地散了，只有李锦老弟一个人在双星住了下来。

新闻发布会当天，来了60多家新闻单位。那时，尽管“南方谈话”已经发表三个多月，但还没有人站出来说，市场经济是中国经济改革的目标。真正全党范围内的市场经济争论，还是6月9日江泽民在中央党校讲话时提出“社会主义市场经济”这个概念后才兴起的。当时改革开放仍在姓“社”还是姓“资”之间徘徊，报纸上还没有出现像双星这种闯市场的典型，理论界也只是出现一些探讨性质的文章。

李宁的文章中记录下了双星集团董事长汪海说的情景：

> 李锦是能为企业出大思路、拿大调查的人，他把双星作为调研基地，来了很多次。1988 年优化劳动组合时便来采访，1992 年“破三铁”时，他的双星报道在《经济日报》头版连载了 6 天。给我印象最深的是 1992 年春天的新闻发布会，来了 60 多家新闻单位。别人多是来“游泳”的，而他是“潜水”的，能沉到水底。会散了，记者们潮涌一般地散了，只有李锦老弟一个人在双星住了下来。

我此时担任采访室主任已有五年时间，当时分社社长是蔡名照，新华社最年轻的分社社长，他在改革开放初期新华社调查研究之风盛行时出名记者中算是最年轻的，一到任便从调查研究入手抓队伍建设。他鼓励我拿出打得响的东西，还特意嘱咐副社长杨凤山发挥我的作用。辞行时，蔡名照对我说：“你没有完成发稿任务的问题，有事便让杨凤山通知你，没有事便不要回来，蹲到基层调研去吧，现在正是国家需要拿出新思路之时，也是你写大文章的时候。有事组织上自然会考虑你的，你放心。”蔡名照这个人，头脑异常清晰，眼界高，关心和爱护人才，注重发挥干部长处，其爱才之心，令我一直感念不已。

我去的时候带着《剩余价值理论》、《中国经济体制改革模式研究》等 20 多本书，还把 1987 年以来从报刊上剪下的 400 多篇关于经济体制论争的文章装贴起来，装了整整一箱子。汪海十分爽快，他对我说，双星就是你的研究对象，不管好的坏的，你都可以写。只要能给国家的经济发展提供建议，怎么样解剖都行。双星人的热情给我创造了良好的调研条件，一住就是42天。

胡英暖在《发生在中央决定的70天前——记探索市场经济之路的记者李锦》一文记录了我在双星调查研究的情景：

> 春天，李锦带着一箱子书和材料，来到了双星。不要人陪同，自己在车间找人谈话。他白天搞调查，晚上整理完材料再看书，每天的睡眠也就四五个小时。
>
> 他多次参加双星的工作会议，也讲，也听，也记。一个女工提拔了，李锦四次到车间采访她，又跑很远到她的家中和她的婆婆交谈，人家说得落泪，他也跟着落泪。还有一个女工因写错一个字造成责任事故，李锦与她交谈了很久，分别找六七个人谈话，为这事用了整整一个上午。他需要的是生动翔实的第一手材料。
>
> 见多识广的双星人感到惊讶，一个新华社的大记者为一个小小的细节不厌其烦。在中国，当一个有饭吃的记者不难，但当一个有追求的记者却不易。如今找几份现成的材料带回去编稿的记者已经不算稀罕了，像李锦这样下大功夫做调查研究的反倒少见了。双星的总经理汪海在大会上号召双星人学习李锦忘我工作争创一流的精神。

我一向认为，调查与理论研究都必须做到扎得下身子，沉得住气。沉到水底，摸清底细，才可能抓到鲜活的“大鱼”。在发表于《中国记者》的一篇文章里我曾写道：“出水要看两腿泥。深入群众抓第一手材料的能力，不仅影响我们研究成果与现实的距离，决定对实际工作的影响力，还将决定记者及时发现与提出问题的能力。”记者只有接地气，才有勇气，才有灵气。

对于双星集团的调查研究，我正是采用的这种“笨功夫”的实践。从双星集团闯市场的过程中，我看到了一种自发地走市场经济道路的实践。然而当时对于双星集团所走的这条道路，更多的人是从市场营销的角度去理解，认识偏于狭隘。如何从更大的历史背景去认识双星集团的实践，成为我思考的重点。

值得一提的是，当时《人民日报》记者杨振武也留在双星进行调查，那时几十家新闻单位的记者都已散去，杨振武在双星又住了一周时间，深入思索，反复琢磨，用心之深也是我在朝夕相处时亲眼看到的。当时，我们俩每天一起吃饭，饭后一起在海边散步一个小时。那时海边是一片荒滩，我们走到填海大坝的尽头再走回来，纵谈中国企业发展形势，交换在双星调查的看法。杨振武对我的蹲点调研深为感叹，并请我写出稿件后先给《人民日报》发一份。后来他收到我的稿件便将其发表在头版，看出两大新闻单位的记者之间同行相惜的情感。

二、总结出市场经济的模型

事实上，市场经济在中国民间早已暗流涌动，并非始于邓小平的南方谈话。早在1982年，我调查的山东省商河县白集农民卖羊肉的事例，就发现了商品经济的萌芽。胡耀邦总书记还作出批示认为“这是一个极生动、极有说服力的例子。许多问题值得我们思考。”胡耀邦的这番话，尽管没有明确指出“许多问题”为何物，但极有可能已经意识到市场经济之萌动。

80年代中后期，我国曾掀起关于市场经济的论争。1984年10月，十二届三中全会出现了“商品经济”的提法，明确指出“商品经济的充分发展是社会经济发展不可逾越的阶段。”然而1985年物价飞涨，通胀明显，中国经济“一放就乱”的老毛病重现。“商品经济”的提法，只能是改革岔道口前的折中选择。“企业主体改革派”的代表厉以宁与“整体协调改革派”的代表吴敬琏意见纷呈。1988年7月15日，《人民日报》发表了《社会主义商品经济也是一种市场经济》一文，党报上第一次正式出现“市场经济”这一名词，但也只是学术性质的探讨。第二年消费低迷，企业大面积倒闭，改革路线之争再次跃上前台，“计划派”向商品经济发难。整个80年代后期都在计划与市场的博弈中度过。这些关于经济体制争论的文章，我都一篇篇剪下来，装订成册。我因为了解了市场经济兴起的历史曲折，后来才能更好地从现实中归纳出问题。有些人怀疑你怎么能敢于肯定这些新东西，口气太肯定了。其实我自己哪有这么多先见之明，很多是报纸上已经提出来过，我只不过是心里装这么多东西，平时好剪报而已，关键时刻用上了。

这次到双星，我还带了一本名为《生物全息学》的书，尝试着把双星集团作为经济改革的全息胚来分析，以回答当时争论很激烈的国企理论问题。

“生物全息胚学说”由山东大学张颖清教授创立。这一理论告诉人们，一切动植物都是由全息胚组成的；全息胚都是整体发育的缩影，包含着生物整体的全部信息。

我将这一生物理论运用到典型的调查与研究当中，提出了“新闻全息胚论”。我觉得，如果说市场经济是一个完整的生物体，双星集团就是市场经济的一个全息胚，研究好了双星集团，就能为市场经济的道路开辟提供一个好的思路。把“双星”作为整个中国企业改革的胚胞进行研究，从中找出属于市场经济的本质因素，然后推测出社会主义市场经济机制的内容与框架。在中央没有肯定市场经济、上级没有提出、报刊也没有现成经验可供参考的情况下，我决心靠自己的调查研究完成这个课题，并系统地总结出典型经验，把双星集团作为第一个走市场经济道路的模型推出来，以事实来回答当时姓“社”还是姓“资”的争论。

青岛双星集团开辟市场，到沂蒙山区的沂源县金星乡办企业，成批的山里妹子成为新一代双星职工。

调研过程中，我探索性地总结出双星集团“向市场经济过渡的三个阶段”“建立产品销售等五大市场体系”“以竞争激励机制为核心的五大机制”和“全面换脑筋的二十项内容”等市场经济特征。双星集团从计划经济走向市场经济，是以全员、全面、全过程的三方面转变为标志的。所谓“全员”，即“全员走向市场，人人参与竞争”，双星集团动员所有员工一切向市场看齐，一切围着市场转；全员走向市场，也加速了双星集团“原材料市场”“资金市场”“劳动力市场”“技术市场”“信息市场”等市场体系的全面建设；而所谓“全过程”，就是从产品的生产、营销到售后服务等所有的企业工作都以市场为导向。

上述围绕市场而展开的工作，还要依赖一定的经营机制。所谓经营机制，是决定企业经营行为的各种内在因素及其相互关系的总称，主要指企业商品生产、商品交换活动赖以存在的社会经济关系。我在调查研究及学习理论著作的基础上，总结出了双星集团“以竞争激励机制为核心的五大机制”：

双星集团是从五个方面创新，终而形成了新的经营机制的体系框架。

经营机制的创新。他们通过兼并联合，走上集团化经营之路，根据市场需求优化要素配置。特别是销售机制由单向封闭的“计划—开发—生产—销售”机制转换为以市场为龙头，带动了向市场的全面转轨变型。

管理机制的创新。双星集团根据市场经济需要与企业特点，对企业内部配套改革的实践经验加以总结、提炼，最终形成“双星九九管理模式和市场经济条件下管理哲学理论”，其基本特征是“借鉴国外的，继承传统的，创造自已的”。

领导机制的形成与创新。双星集团有一个以全国优秀企业家汪海为核心的决策层。他们这里从来没有过“中心”“核心”的争论，都以市场为中心，形成万众一心奔市场的局面。

竞争激励机制的形成。以破除干部“铁交椅”为突破口的能上能下、能进能出、能多能少的制度改革，使双星集团及时解决经营机制的核心问题，为其他机制的创新准备了条件。

约束机制的形成。为了在市场经济中做到趋利避害，双星集团注意发挥部门预防风险的功能，在投资与消费的关系、长期见效与短期见效的关系问题上，形成自我约束的能力。

上述内容是我在双星集团的实践中摸索出来的。其后 20 年间中国企业研究一直讲经营机制转换，实质上与我在 1992 年提出的框架是基本吻合的。

在这组调查稿收尾时，特意加上一句当时青岛市委书记俞正声的话，“双星道路说明社会主义市场经济的价值，社会主义大有前途”。这个主题有归纳提升的作用。俞正声对调查做了较长批示。

7 月 25 日，在双星调研一个多月后，我返回济南探家。刚刚回去，青岛支社社长张荣大就打来电话，说化工部部长顾秀莲从新华社请来王文杰、杨理科等工业报道名记去双星考察，短短几天内便写出了一组调查。

斜刺里杀出这样一支实力强悍的队伍，我有些措手不及。因为最后发稿都要走新华社内参这一绿色通道，这一行人来自北京，显然处于强势。当时对于市场经济，全国上下仍在争论不休，我原本还想调查一段时间，但“强者”出现，打乱了我的计划。担心自己一段时间来的研究成果会付之东流，我被迫转变策略，抓紧赶制自己的市场经济模型。

时值夏天，济南天气异常炎热，气温高达39度，坐着不动也会燥热难耐、大汗淋漓。7月26日这天夜里，我一口气写出了《市场经济是企业发展的必由之路》的长篇访谈录。接下来的两三天里，依旧夜以继日地写作，连吃饭也顾不得，也没有胃口吃。爱人端来西瓜，我看也不看就往嘴里递，常把牙签吃到嘴里。为了抢时间，急得嘴唇上长满了泡，在高强度的写作状态下，我陆续写出了三万多字的调查报告、通讯特写与访谈录。

三、比十四大提前七十天

稿件完成时已是7月29日。

这时我才想起自己已经三天三夜未合眼，但此时正处于极度亢奋中，毫无睡意。我找到分社副社长杨凤山，说自己要马上到北京去。社长特批让办公室新来的小姑娘党慧给我打字。直到1992年，新华社仍然是记者稿件自己抄写，然后用传真机发到北京，通常只有单位文件或社长写的材料才由打字员打字。

当晚，我便踏上了开往北京的列车。到了北京，直奔二编室，找到主任张述忱。张述忱看了一下标题，便说，正需要，马上发。

7月31日晚上，发生了一点小摩擦。那天值班编辑在编发我的稿件时，将其中的“市场经济”一词一律改为了“市场竞争”。我认为市场经济是体制，市场竞争是经营现象，这一改便把层次降低了，于是跟编辑争执起来。我认为中国下一步肯定是市场经济体制。编辑反问，这是谁定的？市场竞争便是市场经济。我着急起来，说市场经济是个大概念，市场竞争是个小概念，二者怎能互换呢？然而无论我怎样解释，这位编辑丝毫不为所动。

一般情况下，记者必须对编辑高度尊重，不能过度坚持自己观点。可是市场经济与市场竞争确实不是一回事。无奈之下，我当晚硬着头皮找到了张述忱家中。张述忱是新华社内参部门负责人，是个责任感很强的业务干部，认识问题深刻而敏锐，稳健而厚重。对我的调研从来都是“高看一眼”。每次见面，我汇报不超过 10 分钟，他便拍板怎样上版面的问题，常常被安排在当天头条。

盛夏天热，人们纷纷在家乘凉，没有串门的，更没有因为工作找到家里的。我敲开门，连声向张述忱道歉。看到我一头是汗，张述忱没有责怪。听完我的陈述，张述忱马上拿起电话给值班编辑打了个电话，这才将标题中“市场经济”一词保留下来。

我敢于以“市场经济体制”立意，在于当时自己的政治判断。江泽民 6 月 9 日在中央党校省部级学员毕业班上的讲话指出，要加快改革步伐，把增长目标提高到每年 9% 至 10%（当时五年计划的官方目标仍是全国人大会议上所说的 6%）。江泽民说，要大胆学习资本主义国家的先进经验，进而把这些想法概括为“社会主义市场经济”。显然，这一说法是取代“有计划的社会主义市场经济”。

三天以后，邓小平表态：“其实深圳就是社会主义市场经济”。江泽民在中央党校的讲话开始在内部传阅，如果反响好的话，社会主义市场经济可以作为十四大报告的主题。不出意外，果然反响巨大。

就在江泽民“6·9”讲话在社会上层引起关注之时，我的调研文章发表了。

1992 年 7 月 31 日、8 月 1 日，新华社 4 期内部报道分别以《背水决战，八年杀出一条生路》、《一切围绕市场转》、《重要的是形成新的机制》、《创新管理是一场革命》为题，系统地介绍了青岛双星集团公司开拓市场经济道路的经验。

我的新闻生涯中最有特色的便是调查报告。通过典型的调研与经营过程，展示出新华社内参记者作为政府智囊的形象。新华社内参多是2200字以下的消息，而我的调研报告多是上下篇或几篇组成一个专题，是新华社当时少有的常发成组调查的记者。这是因为我的报道总是与中国的一号主题相关，多了便得到编辑部的信任与倚重。

全国人大委员长万里此时正在大连休假，辽宁省委书记岳岐峰、《经济日报》总编辑范敬宜前去看望。万里说，你们看看新华社的双星调查吧。万里认为，双星经验的总结是以第一手材料为依据，说出了社会主义市场经济的优越性，是市场经济中一个好的典型，应好好宣传，使人们增强信心。

范敬宜听后，立即赶赴济南，在南郊宾馆里听了我的汇报。范敬宜是范仲淹的二十八世孙，早期为《辽宁日报》记者，后来被打成右派。农村改革初期，因写作《莫把开头当过头》一文引起轰动。我们是改革开放后的第一批全国优秀新闻工作者，早已经认识。听完汇报后，范敬宜说："双星是市场经济中最成熟的典型，也是最成功的报道。"《经济日报》在头版刊登了调查报告，并连载六天。之后，范敬宜又亲自编发了我的长篇通讯《汪海与双星事业》，在头版头条予以采用。首都新闻界在头条一般不采用新华社地方新闻的通稿，范敬宜的破例处理可见其胸襟与气度。从此，我与范敬宜多次联系，结下深厚友谊。范总去世后，我曾写出四篇文章悼念他，都在博客上发表了。

与此同时，国内诸多新闻媒体也纷纷刊载我的调查报告，如《人民日报》、《工人日报》等共计33家，136篇（次）。《人民日报》在头版刊发了我的《双星在市场竞争中腾飞》，中央人民广播电台连续9天在中午12点的黄金时间分播我的调查。中央电视台以我的调查为脚本，拍摄了6条专题片。连香港《大公报》都以大半个版面来刊登我的双星报道文章。

杨尚昆、李瑞环、朱镕基、姜春云等中央领导以及青岛市委书记俞正声等领导相继肯定了报道。朱镕基说，我看到内参上介绍双星经验，有些值得重视的问题。国务院副总理邹家华也认为，现在关键是大中型企业转换经营机制问题，怎样发挥好各种生产要素作用，调动人的积极性，提高企业效益，“双星”经验值得推广。化工部部长顾秀莲把我请到自己家中，听取汇报并一再表示感谢。范敬宜甚至说，“搞调查研究，我们报社有个李锦就好了。”

一时间，“双星”似乎照遍中国。学习双星的活动也在全国各地轰轰烈烈地开展起来。据山东分社采编室《“双星”道路典型调查在各界引起的强烈反响》一文记载：

> 辽宁省省长岳岐峰在看到内参后，带人专程来双星考察。他说，双星经验是令人佩服的，看现场后更觉得名不虚传。中国北方的企业都能做到双星这样就大有希望了。他认为辽宁学山东，首先要学双星走市场经济道路的经验。回到辽宁后，他数次在大会上介绍双星的经验。辽宁省各地先后有300多个企业来双星参观，不少单位还组织“学双星，找差距”的活动。

双星集团各部门仅向外界发放关于市场经济的经验材料就达数万份。专程来双星参观学习的也络绎不绝，开始是化工系统业务部门来得多，现在已发展到由省长、市长和体改委主任带队，企业领导班子一起来。双星集团总经理汪海成了闯市场的英雄，受到很多人的尊崇。在全国企业思想政治工作经验交流会上，汪海的发言被一次又一次热烈掌声所打断。双星的产品也更加紧俏。尽管各分厂加快生产仍供不应求，春节前在济南和青岛市场买上一双双星高档旅游鞋也变得不是件容易的事。

1992 年 10 月 12 日至 18 日，党的十四大召开。会议明确提出了建立社会主义市场经济体制的目标。

山东分社的双星报道，先于十四大 70 天，提出了第一个国有大型企业走市场经济道路的模型，在全国新闻界第一个总结和推出市场经济典型的系统经验，同时用实践提出与回答了重大理论问题，为推动与促进市场经济体制的建立做出了自己的努力。

鲁采的《显示出调查功夫与研究水平》一文便认为："这组调查引起反响的主要原因是思想的超前性，较早提出市场经济的体制问题。当理论界仍然为姓'社'姓'资'问题争论不休时，而我们却已以第一手材料回答应该和必须'下海'，这是中国社会主义企业发展的必由之路和必胜之路。理论界据此认为，新闻界为确立市场经济立了功。这充分显示出新闻'用事实说话'的力量的探索性意义。"

四、调研者的"三重境界"

1994 年，我的双星集团调查报告——《开拓市场经济的双星之路》，获第 8 届山东省社会科学优秀成果一等奖。

山东省社会科学优秀成果奖是山东理论界的最高奖，也是山东省首次把理论界最高奖授予非专业研究人员。山东省委宣传部副部长赵锦良在全省理论界会议上，特地表扬我只身住在基层几十天进行蹲点的经历，并号召全省理论工作者学习这种深入改革一线的踏实作风，坚持"从群众中来，到群众中去"的理论创新道路。

一个奔波在报道一线的记者获得专业性理论大奖，在别人看来是不可思议的事情，甚至引起议论。获奖的原因，在我看来是始终不满足于新闻事实的纯粹报道，总是志于探寻社会改革与发展的规律。90 年代，我提出新闻记者的"三重境界"说，表明这时我对记者有了新的眼界与诉求。

中国古代有“太上立德，其次立功，其次立言”的说法。受这种说法的启发，我在 1994 年完成“双星道路”“兴福现象”调查后提出了新闻记者的“三重境界”说。我认为当记者有三个层次：刚参加工作时以捕捉与报道新闻信息为主；后来对报道事实力求入其里、求其质，以寻找角度提出观点为要；再后来要把主要精力放在改革与社会发展的规律探求上，意在报道重要的新思想。当然，这三重境界常常是互相渗透、互相转化的。

新闻报道的目标，在于以新闻渠道传播理论观点，以理论思维提高新闻报道水平，走一条“发现思想，引领社会”的道路。

我还有一个典型调查报道的“五个一”工程理论，也是在双星调查后形成的。即一个典型要有一组探讨发展思路的调查报告、一篇推出人物的通讯、一篇阐释观点的人物访谈、一组表现现场的新闻照片、一篇开拓深度的理论文章。调查报道搭建了骨骼和框架，通讯特写勾勒了血脉与肌肉，人物访谈点击神经敏感部位，新闻照片活跃了眼睛等五官，理论文章亮出了头脑灵魂，这样几个东西都出来了，一个活生生的“人”便跳出来了。这一理论意在表达对一个典型要充分地开发，调研成果要从广度和深度上去挖掘，有个系统的思维。

一个优秀记者应该是什么样的人？我认为，应该是“比别人更早地发现决定社会主要矛盾的重大主题，提出解决问题的思路，与众不同，恰恰是真知灼见，在最恰当的时候传播出去，影响社会、推动历史进步。”这是我在 1994 年提出的新闻人才的六条标准。这六条要素中，“比别人更早，问题最重要，报道最及时，社会影响最大”是根本性的，也是我个人奋斗目标的定位。

80 年代初，我曾在新华社提出“新闻信息网”“三级朋友网”“第一个浪头新闻”“上得天光，下接地气，以总书记的眼光、农民的心来思考”等一系列理论看法。90 年代前期，我开始了第二次理论总结。新闻全息胚论、新闻记者的“三重境界”说、“五个一”工程、人才的六条标准论，这些不是教科书上得来的知识，而是在改革与新闻实践中提炼出的人生精华。

很多记者到了 36 岁便觉得走上顶峰，便无路可走了，发生转型现象，转行当官去了。其实这是个瓶颈阶段。我是从 30 岁后有一次总结，到了 40 岁后，确立了一些更高远的标准，只有到了这时候，也才能够提得出来。到了成熟期，再总结一次。我经历了 30 岁、40 岁、55 岁三次大的总结，每次确立新的目标，寻找到新的动力，就是这样一步一步走过来的。

第二节　发现“兴福现象”

一、被跟踪的神秘人

20 世纪 90 年代是改革开放向纵深推进的关键时期。解放了体制问题，便轮到所有制了。从 1992 年起，长期在政策反复间动荡的中国经济经过数年调整，逐渐驶上高速、健康、稳定的“黄金车道”。与此同时，中国经济的一个核心问题——所有制问题，仍是一个亟待解决的时代难题。

在中国，“私有”或“私有制经济”是长期以来人们避之唯恐不及的名词，私营经济也经历了由死到生的过程。1989 年至 1992 年，私有制经济出现较大的回落和滑坡，私营企业大量歇业。1992 年的邓小平南巡使私有制经济再度兴起，出现了前所未有的发展势头。那年秋天召开的十四大也指出：“在所有制结构上，以公有制包括全民所有制和集体所有制为主体，个体经济、私营经济、外商经济为补充，多种经济成分长期共同发展。”然而“补充”一词仍是一个极为模糊的概念，私有制合法问题，仍然是困扰中国经济前行的核心问题。

1993 年，山东滨州市社联《渤海论坛》的编辑吴昀国来济南向我提供了一个新闻线索，说滨州地区的博兴县兴福镇出现了 100 个百万元户，报纸上还没有报道过。当时所有制问题是个十分敏感的话题，这些百万富翁都是个人创业，当地干部称这里是“白区”，“白区”是战争年代人们对国民党统治区的称谓。县里胆小的干部都不敢去那里，怕将来解释不清。一个小镇出了 100 个百万元户，在山东乃至中国北方都是个奇迹。

这一年年底，天气正寒冷，吴昀国领着我到兴福镇转了两天。我觉得，市场经济在相当程度上是能人经济，一个小镇出这么多能人，里面肯定大有文章可做。我决定再冒一次险。

1994 年春天，我由济南直奔兴福镇。我是带着两个大问题到兴福镇来的，一个是欠发达地区如何发展市场经济；一个是所有制改革问题，到底该不该承认私营经济。

来到兴福镇的当晚，我住到了公路边的一家小旅馆，那是一间略显阴暗的简陋小屋，除去一张木架竹子床和一把椅子以外没有任何摆设，每个床位只要 20 元。在那里，我断断续续地住了 48 天，最长一次住了 28 天。这 28 天里，没有回济南，也没有到县城去过，一直在镇上。

第二天一大早，我先画了一张地图，标明每个村庄的具体位置，找准“白区”的中心位置，看哪里出“土匪”多。我找来一辆自行车，一个村一个村地逛。逛了没几天，就觉察到有人跟踪。原来我的出现引起了镇上的注意，镇领导特地派来农民通讯员王际灵来探查情况。后来镇委书记张英锋想要陪同我一起采访，我推辞道：“你一陪，我就不自由了，何况我要住几个月，你陪得起吗？”

张书记被唬住了，但是他要求小王每天晚上向他汇报一次，以便了解我的行踪。

张书记提出要给我派一辆调研车，我说：“如果坐着小车进村，便听不到真话了。”就这样，我骑着自行车转遍了兴福镇的每个村和每个企业，走访了300多家农户，光采访本就用了10多个。见到老人就喊大爷大娘，棉花怎么管理、小孩是否孝顺、亲家间能否合得来……在洪福园采访，我像村里人一样卷着煎饼大葱啃，大娘说，你可像俺庄户人哩。兴三村60多岁的农民吉德昌与老伴拌嘴生了气，还从家里拿着花生米来找我唠嗑消气，一聊就是两个多小时。

这一批70岁左右的老大娘随儿子进城后到镇上的洪福园种花，看护园林。她们说，做梦也没想过能做城市人。

陪同采访的通讯员王际灵，后来成了我的学生，他很聪明，学习很用心，耳闻目睹我的调查研究过程，进步很快，成了县委专职新闻干事。在《兴福作证——李锦是怎样开辟民营经济调研基地的》中他记载了我在兴福镇调研的情形：

李锦老师每天早上7点出门，下午6点回宾馆整理采访笔记，晚饭后步行到附近农户家中走访，晚上10点回家。一天工作15个小时，我觉得非常累，通常一觉就睡到天亮。而李老师头脑里装满问题，像不知道累似的。在兴福镇第4天晚上，小旅馆的老板忽然找我，说这位客人不自觉，每晚灯总亮大半夜。我婉转地将宾馆老板的意见转告了李锦老师，得知他每天晚上看《马列选集》和《资本论》，写东西都写到凌晨两点以后。旅馆老板很感动，说为公家的事这么卖命，真少见。

1994年初夏的一天晚上，风雨大作，电闪雷鸣。李锦老师突然接到女儿的电话。李老师爱人出差了，正上小学的女儿，就一个人在家，自己做饭吃。济南正下暴雨，家中窗户被狂风吹开后，女儿不敢关窗户，还说煤气罐漏气，屋里有煤气味，不敢点火做饭。他赶快打电话请邻居郝晓云照顾。接着又打电话给女儿哄着说："爸爸有急事，过两天就回去。"我发现李老师打电话时眼里噙着泪。从4月28日到5月26日，李老师这次在兴福镇一住就是28天。济南离兴福镇只有两个小时的路程，镇党委多次派车劝他回家看看，而他为了摸清情况，蹲在农村就是不回去。在这28天里，他从没打过一次牌，唱过一次歌，连博兴县城也没去过一次。他是把自己的整个身心都投入到调查研究中来了，心中哪有自己。

通过28天走访调查，我对于兴福镇的总体形势与兴福镇暴发户的基本情况有了一个大致的了解。

兴福镇位于山东滨州、东营、淄博三地市的交界处，战争年代，这里是国民党军队、日本人、土匪与八路军拉锯的地方，社会关系复杂。长期以来，这里资源匮乏，基础薄弱。然而十四大召开一年多后，这个3.3万人的小镇却突然涌现出100多个百万元户，农村经济发展以每年57%的速度急剧上升，农民人均存款达2870元，居山东省乡镇最前列。

这个镇一直到1985年还是一个“鸡鸣听三县”的荒芜之所，不依山傍水，地下没资源优势，地上没有名优特产，不靠大城市，又没有国家的项目、资金启动，为什么比其他地方发展得快？是什么促成了兴福奇迹的产生？我觉得有一种东西在撞击着自己，一时间又说不出来。

走访过程中我了解到，兴福镇的突破来自闯市场的私营企业主。1983年，只有29岁的赵村农民王志华挑着担子到青岛替人家挨家逐户修蒸笼混饭吃，后来学会做铝笼。1984年秋后，他与王向云、王志水、王志温和王长明等人联合创办了兴福镇第一家蒸箱厂，接着王志华便大胆地与山东工业大学签下了第一份合同，承接了首批加工任务。接着赵马、兴福、南吴、付元、西毛、东秦、西秦也相继办起了蒸箱厂。到了1986年，王志华投入14000元，经半年多技术攻关，试制出我国第一台电汽两用蒸箱，刚出手的60台很快销售一空，这项技术革新成果一下子带起50多户；接着他们又搞起电烤箱、冷冻箱……产品覆盖全国三十个省、市、区，并走向韩国、新加坡、俄罗斯等国家。

“一人富，数人跟，一群富，带全村。一业带多业，一村带多村”，正是这种连带效应使兴福镇86%的劳力搞家庭工业，50%的劳力从土地中走出来，专门从事二、三产业。兴福镇经济在发展中也形成了属于自己的规律，即以家庭工业为基础，以全国市场为依托，主要原料与产品两头在外，以购销队伍为骨干，以“一户带全村，一村带多村”为形式的发展模式。如今，兴福镇的厨房设备有12大系列184个品种，在全国各城市开设了500多个厨房设备柜台，产量占全国厨房设备的三分之一，而成套厨房设备产量占全国的70%，是全国最大的厨房设备生产基地。

在兴福镇调查一个星期后，听说山东省省长赵志浩在滨州检查春耕，我立即赶赴滨州市区。赵省长开完会，已是晚上10点钟，我向他汇报了半小时，请求他到兴福镇去看一看。当时在场的还有省政府秘书长邵桂芳、副秘书长董昭和。董昭和在平原县王村店当公社书记时，我就曾去采访过。他向省长介绍，说我是山东改革开放的大功臣，邓小平、胡耀邦、胡锦涛都表扬过。听了我的汇报，赵省长也感到十分惊讶，说从来没听说山东还有私营经济这么兴旺的地方。

第二天一早，赵省长就专程赶赴兴福镇。在那里，他走访了五、六户人家，最后在范曰光的展览室里写了“国兴民福”几个字。赵省长是从基层上来的，对下面情况熟，做事也有魄力。临走上车前，他对我说，兴福镇依靠农民自己的力量发展市场经济，很有典型意义。但是不能忽视政府的作用，政府在这时干什么，还有个混合所有制问题，到底怎么混合，要回答好。你好好调查，如果确实有推广价值，回去后我们商量一下，看是不是能在全省宣传推广。

二、与市委书记密室长谈

赵志浩省长走后，滨州市委书记王道玉不断向县委打听我的行踪，到了调研的第 24 天，王书记派秘书小冯将我接到了滨州。晚饭由市委副书记黄学军、滨州市宣传部长贾玉忱、滨州市社联编辑吴昀国作陪。黄学军主抓农村工作，他对我的调研精神很佩服，对“兴福现象”态度也很明朗。晚饭后，王道玉与我进行了一次长谈。两个人关起门来谈起了国家的经济制度问题。

自十一届三中全会以来，党中央的历届重要会议，都突破了传统模式的束缚，为发展社会主义理论有过一系列的建树，推动了改革开放的逐步深入。十二届三中全会把社会主义经济定义为有计划的商品经济；十四大确立了我国改革的社会主义市场经济目标，十四届三中全会为实现这一目标作出了具体规划，并对“公有制为主体”作了进一步的解释。这些都已触及到社会主义本质和社会主义经济基本特征的理解。

但是，当问题涉及到正面论述社会主义社会的所有制结构，特别是私营经济问题时，便戛然而止，不再深入了。所有制已成为进一步推进改革开放的主要思想障碍。当时已是十四大召开的一年后，经济发展过程中对立思潮又起，所有制问题已经成为争论焦点。有人认为中国经济只有私有化一条出路，只有个人利益最大化才有最大的积极性；反对者则认为，社会主义已实行市场经济，不能再朝后倒退，迈进私有制这道坎，社会主义就完了。而我则认为争吵无济于事，最要紧的是找出解决问题的办法来。兴福镇所做的，便是找这样一条路。

调查中我千方百计想要绕过“所有制”这一敏感话题，可是又实在无法逃避。调查愈是深入便愈觉得要坦然地面对这个问题。

兴福镇曾经是私营经济极为发达的地方，或者说兴福的繁荣是建立在私营基础之上的，而兴福农民成功地走上市场经济道路，当需要进行规模经营时，又向集体所有制靠拢。经过一个周期性循环，使他们明白，根子本来就不在所有制上，而是在经营方式上，要求变更所有制或害怕变革所有制，都是没有找到问题的本质。

看到了这一点，我对于所有制的思考变得清晰而深入起来。

通过兴福镇的调查，我回答了当时社会上对于所有制问题的疑惑：一是提出混合所有制结构，在落后地区可以多种所有制共同发展，私营经济是很有生命力的。私有经济是社会主义市场经济的重要组成部分，这要作为国家基本经济制度确定下来；二是提出所有制实现形式，公有制可以找到与市场结合的实现形式，不同所有制可以采取同样的实现形式，同一种所有制也可以有不同的实现形式。所有制的实现形式并不直接决定所有制的性质；三是可以把按资分配与按劳分配结合起来。最后我得出结论：我们党要承认私有制的地位，在党的报告和宪法上要写出来。

听到这里，王道玉书记十分震惊。王书记是山东鄄城人，大学毕业后被分配到博兴县湖滨公社，是从基层干起来的领导，很了解实情，为人又厚道，平时很谨慎。可是听过我的这一番分析后，他有点接受不了。他说，老李啊，你为我上了一堂党课。听君一席话，胜读十年书。山东不少领导说你是真懂马克思主义的，有大见识。我今天是开了眼了。不过，你研究的问题太大了，我一个小市委书记可担不起啊。

王道玉的话很客气，对我说了不少勉励的话，自然是感谢有加，可是让他承受太大的政治风险，他实在受不了。滨州市在山东是穷地方，被称为欠发达地区。我的调查报告标题便是《欠发达地区农村发展的必由之路》。但我的调查尽是在说民营经济，给人感觉只有民营经济才能发展。文章的结论是说私营经济也是社会主义生产力。王道玉关起门来与我谈话，便是想摸个底，定个调子。因为兴福镇在博兴被人称为“白区”，也叫“小台湾”，王道玉在博兴待了许多年，十分清楚。他见我到白区这么长时间，又是新华社记者，如果捅出娄子，出了大事，弄不好要犯政治错误。但他从内心里也觉得这条路子是对的。我跟王道玉讲，私营经济肯定也是社会主义经济的组成部分，以前没有这一条，以后肯定会加上，只有公有制是不行的，事实上已经走到这一步了，只是宪法和理论上还没有承认。对于兴福经验，可以从两个角度来理解，一个是所有制，一个是市场经济。市场经济就是政府与企业的关系。如果重点讲所有制，风险大一点。如果讲市场经济，没风险，但力度小一点。王道玉马上说，那就是市场经济吧。

我们最后商定，还是叫“兴福现象”，不能称“兴福道路”，或者“兴福方向”，那样就太出格了。“现象”这个词是中性的，提出来让上面定。他又提出来可以加“政府创造环境，社会发展经济”这句话，把这个意思作为主调。我答应可以加上去，政企分开是市场化改革的一个核心问题。

与王道玉书记的谈话进行了7个小时，从晚饭后一直到深夜两点。王书记体恤下属，十一点左右便让秘书小冯与服务员回去了。到深夜两点，钥匙开不了门，两人只好越墙而出。市委书记托着我的腚将我推上去，我再把市委书记拽上来。两个人上来后，同时观望四周，没有人看到，两人相视而笑。这次长谈画好了“兴福现象”系列活动的蓝图。省里由王道玉找省委书记姜春云、省长赵志浩汇报，请他们表态；北京由我发内参；市里则组织完善“兴福现象”经验，让黄学军组织人去北京请专家，组织研讨会，开展学习“兴福现象”活动。

在兴福镇调查期间，傅园管区书记赵秀明还向我介绍了一件令我感兴趣的事情。在官厂村，农民出于脱贫致富的愿望，把非上级指定的候选人建筑公司经理王树学选举为村委主任。因为王树学个人财产有100多万元，镇上不敢答应群众要求。于是40多名农民联名请愿，最后王树学获准任命为村委主任。听罢赵秀明的介绍，我专程赶赴官厂村调查，并写出题为《请市场经济先锋人物上台》的调查报告。我是这么写的：“这是中国农民的伟大创举，是一笔无可估量的政治资源，必将在21世纪初发挥巨大作用”。2001年，通过博兴县兴福镇24个私营企业主入党并担任基层党支部书记的报道与分析，我提出“新阶层入党论”，在理论界掀起了一场轩然大波，也因此为自己招来一场猛烈的抨击，这便是后话了。

三、十五大报告的新修改

在与王道玉书记彻夜长谈后，我返回兴福镇。经过前后48天的调查采访，我完成了一组五篇共计两万余字的调查报告，以自己亲手调查来的材料为“兴福现象”背后的所有制理论提供了依据。重点稿件《欠发达地区农村改革的新思路》和兴福镇调查（一组三篇）刊出后引起反响。

山东省省长赵志浩在调查报告上作了批示，认为兴福的“真经”是抓住了人的要素，找到了农村发展的突破口，这是欠发达地区农村快速发展社会主义市场经济的新典型，是山东农村改革的新鲜经验，应当予以重视。

中共中央政治局委员、山东省委书记姜春云也认为这是个好典型，并批示责成省委副书记韩喜凯抓好这个典型的公开报道。1994年8月11日，姜春云在听取我汇报后专程至博兴调查，予以充分肯定，认为“这个典型不仅在欠发达地区农村深化改革方面找到新思路，而且在基层党建方面有新的探索。”

刚刚搞完“兴福现象”，回到济南，我便接到省委通知，让我随同中央政治局常委、书记处书记胡锦涛同志调研。在飞机上，胡锦涛问我还有什么好典型时，我向他介绍了兴福镇。胡锦涛说：“这可作欠发达地区农村基层组织建设的一个典型，有特点。不过先要放一放，过一段再说。”

为了使这项报道形成规模效应，我在访谈录、调查报告的基础上，又完成包括长篇通讯、消息、评论员文章和一组照片在内的“六个一”工程，不同体裁的文字稿计达4万多字，照片24幅。我带着这一大堆材料，到北京找到南振中、范敬宜、徐光春等老熟人当面汇报。经新华社总社各编辑部发出后，为国内外报纸纷纷采用。

1994年11月7日至9日，一个规模大、层次高的“‘兴福现象’与推进农村经济市场化研讨会”在博兴召开，来自中央政策研究室、中央宣传部、中央农村工作领导小组、国务院研究室、国务院发展研究中心、中国人民大学、农民日报社及山东省农委的专家、学者出席了研讨会。紧接着，滨州地委、行署又召开一次“滨州现象”研讨会。会议上，王道玉书记介绍了“兴福现象”的调研过程，称赞我为山东省的大手笔，北京的专家学者发言时也纷纷盛赞我在群众中调研的功夫，说了些鼓励的话。

这是滨州在建国后召开的理论层次最高的研讨会，当时市委副书记黄学军安排宣传部副部长庞允悌和研究室李延典到北京请到不少人。玉珏、刘伟、贾春峰、魏杰、范恒山、马建堂、艾云航、范照兵、郑秀满、叶光庆、马传栋等知名学者齐聚一堂，阵势浩大。

“兴福现象”的推出使兴福镇一跃成为全国瞩目的焦点。内参首次推出后，从中央、省、地到县先后有 13 个部门派出工作组到兴福镇进行调查，从不同角度提交的调查报告就达 16 份，体改委、建委、农行、工商局等部门纷纷把兴福镇作为全国或全省试点单位。同时，学习兴福镇的活动迅速由滨州地区向山东省乃至全国各地展开。截至 1994 年 11 月底，来兴福镇参观取经的已有 11 个省的 3 万多人，既有来自政策研究部门的，也有乡镇干部，其中自费来参观的个体户就达 4000 多人。

1997 年 9 月 12 日，党的十五大在北京召开。邓小平去世后，中国将走向何处，人们期待着这次会议能作出明确的答复。江泽民总书记在报告中对传统公有制理论作出重大调整，报告指出，公有制为主体、多种所有制经济共同发展，是我国社会主义初级阶段的一项基本的经济制度。同时，十五大报告还提出所有制实现形式多样化理论和按生产要素分配的理论，把公有制和公有制实现形式区分开来，从理论上回应了公有制完全可以和市场结合的难题。这是具有划时代意义的重要论断，是中国共产党人对近五十年的经验教训的一个总结，以至于有人将其视为 1978 年关于真理标准的讨论、1992 年关于姓“社”姓“资”的讨论后第三次重大的思想解放。

我到兴福镇调查研究、总结出“兴福现象”，早于十五大三年。十五大的召开，终于回答了国人对于所有制问题的困惑，随着十五大对姓“公”姓“私”争论的终结，兴福镇再一次成为山东人的朝拜之所。

中共中央政治局委员姜春云说：抓出好典型，一要靠典型自身硬，二要党委政府抓，三要靠高水平的记者与理论家。只有深入到事物内部才能抓住本质，讲起话来才有说服力。“九间棚沂蒙精神”与“兴福现象”都离不开李锦同志，他肯深入群众，也会深入群众。

实际上，从“兴福现象”开始，我就把兴福镇当作了自己的“思想实验区”，跟踪10年。通过兴福镇的实践，我已经走出了传统的新闻记者老路，集政策探索、理论研究与新闻报道于一身。此时，我已经学会运用献计献策直接参与典型培养、运用内参渠道参与政治、运用新闻媒体推广思想的做法。

1997年10月，十五大一结束，山东省委副书记韩喜凯就带领30多个厅级干部直奔博兴县兴福镇，研究兴福镇民营经济现象，以此作为对十五大精神的响应。此时的我，早已远赴西藏担任分社副社长，然而那次研讨会上，众人还是不由自主地说起我在兴福镇的深度调研，说了不少好话。

第三节　提出资本经营理论

一、国有企业的困境

20世纪90年代，国有企业改革进入一个关键期。

从1984年起，尽管经历了放权让利、承包制、“破三铁”、利改税、股份制等一系列改革，国有企业的经营状况却持续恶化。1988年之前，国有企业的亏损面一般不超过20%，但是进入90年代初，国有企业出现了盈亏“三三制”，即明亏、虚盈实亏、盈利各占三分之一。随着民营经济异军突起，国有经济日益窘迫。1995年，国有企业亏损户已达40%，经济效益全局性下降，700万人停工，200万人下岗，3000万人成为“富余”职工，几乎到了难以为继的境地。

就在这一年5月，江泽民总书记南下考察苏、沪、浙三省市，6月又北上考察黑、吉、辽三省。两次紧锣密鼓的出行，阵容庞大，似乎把企业改革推到了改革舞台的中心。然而企业改革到底要走什么路，上面对此并没有提出明确的思路。

此时，计划经济思想与社会上“左”的思潮纠合在一起，形成一种暗流。有人认为市场经济是资本主义，会造成国有资产大规模流失，社会主义前途面临安全问题。经济界“左”的思想不像思想理论界那么露骨，但其影响力更大，破坏性更大。刚刚提出的社会主义市场经济体制面临着市场经济庸俗化的挑战和传统计划经济思想的强力反扑。我到了总社国内部经济室，编辑吴锦才说，总编室传达下来的口径是“只讲国有资产不流失，其他不要宣传”，命令式的口吻使我的心一下子沉到底，恰恰激起我的一种逆反情绪。我个人感觉市场经济体制的目标确立后面临第一场“颠覆”，虽然报端并没有这么讲，但我敏锐地觉察到这是“收”了。

从宏观上看，中国需要继续回答什么是市场经济体制的本质，怎样搞市场经济，社会主义市场经济的发展道路是什么。从微观上看，1995年的形势需要回答企业改革的发展方向是什么，国有资产能不能流动，这是中国当时最大的实践问题。如果找到突破口，便风流云散，呈现在我们面前的将是一个晴朗的天；如果找不到突破口，阴云聚集，更多的乌云会翻滚而来。

正在此时，胜利油田大明集团正遍寻调研高手，大明的人通过东营电视台的刘勇请我来调研。

当时，胜利油田管理局对大明集团非常重视，在资源上提供支持，大明成为胜利油田的一面旗帜，在全国石油战线也有点影响。大明集团请我的目的是为上市树立品牌形象。当时对上市公司指标控制十分严格，1995 年，山东省只有两个指标，意图上市的企业不下于 100 家，竞争十分激烈。在全国石油系统还没有一家上市的情形下，大明集团被胜利油田推到了前台，具备了竞争优势。但在山东，名牌企业很多，关系也很多。这种情况下，大明集团上市遇到的竞争还是很激烈的，需要树立形象，形成优势。

大明集团的前身是以胜利油田待业青年与富余职工为主体组成的劳动服务公司。1993 年改造为股份制企业后，仅仅经过两年时间，集团利税即达 5581 万元，税后利润达 4111 万元，分别相当于两年前的 8.9 倍和 9.8 倍，全员人均税后利润是两年前的 15 倍，净资产增加 15 倍。在国有企业全面亏损的普遍状况下，堪称一枝独秀，显然具有调研价值。

为摸清企业的情况，在大明集团的几十天里，我调查了 17 个企业，走访了 200 多人。企业领导班子的 11 个人，我一个一个谈过去，每个人单独谈半天，就用了 6 天。听说有个叫董玲的落聘女工对领导有意见，我也不亮身份，找上门一聊就是半天，采访记录写了几十页。

“观千剑而后识器”，是提出新思想的重要途径。除了调研，我尽可能地利用一切时间进行理论学习。季明的《一个重大经济理论的发现与提出——记李锦在大明集团提出资本经营理论》一文，记录了我当时学习与研究的状态：

> 5 月 31 日晚，李锦在胜利油田大明集团调查，我与他住在一个房间。到夜间 12 点我便睡了，他仍在看书。快天亮了，我上卫生间推门一看，李锦正坐在马桶上捧着厚厚的《资本论》在学习。宽大的洗漱台上摊开《管理新潮》、《资本实证论》等

几本书，书边沿上密密麻麻地布满了他划的标志与批注。

原来，他怕灯亮着影响别人睡眠，便到卫生间看。我看了，感到一种极大的震动。他说：现在企业改革进入深层次，对马克思讲的资本价值要认真领会与研究，不仅要研究原著，还要研究西方现代经济学新著，结合市场经济新实践，解决好企业发展中的难题。他住在企业调查，从济南带来包括《资本论》、《邓小平文选》在内的20多本经济理论书籍，把房间的窗台摆满了。白天搞调查，晚上学习与啃书本。学一会儿，写一会儿，一夜写到天亮。据我所知，油田有三个人与他住过一个房间，都说他一夜学到天亮。

调查中，我两次推翻了自己设定的主题。第一个主题是“富余职工的奋起”，反映国有企业的困境，这与传统的新华社口径相吻合；第二个主题是“投资回报率”，反映国有企业的经营管理，这与中石化的口径相吻合。思前想后，我觉得两个主题都不能最恰当地表达出大明集团的特点来。更重要的是，这不是国家的迫切需要。但集团公司希望能以投资回报率为主题，因为这样更能凸显出公司形象来，为此我与总裁还僵持了一段时间。他请我吃饭，饭桌上说我们请您来，是为我们说话的。我含蓄地与他开玩笑，我得先考虑国家，再考虑你们集团，最后也把我新闻需要考虑进去，你不着急，我们商量着来，最后是三者都满意。我们来个先国家、后集体、再个人。他也笑了，说我们相信你，这算是沟通吧。

正当我为报道的主题踌躇难定时，大明集团一条花岗岩切割生产线给我带来了灵感。

1993年冬，大明石油新技术开发公司制造出多条花岗石切割生产线。没想到，一部机器的试制成功引发了大明集团的资本经营结构革命。

当时大明集团准备办石材公司，需要花岗石切割生产线，若从国外引进，每条需200万美元，这对大明集团来说，几乎是倾家荡产的一掷。年轻的总工程师张鑫奉命很快拿出制造方案，开支不到400万元，价格仅占引进设备的1/8。

然而，建造这条生产线并没少花功夫，仅图纸就画了2000多张，叠起来有1米高，技术涉及自动化、机械、液压、焊接等多门学科。张鑫请12位教授与高工分头设计，并分别在6处工厂加工，最后借用机修总厂的大车间组装试车，设备材料也多是利用闲置的材料。当决策者们来到近百米长的钢铁长龙面前，很多人不相信这是大明人自己干的。

张鑫干过车工，懂生产流程，知道怎样又省料又快速；干过技术员，上过大学，会搞开发设计；干过总经理，会经营。他把人生经验也当做资本配置到花岗石切割生产流程各个环节，他这个总工程师实际上是资本总配置师。从工程师张鑫的一条生产线的成功中，我确认了资本组合而增值的规律，这是市场经济的本意，也破解了资产不能流动的难题，我高兴地对陪同的大明集团党群部刘彦华说，“找到钥匙了！”这天的午饭吃了四个小时，两人边吃边讨论，在饭桌上把这个主题敲定下来。

由这条生产线反观整个大明集团，资本因合理流动与配置，岂不正是其一枝独秀的原因所在？我顿时豁然开朗。就这样，我与马克思《资本论》的核心词汇——“资本”狭路相逢了。

二、钻入《资本论》

资本是能够增值的价值，这是我在大明集团调查报告中提出的一个核心观点。

与以往报道不同的是，我的这次调查首先是以理论新发现引起全国关注的。这样总结，首先便遇到一个巨大的拦路虎，这就是马克思对“资本”的定义。

资本是能够带来剩余价值的价值，这是马克思对“资本”所下的经典定义。他把资本家当成一种物化的资本，揭示的是资本的社会属性。在1995年前党的代表大会文件中，我们都找不出“资本”这个词。如果有的话，是作为政治词汇“资本家”“资本主义”出现的。当时，江苏人民出版社出版的《我的经济观》收录了中国最著名的100位经济学家的代表性论文，这套长达120万字的丛书，有厚厚的五大卷，我一篇一篇读过去，竟找不出一篇与资本相关的论文。所有经济学家几乎无一例外地回避了“资本”这个词。因为这个词是马克思经济理论的一块基石，没有人敢去碰撞这一官方认可的结论。

研究过程中，我发现可以用马克思的话来破解马克思的另一些话，对于再生产和总生产进行分析的《资本论》的第二、三卷，马克思不仅承认了资本的社会属性，也承认其自然属性。而我们的习惯思维则过于关注资本的社会属性，忽略其自然属性，甚至用其社会属性取代其自然属性，这就使得资本在我国经济再生产过程中应有的作用没有得到有效的发挥。

资本的社会属性是资本归谁所有的问题，而资本的自然属性则是资本一定要实现价值增值的问题。资本不管归谁所有，在谁手中，就其本质而言，它都要实现其价值的增值，否则它就不成为资本。而从过去到现在的历史表明，人们之所以要在资本的归属问题上费尽心力，就在于资本是可以带来增值的价值。正是在这个意义上，可以说，资本的社会属性是由资本的自然属性决定的。

基于以上思考，我“胆大妄为”地重新定义了“资本”一词：资本是能够增值的价值，也就是说把剩余价值的解释摒弃了。

如今看来微不足道的小改动，在90年代是要冒着极大的政治风险的。因为资本虽是一个经济学问题，但这样的改变绝不只是一般的理论是非之争，它关系到马克思主义发展与创新的核心问题。

通过大明集团资本流动的情况，我想告诉人们：一、资本是一种价值形态，不仅是资金；二、资本能增值；三、资本需要运动。资产是“死”的，死的放在那里就会消失，而资本是“活”的，活的就能增值。四、产权也要流动。有了资本的思想，就得想办法增值，就得突破所有制与产业结构的限制，就得转变经济发展方式，把企业改革向最深处推进。

山东大学教授、经济学家臧旭恒认为：

> 李锦先生提出一个重要问题，就是马克思对“资本”概念的界定能不能修改？他认为可以把“资本是带来剩余价值的价值”改成“资本是能够增值的价值”。这犹如一声霹雳，令人震惊。对资本的定义来自马克思的伟大著作《资本论》，马克思在这部鸿篇巨制中对资本作了深刻剖析。资本加上“主义”二字就是资本主义，特指一种社会制度，加上“家”一字就成了资本家，特指一个阶级。这在学术界是一个长期回避的概念，提起“资本”一词，大家知道便是“资本金”。

一直到1995年，“资本”仍然是令理论家噤若寒蝉的名词，国家主流大报均延续旧见。我记忆深刻的是《经济日报》头版上发表的一篇文章，对资本经营基本持否定态度，认为资本便是资本金。我看后，既失望又兴奋。失望的是主流媒体的后知后觉，兴奋的是自己的研究具备开创意义，有种时不我待的兴奋感，下决心以最快速度将理论难题攻克。

在重新定义“资本”一词的基础上，我对“资本经营”的含义作了界定：

资本经营是指围绕资本保值增值进行经营管理，把资本收益作为管理的核心，实现资本盈利能力最大化。通过流动、收购、兼并、战略联盟、股份回购、企业分立、资产剥离、资产重组、破产重组、债转股、租赁经营、托管经营、参股、控股、交易、转让等各种途径优化配置，提高资本运营效率和效益，以实现最大限度增值目标的一种经营方式。

我以马克思“资本是一种运动，而不能理解为静止物”的思想为起点，对资本经营的特征、内涵、内容、运行特点、基本原则、意义、理论价值等八个方面进行了深入分析，探索性地建构起系统的理论体系，并特别强调了资本经营理论所具有的现实意义：

按照这种理解，资产能否流动起来，是国有企业搞活的根本标志。目前国有企业经济效益低下且逐年下滑的根本原因，就在于上万亿元的存量资产难以流动，滞死在那里。现在国有经济领域的诸多问题，如资金不足、三角债、企业开工不足、资源闲置等，都可以从中找到答案。国有资产的流动实质是产权的流动，资本经营思想的确立不仅将推动国有企业走向商品市场，还将推动其走向生产要素市场与产权市场，加速产权的流动。企业的资金、资产和资源将被视作能够增值的价值进入流通领域，一个企业可以收买另一个企业，资本在市场上自由出入。资本经营不仅是产权制度的基础环节，也是产权的实现过程与途径，将推动企业彻底走向市场，使得企业经营机制真正地得到转换，使国有经济的活力焕发出来。我的这篇《资本经营试论》，长达一万八千字，最后都收入我的《资本经营理论的提出》一书。

诸多学者、专家也关注并肯定了这个经济学的新思路。著名经济学家吴敬琏到山东讲课时，我摸到他房间，向他汇报情况。一开始吴敬琏盯着我看说：“资本就是资本金呀。”

我解释说：“马克思本来就是讲的价值形态，后来才变化的呀。”

吴敬琏惊讶地看了我一眼，我说道："资本这个词在1956年之后便没有再碰了，也不能碰了。"

我说："江苏人民出版社的《我的经济观》中，100位经济学家都没有人碰这个事，实际上是政治上怕出事。"

吴敬琏提醒道："也是出过事的。"那时已经是夜里十一点，吴敬琏因为第二天还要爬泰山，便说，你这个调查与文章我带回去看看吧。

在这之前，我与吴敬琏并没有见过面。当我拿着《资本经营试论》摸到吴敬琏房间时，吴敬琏只是瞥了一眼标题，便说，现在年轻人总是爱提新概念。一下子浇了一盆凉水。晚上十点，当我带着吴敬琏已经出版的三本书又前去拜见时，吴敬琏看到书上划满条条杠杠，也说"我已写了4本书，你买了3本"。大概是出于好感，便认真与我谈了起来，讲起自己当年提出市场经济的过程，一讲便是一个多小时。第二天下午，吴敬琏爬完泰山便从泰安坐车返京。陪同的省体改委的夏季亭把材料带了回来，说吴老在我走后很认真地看了一遍，晚上看到很晚，并说像李锦这样的记者很少看到。吴敬琏在调查上批注，认为"借鉴意义大，道理也讲得朴实明白"，认为资本经营把重点放在资本运行结构上，把企业当作资本增值的机器来看，这个说法是透彻的。

中国社科院工业所研究员陈乃醒也高度评价了资本经营理论，认为这是经济学研究的成果，突破了资本仅仅为资金的概念，使资本从财务分析现象中走出来，成为新的管理思想，从产品经营到商品经营再到资本经营，是企业管理思想的一次重大突破。令我没有想到的是，《资本论》的研究者王珏的观点竟与自己十分相近。我把论文与调查报告寄给他，他在回信中认为是个突破。

分社老记者杨凤山与我一贯谈得来，常在一起交流业务，这时候是分管业务的副社长，他为我出了个主意，你这次调研的课题理论性太强，最好把上述几位的评价整理成文，给新华社编辑部及各级领导附上一份。我照此做了，两篇理论性很强的调查很快被上呈中央。

三、“资本”一词写入十五大报告

调查第 56 天，我拿出了调查报告《资本经营试论》，在文中我写道：“资本经营的提出是一场思想革命”。

资本经营是我国经济管理思想继产品经营、商品经营之后必然出现的一个全新的历史阶段，是社会主义市场经济实践中催生的新理论。资本经营也是当代中国企业改革和发展的一个首要的实践课题。研究这个问题，意义极其重大。

如同卞和献玉般，怀着发现新理论的激动之情，我带着稿件赶赴京城。逐一造访《人民日报》的范敬宜、新华社的南振中、《光明日报》的徐光春与《经济日报》的杨尚德等总编。他们表现出对晚生的热情与关心，然而却委婉地告诉我，国家正规的宣传口径是“只宣传国有资产不流失，不要提新口号”，这是一位副总理说的话。在通常公开发稿的主流渠道，我的努力没有得到认同。

我没有让领导与师长们为难，转而投向南方各报。在公开报道中，大明集团的调查报告首先刊登在了南方报刊上。四川当时的《厂长经理日报》以新锐、大胆、敢于揭露矛盾而著称，在中国企业界影响极大。这份报纸以 5 个头版头条报道了我的调查报告，使资本经营报道形成了一定的声势。当中国新闻界“只讲管理上堵漏洞”，形成“舆论一律”时，他们借资本经营报道撕开一道缺口，使市场经济资源配置的本质得以弘扬。

这是我在胜利油田大明集团调研期间写下的调研日记。我在这个企业记了20万字的笔记。最后稍加整理出版了《资本经营理论的提出》一书。这样的日记，我手中有几百本。

随后，调查报告由广州、深圳、成都、重庆、上海、无锡、济南、北京，一路北上，形成连续冲击。16 家报刊以 24 个头版头条转载。其中有《经济参考报》、《社会科学报》、《中国信息报》、《中国经营报》等 8 家报刊发表我代拟的评论员文章，形成了一定气候。我精心准备的“北伐”策略收到了成效。尤其是十四届五中全会召开后，各家新闻单位纷纷向我约稿。同时，我的讲座还被中央人民广播电台、山东人民广播电台播发，新闻照片为海外几十家报纸刊发。《人民日报》也在短期内连续 3 次刊登大明资本经营的报道，图片由范敬宜总编辑亲自处理，以一个整版的篇幅刊载。

资本经营的这种报道规模，被认为是改革开放以来一个企业调查报告在短期内被媒体采用的最强势头之一，全国范围内也由此掀起了一场资本经营的热潮。如果说双星集团的调查形成气候，有着十四大这个政治背景，是顺势而为；而资本经营的调查则是逆势而为。从此，我的理论勇气便不可遏止地张扬开了。

山东省委书记赵志浩在调查上作了批示，又专门听取了我的汇报。彼时恰逢中央政治局委员、国务院副总理吴邦国在考察山东企业改革情况。吴邦国是分管工业的副总理，他到山东调查就是为了突破目前这一困境。10 月 12 月晚，当赵志浩书记与我一起向他送交调查时，吴邦国称我的调查报告是“很有意义的探索”。当赵志浩介绍我为搞调查在企业住 50 多天时，吴邦国欠身与我握了握手说“你为企业改革与发展下这么大力气，感谢你了。”

1995 年 9 月底，党的十四届五中全会响亮地提出了“两个转变”，即市场经济体制与经济增长方式的转变，整个宣传工作有了新的基调，一时间主导中国新闻舆论界的“国有资产流失论”“堵漏洞论”销声匿迹。两年后，十五大第一次把“资本”一词写入党的政治报告。

1997 年 1 月开始，由经济学者阐述资本经营理论的著作接连问世。从 1997 年至 1999 年，中国经济书籍中最为热销的便是资本经营。

经济学家赵锋的《资本经营研究“第一人”——评李锦对资本经营理论的探索》一文认为：

> 当我们翻看这些关于资本经营理论书籍以后，便可以得出结论，李锦是中国提出资本经营理论“第一人”。他创建了这个理论体系，树立了这面旗帜，不仅在时间上、在空间上，而且在社会效果上也都是无人可比的。

在视马克思主义理论为正统的国家，一个记者以斩钉截铁的明确语言，提出对马克思主义原理的新见解，解放“资本”这一重要词汇，且成果为理论界逐步接受，引发中国的资本经营理论热潮，使得理论界很多人感到惊诧。这个理论怎么是一个记者提出来的?山东大学教授臧旭恒认为，“李锦有生活，接地气，有底气，了解当前的紧迫需要，他能够把最深奥的东西看得简单，把很强的新闻敏感运用到理论发现中，这恰恰是理论家所缺少的。”实际上，自此开始，“发现思想，引领社会”成为了我的座右铭与为之不懈奋斗的目标。

当时分社的年轻记者多是我的崇拜者。我每一篇调查还未出来，他们便要打听有什么新观点。这一次，知道我的做法后，记者王洪峰提醒我，“资本”是一个敏感的词汇，一词之改，地动山摇，会让“资本主义”“资本家”的味道全都发生变化，你要有坐牢的思想准备。我不是不知道自己所冒的巨大风险，但国家在实践与理论上的迫切需求让我最终还是选择了自己的主见。我觉得，每个时代都需要甘为真理献身的勇士。马克思本人也是新闻记者出身，他随着实践需要不断转换主题，从1844年以后才专注于经济学研究，他的成功在于不断创新与突破。

幸运的是直到最后，这种担忧也没有成为现实。然而，我的理论探索勇气一发而不可收拾，也使得自己的发展常踏入荆棘与陷阱。

第四节　中央领导的调研随行记者

一、乔石的《倾听》

20世纪90年代，我的新闻生命进入了一个极为特殊的时期。

这一阶段，既是由调研记者向学者的过渡阶段，又是由新闻记者向智囊记者的过渡阶段。这两个阶段几乎是重叠的，互相支撑，并行不悖。1989年九间棚典型的推出是转折点，之后我的调研作品接连出来，从双星集团、“兴福现象”到大明集团，影响都比较大，不断有人问我：为什么你笔下的每个典型都能引起轰动？

几年间，我长期蛰伏于民间，深入到乡野基层去做实地考察。长期在外，不回济南，已是常事。我自己还总结了两个“不是”：不是单位开会不回去，不是中央领导来不回去。第二个“不是”，道出了我这一时期的一个重要的使命：作为新华社随行记者陪同中央领导下乡调研。我的调查研究之所以屡屡中的，与我这一时期独特的工作状态大有关联。

1987 年 4 月担任山东分社摄影部主任之后，副总理、政治局委员以上级别的中央领导到山东来，基本上随行记者这一角色都为我所担当。中央领导到基层都希望轻车简从，随从人员要少而精。一般一位中央领导到基层，山东方面会派遣三四名随行记者。新华社山东分社派一名文字记者和一名摄影记者随同前往。80 年代中后期，我已经从单纯的图片报道转向一手抓文字，一手抓摄影。这一时期，我撰写的《新春佳节夸支部》、《灾区观门联》、《喜听农民夸麦收》等新闻稿件，常常以小见大，注意揭示出小事背后的时代变迁。山东分社领导便让我既负责图片报道，也负责文字报道。这样每次中央领导来山东调研，分社派我一人前往便可，这在山东分社，可以说是首开先例的。

那几年，我随同胡锦涛、朱镕基、彭真、李鹏、宋平、乔石、吴邦国、万里、田纪云、邹家华等众多国家领导人到基层调研。我为乔石拍摄的一幅照片，以及围绕这幅照片所发生的故事，可以看出中央领导的信任与器重。

《倾听》的照片，是 1991 年 1 月我随全国人大常委会委员长乔石到沂蒙山区调查时拍摄的。当时，乔石到一位年迈的老大娘家里去走访。因为屋子太小，门也太窄，随同人员进不去，只有我一人快步走进屋内。乔石进屋后，大娘只顾得跟领导说话，也没顾得让座。老大娘坐在床头，跟站在一旁的乔石兴致勃勃讲起话来。我迅速按下快门，抓拍下了这一幕。这幅照片，以现场抓取展现出领导人和群众之间的亲密情感，是我所拍摄的领导人照片中的得意之作。

图片的前景是农村常用的水瓶和两只碗。乔石与老大娘位于中景，且老大娘位于乔石的前面，突出了群众的主人地位。站着的乔石，头微微向老大娘倾斜，而老大娘则坐在床头，头稍稍仰起，形成呼应关系。照片中乔石所代表的是为人民谋利益的“党的形象”，而人民群众则是中国共产党永葆青春的基础，领导立于群众之侧，专心倾听群众呼声，构图将党群关系表现得淋漓尽致。从人物形象上看，图片中的乔石与老大娘形成了有趣的对比。乔石穿戴整齐，显出倾听状，表情认真而严肃；老大娘穿着棉袄，仰起的脖子与虚化的手将她滔滔不绝的倾诉状态表露出来，无拘无束，生动自然。两人一动一静，一站一坐，对比鲜明又彼此呼应，完成了“倾听”这一主题的表现。从光线上看，整幅图片以暖色调为主，给人以温暖、亲切之感。从细节上看，前景中的水瓶与瓷碗，是农村用来喝水的器具，表现出“到群众中去”的生活现场。尤其注意的是后景中墙上所挂的绘有红色五角星的喇叭，象征着党的声音传遍千家万户，起到画龙点睛的作用，使整幅图片的主题得到了进一步的提炼与升华。党的声音从哪里来，是倾听人民群众的声音后发出的。

有人问起这幅图片的意境时，我觉得，群众路线是中国共产党的起家法宝，也是党中央非常重视的传统。“从群众中来，到群众中去”是共产党的认识路线与工作路线。党的干部到群众中去，倾听群众的声音，按照群众的意愿，为人民服务，这是共产党能够永葆生命的保证，也是历史唯物主义的要求。显然，这个典型瞬间的抓取，倾注了我对群众路线的理解。

乔石同志对这幅图片表示满意。1995 年 8 月，他一到山东便要见我，在泰山上，他与夫人郁文说起我拍摄的照片，连声称赞，说我抓拍得好，有思想。那一阶段，乔石到山东 5 次，都是我随同调研。

2004 年，浙江省美术家协会主席要为乔石作一幅肖像画，乔石想到了这一幅照片。他特地让工作人员打电话给我，请把这一幅图片再寄一份给他。这时距离拍摄这幅照片已经 14 年，乔石还能清楚地记得这幅照片，可见他对这幅照片的印象是很深的。

二、感受领导的思维

由于从 1981 年到 1996 年的十多年间，我经常与处在权力中心的人物接触，得以思考有关中国发展问题的战略。我发现，领导人总是带着问题下来的，他们在例行公事视察或参加活动后，总是要转一转，想寻找解决问题的新思路，或者是宏观经济，或者是农村发展，或者是企业改革，或者是党的建设。领导问什么、怎么问、关注什么，我细心地分辨着，也记录着。领导的内部讲话，我总是很快整理出来，通过新华社内部刊物供各级干部参考。

这些领导人中，处事方式上给我留下最深刻印象的，恐怕要数朱镕基了。朱镕基向来以雷厉风行、敢说敢做、个性爱憎分明著称。一次，我陪同时任国务院副总理的他考察山东棉花种植情况，地方领导在致欢迎词时说了一句“欢迎总理来视察工作”，朱镕基立刻打断讲话，纠正道：“不要叫我总理，我是副总理。”一位县长在汇报工作时，拿着稿件读，刚念了两三句，便被朱镕基打断：“把稿子放下，别说那些虚的，都是废话！”其强悍与严厉可见一斑。

而朱镕基为我修改稿件一事，更让我对其不说虚话、套话，只说实话的性格深有感触。撰写新闻稿时，我按照常规的写作套路写道：“朱镕基同志考察山东时强调指出，农业是国家的经济基础，一定要把农业生产放在突出地位……”，朱镕基大笔一挥，将我的新闻稿里的套话删完，导语里只留下一句话：“朱镕基同志考察山东时强调指出，国家需要棉花，鼓励农民多种棉花。”一句话，简单扼要，实实在在。此事给我留下了难忘的印象。我自己也陷入深深的自责之中，已经是老记者了，对领导的研究这么不到位？心中不安。一人一个面，思维与表达方式也不同，要研究深透，把握精准。

有时领导人到下面考察，极少讲话。有些单位新闻记者写不出新闻稿，回去无法交差，急得要命。我则不慌不忙，总是能在领导离开前拿出报道，领导同志也总是一次通过，在我的稿件上签字同意发表。省里一些领导感到诧异，不知道我是什么时间与领导谈话的。我说，没有谈过话，我知道每个人心里想什么，这时候国家需要他说些什么新话。每位领导人到来前，我总是要把这位领导人的所有讲话找出来研究分析，分析他的思想倾向与讲话风格，并与当前国情和地方的地情结合起来，分析领导人说什么话是最适宜的。时长日久，我的思路总是十拿九稳，得到领导首肯。

为了全面掌握领导人的信息与思想观点，我特地把中央20多位政治局委员的每篇讲话都从报纸上剪下来，一篇也不敢落下。领导讲话精神是40多本，平时无事时，我便一本一本翻开研究，一个字一个字读过去，努力寻找彼此间不同，从中发现中国经济、政治与社会的发展趋势，不断做出自己的判断与分析。我整理的历届领导的讲话剪贴有80多本。经济类如宏观调控、通货膨胀、结构调整、产业政策、县域经济、金融形势等；政治类如政治文明、组织创新、党建、群众路线、新阶层入党、民主选举、廉政建设等等。自进入新华社工作后，我整理的各种剪贴本达400多本，堆起来能一直到天花板。后来有了电脑，信息搜集容易多了，我把分类整理信息的方法移用到网络搜集上来，这个方法笨一点，但是很管用。那400多本剪贴能占半个屋子，我一直没舍得扔掉。

刚进新华社，老同志们总是说“吃透两头”，经过20多年我觉得这不仅是经验，而且是规律。吃透中间容易，吃透“最上头”与

"最下头"，并不是容易的事，只有扑得身子，到老百姓中去，才能接地气，讲话有底气，看事有胆气，写稿有灵气。连续 10 多年的基层蹲点调研与随同最高层领导调研，这是不可多得的条件，这是老天对我的恩赐。我感谢这个时代，也感谢新华社为我创造的条件，使我不断走向新的高度、新的深度。

第五章 | CHAPTER 5

亢奋：与达赖分裂势力较量的日日夜夜

（1996—2000）

1996 年 6 月，我远赴西藏，担任新华社西藏分社副社长。

一到西藏，我就带着背包铺盖住到甲日村，自己起火做饭，挨家逐户走访，掌握达赖分裂势力在农牧区活动的第一手材料，提出应对策略。时任西藏区党委书记的陈奎元赞许“为区党委理清了思路”。

第一节　感受分裂势力的阴影

一、拉萨的另一面

西藏，在许多人心目中，是神秘、纯净、信仰的代名词。雄伟壮观的布达拉宫、人潮涌动的八廓街、香火不息的大昭寺、蔚蓝如洗的神湖那木措、磕长头的信徒、迎风摇动的风马旗、纯蓝的天空……让无数人心生向往。

西藏又是一块局势复杂的土地。

长期以来，西藏是西方反华势力遏制与分化中国的一张王牌。20 世纪 80 年代末以来，达赖在西方反动势力的支持下，披着宗教外衣，不断组织分裂主义力量，阴谋搞乱西藏，分裂祖国。分裂势力经过多年的苦心经营，极少数本应是佛教净地的寺院变成了他们的藏污纳垢之所和策划分裂活动的据点。1995 年，达赖集团公然反对金瓶掣签，在活佛转世一事上掀起波澜，美丽的雪域高原又一次为世界所瞩目。

风云聚拢，暗潮汹涌，形势波谲云诡。

1996年5月8日，我到北京新华社总社参加社会主义精神文明座谈会。这一年中央决定召开十四届六中全会，讨论社会主义精神文明问题。从元月起，山东分社便组织小分队做深度调研，总社让我们来做主题发言。会议期间，总社人事局岳春茂找我谈话说上级要将我派去新华社西藏分社担任副社长时，顿时愣住了。郭超人社长、夏赞忠、南振中副社长分别与我谈话，都称要"选一个有思想，能力强，肯吃苦，去就能打开局面的干部"，夏赞忠对我说："我们从几个人中选，对你寄予厚望"。

我离家26年，仍然说着一口地道的盐城话。领导们很会找话题，说盐城出了胡乔木、乔冠华，都为新华社写了不少有影响的文章。他们是从艰苦、复杂的条件下干出来的。显然，他们是在不经意的闲谈中以家乡先辈来鼓励和鞭策我。我离开家乡后经历过许多磨难，但不管如何，都没有后退过，没有说半个"不"字，当即向领导表态，无条件服从组织决定。郭超人社长问："有什么个人要求?"我只说了一句话："有人告状，你们一定要在我调查后再表态。"对此，我是有过深刻教训的。郭超人盯着我望了一会儿，不解其意，只是说了句"只要你努力干"。

6月7日，我同帮我安排起居的妻子出发了，经成都登上去拉萨的飞机。飞机离开成都不久，便见到一片雪山，一片又一片，连绵不绝。

西藏高原平均海拔4000米以上，气候类型复杂，垂直变化大，空气稀薄，气压低，含氧量少。刚一进藏，恶劣的气候条件就给了我一个下马威。

第一天，我到半夜也没睡着，翻来覆去，直到天亮。第二天吃饭时，饭菜吃在嘴里味如嚼蜡。当地藏族同事说，在西藏有三个一样，"吃饱和没吃饱一个样，睡着和没睡着一个样，有病和没病一个样"，意思是说，缺氧使人食无滋味，睡无感觉，始终像处于病态。

办公室在二楼，爬台阶时，我上了一级，便感觉胸闷、头疼，猛烈地喘着粗气；上了三五个台阶，便停下来，喘着长长的粗气。藏族同事们都上楼，进了办公室，我还没到二楼。进了办公室，坐在桌子前，不一会就头疼欲裂，只好用毛巾把头扎起来。第三、第四天是最难受的时候，我几乎到了痛不欲生的地步，白天写稿只能一个小时，时间一长头脑便昏昏沉沉，只好用两个手指不停地按着太阳穴。心想，如果有一根铁条箍着脑袋就好了。猛然间想起西游记中孙悟空，怪不得西天取经要箍个紧箍咒，原来是缺氧。我们500年前的老乡射阳先生吴承恩一定是听从西藏回来的人讲过，他是有生活的。想起来自己暗地一笑。一直到第六天，高原反应才终见好转，晚上才能睡得着。

在拉萨的前五个夜里，我一直没有睡着。没办法，只能在电灯下不停地看书。分社斜对面有个书店，新书来得很快，关于西藏的书很多，里面记有金瓶掣签的事，在连续几天的讨论会上，记者们都在不停地谈到这件事。

1995年5月14日，达赖公然在国外擅自宣布所谓的班禅转世灵童，并以寺庙为大本营，屡掀波澜，以种种手段破坏班禅转世工作，企图造谣惑众、破坏社会安定。这一年11月29日，新中国成立以来第一次用金瓶掣签认定第十世班禅大师转世灵童真身，那天也宣告达赖妄图操控班禅转世的阴谋破败。

西藏分社社长马宁轩给我送来一本党中央关于西藏工作会议的文件，小册子很薄，我到西藏当天便看了一遍，以后的一个月里，圈圈画画，看了无数遍。老马是克什米尔的回族，在拉萨是回族干部的代表，算是汉文水平最高的干部，为人老实、厚道、心肠好。我来后，他安排得很周到，还把新华社西藏分社的档案打开，让我看到了50年代遗留的文字稿、“文革”期间的一系列文件，还有中央领导来西藏的很多讲话。我如获至宝，一本一本翻过去看，整整看了五天。我有什么不懂的事就问老马，老马便告诉我并提醒我该注意什么。

从胡耀邦时期的西藏政策，到张国华、任荣、伍精华、阴法唐、胡锦涛、陈奎元等人的治理西藏对策，一路研究过来，我心中逐渐明朗起来。一边研究，我就一边觉得时刻有个阴影强烈地压在心上，这就是达赖分裂势力对西藏的影响。在西藏的干部，要承受极大的压力，有时甚至要承受误解。作为北京方面的一个消息通道，我深感新华社的特殊地位与责任，心理压力很大。

当时拉萨街头上随处可见反分裂的标语，一上街便能感觉到社会氛围的紧张与凝重。组织上还为我配发了一支手枪，这让我有种身临前线的感觉。听说 1989 年骚乱时西藏分社曾被喇嘛包围，还火烧了牌子，于是我特地找了一根铁棍放在门后，以防万一。我还围着分社的院子转了一圈，考虑遇到敌情从哪里爬出去，与区党委、武警、电力厅取得联系，怎样防止停电，保证与北京的畅通等等。

刚刚过去的灵童转世斗争令我陷入沉思：为何达赖以乌合之众能够在国际斗争中屡起风波？为何陈奎元对寺庙整顿这么重视？想到这里，我内心便陡然升起一种沉重的责任感，伴随着一种时不我待的兴奋。我应该帮助中央了解什么，帮助西藏区党委做些什么？

二、到帕拉庄园认识达赖

刚到西藏，我就遇到一件麻烦事。一个从西藏成长起来的记者写了日喀则地方干部对援藏干部不满的内参，认为援藏干部来掌了权，使当地藏族干部无权了。我觉得这件事与中央援藏干部政策是相违背的。正是在这种背景下，西藏区党委不仅让内地干部带资金来，还让这些援藏干部发挥作用，担任县委书记。当时山东的王书坚、赵文朝、黄希俭、时文进等都是这样走上一线岗位的。后来我见到时任西藏区党委常务副书记郭金龙时，谈到这个情况，郭金龙说：“中央政策是明确的。少数人不干事却找事，这个风气不能长。”我说起对援藏问题的看法，郭金龙说："你在政治上过得硬，援藏就是要在政治上把好关，从大局上看问题，有什么困难可以直接找我。"郭书记提醒，在西藏问题上，一定要看到达赖分裂主义势力这个背景，看到西藏生产力落后这个背景，千万不能把内地一些做法简单搬到西藏来。

在西藏，宗教问题是怎么也绕不过去的问题，在了解西藏的地理和历史背景以后，最好通过宗教去接近现代的西藏和西藏人。为了掌握达赖集团渗透农牧区的一手材料，高原反应一好转，我就迫不及待地投入到宗教问题的调查中。

根据我的建议，西藏自治区农牧区基层党建现场会在贡嘎县召开，参观了甲日水库。

1996年6月，我到西藏后的第一次下基层，是到雅鲁藏布江南边的贡嘎县。郭金龙书记在西藏抓了"一江两河"工程，这个工程牵涉到主要农牧区，影响很大，投资三千万元兴建的甲日普水库就在贡嘎县。我前去察访，陪同的是两个藏族记者，央珍与索朗罗布。两个年轻人都是日喀则人，都是农奴的后代，他们一边担任我的翻译，一边照顾我的生活。

在贡嘎县的饭桌上，我单刀直入问有没有寺庙与村党支部发生冲突的事。县长索朗旺堆对我讲述了甲日乡甲日村党支书丹增加措被喇嘛殴打的故事，称甲日乡几乎家家都有人当过喇嘛，这立刻激活了我的敏感神经。我从山南回拉萨前决定到甲日乡走一遭。采访过甲日普水库的央珍劝说不能去，这个村子太复杂，不安全。我问不会打死人吧，央珍说那倒不会，索朗说有我们哩，不怕的。我说，那我就更得要去啦。于是我们便直奔甲日村而来。

甲日经验推广，使得甲日乡的群众与党和政府的感情更亲更近。这是甲日村村民欢迎参加现场会的车队。

甲日乡是贡嘎县最穷的一个乡，地处离贡嘎机场很近的甲日沟里。因为严重缺水，土地大片荒芜，被喻为“贡嘎第二飞机场”。一进村落，我就看到了挂着五星红旗的党支部办公室，耀眼的红色，心情一振。紧接着，村里的寺庙又映入眼帘，气势巍然到令人吃惊的地步，比党支部办公室气派得多。西藏遍布寺庙，前几年就连贡嘎县县委、县政府也住在寺庙里。

那天刚下过雨，村里坑坑洼洼。我们几人来到村里时，看到一堵泥墙把树围起来。索朗说，风太大，飞沙走石，树长不活，要有围墙护着。停下车，与几个干活的群众聊起来。其中有一个手持铁锨的老人，沉默寡言，一语不发。我没有想到他便是自己以后在甲日乡调查的主人公丹增加措。后来，翻看照片，原来我们进村最早见面的人中就有这个翻身农奴。刚下过雨的村庄，坑坑洼洼，走上一段路皮鞋便灌进了泥浆，我们一连走访了七八户，看看藏民看什么书，家里挂什么。

记者伍皓是北京大学中文系毕业的，主动要求到西藏两年，他陪着我拜会了拉萨市委书记洛桑顿珠。洛桑顿珠在市委书记办公室里讲起了自己亲身经历的一则故事。有一次，他乘坐的车子路过甲日乡，一头毛驴横挡在路中间。周围的喇嘛们不赶毛驴，却大声骂道："你这个蠢驴只知道吃，还不滚回家去。"他们的指桑骂槐，给洛桑顿珠留下了深刻记忆。洛桑顿珠走了，专员向巴平措接上，昌都的副专员胡春华到山南当专员。

郭金龙书记也对我讲起"一江两河"在甲日普水库的情况。始于1989年的"一江两河"开发工程是一项耗资巨大、与当地人们生活息息相关的一项利民工程。这些年，虽然一直在为工程拨款，但原料总是被偷，致使工程迟迟不能完工。

彼时，恰逢王敏等率山东党政代表团来看望援藏干部，我陪同他们参观了帕拉庄园。帕拉庄园是西藏大贵族帕拉家族的主庄园，位于江孜县城西南的班觉伦布村，是目前西藏唯一保存完整的旧西藏三大领主贵族庄园。帕拉庄园一行，让我对西藏封建农奴制有了更深层次的了解。

1959年之前，西藏地区一直处于政教合一体制下的以官家、贵族、上层僧侣"三大领主"为统治者的封建农奴制度下。构成"三大领主"的农奴主阶级，虽然只占藏族人口的5%，却占有了当时西藏地区所有人们赖以生存的生产资料和自然资源。而占西藏人口绝大多数的贫困民众则处于被压迫、剥削与奴役的境地，不仅人身和家庭牢固地束缚于所属领主的庄园土地，而且几乎全部精力和体力也都要无偿服务于农奴主。农奴除了终日进行无偿的劳作外，还必须承担名目繁多的差税和费税。旧西藏政权统治的特色就是把封建领主的利益置于宗教皈依的掩盖下，寺庙领主对农奴的剥削被当成了对宗教的供养，掠夺者被打扮为精神领袖，从而以思想麻痹掩护着残酷和野蛮的压榨，使农奴乖乖忍受剥削的痛苦。山南地区贡嘎县一带便是西藏最大的寺庙哲蚌寺的领地。

帕拉庄园陈列馆里陈列的实物带给我内心极大的震撼。人头盖骨做的酒碗、人大腿骨做的艺术品、抽筋、剜眼、断足，一件件惨绝人寰之事令人毛骨悚然。我意识到，达赖集团妄图复辟的，正是这种政教合一下残忍的封建农奴制度统治。这成为我认识西藏问题的思想起点。

大道至简，从复杂的局势中抓住一条主线极为重要。从帕拉庄园回来后，我初步弄清了农奴制度产生的历史，决心到甲日乡了解寺庙的喇嘛殴打党支部书记的原因，查个水落石出。我想起郭书记在西藏问题上，一定要看到达赖分裂主义势力这个背景的提醒，我隐隐觉得甲日乡有一篇大文章，也可能挖出达赖分裂势力与寺庙的关系。根本问题，是谁控制政权与人民的问题。陈奎元书记正在抓寺庙整顿，这件事已经铺开了，算是短兵相接。下一步怎么办？我觉得更大的力量要用在农牧区政权建设上，要找出一条新思路。

第二节　甲日道路

一、发现甲日乡的斗争

为了全面掌握寺庙整顿的情况，查清达赖分裂主义势力对农牧区的影响，我带着背包住进了甲日乡甲日村。

20 世纪 90 年代，在西藏农村采访非常艰苦，很多县委没有招待所，到农牧区去，要自己带着铺盖。从拉萨出发时，我同索朗罗布、司机嘎玛一个人出一张“大团结”，买来一箱馒头、一箱啤酒、一箱咸菜、火腿肠与肉，还有油盐酱醋、砧板与刀，什么都是自己带着，自己起火做饭。村里只给了一张睡觉的门板，搬几块石头垫起来便是床。喝水都要到沟渠里舀凉水喝，水是从雪山上流下来的，早上起来洗脸漱口，水太冷了，牙齿发疼。嘴里抿一小口水，刷一下马上吐出来，牙刷一进水，拿出来便很快结成冰了。

调查中的小细节，使我在甲日村藏民心中留下了深刻印象。到养猪场采访时，十几只苍蝇叮在我的脸上，尽管瘙痒难忍，但为了尊重藏族人不杀生的习惯，我坚持着没有用手赶。我用眼睛使劲眨，但苍蝇就是赶不走。索朗看到说，老李，没有问题，不要这么认真了。与西藏当地人比较，我们内地人显得白净，坐着小汽车进村，总是到穷人家走一走，一家一家地看。我见人总是笑眯眯的，从拉萨买了很多小礼品进村，见到小孩就分一支铅笔、几块糖果等小礼物，见到老人就一口一个“阿爸”“阿妈”，主动打招呼。村里人从没见过这么和蔼的“本部拉”（藏语“大干部”），再加上我不赶苍蝇的小细节在村里传开了。索朗罗布告诉我，你太和蔼了，村里出现传说，佛祖到民间视察来了。以至于每次我走在村子里，遇到的村民都会低下头，远远地站着不动，直到我走得很远后才抬起头。

在甲日村采访时，一个常在我居所外徘徊的瘦弱老人引起了我的注意。老人一头卷发，不言不语，他的儿子手持木棍，卫兵似的站在身旁。开始我以为是哑巴或闲人，没放在心上。结果老人连吃饭也盯着我看，但就是不吭声，只会说“雪结巴”与“二元钱”两个词，听得我一头雾水。索朗罗布告诉我，这就是索朗县长说过的被喇嘛所打的支部书记丹增加措。丹增加措讲起共产党进西藏的历史，说起自己入党的经历，说现在年轻人不行，对毛主席不忠诚。我隐隐觉得，里面大有文章。

先后6次来到甲日乡，走访了几十户人家，我终于掌握了达赖分裂势力在基层的活动情况。

长期以来，达赖披着宗教的外衣，组织分裂主义力量，阴谋搞乱西藏，分裂祖国。他推行“控制一所寺庙，就是控制共产党的一个地区”的策略，妄图以寺庙为阵地，与我们争夺群众。甲日村的达果扎仓寺便是他们的一个据点。寺庙的有些喇嘛不务正业，长期与境外分裂主义集团保持联系。他们恢复在旧西藏为地方政府服务的反动组织“雪结巴”，从隐蔽走向公开，与乡政府公开展开斗争。社长马宁轩告诉我，“雪结巴”是寺庙外围的组织，这个组织的出现，标志着西藏寺庙组织向社会组织的转化，这不是小问题。

在甲日乡，“雪结巴”组织不仅严重干预乡政府的行政事务，还干涉农业生产和农民正常生活。他们暗地阻挠“一江两河”工程在这里的实施，砸钻机、偷工具和材料，使内地来的工程技术人员提心吊胆，无法开展工作。他们甚至派人跑到乡政府叫嚷说“甲日乡只有‘雪结巴’组织，乡干部都可以回家了”。并扬言要是有人来干预“雪结巴”组织，替汉人说话，连家属孩子“一锅端”。乡干部有的不吭气，有的干脆就不到乡政府来，使得分裂主义势力气焰更加嚣张。甲日村党支部书记丹增加措坚决不参加“雪结巴”在寺庙举行的宗教活动，被“雪结巴”罚款。当他拒绝交款时，“雪结巴”竟派打手到他家中对其进行围殴，硬拔去一把头发，其嚣张程度令人发指。

后来丹增加措跑到县政府揭露“雪结巴”组织，县里有关部门派来工作组，这个工作组把寺庙组织罚款十元擅自改为两元。这个被打的支部书记气愤地说，我是共产党员，不能参加寺庙活动，这不是两元钱的事，寺庙的人怎么能罚共产党员的钱？

开始时，丹增加措总是到我住的地方徘徊，只是看着我，什么也不说。我有几分紧张，拿起一块糖，剥了递给他。他吃完糖，还是不吭声，盯着我看。我就让索朗问他什么事，他总是说“不是两元钱的事”。为了了解情况，我一次又一次地摸到丹增加措的家中。这位翻身农奴对我慢慢地亲近了，开始说话了。一次，他嫁到城里的女儿回来，做了一桌饭菜，还特地拉着我去品尝。丹增加措的女儿说起父亲被寺庙欺负的经历，泪流满面。她对我说，叔叔，他们的力量太强大了，阿爸害怕。

在“雪结巴”的横行之下，甲日乡党支部变得十分涣散，几个支委都欠着老百姓的钱。老百姓议论纷纷，认为“雪结巴”的兴起是因为乡党委的风气不正与领导能力不强，无法带领群众前进。这时，县委新派来一位乡党委书记——贡嘎坚参。贡嘎坚参原来是吉雄乡乡长，也是旧社会的农奴。刚上任两天，门被砸了，自行车也被偷走了。但他不顾这些，每天挎包里带着糌粑，走村串户，与群众谈心。怕影响其他群众的休息，他就在牛棚里与农民促膝交谈，酥油灯常常亮到凌晨二、三点。就这样，他连续调查了两个多月，依靠丹增加措等老党员和翻身农奴，利用寺庙不搞宗教仪式便不让收青稞造成损失的事，组织群众与寺庙斗争，使很多群众觉醒。不久后，公安部门取缔了非法的“雪结巴”组织，拘捕了两名反动头目。

贡嘎坚参在组织乡党委迅速稳定局势的同时，一手抓住群众意见最大的干部财务问题进行整顿，搞好党的基层组织建设；一手抓住影响经济发展的干旱问题，带领群众改变生存条件。他把水库建设作为乡党委工作的中心，一到任就住到甲日普水库上。寒冬里，跳进水里施工，被人硬拉上来。在他的带动下，党员、团员也都住进了工地。大雪天，没有帐篷，他们就躺在悬崖下。天一亮，抖掉脸上的雪，抓着雪团烧水，一啃完糌粑就开始干活，有时干到深夜11点。

4年来，甲日乡的经济发生很大的变化。全乡粮食由200多万斤增到485万斤，农民人均收入由1993年的298元增加到700元，贫困面由45%下降到18%。当然，更大的变化发生在群众心里。“雪结巴”组织刚解散时，群众对立情绪很大。贡嘎县委与乡党委因势利导，开展爱国主义教育，群众觉悟得到明显提高，既认清了分裂主义势力的倒行逆施，也看到共产党基层组织的新形象。经过几年努力，甲日乡风气大为好转，社会秩序逐渐稳定。

从贡嘎坚参带领甲日乡人民开展反分裂斗争、大力发展经济的过程中，我看到了基层组织整顿中，高素质干部队伍的重要性。过去的调查总结都是从投资建水库角度，我却抓住反分裂斗争这个要害，把两个问题结合起来了。山南地区的“笔杆子”金书波、段襄征在很长时间总是夸奖我能站得高，抓得准。

在后来为《西藏日报》所写的评论员文章中我写道：

> 在当前的基层组织整顿中，我们应当从政治上着眼，从根本问题入手，以反分裂问题作为检验基层组织与干部的试金石，抓好以反分裂斗争为中心的基层干部队伍的思想政治建设，建设一支适应稳定与发展的高素质基层干部队伍。

就在调查逐渐深入之际，我陷入了绝粮的困境。6 天下来，肉吃完了，馒头也吃完了，没有一点油水。看到村里有人家杀羊，我掏出 36 元买了一只羊腿，熬了一大锅。没想到乡里搞计划生育的、丈量土地的、开拖拉机的这时一下子都冒了出来。十几个人边喝酒边跳舞，一锅羊肉转眼间就吃完了。我吃了一天糌粑，嗓子总是发干，咽不下去。肚里没进食，身体虚弱，加上夜里受凉，接连拉了 5 天肚子，站都站不住，大便也都是血丝，只能扶着墙走，浑身发冷、直打颤。索朗说不行了，这样要出事的。

到了县城，我与索朗找到县长交流情况。县长说，你们社长像个县级干部，索朗纠正道，“是厅级，与你们山南的向巴平措、胡春华一样大”。县长领着我找到县委书记边巴，说人家是厅级干部，该管一顿饭的。这个县很穷，县里能动用的流动资金只有几万元。县委书记边巴对县长说：“你陪一下，不要超过 150 元，不要忘记带发票。”他们讲的话都是用藏语交流，我听不懂。最后索朗说，他们管你一顿饭，因为你是厅级。我知道西藏现在还太穷，一点怨意也没有，只是说今天兄弟们能吃到肉了。

甲日乡的反分裂斗争让我十分兴奋，此时我想到的不只是一篇报道，而是要借此组织一场活动。如果在西藏高原掀起一场基层党建的红色风暴，就能够对西藏区党委的寺庙整顿形成一种强有力的支持。夜里县委大院里停电，我就点着蜡烛写了起来，落笔先把标题写好——《暴风骤雨——西藏甲日乡反分裂斗争一幕》，接着一气呵成。在文章结尾，我激动地写道：

> 多难兴邦。对于久经动乱而步履艰难的民族，对于久受挫折而饱受折磨的人民，深知没有什么比稳定更为宝贵的了。不管是达赖分裂主义，还是国内外其他反对中国统一、反对历史进步的丑恶势力，都将在中国人民的铜墙铁壁面前碰得头破血流，中国人民在党的领导下向着自己的目标奋勇前进，是任何力量无法阻挡的。尽管甲日乡走向富裕还刚刚起步，但是从甲日道路透射出的希望之光，正像雪域高原早晨刚升起的太阳，那么强烈，那么振奋人心。

二、来自中组部部长张全景的祝贺

我们一行前前后后到甲日乡调查了6次。每次回拉萨，每当过了曲水大桥，顺着拉萨河拐几个弯，远远见到耸立在山上的红色的布达拉宫，索朗便喊“到家了”，而司机嘎玛便唱起“回到拉萨”。从甲日乡回来，身上痒痒的，一摸一个蝨子。脱下衣服来一看，黑黑的三四个蝨子。手指甲一按，噗嗤一声响，很清脆。我只得把所有衣服都脱下来，在锅里煮。

写好调查，我先提供给区党委陈奎元书记。那天，我列席区党委常委会，坐在会场最后一排很不起眼的角落。陈奎元书记并不知道我在场，也不认识我。他介绍说，最近来了位很有水平的新华分社社长，他的长篇调查帮助我们理清了思路，提出带方向性的问题，值得深思，你们可以看一看。

话音刚落，区党委常委、宣传部长陈汉昌便对陈奎元说，李社长就在这里。陈奎元听后，招招手把我请到前面，握住我的手说："你来几个月了，也不吭声，一来就下乡调查，我也没能见到你。你的调查报告写得很有深度，为我们区党委理清了思路，我们在座的各位都要谢谢你。"说罢当场把区党委常委一一介绍给我认识，与热地、郭金龙、巴桑等人一一握手。握手时，陈奎元说："李锦同志刚来，不熟悉，大家要帮助他"。又对我说，"你有什么困难就说。"

陈书记又吩咐李立国秘书长将我的调查报告复印一下，每个常委发一份。接着，陈奎元再次说："这个调查写得扎实，很有水平。西藏问题比较复杂，基层到底发生了什么变化，党委为什么这么抓，抓得对不对，这个典型回答了问题，想得深透，指导意义很强。也帮我们区党委理清了思路，常委都要学习一遍。"

调查报告以内参形式发往中央高层。胡锦涛曾在西藏执政四年，西藏的政治局势与矛盾冲突，他比其他领导人有更深刻的体会。1994 年，胡锦涛同志在飞机上听我汇报九间棚情况时，曾说有什么好典型可以直接寄给他。当时，我从有关渠道了解到胡锦涛同志正在江苏视察，还担心他看不到这份调查报告。

11 月 13 日清晨，尚在睡梦中的我被电话铃声叫醒，拿起话筒，听到的是一个熟悉的德州口音："李锦吗？我是组织部张全景啊。伙计，一炮打响啊，祝贺你！"中组部张全景部长告诉我，胡锦涛同志对于我所写的调查报告作了较长批示。胡锦涛认为："甲日乡的经验很好，要认真总结推广。如果西藏所有的乡都像甲日乡这样做，反分裂斗争就有了坚实的基础，而西藏的稳定与社会发展就会大有希望。”张部长说，中组部下一步也要组织宣传，张全景原是山东省委组织部长，抓九间棚典型时认识的。他认为甲日乡典型是边疆民族地区的新鲜经验，是九间棚之后党建的好典型。张全景让我回来时找他一下，他会安排组织局局长李景田抓一下此事，随后又嘱托我替他向陈奎元、郭金龙等人问好，并说一定要让他们重视这一典型，做好宣传推广工作。

当天下午，我又接到新华社副社长南振中打来的电话，他也对“甲日道路”的一炮打响表示了祝贺。张全景与南振中两位领导都是从山东走出去的，对我熟悉。现在两位领导都不约而同地用“一炮打响”来形容，让我感到既欣慰又激动。

在胡锦涛同志作出批示之后，我决意把这一成果迅速转化，发挥更大的作用。我给郭金龙书记写了一封信，提出宣传推广甲日乡典型的 8 条措施。在西藏推行典型有一定难度，主要是人才缺乏，按照我的策划，写材料的任务相当大，但上述建议郭金龙书记最后竟全部采纳，并责成区党委组织部召开协调会一条条落实。写完这封信后，我随即赶赴甲日乡，想进一步进行调研，加大宣传力度。然而此时索朗旺堆县长却不同意宣传，他认为“一江两河”工程已经开展这么多年了，一直没有做很好总结，为什么这次要从党建角度总结，他感到不理解。

在组织部召开的协调会上，有些人唱起了反调。有人认为其他地方比甲日乡好，甲日乡尽管近几年有发展，但仍旧很穷。把甲日乡树立为典型而大加宣传，是丢人现眼。不断的质疑与诘问使得会议气氛有点紧张。

这次会实际上是落实郭金龙书记提出的意见，而这些意见是我建议的。主持会议的区党委组织部副部长昂强巴开始感到会议气氛难以扭转，觉得顶不住了。给我写了一个字条递过来，上面只有三个字：“怎么办?”我心想，讲什么道理也没有用，胡锦涛、陈奎元、郭金龙等领导都有明确态度，这是中央高层批示下来的典型，要按照上层指示办。我于是回了一张字条，上写“按中央领导说的办，这是一个落实的会议”。昂强巴马上扭转主题，说中央与区党委都已经决定了，我们要讨论的是怎么落实。昂强巴部长把我推到前台来，我口气似乎很轻松地说出事情该怎么落实。难办的事多是写文章写材料，我总说这个由我们来。大家对我这个北京调来的文人有什么背景也不了解，见我大包大揽，便也不再说什么。会议当即决定，在甲日乡召开西藏农牧区基层党建工作现场会。

随同我调查的央珍与索朗一直在外面等候，看到散会，马上围上来。我只说了一句“胜利了”，便觉头晕，站立不稳。当时天气寒冷，会议又开得紧张，缺氧让我的身体压力剧增。索朗扶住我，连声劝告“不要说话，不要说话”，与央珍把我扶上车。

这次会议决定在《西藏日报》公开登载基层党支部与寺庙分裂主义势力的斗争情况，很多内幕一下子被揭开。这是西藏报纸上第一次公开报道分裂势力在基层复辟的活动，而且写得具体，审稿过程复杂而艰难……

1996 年 12 月的一个深夜，在长篇通讯《历史与人民的选择》发表的晚上，我与索朗、央珍在西藏日报社看完最后一遍校对稿，直到稿件送到印刷厂要开机印刷时，才返回朵森格路西的新华分社。那时已是深夜一点，印刷厂搞校对的汉族老师傅提醒我说，这个稿子不能署真名，他们要暗杀，在西藏这个地方不能太认真。

走在清冷的夜色中，我想着印刷厂师傅说的话，心里不由泛起一阵寒栗。我对两个年轻记者说：“你们得有思想准备，这是第一次公开把基层党组织与寺庙中分裂势力的斗争捅开，会引起社会震动，防止那边派来的人盯梢暗杀，他们是什么都做得出来的。我是内地人，迟早要走的，你们年轻，是当地人，要注意安全，晚上不要出门了。”

央珍过去说自己是属兔的，素来胆小，此时却说道，“老李，我们不怕。”

索朗也坚定地说：“死了也是烈士。”

久久的沉默之后，索朗又说：“老李，你署上我的名吧，把我的名署在你前面。他们要暗杀，先砍我的头”。

深夜里，这句话是那么清晰，铿锵有力。那天晚上月亮很亮，月光照在朵森格路的石板上，看到自己长长的身影。这时候已是深夜一点多了，四周一片沉寂，只有我们三人走在青石板上的脚步声，清脆又有几分沉重。我面对两个勇敢的农奴后代，不禁愣住了，一股热浪不由得涌上心头。

三、在高原掀起红色风暴

1996年12月23日，西藏区党委在贡嘎县召开了全区农牧区基层党建工作现场会，组织部门与县委书记参加了会议。

那是个格外寒冷又令人心旌荡漾的清晨。会议一开始，郭金龙书记就介绍了新华社的报道，并当场让我站起来，举着刊登通讯的《西藏日报》，说道：“这个大调查是新华社李锦社长写的，新华社为西藏稳定立了一大功。”会议上，郭金龙书记还指出，抓好农村基层党组织与政权建设是西藏当前重要的政治任务，要通过宣传推广甲日乡经验把基层党组织整顿好、建设好，为经济发展提供稳定的社会环境。

在山南地委所在地泽当的晚宴上，当郭金龙书记看到我坐在另外一桌上时，马上把我叫到主桌，坐在他旁边的主宾位置上。各地区、各县的书记们和厅局长们来向郭金龙敬酒，郭书记说，“你们想不想抓党建工作？抓好了就有人来总结。要总结，你们就要敬李社长，李社长是个高人”。一场“敬酒风暴”顿时在席间掀起，县委书记们排成队，一杯接一杯地转向我。尽管喝得浑身发烫，心情大好的我总是来者不拒，一饮而尽。

为了加大宣传力度，《西藏日报》特别开辟了“学甲日经验，抓基层党建”专栏，刊登了 16 个头版头条，前 6 个头版头条都是我自己动笔写的。每天下午 4 点开始写，5 点半交给报社，报社总编李而亮把版面留着，我的稿子一到便拼版。一个省级报纸依靠新华社稿件的这种程度，在新华社范围内也是少有的。

随着全区农牧区基层组织建设工作现场会在甲日乡召开和宣传高潮的形成，甲日道路、甲日经验、甲日样本也成为人们的热门话题。甲日乡的经验，在雪域高原卷起一场红色风暴，成为共产党治藏的一道亮丽风景。从 12 月到次年 2 月，整个高原都在说甲日，议甲日。

1997 年 2 月 19 日，改革开放的总设计师邓小平同志与世长辞。这一年，悲伤的云雾笼罩国人，久久不散。我的悲恸难以言表。15 年前，邓小平“你有发言权”的褒奖被我视为不断前行的动力，邓小平一手掀起的改革大潮使我有了纵横驰骋才能的机会。邓小平逝世后，大型电视纪录片《邓小平》在全国多次播放，作为受到邓小平接见的记者出现在片中，我是整部纪录片中唯一的一位记者，也是当时西藏地区唯一出现在片中的人物，《光明日报》、《西藏日报》与西藏电视台相继对此进行了报道。

甲日乡典型的树立以及电视纪录片《邓小平》的播放，时间挨得这么近，让我在西藏名声大噪，也因此引起了达赖集团的密切关注。由于“甲日经验”与达赖培养的“克西精神”仅一山之隔，美国之音便开始疯狂地攻击“甲日经验”，并对我这个“神秘人物”进行猜测。就在与郭金龙一起参加现场会的当晚，我们从现场回宾馆的路上，听到美国之音的藏语广播，攻击甲日经验，并提及“从北京来的神秘的人”。懂藏语的汉族干部说：“李社长，你在那边出名了。”当时在西藏，中央广播电台与西藏人民广播电台只在拉萨周围能听到，在远离拉萨的地方听的多是美国之音和欧洲一些藏语台。

当时，还有人从西藏大学回来后告诉我，那边盯上你了，你已经上了他们的暗杀名单。我听了有种不安全的感觉。每天晚上睡觉前，便把枕头下组织配备的手枪拿出来检查一遍。分社后面隔墙是自治区医院，我特地准备了一条长绳子，一旦遇到紧急情况，便可越墙而出，与自治区有关方面取得联系。很长一段时间里，我总是白天待在办公室，天快黑时，才戴上大大的墨镜，穿上风衣，把礼帽压得低低的，带着索朗罗布到街上转一转。索朗说，老李你太像地下党的书记了。

甲日乡典型的推出，是我在西藏主持的第一场战役。与以往典型调研不同的是，在这一次“甲日道路”的发现与培养过程中，我又多了一个新的角色——组织者：不仅是典型的发现者、推广者、思想研究者和培养者，而且也是组织年轻记者进行调研的“导师”。我从以往的单枪匹马作战转换为一个运筹帷幄而又亲临战场的指挥者，转换为传道授业、扶掖后进的师长。这种角色上的转变，对于我来说，更多了一份责任。

坚持群众路线，深入群众搞好调查研究，是一个分社的立社之本，也是发展之本。为了帮助年轻记者提高调研水平，我把记者们的稿件装订起来，每个记者一本，研究他们的写作，发现每一点优点便在评报栏里贴出来，以教育大家。我所看重的，是薪火的相传，是经验的延续。在新华社《新闻业务》发表的《发展之本——我们是怎样抓调查研究的》一文中，我记下了培养年轻记者的一些心得：

过去，西藏分社记者多数缺乏调查研究的经验，我们既要提出具体的目标，严格要求，又要循循善诱，耐心帮助，使他们逐步尝到甜头，自觉明确走到这条路上来。这就要求分社领导“靠”上去抓，付出相当大的精力与时间来做这件事。我们比较重视抓好“三前”，即出发前分社开会研究调研的主题，提出调研的目标；调查后，开会研究调查来的情况，做出正确的判断；发稿前，分社领导提出修改意见并帮助修改，力求调研获得理想的效果。这样一来，调研成果多了，记者也成长起来了。

后来，与我同时在西藏分社的一些年轻记者如多吉占堆、伍皓、罗布次仁、多穷、尕玛多吉、赵承、赵新兵、沈路涛、索朗罗布、白冰、马书平、刘喜梅等人，多数成了新华社有影响的调研记者。

第三节　与美国议员沃尔夫的遭遇战

一、沃尔夫潜入拉萨

因为西藏所处环境的特殊性，新华社西藏分社作为中国唯一的一个“以对外报道为主的分社”，一直坚持“内外并重，侧重对外”的报道方针，在国际舆论的引导与斗争中起着不可替代的作用。1997 年，我就同美国反华议员沃尔夫展开了一场被国务院外宣办认为是“西藏经验”的国际舆论之战。这是我新闻生涯中参与对外报道最有影响的一仗，也算为我国对外报道史留下了浓重的一笔。

长期以来，美国等西方国家的反动势力推行“西化”“分化”中国的战略，西藏问题一直是他们攻击的重要目标之一。当翻身农奴初次登上历史舞台的时候，西方反动势力就散布“西藏发生了人间悲剧”。40 年过去了，这种诬蔑与攻击并没有停止，随着国际形势的变化，更有愈演愈烈之势。达赖势力的猖獗与西方反华势力的支持是密不可分的，而弗兰克・沃尔夫便是反华势力中较为活跃的一员。

弗兰克・沃尔夫是美国老牌反华议员，长期在所谓的宗教、人权等问题上对中国说三道四。以他为代表的反华势力歪曲历史，制造争端，多次在美国国会起事。由于沃尔夫的“成功”表演，中国政府的国际形象受到了很大损害。

1997 年，在沃尔夫牵头下，美国反华势力纠合 100 多名发起者向众议院提出 1685 号议案，即《1997 年摆脱宗教迫害法》，将矛头对准中国。为了组织这次活动，沃尔夫搞了一次所谓的“调查研究”。那年 8 月 9 日至 13 日，他以旅游为名潜入拉萨，带着一名藏语翻译与一名助手，找到很多“内线”，掌握了一些所谓西藏问题的材料。当时，拉萨市区危房正在拆迁，有部分居民有意见，有的因犯罪被关在看守所，沃尔夫专门找到这些“不满者”的家属，日夜不停地搜集材料。

回到美国后的 8 月 20 日下午，沃尔夫在美国国家新闻俱乐部举行记者招待会，介绍这次所谓的“地狱旅行”，抓住人权、宗教等问题大做文章，说他“看到了中国正在大规模逮捕与残酷镇压”“近二十年汉人屠杀了 100 万藏人”，“被压制的人民在不可言喻的野蛮条件下生活”，“人文方面一点点也没有进展”，“人民在受苦受难，他们最大的希望是离开中国”，“西藏正在消失”，煽动西方世界干预，“拯救这个喜马拉雅山下的佛教文化”。

因为沃尔夫是美国众议院中的反华领袖人物，他的出面具有很大影响力。8 月 22 日，美国报刊连篇累牍地发表文章，法新社发出美国华盛顿的一篇报道《美国议员警告说，中国在“吞并”西藏》，接着路透社从华盛顿播发《美国国务院支持国会议员关于西藏的言论》等报道。一时间，西方舆论界推波助澜，反华恶浪骤起。

8 月 22 日，新华社对外部政治文化编辑室编辑李希光从网上得知美国动态，立即向对外部报告。副社长高秋福、副总编马胜荣同意对外部立即反击的意见，指示由对外部记者在北京采访，同时通知西藏分社在西藏组织采访。

那天晚上 10 点，我接到对外部副主任李志高的电话后，认为美国国会内反华势力就西藏问题屡屡对我政府发难，作为西藏分社，守土有责。驻藏记者，了解当地实际情况，应把报道着力点定在事实"揭批"上。我立即组织分社对外采访室、政文采访室两支队伍全力投入战斗。

第二天一大早，我便从"红机子"打电话给西藏自治区党委秘书长李立国，报告情况并提出报道设想，请求协调。李立国说热地书记刚从内地回来，自己正准备去机场接他。我决定兵分三路，马上采访。我与对外采访室主任多穷赶赴区党委常务副书记热地家中。

热地刚进家门，连口水也没喝，李立国秘书长与我马上跟进。李立国让我先汇报，我汇报了情况，也表示道歉，热地书记说"特事特办"。这时他还不知道沃尔夫在华盛顿的发难，但是态度非常鲜明，他说西藏人民最有发言权。我把沃尔夫诬蔑西藏的言论简单说了一下，提出几个问题。热地书记说，"这个美国人讲的没有什么新鲜的东西，都是达赖讲的嘛。"

从热地家回来后，我与多穷便迅速投入到写作中。从热地的谈话中抽出"西藏人民最有发言权"几个字为标题，稿件 1990 字，很快发往北京，编辑部一字未删，全文发出。这篇稿件观点鲜明，把具体事实摆在公众面前。对于"到底谁对西藏问题最有发言权?""汉人在西藏究竟有多少？他们都在干什么？""西藏宗教信仰有没有自由?”“西藏文化有没有得到尊重与保护?”等问题都一一作了阐述。

很快，稿件在美国《华盛顿邮报》上发表，路透社、法新社都转发了报道。接着美国的《侨报》、《世界日报》、菲律宾的《商报》、香港的《明报》、《商报》以及泰国的《中华日报》都刊登了文章，新华社报道以最快速度与美国的主流舆论交上了锋。美国人没想到，中国人在第二天便发来批驳的稿件。中国人也没想到，美国最大的报纸《华盛顿邮报》居然刊发中国人写的稿件，实在因为这场短兵相接的战斗太出新闻了。

与此同时，我从政治上、内容上、业务技巧上与报道规模上进行分析，开始酝酿一个大的作战计划，决心把这场遭遇战打成一个运动战。

1997 年 5 月，我曾专门去北京向新华社秘书长蔡名照汇报西藏困难，要求重新启动援藏工作。蔡名照对西藏工作非常关心，询问西藏分社还有什么困难，说各部门都会优先考虑。我提出办公楼扩建、职工住宅楼建设与建立林芝记者站的三项工程。蔡名照当场答复都可以办。我把已经写好的报告拿出来，蔡名照一项一项都帮助解决了。新华社的援藏工作停了多年后在蔡名照安排下也重新开始了。于是总社从上海、江苏、浙江与国内部、对外部调来赵承、赵新彬、朱仲良、石永红、潘海平等一批援藏记者。这批人水平整齐，新生力量的加入，使得我雄心大发，决心形成一次对外宣传的“突破”。

我首先从沃尔夫的讲话中对沃尔夫本人做了一个深入了解。在通过特殊渠道以最快速度拿到沃尔夫在美国国会讲话内容后，一个字一个字看过去，在一旁写满了批注。然后把自己的观点发给参加报道的每个记者，让大家大体了解这个人的能量、动机、活动方法、思维特征与传播途径，对他的影响圈、议题、发难的时机、目的、阵地都进行了详细的研究。仅用一个小时，便迅速拿出了全面的作战部署，确定了作战思路。

8月25日，外交部发言人就沃尔夫所谓的“西藏见闻”发表评论说，沃尔夫众议员戴着有色眼镜，无视西藏在各方面取得的巨大进步，对中国肆意进行诋毁，这种行径是可悲的，也是不会得逞的。紧接着，新华社铺天盖地的发稿便跟了上来。

自此开始，这场国际舆论斗争轰轰烈烈地铺展开来，从那年8月一直持续到寒冬。

这期间还有个小插曲。8月27日，欧洲议会副议长海默夫人来到西藏。我认为这是以西方人之嘴堵西方人之口的最好时机。海默夫人到西藏，提出到西藏监狱去参观，我便与多穷一起去西藏监狱，寸步不离地跟着她。海默夫人在访问中说“百闻不如一见”“这里的监狱管理科学、合理，看到的与听说的不一样”。我特地问了一下翻译，她是否说了“百闻不如一见”，翻译说是这个意思，这个女议长也朝我点了点头。之后，我在报道中如实写了进去。当晚，我便以此为题发了稿件，新华社当即向全世界转播。

当报道为《欧洲时报》等西方媒体传播后，海默夫人已离开拉萨，到了尼泊尔。面对西方舆论压力，她矢口否认自己说过的话。气氛一下子紧张起来。我意识到国际斗争的复杂性将使西方政治家可能扮演多变的角色，于是便去找在场向她提出问题并且亲自听到她讲话的监狱长，再次向编辑部提供稿件。后来，我从陈奎元书记那里得知，这位副议长后来又转变了态度，在会上讲“西方最好再也不要干预中国的内政了”。

二、陈奎元说，这一仗打得漂亮

西藏分社揭批美国议员沃尔夫的斗争，是一场国际舆论战，不是普通的对外报道。这场斗争成为中美两国政府的舆论战，在党的十五大上引起很大反响。十五大上专门召开新闻发布会，这场报道也得到中宣部、中央外宣办与西藏区党委的高度重视。

9 月 30 日晚，陈奎元书记约请我与政文室主任伍皓到住处交谈，一见面，陈奎元就兴奋地对我说："你们这一仗打得很漂亮！沃尔夫刚开始胡说八道，我们就发了报道，交上了锋。他们反击你们的报道，证明你们有战斗力。在大是大非面前就应该旗帜鲜明，针锋相对。你们的报道在国际政治斗争中发挥了重大作用。"这一晚，我们一直谈到深夜两点，才离开陈书记的宿舍。

在我的具体组织指挥下，西藏分社连续组织了五个小战役，改变传统的单篇写作方式，使西藏的对外报道形成气势，如排山倒海般接踵而来，形成了四个阶段、五个浪头的反击。

第一阶段是前三天，围绕西藏监狱与犯人权力问题。人权问题焦点在监狱问题上，沃尔夫也是先从这里做的文章，因此我决定就从监狱开始采访。短时间内采访了政法委书记、司法厅长、监狱管理局长等，组织了 5 篇稿子。

第二阶段是前十天。在 8 月 23 日至 9 月 2 日的 10 天里，所发的 11 篇直接批驳沃尔夫的稿件为西方主流世界报纸纷纷采用，这段时间的报道有反击战特色。

第三阶段是前一个月，把报道转向主权与人权报道，有歼灭战特色。分社在 9 月份发对外稿达 45 篇，例如《西藏自治区监狱文明改造犯人成效显著》、犯人亲属探监与犯人交心的现场特写《铁窗内外的亲情》，以及体现中国政府人道主义精神的《西藏一批犯人获减刑》等一系列反映监狱人权的报道，从各个侧面对沃尔夫的观点进行批驳。

第四阶段便是后期两个月，对西藏问题进行全面深入的报道，带有运动战的特色。在三个月里，西藏分社陆续发出监狱、人权、主权、宗教文化、环境、人民生活、民族团结与民主选举等五组系列报道，发稿量达 120 多篇。这些报道几乎发发中靶，落地生花，为海外报纸广为刊登。

同时在四个阶段中，又形成了五个浪潮的报道攻势。这五个浪潮浪浪相接，蔚然成势。第一个浪潮是以当事人身份的访谈为主，构成对沃尔夫最初的反击。当这个浪潮起来时，以监狱反映人权的报道浪潮随即而起。紧接着是第三个浪潮，反映的是主权、文化与人民生活这三个系列，这是沃尔夫重点攻击的问题，因此发稿量最大。第四个浪潮是西藏的民主选举，因为西藏在青稞收完便开始搞基层选举，是全国搞得最早的。最后一个浪潮是西藏环境保护，这个报道一直发到翌年年初。这五个浪潮因为没有间隔，便形成一个大潮。到 1998 年元月，援藏记者陆续返回内地过年，这场战役性报道才告一段落。

在揭批沃尔夫的日子里，西藏分社的机房每天都是灯火通明，来自总社、江苏、上海、浙江的对外记者围在我周围，气氛紧张而又融洽。那段时间，他们不仅仅是在写稿，也是在前线作战，在以智慧守卫国土，这是一场没有硝烟却“兵戎相见”的战斗。这场轰轰烈烈的国际舆论之战历时 3 个多月，粉粹了沃尔夫妄图利用西藏问题掀起反华浪潮的阴谋，也充分显示了西藏分社的对外报道能力。国务院外宣办高度称赞了这次新闻报道，认为是对外宣传报道的“新鲜经验”，后被称为“西藏经验”。

我们在与沃尔夫的遭遇战中，以密集的火力压倒了他，迅速化解了沃尔夫利用西藏问题反华的攻势，我们搭上他这趟车，使得中国人的声音在西方主流大报上露了脸，使美联、路透、法新等大通讯社都传播了我们的声音，为中国对外新闻传播史留下一笔。

第四节 零下四十一度的严寒

一、杨传堂口中的“大手笔”

1997年，随着十五大的召开，这一年成为解决经济问题的“大年”。十五大报告发表后，西藏上下围绕社会主义初级阶段的经济发展问题展开了讨论。

西藏是从封建农奴制直接进入社会主义社会的，经济基础薄弱，生产力水平低，特别是国有企业普遍生产规模小、技术含量低、生产成本高、市场生存能力弱，对政府依赖性强。进入90年代后，亏损面不断增加，职工生活无着落，严重影响社会秩序稳定，成为政府抹不去的一块“心病”。当时的西藏自治区党委副书记、政府常务副主席杨传堂分管经济工作，他是位能吃苦又肯学习、善动脑筋的领导。我每次列席自治区会议后给中央写的内参中总会有他的一段谈话，因为他能说出东西来，而且有主见，有分量。在我看来，西藏所面临的诸多问题，最终都要依靠经济发展来解决。只有经济上来了，西藏人民感到幸福，才能从根本上解决问题。

这一年，我们在进行对外舆论战国有企业的同时，在杨传堂的支持下又抓出了拉萨啤酒厂这一国有企业典型。

拉啤进入我的视线，最初来自西藏人对啤酒的爱好。西藏人很爱喝啤酒，而且清一色喝的都是拉啤，这种啤酒味道清凉纯正，口感也好，喝起来比青岛啤酒不差在哪儿，是拉萨人的最爱。当时在西藏，买啤酒都要排队，要走后门。拉萨啤酒厂是老牌的国有企业，但多年以来一直处在举步维艰的境地。1989年亏损708万元，资产负债率28%。后来，累计亏损达2700万元，到了资不抵债的地步。1994年，拉萨啤酒厂被列为全国百家建立现代企业制度试点，1996年改制为股份有限公司。1997年5月，拉萨啤酒厂以股票上市标志着他们终于完成所有制结构的调整，形成以国有资产控股的混合所有制。

拉啤进行企业改革的线索是分社记者马书平在采访中发现的，马书平在文章中回忆：

> 8月15日，我在经贸体改委采访，了解到拉萨啤酒厂改革方面的一些情况，我及时向分社领导作了汇报。第二天，副社长李锦带着我去请示自治区领导，听了我们的汇报后，自治区领导一致同意把拉萨啤酒厂作为西藏国有企业改革的典型。

听取汇报后，杨传堂书记说，老李你是靠搞典型起家的，我们一起来抓拉啤这个典型吧。我的看法是，典型要有全国意义，才能立得住，但这个典型是否能体现江泽民的"5·29"讲话精神，反映所有制结构调整问题，是否在全国有指导意义，当时并无把握。于是带着马书平一起住到了厂里。在那里，我们先后调查了半个月时间，了解到四川人进藏参股的事情以及企业改革中"姓川姓藏"的争论，这些都形成了所有制结构调整过程中的种种艰难与阻碍。

当时关于所有制问题，全国企业中还没有成熟的典型推出。经过分析与研究，我认为，可以通过这个混合所有制企业调查，反映西藏对公有制实现形式的探索，体现关于经济体制改革问题讲话精神，对于封闭的西藏经济改革与发展可望形成冲击。

10月10日，杨传堂在西藏宾馆审阅了拉萨啤酒厂的调查报告后说，我们西藏也出大经验嘛，这个调查在全国也算是有水平的。杨传堂对我和马书平二人的调查报告十分满意，他说：

李锦同志从山东来，抓过不少大典型，是提出大思路的人，功力深厚。到西藏来，向区党委、政府推荐两个典型，一个是党建的，一个是经济的，还建议在两次全会召开时宣传推广这两个典型，这两个建议都是高招。新华社让李锦同志这样有主见、有思想的社长来西藏工作，是智力支援，这是对西藏工作的重视，我们从内心里感谢你们。小马一到西藏工作就跟着李社长进拉萨啤酒厂搞调查，写出大材料，这个调查研究的路走对了。

西藏经济工作出经验不容易，也很少在全国露脸，为了形成一定影响，我专程到编辑部送稿。10月20日，新华社内参刊发了调查报告《思想解放带来企业改革的新突破》（上）、《新的所有制形式催生新的经济增长方式》（下），系统介绍了拉萨啤酒厂探索公有制实现形式的经验。

区党委常委、宣传部长陈汉昌亲自安排《西藏日报》在区党委五届三次会议期间以整版篇幅刊登分社记者写的调查报告全文，在会议上引起较大反响，拉萨啤酒厂成为十五大精神的载体，在会议上被热烈讨论。热地、杨传堂、丹增、李立国、江措、徐明阳、肖怀远、苟天林等都在发言时讲到拉萨啤酒厂的经验，强调解放思想对于西藏经济发展的重要意义。

12月4日，区党委五届三次全会结束的第二天，西藏自治区党委、政府联合举行拉萨啤酒厂改革成果表彰大会。会议授予拉萨啤酒厂“改革排头兵”的称号。这是继上一年冬天“甲日乡”调查后，西藏分社的调查报告再次在西藏引起强烈反响。一时间，在拉萨出现了“家家说啤酒，户户话改革”的现象。

区党委常委、秘书长李立国高度评价了西藏分社的工作：

去年贯彻十四届六中全会与今年贯彻十五大精神都是在冬季，

区党委都是以分社的典型调查开路，都引起轰动效应，社会效果非常好。在西藏的同志对中央精神正在传达时，你们用自己的调查提出见解和思路。关键时刻新华分社总是起重大作用。近年来，新华社的报道在推动西藏实际工作方面，贡献很大，功劳很大。

自此之后，我宿舍里的红色电话机，成了区党委与新华分社联系的热线。遇到急事，可以随时与李立国秘书长联系，凡是我们提出的，西藏区党委都大力给予支持。

二、吸着氧气到藏北重灾区

1997 年 9 月，横扫全球的“厄尔尼诺”现象降临世界屋脊。到 12 月中旬，已出现 40 余次不同程度的降雪，降雪量是历年同期的 3 倍。这场空前的“白色风暴”使包括那曲、阿里、日喀则 3 个专区在内的 60 多万平方公里的藏北草原变成一片银色世界。藏北草原有气象记录以来最大的一次雪灾发生了。

12 月 20 日，西藏自治区党委召开紧急会议，我到会时已经坐满了人。那时雪灾已沿着喜玛拉雅山、冈底斯山与念青唐古拉山向全区蔓延。全藏 32 个重灾县的 1030 个村子被大雪包围，40 多万平方公里的藏北已成为一片雪海，26 万灾民处在危急之中。在杨传堂主持下，区党委作出了把抗雪救灾作为西藏压倒一切的中心工作的决定。

实际上，早在 12 月 4 日，新华社首播的消息《那曲地区遭受严重雪灾》就已为《人民日报》、《文汇报》和美国《世界日报》等 6 家报纸采用，比其他新闻单位早发稿 18 天。区党委副书记巴桑诧异地对我说：“你们耳朵真灵呀。”我告诉她，新华社常年有记者在基层调查研究。11 月下旬，记者白冰、觉果到藏北了解牧区冬宰情况时，在与群众接触中，得知今年可能发生重大雪灾，而且是毁灭性的，便打电话向我汇报。我当即要求把采访重点由“世界屋脊采风”转向采集雪灾情况。在区党委开会前，分社已经三次开会，研究部署雪灾报道。

当时拉萨也连降大雪，分社没有暖气，夜里常常被冻醒，已经有七八位记者感冒了。在西藏感冒，非常容易引起肺气肿，危及生命，何况要到氧气最少的藏北。这时气温已经低至零下 40 多度，一位缺乏经验的司机没有戴手套去推车，手碰上去便拿不下来，用力撕扯，最后竟然一整张手掌皮被粘在了冰冻的汽车上，寒冷程度可见一斑。

这时，我决定以重兵投入，采用两线作战，分三个梯队轮流上阵，并挑选身体最壮的罗布、觉果、白冰作为第一梯队，马上奔赴 500 公里外的藏北重灾区。技术局援藏干部赵建国感冒还没好，也三次找到我，坚决要去。随着灾情发展，元旦这天，分社第二次派出报道组，我特地在分社门口为他们组织壮行送别，讲话，发言，然后把啤酒、馒头与铺盖抬上车。

到灾情最重时，报道上出现了难题。雪灾是否造成死亡，死亡人数具体几何，记者们众说纷纭，做不了主，不断给我打来电话。我此时已经在西藏一年半了，气力明显大不如前，但还是不顾身体孱弱，决定奔赴灾区，参与调查并现场指挥。当时拉萨气压不稳，我因缺氧而难以入睡，已经连续十多天处在眩晕状态，头脑像要崩裂，平时只好用双手紧箍着太阳穴，不敢放松。

出拉萨往北，地势越来越高，气候也越来越冷。千里藏北，雪海茫茫，无法辨认路，我与记者赵承坐的越野车一会儿爬雪山，一会儿在冻结的河面上走。车不时地蹦跳起来，我的头也不停地撞着车顶。到了灾区下车，连站立都极为困难，走一步，脑门疼一下，只得把氧气袋抱在怀中，把氧气管插在鼻孔里，坚持采访。

在《母亲魂兮归来》一文中，我记录下了前往灾区采访的艰难历程：

> 到那曲，满世界被白色塞满了，眼际尽是厚厚的大雪。车过雪拉山山口时，已是海拔6000米，我在车内闷得喘不过气来。开了车窗门，一阵猛烈的暴风像棍子打过来，硬是把我的脸扳过去，头想转，竟转不过来。一瞬间脸已冻得像冰一样，没有了知觉。肆虐的暴风雪就像惊涛，一浪一浪冲过来，想掀翻我们乘坐的一叶孤舟似的越野车。世界上只有呜呜的风，震天动地地嘶叫着，其他什么也听不到。车不敢停，也不能开窗，只有缓缓地爬动。在死亡可能出现时，我想起了妈妈，如果我走了，妈妈怎么办？我是母亲的希望与寄托。当时唯一的念头是，一定要活着回去，父母亲在等着我，妻子与女儿在等着我。我不敢打瞌睡，怕自己缺氧时昏死过去，也怕激烈的颠簸会折断脖子。
>
> 下山时，找不到路，车就在河道冰面上开。开快了，在那青玉色的冰面上打了一个360度的圈，我意识到要翻车了，不由得喊了一声"妈"，车转危为安，又平静地向前滑行。许是菩萨保佑，许是母子之间心灵的相通吧，我仍然活着。车到大众乡时，我已紧张得不能说话。躺在那里，一动也不动，脑袋疼得像要爆裂，脖子的筋像被冻住，头也转不过来。看到成群成群的牦牛瘫在地上，多已死了。那死死的白色，使人感受到惊栗与恐慌。

正是死亡线上刻骨铭心的生命体验，让我写出了三千多字的通讯《震撼世界屋脊的壮歌——来自西藏抗雪救灾一线的报告》。这篇通讯由新华社总编辑何平亲自编发。何平打电话给中宣部副部长徐光春，徐光春又与《人民日报》打好招呼，总编辑范敬宜批示是一篇感人的好文章，安排在全国两会召开前一天发出。通讯为《人民日报》全文刊用，当即在“两会”上引起反响，使得西藏雪灾成为中央领导与北京各新闻单位和西藏领导交谈时的主要话题。西藏自治区党委副书记丹增在北京开会期间专门打电话给分社，赞扬这篇通讯写得好，发得及时，社会影响大，感谢新华社的雪灾报道。《人民日报》总编辑范敬宜在报纸上写出评论，认为“写得生动感人”。

在这场报道雪灾的战役中，新华社前后派出6批17人奔赴那曲灾区。技术员卓玛不顾孩子年龄小，也要报名“上前线”，我不同意。卓玛说：“老李，你们抛家舍业，从内地来这里吃苦，还不是为了我们藏族人。你们不怕苦不怕死，我们还怕什么?”说着眼泪往下落。在春节前，伍皓、卓玛等第6批人又进了灾区。区党委副书记丹增开玩笑说：“新华社已搬到灾区来了。”正是在这种直面生死、勇敢无畏精神的感召下，西藏分社出色地完成了藏北特大雪灾的报道任务。

中央领导江泽民、李鹏、罗干、姜春云、邹家华、李贵鲜分别在我们所发的调查上作出批示，促成中央“专门听一次汇报，研究下一步工作”。杨传堂同志对我说：“你们新华社太重要了，在关键时刻发挥了大作用。”

1998年2月12日，新华社社长郭超人签发嘉奖令，嘉奖令里写道：

> 在这次报道中，分社全体记者、技术后勤人员积极请战，争先恐后，表现出了强烈的工作责任感、拼搏精神和敬业精神。主管业务的副社长李锦吸着氧气赴灾区，指导工作；援藏记者赵新兵、赵承，技术人员赵建国主动要求参加报道组；记者罗布次仁、白冰、驾驶员嘎玛及赵建国都是两次承担任务。

分社参加报道的9名记者、2名技术人员和4名驾驶员，不畏海拔五六千米、气温零下三四十度、风雪弥漫的严酷环境，深入现场采访，每天工作10多个小时。除夕夜，当千家万户喜气洋洋吃年夜饭之时，西藏分社第三支报道小分队的4位同志却身处藏北部“无人区”的旷野里，因带去的方便食品冻成冰块无法食用，在茫茫雪海中挨冻受饿，表现十分感人。

希望全社同志向西藏分社的同志们学习。学习他们忠于职守、艰苦奋斗的工作精神，学习他们深入基层、调查研究的工作作风，学习他们连续作战、精益求精的工作态度，进一步推动“抓作风、改文风”的开展，努力提高新华社宣传报道的整体水平。

郭超人曾在新华社西藏分社工作10年，以实地调查，写出很多好文章。他是在值班简报上看到这个信息的，要求发出社长嘉奖令。新华社一年也就是发几次，遇到特殊情况才发嘉奖令，表明他对我们西藏工作的关心与重视。

第五节　提出治藏方略

一、喇嘛叛逃事件

1998年9月，我刚从内地休假回来，刚进门，就看到社长马宁轩一脸焦急地在院子里等候。老马见到我，连忙说道，区党委等着你呢，已经催好多遍了。中央办公厅为这个乡的事情复电，在西藏是首次，中央在等着报告呢。

让老马心急火燎的事情源自一起喇嘛叛逃事件。几个月前，克西乡贡嘎县苏若林寺有11个喇嘛叛逃到了印度，这一事件后来被称为“克西事件”。“克西事件”发生后，“美国之音”用藏语日夜不停地宣扬“克西精神”，欧洲30多家藏语电台也全力配合，一时间，“克西精神”像瘟疫一样，传遍整个藏区，西藏区党委压力重重。

老马告诉我，前一阶段这个喇嘛寺庙的人都跑空了，现在已经挖出经师，这个人与达赖分裂势力有直接联系。热地书记要求派得力人员解剖并总结，把调查拿出来，上报中央。中央办公厅在6月14日有个批复，中央领导等着了解情况。现在一个40多人的工作组已经进驻克西乡了，陈奎元、热地、江村罗布、郭金龙等领导都非常重视。区党委常委会研究，最后决定还是请新华社的李锦社长出面调查。

我一回来，老马就派好车，把馒头、啤酒和氧气袋都装上车，让司机嘎玛把车开到楼下。刚回到拉萨的我还没有适应恶劣天气，但政情如火，进办公室把铺盖卷起来，又下楼带领伍皓、罗布次仁两个记者，沿着拉萨河，过曲水大桥，顺着雅鲁藏布江南行，直奔克西村。

克西乡位于贡嘎县，与甲日乡仅有一山之隔。1993年以来，这里接连发生了25起政治事件。从拉萨到山南，再往境外，便是达赖1959年的外逃之路，一些地方可以感受到达赖势力的影响。我意识到，达赖集团宣扬的“克西精神”是“甲日道路”的一种对立。共产党抓“甲日道路”，达赖那边便抓了一个“克西精神”，显然是一场对垒战。

到克西村的当晚，工作组的德吉、白玛朗杰向我介绍了他们掌握的情况。在苏若林寺调查时，我们一行与经师“老狐狸”展开了交锋。经师“老狐狸”群培是浪卡子县人，已经年过八十。早年他是哲蚌寺的喇嘛，1989年来到苏若林寺当经师。苏若林寺的活佛已经跑到印度，群培现在主持着寺里的工作。

我们在一个昏暗的房间里见到群培，他白发盈耳，胡子很长，表面呆若槁木。与他对话，只要谈及达赖，他便沉默以对，无一言外泄。尽管群培异常狡猾，但还是不能掩盖苏若林寺与达赖分裂势力的紧密联系。据群培招供，这 20 年间最令他兴奋的一件事情就是看到共产党的领导人在拉萨参加藏传佛教大法会，他们把录相带回来一遍遍看，边看边喝青稞酒庆祝，狂叫“到大干的时候了”。这些调查，让我的思考变得具体而深入。

揭露了群培与达赖集团的联系，我进而思考，为什么达赖集团没有为群众做好事，却得到一些人的拥护？尽管群众拥护社会主义政权与共产党，但达赖在群众中的宗教和精神领袖地位却是难以撼动的。藏传佛教教义的“政教合一”与达赖地位的“人神合一”，是和内地佛教乃至西方教派不相同的。达赖搞分裂祖国的行为，非常容易煽动和影响群众，影响整个西藏政局的稳定。他的狡诈之处，正在于利用宗教寻找群众基础。调查时，我随身带来两本书，一本是《达赖喇嘛传》，一本是毛泽东的《中国革命战争的战略问题》，我边读书边思考。达赖分

调查期间，恰好遇到克西乡民主选举，同时又是防水工程的开始。人们像过节一样从四面八方赶来，场面很热闹。

裂势力确实是造成西藏不稳定的根源，研究达赖分裂势力与苏若林寺的联系，再调查寺庙与克西村、秀吉村、秀伍村的联系，我进一步确认了这一点。

调查期间，恰好遇到克西乡民主选举，同时又是防水工程的开始。人们像过节一样从四面八方赶来，场面很热闹。那一天，群众们特地为工作组唱了许多欢迎的歌曲。我问罗布歌曲唱的是什么意思。罗布告诉我：农村老百姓不会唱新的歌，很多是宗教内容的，有一首歌的大意是祝福达赖万寿无疆。我感到震惊。比政治制度更顽强的是文化信仰，宗教在西藏有深厚的土壤，从文化上去消解与抵制达赖的分裂主义将比投入资金修建大量工程会更为彻底与有效，但也更为艰难。

这件事，因为美国之音反复宣传，给我国压力很大，中央要求写出报告。工作组进驻 4 个月后，陈奎元、热地、江村罗布与郭金龙陆续批示，一个重要精神就是拿出大报告向中央汇报。这个汇报，非常重要。区党委决定由我们来写，压力一下子转到我身上来了。经过调查，我住在村里一行查明问题是由西藏主权归属讨论引起的。苏若林寺的喇嘛们拒绝回答西藏主权归属问题，导致扎西旺堆等 6 名喇嘛离寺，最后共计 34 人叛离。显然，这是达赖分裂主义势力多年经营的结果。

我前后 5 次来到克西村，深入调查这 34 人叛逃的情况，做出判断，使得我对西藏治理有了更深层次的了解与领悟。藏族人民是好的，老百姓是可爱甚至可怜的。尤其是分社的藏族人，我视他们就像自己的兄弟姐妹一般。我认为，解决西藏问题从根子上着眼要从政治、经济、文化上进行综合治理。以“克西事件”为切入点，在与甲日乡的对比与分析中，我们充分肯定系长区党委工作组的成绩，并据此提出了西藏长治久安的六项对策：

克西乡分裂主义势力活动逐步升级，是在我们宗教政策过于放宽的背景下出现的，为了扭转局势，我们付出了巨大的代价。因此，中央对西藏的正确决策不能动摇，坚决贯彻既定政策，使西藏工作沿着正确的方向前进。

对社会主义政权与达赖的双重信仰，是克西乡乃至整个西藏社会出现混乱的思想根由，达赖集团的分裂活动是影响西藏稳定的主要根源。因此，必须坚决揭批达赖，使群众充分认清达赖集团的本质及达赖其人的形象，同时要不失时机地着手宗教改革。把"政教合一""人神合一"教条从藏传佛教中剔除出去。

克西农村贫穷落后的状况是达赖集团煽动群众分裂祖国的社会基础。因此，必须以发展经济为中心，把群众主要精力引导到发展经济，创造幸福生活上来。

克西乡的一些人公开与共产党唱对台戏，很重要的原因是他们有自己的组织基础。这里的寺庙组织健全，而乡村基层组织极为软弱。因此，一方面要整顿寺庙，动摇达赖集团在农牧区的根基；一方面要把基层党组织建设成反分裂斗争的坚强堡垒。

克西乡政治动乱是与封建农奴制下的宗教文化氛围分不开的，而西方舆论攻势成为思想上的"助推器"。因此，与达赖集团斗争的主战场在思想与精神文化领域，必须加强政治思想工作与农牧区的精神文明建设，把治穷、治乱与治愚结合起来，使共产党的政治优势充分发挥出来。

克西乡分裂主义活动猖狂有着达赖及国际反华势力的指挥和支持，有强有力的国际背景。因此，应当制定综合治理的方针，实施大安全战略，内外统筹，加强边防力量，切断西藏与境外分裂主义势力的联系，并有效地打击境外的分裂主义势力。

后来，我与西藏领导人当面陈述了上述治藏方略，这六项对策明显比甲日经验进了一步，也受到了中央领导的重视。调查结束后，我带着伍皓、罗布次仁一起到泽当与山南地区领导交换意见。我足足讲了两个小时，讲完之后，我请书记和专员指点。

向巴平措说，提出一个标准很重要，否则我们坐着嫌矮，站着嫌高，不知怎么办才好，千万不能再有起伏了。他讲了半个小时后，专员胡春华接着说了十分钟。他说区党委请李锦老师来调查，是对我们的帮助。你们调查很有深度，有事实，有数字，有观点，特别是六条方略有很强的规律性，深刻准确，讲到位了，他谦虚地表示一定好好学习理解。他还提出藏传佛教是在封建农奴制下形成的，根子在“政教合一”的制度设计。宗教必经改革，不改革是难以适应社会主义制度的。寺庙管理问题难度大，问题多，很容易按倒葫芦浮起瓢，要从根本上解决问题。我们对西藏存在的双重意识形态现状要有清醒的认识，想出破解难题的对策。

胡春华所讲的有些是多数干部没有想到的，足见他的思考深入而有见地，还有点学者的味道。他讲话很谦虚，但是深刻而与众不同，给我留下很深的印象。

我到贡嘎县甲日乡、克西乡的两次调查，都是带着被、包住到村里，挨家逐户走访。而当时的山南地委委员、秘书长金书波从1976年参加工作后便在贡嘎县基层干起，对贡嘎县情况很熟悉，是为人诚恳、办事认真的干部。每次我写出调查报告，他都会认真阅读，多次称赞我蹲点调查作风扎实，问题抓得准，是个高人。因此新华社只要有人到山南，金书波总是会安排得很周到。我离开西藏前，金书波还专门为我送行。

二、凌晨的一个电话

在西藏的四年，我不仅要奔波调研，还常常要挑灯夜书。西藏的春节是氧气最少的时候。陈奎元曾对我说过，过一个春节，对身体的损耗相当于一个冬天。他劝我春节还是尽量回内地好。我到西藏整整十个月后才第一次回内地，连续在拉萨过了两个春节，平时也总是到深夜一两点才睡。拼命工作的代价，便是健康状况的每况日下。

1999 年 1 月的一个凌晨，天还未亮，寒冷刺骨。我接到了区党委秘书长李立国打来的电话，一讲就讲了 40 分钟。

李立国是个责任心非常强、非常勤勉也非常负责的领导，区党委日常事都是他在操持，分社平时有事也是直接找他。也不知他是一夜未睡，还是起得太早，才 8 点就打来电话。拉萨与内地有两个小时的时差，8 点便是内地的 6 点。室内没有暖气，气温低至零下二十度，寒气逼人。接电话时，立国秘书长就稿件谈起看法。我没有料想到会讲这么长时间，也就没有披上衣服。没想到讲到中途，我就被冻得鼻涕流了下来，不得不拖来被子，裹在身上。身着单衣讲得时间太长，我的双腿被冻得失去了知觉。天亮后用热水泡了很久，膝头仍是凉凉的，显然寒气已经侵入身体。

早饭后，我身体开始发热，浑身无力，站不住。上午仍然硬撑着身体与记者一个个谈话，处理援藏的稿件。当天下午，我与马书平找到杨传堂采访援藏问题，边谈边擦鼻涕，手帕湿透了，杨传堂就把自己的手帕给我。严重感冒的我被马书平送到了西藏军区总院，当时已经不能走路了，马书平与司机把我架到病床上。一量血压，竟然高达 126/226，我自己也大吃一惊。在 18 岁离家参军后的三十多年间，我的血压一直维持在 70/110 左右，刚进藏体检时仍是70/110，不到三年间就蹿升了一倍，健康状况急转直下，我愣了半天，说不出话，只能住院接受治疗。

住在医院的日子里，为了不耽误工作，我把骨干们都叫到病床边，亲自部署西藏民主改革四十周年与援藏报道。同时还坚持一手挂着吊瓶，一手写调查报告。因为李立国讲的意见，我得落实好，关键稿件得自己动笔。

在西藏工作始终有个把内地经验简单搬到西藏来的问题，弄不好便会使工作很被动。我多次向分社记者要求，关于反分裂斗争与援藏等重大问题，一定要在政治上与区党委保持一致。总社也规定，所有内参稿件都是由我签发，再传到北京去。没有想到我到内地休假时，有个内地分社的记者到西藏来抓“新闻”，把援藏的基本建设工程写成“面子工程”，认为应把资金用在农牧区民的脱贫上。这种脱离西藏实际的看法，激起西藏区党委与援藏干部的反感。这件事与西藏分社没有关系，但是分社顾全大局，尽力挽回过失，分社记者连写几篇内参，但总社都嫌份量太轻。社长郭超人、总编辑南振中都等着看稿子。无奈之下，已经躺在病床上的我只好一边挂水，一边自己动手写调查，写好一页就让司机送回城内打印。后来新华社内参发出我的稿件，也慢慢消除了误解。住院期间，自治区政府杨晓渡副主席与区党委组织部分管援藏的处长王志明都专门到拉萨北郊的军区总医院看望我，劝我一定不能干得太猛，以免寒气侵入身体，一辈子受累。

刚刚进藏时，我的身体还很壮实，没想到不到三年就垮了下来，一年不如一年。每天早上泡一大缸子水，放上十多根人参，把自己的气提上来。到后期已经很难支撑。几个春节，当多数援藏干部纷纷如候鸟般飞回内地时，我还坚持在西藏进行春节报道。一场大雪灾，几个难熬的严冬，无数个夜不能寐的夜晚，一点点地摧毁着我的身体。为了能多为西藏做点实事，最终却无可奈何又有几分悲怆地败给了恶劣的高原气候。我自己也觉得是拼得太过了，组织上一遍遍提醒过自己，只能怪自己太要强了。

西藏留给我最刻骨铭心的，或许就是这终生难愈的隐疾。在其后的十几年里，病痛如同梦靥般，亦步亦趋地跟随着我，如影随形。这是长期高血压带来的后果，而高血压正是那凌晨的一个电话带来的重感冒引发的。这样的结果，有些残酷与无奈。而李立国本人则一直不了解这个情况。

1999 年 9 月，新华社副社长、党组副书记张宝顺搞“三讲”到了西藏，要求当时还在内地的我马上回藏。这时候，张宝顺率领的工作组已经与分社干部职工谈了一圈。一见面，张宝顺便对我说，你在西藏继续干，西藏需要你。又说，大家对你只有一条意见，就是太不顾惜身体了。第二天，在区党委接待室里，张宝顺代表组织与我谈话后，拿出血压计亲自为我量了量，高压 216。张宝顺十分震惊，他神情严肃地说：“你必须回去。大家都说你为工作拼命，我们不知道已经到了这种程度。”

我说：“您昨天不是还让我在这里好好干吗?”

张宝顺情绪有些激动：“西藏需要你，老马也到点了，准备让你当西藏分社社长，但你不能把命丢在西藏！昨天那是我们不知道，今天我知道了，就不能看着你这样不顾自己的身体。组织上不能把一个干部的命丢在这里呀。”他劝慰我说，你放心，组织上一定对你负责，不会亏待你的。

这一年，西藏分社被评为全国民族团结先进集体，有多少人知道，这其中太多成就，是分社各族成员用自己的健康换来的。

三、再三要求回西藏

对于我来说，1999 年是一个无限悲恸的年份。

11 月 18 日，我到北京开会，接到了母亲病危的电话，当即从北京直飞盐城，从盐城把车直接开到射阳医院的病房。母亲已处在昏迷状态，姨母们喊：“大儿子回来了！”母亲让人搀坐起来，枯干无神的眼光从头到脚打量着我，转脸对弟弟妹妹们埋怨说：“你们哪个叫大哥家来的呀，他肩上担子重呀！”说完母亲又倒下去，很快昏睡过去。我泪如雨下。

2000 年 9 月，我正式向西藏辞行。在西藏连过几个冬天，特别是经历那次大雪灾后的酷寒，寒气侵入骨髓，我的身体一下子衰弱下来，已经不能再承受高原气候的侵害了。我不得不向这块让我为之奋斗了四年的土地告别。

在西藏待了四年，可是很多地方还没有看过。临行前，我特意到天葬台住了一夜，走访一夫多妻婚姻制的家庭，看了珠峰。我第十二次来到甲日村，这个被我搅得风生水起的地方。贡嘎坚参书记走了，寺庙仍然在那里。回想四年前，我一次一次地到村中调查，甚至冒着被达赖暗杀的危险将甲日经验推广出去，不由地生出一种依依不舍的情感。我找到丹增加措，年迈的丹增加措住在果园里，睡着地铺，日子仍然很艰难。我留下 300 元钱，也许只是杯水车薪，但也是一种安慰。

我是满怀感激离开西藏的。在西藏有一批长期驻守的汉族干部，对援藏干部给予很多支持与帮助，结下了深厚的友谊。临走时，自治区政府副主席杨晓渡还专门送行。这位上海来的干部，对人非常谦和关心，对自己要求非常严格乃至到苛刻的地步，从大学毕业后他便在缺氧严重的那曲工作，是一步一步走上来的。他当财政厅厅长时，邀请我与记者马书平到财政厅去坐一坐。去时是星期天，杨晓渡自己烧水，为我们沏茶。谈完工作，杨晓渡便在家里招待我俩。两室一厅的房子，没有饭桌，就搬一张椅子，一人一个马扎。杨晓渡从厨房跑进跑出，一个肉炒芹菜，一个肉炒菜花，一个豆腐，一个花生米，最后再打开一个沙丁鱼罐头。然后又跑到食堂，以为能带回一个大菜，最后只拿回了三个馒头。吃饭时，我几乎要掉泪，此时已是 90 年代中期，一个财政厅厅长就是这样在家里招待新华分社社长的。

这位长期在西藏艰苦的条件下工作的干部让我从内心里由衷地钦佩。我在军区总医院住院时，已经当上区政府副主席的杨晓渡听说后立即赶去看望，他最初在医院待过，帮助我号脉，一坐就是半个小时。在西藏有这样一大批好干部，与这些人相比吃多大的苦、受多大的累我也没有怨言。觉得在西藏虽然只有四年时间，待得却还不够。想起这些人来总有一种美好的情感冲击和洗刷着自己。

我又是带着遗憾离开西藏的。对于西藏纷繁复杂的局势，还有许多想法没有机会实施。如果不是熬那么多夜，如果不是在这里撑过那么多严冬和春节，也许还能多干几年，多写几组调查报告，为党和国家多解答几个大的疑难问题。

我感到遗憾的是，西藏有很多大问题没有解决。比如援藏新机制问题，青藏铁路、川藏铁路问题，拉萨 50 万人口大城市问题，藏南开发问题，大藏区综合治理问题，特别是藏传佛教的改革问题，必须让西藏人民告别“政教合一”“人神合一”的教义，需要十到十五年时间研究，把这些研究上升为中央意志，变成一系列新政策。我觉得自己还是有这个能力的。我觉得，这一辈子做好这一件事，自己也就对得起国家了。

后来我给张宝顺、何平与其他领导都写过信，三次要求回西藏工作，哪怕临时组织的小分队也行，然而他们都认为我精神可嘉，但也仅此而已。

我任职的这四年，西藏区党委是满意的，陈奎元、郭金龙、杨传堂、李立国等领导都一再为我说好话；新华社党组是满意的，张宝顺副社长亲自考察并明确让我担任西藏分社社长。但是因为过于劳累，自己的身体垮在了西藏。我进藏时血压是70/110，出藏时是126/216，几乎翻了一番，我无法再干下去了。我的身体完全是在西藏期间垮下来的，而日夜思念自己的母亲也在我援藏期间去世了，我无愧于西藏！无愧于祖国！只是这四年，是在老母亲的思念中度过的，我回来了，母亲却永远走了，我虽移孝为忠，然而对不起生我养我的母亲。

第六章 | CHAPTER 6

漩涡：苟利国家，生死以之

（2001—2005）

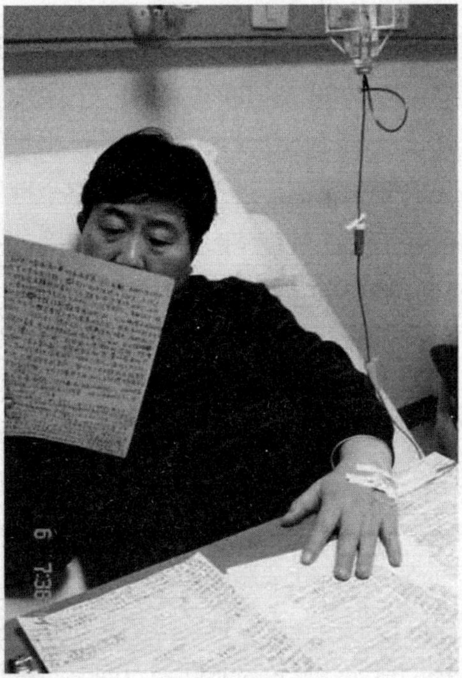

我白天办公，晚上写作，谨防别人告发说是“不务正业”“干自己的事”，但最后还是病倒了。在病床上，我写完了马克思主义第三阶段课题研究的最后部分。

那时的我自然不会想到，自己在病榻上辛苦完成的写作，会给自己带来多少非议和责难。

第一节　提出“新阶层入党论”

一、百万富翁当支书

2001 年，党的政治制度建设成为改革的一大焦点。

仅仅 20 多年的时间，日异月殊，恍若隔世。这块古老的土地上发生的一切令世人惊奇不已。中华民族的复兴，成为一个令人血脉贲张的事实。进入新世纪，整个世界都在重新想象中国。而在剑舞笙歌、昂扬抖擞的步伐中，中国、中国共产党也开始重新审视自己，认识自己。

2001 年 7 月 1 日，在庆祝建党八十周年大会上，江泽民总书记发表了著名的“七一讲话”。其中最引人注目的，便是提出按照“三个代表”的要求，根据经济发展和社会进步的实际，不断增加党的阶级基础和扩大党的群众基础，包括要把工人、农民、知识分子、军人、干部以外的社会其他方面的优秀分子吸收到党内来，不断提高党的社会影响力。

一石激起千层浪。讲话发表后，国内外掀起对中国共产党、中国的前途和命运将走向何方的激烈争论。一时间，许多人对于私营企业家能否入党、是否破坏了党的章程，甚至对于共产党究竟代表谁这种根本性的问题都产生了诸多疑义。

从西藏回来后，领导曾提出过让我到云南分社当社长，可是我觉得自己对山东熟悉，在山东更能拿出成果来。已经50岁的人，也不想再出去了。在山东分社担任党组副书记、副社长行政职务时，我更感兴趣的仍然是党和国家重大难题的研究，看到“七一讲话”后，我敏锐地感觉到党的建设历史上的两个重大突破即将到来：一个是党的群众基础与影响力问题；一个是党的组织建设与创造力问题。这时，我突然想到了自己一直跟踪调查的兴福镇，心中不由升起一股难以抑制的兴奋感。

7年前，我曾在调研基地山东省博兴县兴福镇官厂村发现一条令人振奋的新闻。那里的农民出于脱贫致富的愿望，把非上级指定的候选人建筑公司经理王树学选举为村委主任。因为王树学个人财产过百万，镇上不敢答应群众的要求。于是40多名农民签名捺印，请愿12次，一个70岁的老汉甚至在党委书记面前长跪不起。最后王树学被获准任命为村委主任。我意识到，这是中国农民继凤阳小岗村要求温饱的契约壮举后在政治领域的又一创举。在这组4篇的调查专题文章中我曾写道，“这是中国农民的伟大创举，是一笔无可估量的政治资源，必将在21世纪初发挥巨大作用”。我当面向镇党委书记建议发展王树学入党。后来，我又向滨州市委书记王道玉建

图中这位名叫李本庆的老汉，便是在为王树学请愿时，长跪在地的村民。我提出“新阶层入党论”便是从这位老汉的举动开始调查的。

议授予王树学优秀共产党员称号。我专门找到带头请愿并跪倒在地的老党员李本庆去调查核实，先后到官厂村去了 6 次，在此基础上写出了报告文学《请村长》。

之所以有这样的预测，是因为职业习惯让我从世界的角度来看中国共产党的历史，从历史的角度看眼前的事。世纪之交，世界上一些长期执政的大党、老党纷纷丢掉政权。这些政党失去执政地位，情况很复杂，原因也很多。从政党与其阶级基础和群众的关系来考察，有的是失去了自己原有阶级和群众基础的支持，有的是在社会阶级结构发生重大变动时没有及时调整自己的政策以巩固和扩大自己原有的阶级基础和群众基础。

对于新阶层的认识，与我的一次外访不无关系。两年前的一次俄罗斯之行曾带给我强烈的思想冲击。1988 年 11 月，江泽民总书记到俄罗斯访问之前，新华社组织了一个采访组到俄罗斯实地调查，为领导人提供第一手材料。时任西藏分社副社长的我与新华社副总编俱孟军、河南分社社长赵德润、新疆分社社长冯诚、黑龙江分社社长解国记、内蒙古分社总编辑王增海等人一起从莫斯科到圣彼得堡，再到鞑靼共和国，接触了从共和国总统、共产党中央总书记到贫穷的农民，还有一批被称为新型资本家的前苏共干部。有两个镜头给我强烈的刺激。一个是 11 月 7 日的 500 万人大游行；另一个是苏共干部摇身一变成为资本家，过去写着“沿着列宁主义的方向前进”标语的地方，现在赫然写着“向着资本主义奋勇前进”。

回到莫斯科，我们一行采访到俄罗斯共产党总书记久加诺夫。久加诺夫当时正在组织参加俄罗斯总统选举。谁来替代叶利钦来领导俄国，世界瞩目。然而当时俄共经费非常紧张，久加诺夫代表穷人的党的纲领使得路子越来越窄，选票也越来越低。为什么只有穷人拥护共产党，而富人纷纷倒向资本主义？为什么俄共变成穷人的党，而没有适应形势变化，适时吸纳富人入党，巩固自己的执政基础？在俄罗斯的所见所闻，让我陷入思考之中。

由俄共的历史命运，我联想到中国：

我们党已经是一个掌握着全国政权并长期执政的党。执政党要巩固自己的政治地位，必须有坚实的阶级基础和广泛的群众基础；我们党领导的建设有中国特色社会主义事业要在复杂变幻的国际环境中进一步发展，必须团结一切可能团结的人，调动一切积极因素，化消极因素为积极因素。与此相联系，作为执政党的中国共产党，也必须适应变化了的形势，巩固和壮大党的队伍，提高党的社会影响力。保障我们党坚持中国特色社会主义道路继续前进，而不是走向资本主义道路。

我认定，必须要把富裕阶层团结过来，这涉及到对共产党执政的时代特征的认识问题。20 年前，邓小平解决了中国由“战争与革命”到“和平与发展”这一时代特征转变问题，但是没有来得及解决中国共产党执政的时代特征问题。

找到兴福镇与“七一讲话”的联系，兴奋难抑的我立即打电话给兴福镇的朋友赵秀民，从电话中得知我曾经采访的一批百万元户中已有 24 人担任党支部书记，我的神经一下子被调动起来，立刻带着对外采访部主任董学清一起，由当年的通讯员王际灵带领，找到老朋友王树学等一一叙谈。我发现变化已进入深层次，再用阶级斗争与无产阶级专政的思想是无论如何解释不通这种现象的。兴福镇群众的实践为我提供了思考的机会，也将我推到思想解放的前沿。我意识到，江总书记此时提出的这一重大主题，已被兴福镇人民的实践所回答与证明。市委书记王宗廉、市长孙德汉对我的调研大为支持，县委书记胡秉山与我妻子是党校同学，他安排刚刚上任的县委宣传部长林国华陪同我调研。

近几年来，博兴县委与兴福镇党委提倡“不以财产多少，而以思想好孬”为标准，改进党的基层组织建设，使得这批百万元户中的24人担任了党支部书记。他们带领群众富而思进，加快发展，促使兴福镇经济收入每年以28%的平均速度持续增长。他们的成功实践，冲破了以财产衡量入党的思想藩蓠，摸索出一条新时期加强和改进党的基层组织建设、增强党的创造力的道路。

兴福镇有党员1193人，从1990年以来新入党的有270人，其中新入党的党员75%以上是当地被称为大户的富翁。这些人几乎都是在20世纪80年代后期闯荡市场中迅速致富的。官厂村百万富翁王树学入党当支部书记的消息，如巨石投水，在兴福镇引起了巨大反响。接着，出现了赵村请王志华、西秦村请郑吾昆、东秦村请秦国明、福旺村请李志云回村当党支部书记的事。请百万富翁当村支部书记，成了兴福镇群众自发的请愿潮流。

林国华向我介绍，兴福镇农民请百万富翁回村当支部书记的举动，在当地引发了激烈的争论。有些老党员写信告到县、地、省，直接质问：让新财主入党、当家，共产党成了富人的天下。无产阶级丧失领导地位，这是个大是大非问题。也有人反驳：有产者为什么不能入党？不少人认为，这些大户是在市场经济中涌现出的新人，懂经营、会管理、办法多、能力强。他们入党会为党带来新鲜血液，提高基层党组织的素质，特别是担任党支部书记后，将为共产党人带领群众走社会主义市场经济道路奠定坚实的组织基础。县委当时没有表态。一些文件中关于私营企业主不能入党的提法，阻碍了人们的进一步思考。

然而一个无可争辩的事实摆在人们面前，那就是这些回村担任党支部书记的大户，都以显著的政绩，换得村民们的信任与拥戴。兴福镇在近十年来，社会生产总值由5900万元增加到13.2亿元，财政收入由负债增加到1447万元，利税由980万元增加到1.43亿元，农民人均收入由750元猛增到3688元。所有的重要经济指标都在十年间实现了巨大的跨越。兴福镇的变化离不开这些新党支部书记。相比之下，这些大户担当支书的村庄都比其他村庄经济总量高出数倍。最为重要的是，他们不是依靠权力致富，而是靠辛勤劳动致富的。有了权力后，带动大家一起致富，这是一个带原则性的问题。

我把从群众中调研的结果给新华社常务副总编辑何平写了一封一万八千字的长信。何平是 1982 年从北京大学毕业的，那年我当选为团中央委员，何平刚当记者便负责采访团中央，我们认识较早。这封信，我结合时代变迁，对兴福镇新阶层入党进行了分析：

“我国在改革开放和现代化建设的进程中，伴随着社会主义市场经济以及与此相联系的公有制为主体的多种所有制经济的发展，整个社会阶层的构成也发生了新的变化。引人注目的是出现了一些新的社会阶层。兴福镇涌现出的新一代青年企业家便是他们中优秀而成熟的代表。这就对我们党提出了一个必须认真对待的重大课题：对于这些在社会经济生活的深刻变动中出现的新变化、形成的新社会阶层，究竟应该采取一种什么样的政策？具体地说，是应该把他们吸引和凝聚在党的周围，还是把他们推到党的对立面？能不能正确地、妥善地解决好这个问题，对于我们党的发展，对于我们党执政地位的巩固，关系实在太大了。”

将新阶层纳入到党组织内，必然会引起许多人的质疑。有人认为如此一来，中国共产党的先进性就不复存在了。那么，判断党的先进性和阶级性的标志，究竟是什么？

我简要而明确地回答了这个问题：

“党是根据一定的理论和纲领而奋斗的阶级组织。因此，阶级出身、社会成分是应该注意的，但不是主要标准，一切接受党的理论和纲领，并愿意为之奋斗的人，都应该吸收到党内来。”

我的以思想为标准而不是以财富为标准的看法后来被一些学者认为是思想建党论，遭到猛烈批判。

二、中央派来调查组

兴福镇是我的调研基地，从1993年以来的8年中，我先后15次到这个镇调研，累计达76天，最多的一次住了48天。

为了准确了解民意，我在调查时设计了3张表，设计了类似“在明年的选举中你会不会还投富户支书一票”等100多个问题，请宣传部长林国华安排，让26户富裕家庭与100户普通家庭填写，然后汇集、分析。结果87%的农民表示继续拥护富户支书当选。

在不到两个星期的调查后，我和董学清拿出了兴福镇新阶层入党的调查报告。这组调查报告，正视农村市场经济发展的新形势，肯定农民群众的新实践，并把这一实践创新成果上升到理论创新去认识，作出了新的理论概括。调查报告分《兴福镇24名致富能手当支书》、《“富支书”带来的新气象》两篇在新华社内参刊发后，引起胡锦涛等中央领导的重视与批示。胡锦涛批示的内容是：兴福镇的情况值得关注，希望中组部调查。了解1990年以来这里发展党员、班子建设情况，为经济社会发展带来哪些新变化，群众是怎么看的，通过这件事了解，看对新阶层入党问题有什么启示。

中央领导没有鲜明褒贬意向的批示，让当地干部的神经一下子紧张起来。

不久后，中组部派出由两名局级干部、两名处级干部参与的调查组，山东省委组织部则配备了八九个人，由一名副部长带队。8月18日后，中组部与省、地、县联合调查组一行最多时达70多人，浩浩荡荡地进驻博兴，到我采访过的36个村庄进行调查核实。他们明确提出要一个村一个村地排查，绝不漏掉一个。对于我，调查组则采取避而不见的方式。那段时间，“李社长又犯错误”的说法在山东传得沸沸扬扬。

然而我的调查报告建立在长年的调查积累之上，每一个事例都是经过挨家挨户的走访调查与反复确认，并无半点虚假。调查组最终认为，兴福镇新阶层调查报告中的情况是属实的，兴福镇的做法是群众实践的创新，不仅回答了总书记在“七一讲话”中提出的各种成分人员入党的问题，而且对探索新阶层参与执政问题起了“探路”作用，意义很大。

最后，胡锦涛在中央组织部派出的调查组所写调查报告上再次批示：“看来这件事可以做结论了。”我悬着的一颗心终于落了地。

胡锦涛作出批示之后，吴官正、张高丽、赵志浩、吴爱英、王建功、李春亭等省领导相继到兴福镇考察，并作出肯定性评价。2002 年 3 月，山东省社科联、新华社山东分社与滨州市委组织专家学者考察兴福镇基层党建与民营经济发展情况，并做了研讨。

我与董学清的调查报告相继为《山东内参清样》、《山东内参》、《中直党建》、《新华社专供信息》与《党建参考》等刊物转载，并被新华社评为国内优秀新闻作品和 2001 年新华社优秀内参调研作品。我为兴福镇前后在新华社发出 8 篇内部调查，一个镇调查刊发 8 篇，是极为少见的。新华社总编辑南振中对兴福镇党建调查在实践与理论创新中发挥的作用予以肯定。总编辑室还专门发出通报表扬。我这时已经 50 岁，这是我自 29 岁首次被通报表扬以来，新华社与地方党委的第 13 份学习李锦的文件。

这份题为《高度重视深入基层问题大兴调查研究之风》的文件，在对我与董学清提出通报表扬后写道：

> 兴福镇调查的成功是记者长期坚持深入基层、调查研究的结果。具体表现在：
>
> 建立调研基地，长期跟踪调查。兴福镇是山东分社副社长李锦的调研基地，从 1993 年以来的 8 年中，李锦同志先后 15

次到这个镇调研，累计达76天，最多的一次住了48天。因为根扎得深，对这里情况熟，所以江总书记提出关于增强党的影响力及创造力问题后，记者很快就能把调查报告拿出来，这是长期积累的缘故。

深入田间地头，了解一手材料。在兴福镇调查期间，他不要县镇干部陪同，有时搭车进村，有时与农民通讯员骑自行车串村走户；走访了36个村庄，采访了200多户。在采访官厂村党支部书记王树学被群众拥戴上台的过程时，先后去村庄5次，与他的母亲、妻子、弟兄、邻居、同事等30多人座谈，掌握了大量鲜活的材料。

结交农民朋友，摸准社会动态。记者因为长时间深入农户调查，在兴福镇结交了一批农民朋友，听到了实话。总书记“七一”讲话发表后，为准确地了解民意，了解私营企业主对财产的看法，记者在这次调查时设计了3张表，让26户富裕家庭与100户普通家庭填写，然后汇集、分析，对事实的把握更具体准确，调查切合实际情况而又有新意。

这个文件认为，江总书记“七一”讲话以后，“十六”大召开以前，有大量的新情况、新经验需要总结，不走出机关大院，不深入第一线，我们就会落伍。要高度重视深入基层问题，大兴调查研究之风。

“希望总社各编辑部门和国内外各分社的采编人员向这两位记者学习，发扬新华社深入实际、深入群众调查研究的优良传统，将新华社的报道特别是内参调研提高到一个新的水平。”

在这之后，我又赶赴兴福镇调查，把社会新阶层入党引申到参政问题进行调查，写出的《农民为什么拥护致富党员当支书》、《农村致富党员当村支书对党建工作的启示》等调查报告相继为新华社内部报道采用。实际上，我发出这组调查，更重要的是要为中组部调查组提供素材，我分析，中央要就这一重大问题拍板了，这个调查是节骨眼上的一个实证。我对调查颇不放心。因为新阶层入党问题在组织系统是受到强烈抵制的，与党章不符，政治上可能要受到抵触。我不仅害怕调查做出错误的结论，还害怕别人篡改事实，使自己遭受“失实”的指责。

在兴福镇调查时，一件令我十分难堪的事情，几乎使我陷入险境。中组部调查组在核实情况时，秘密逐村走访，分别谈话，使干部摸不清底细。地方上有些干部把私营企业主改为先入党，后致富。把兴福镇的私营企业主一律改为个体工商户，并把雇工人数改为8人以下。我熟知的范曰光，在1993年已雇工30多人，这次也被改成雇工7人。因为他们认为雇7个人不是剥削，雇8个人便是。马克思在《资本论》中举例讲过7个人、8个人的事情。据说，工商部门有过对雇工人数的规定，也是根据马克思这句话制定的。我还专门打电话给山东省委党校副校长冯硕余，他是研究《资本论》的专家，他介绍了工商局在解放初制定8个雇工为剥削的背景。实际上，马克思仅仅是举例而已，并没有就此形成结论。但是有些人把马克思所言当做圣旨，有的是思想上的教条主义作祟，有的则是害怕在政治上犯错误。当时胡锦涛的第一次批示“兴福镇的现象值得关注”，并没有说“很好”之类的话，就使得地方干部摸不着底，不知是肯定还是否定。然而他们这样一改，篡改了事实，自己在政治上万无一失，却很容易把我送上报道失实的审判台。在这个问题上，我是吃过亏的。无奈的我甚至发下狠话：如果你们硬要改变事实，我们要上法院。

从此事可见教条主义与形而上学，在中国社会已病入膏肓。很多干部不是以对历史负责与对群众负责的态度来对待新生事物，而是以“上一级”眼色来作为衡量一切工作的标准。口口声声喊

“解放思想，实事求是”，然而新生事物出现在眼前，却噤若寒蝉，如临大敌，紧张得很。

当时，中组部调查组回到济南马鞍山路的组织部干部培训中心后，便进入全封闭状态。在三楼楼梯口，有省委组织部的人把守着，我上楼两次均被阻。为了说明事实真相，我强行甩开阻拦，径直上楼，找到中央调查组的房间。我把《大转折的瞬间》一书送给北京来的 4 个人，并告诉他们，1994 年 9 月在飞机上我曾向胡锦涛当面汇报过兴福镇党建情况，胡锦涛当时说这个事可以放一放。接着我把个别干部歪曲事实的情况讲了一下，最后说，如果你们提出不方便，就写上是新华社记者李锦的看法，他要求把新阶层入党写进十六大报告，写进党章，把党章开头的“无产阶级”一词去掉。调查组的负责人何泽中连连点头，表示可以把我的意思写进去。他是湖南省委组织部副部长，这时在中组部帮助工作，他认真听取我的意见，并把我送到门口，给人一种很平等的感觉。

博兴县的这段插曲，让我认识到当下中国思想解放的艰难与必要。在当时的中国，很多人不理解江泽民的“七一讲话”，思想理论上存在很大分歧。随后我将兴福镇的调查上升到理论高度，在 150 天内完成马克思主义第三阶段课题研究，也正是以我调查的情况为依据的。

第二节　天下焦点

一、躲进卫生间里写作

2002 年，我对马克思主义第三阶段的研究成果在理论界掀起了一场波澜，让我一下子成为舆论的焦点。

我的理论研究，表面上似乎事出偶然。

在党中央领导把“三个代表”思想提到新的高度后，我开始转向对整个20世纪的反思。刚刚过去的20世纪，发生了太多的重大事件。经济危机一个接一个，世界大战连着世界大战，俄国革命之后是中国革命，无产阶级要替代资产阶级，资本主义阵营要包围社会主义阵营，无产阶级革命与无产阶级专政下继续革命，贫困的无产阶级与饥饿的社会主义，高度集中的计划经济禁锢和公有制的快速过渡，经典神话的破产与现代科技大爆炸……历史走向疯狂又陷入沉思。我在兴福镇路边店里住着，胸中不断翻腾着世界风雷与历史云水。

兴福镇农村社会新阶层出现并且带来党的建设创新，引起了我对阶级斗争与无产阶级专政下继续革命问题的重新审视，并引发了我对毛泽东思想中科学社会主义部分的重新审视。我对马克思主义的研究始于上世纪七十年代初期的读马列运动，对《共产党宣言》、《反杜林论》、《路德维希·费尔巴哈与德国古典哲学的终结》、《国家与革命》等20多本书是读过多遍的。经过30年，再次反思这些著作，有些新的看法。我认为，尽管在实践上我们已经进入社会主义建设时期，然而在20世纪50年代中期开始的“左倾”错误根子在于理论的错误，在于毛泽东错误地判断时代特征，把无产阶级专政下继续革命的思想作为中国的指南，这表明毛泽东后期思想是列宁时代思想的惯性运动，还停留在阶级斗争与无产阶级革命阶段。而邓小平理论为马克思主义的发展创造了新的空间，“三个代表”思想为第三代马克思主义新形态的出现创造了条件。由此，我不由自主地进入到马克思主义三个阶段重新划分的思考：

马克思、恩格斯的第一代马克思主义，主要是建立社会主义基础理论体系；列宁、毛泽东的第二代马克思主义，主要是建立社会主义革命理论体系；邓小平以社会主义建设理论体系为核心，提出中国特色社会主义代表了马克思主义发展的新趋向。“三个代表”重要思想为开辟第三代马克思主义的新阶段做了准备。从整体看，我们坚持的马克思主义的社会主义理论是一个系统，每个阶段表现出不同的重点。强调另一面的东西多一些，这正表现出马克思主义的包容性及随着实践而发展的生命力。

这段话后来成为《马克思主义的新发现》一书的“纲领”。一次酒宴上，我兴之所至，与包心鉴、李建军等山东政治学专家们滔滔不绝地讲起了上述见解。包心鉴是中国政治学会副会长，在山东理论界是很有影响的。他与我同为苏北人，相交多年。当时出版社的一个编辑也在座，他比我还要激动，再三恳求我能将这些观点写出来。

从2001年7月18日至10月28日，我用了100天时间，把初稿写了出来，又用50多天修改。150天，把48万字拿出来了。这段时间里，我白天还要全身心地从事行政事务工作，无休止的会议，无休止的应酬，使我疲于应付。每天到深夜10点才有时间学习和研究理论，而且要关起门来，谨防别人告发说是“不务正业”“干自己的事”。我这时已年届50岁，每天都是写到凌晨两点，然而进入理论领域似乎是个新生，有种激情不可抑制。这一年中，我有15个夜晚是在办公室的写字台上度过的。写作此书时，血压一度涨至120/220，头像崩裂一般，被迫住院。在医院我依然一手挂吊瓶，一手修改文稿。有一天甚至一直写到天亮，省立医院值班的护士长孟巧云发现后，像吵架似的阻止我这样拼命。

自此我成了孟护士长的重点监护对象。每到深夜11点，护士长就每隔几分钟过来敲门提醒。我总是央求她再过几分钟，把这段写完就睡。一次凌晨三点，护士长透过监视窗发现床上没人，病房卫生间灯亮着，为了躲避检查，我只得偷偷躲到卫生间里写作。

那时我自然不会预想到，自己在病榻上辛苦完成的写作，会带给我多少非议与责难。

在《马克思主义的新发现》一书中，我通过对山东省兴福镇的个例分析，从新阶层入党问题入手，分析新时代的特征，作出三代马克思主义的判断。我对党的社会基础与影响力、新阶层入党与参政、劳动价值与剥削及民营经济等问题提出了自己的独到看法。尤其对马克思主义经典作家某些理论观点的研究有自己的见解，敢言人之未言。

中国政治学研究会副会长、山东省社会科学界联合会副主席、山东政治学研究会会长包心鉴为本书作序，他写道：

> 李锦同志的研究具有鲜明的前瞻性与独立性。在这本书中，他不是就事论事而是借题发挥，立足于从时代特征与主题转换上提出与回答问题。他从阶级斗争与无产阶级革命时代到共产党执政与建设时代的转变入手，强调新的时代主题，提出马克思主义理论创新与发展的方向。以生产力发展为中心，重新审视社会主义初级阶段的目标、任务、动力与依靠力量，以批判的眼光论及所有制等敏感问题，提出有别于马克思主义经典作家的新见解，敢于怀疑，也敢于直言，以新的观念表达对共产党执政规律、社会主义建设规律乃至人类社会发展规律等重大问题的看法。本书内容不仅涉及科学社会主义，而且涉及经济学、哲学、政治学、党建等诸多领域，涉猎面宽，信息量大，且通过个人特立独行的研究，开拓人们新的思考空间。李锦同志这种广读博览态度和严谨治学精神，是值得称道的。

可以说，我在有意识地通过这本书打破教条主义的束缚，激荡起中国马克思主义研究的新波澜，尽管它可能置自己于牢狱之灾，灭顶之险。果不其然，这本书出版后在理论界掀起的一场轩然大波，远远出乎我的意料之外。

二、准备坐牢

萧伯纳曾说，许多伟大的真理，开始的时候都被认为是亵渎的行为。

2002 年 5 月，《马克思主义的新发现》一书由山东友谊出版社出版发行。书籍问世后的 7 月至 9 月，正是思想界最为活跃，攻击新阶层入党论最为集中之时。这本书立即在全国引起强烈反响。当时，理论界正为“三个代表”是否写进党章争论不休，新阶层入党问题成为议论焦点。而我在书中写的几个观点，是焦点中的焦点。当北京思想界、出版界了解此情的人缄口不言，一片沉寂时，此书的问世就如同一把花椒撒进热油锅，使得理论界顿时沸腾起来。不到三个月，这本书便销售一空。

中共天津市委党校党建所的一位研究员，专门写了一封《给中央领导的信》，上书党中央，要求严肃处理李锦。信中写道：这是需要在十六大前后组织全党首先是党建研究会系统和党校系统认真研讨辩论的一个特大的理论和政治问题。要求把我“从领导岗位上调开，清除出党。”

一家理论刊物的原副总编写下洋洋洒洒 2 万 5 千字长文，更是“汪洋恣肆”“气度非凡”。该文诘问盘驳，咄咄逼人。例如“剩余价值学说过时论”一节写道：

此书作者以“捍卫”唯物史观的姿态否定剩余价值学说，其实，他所说的“唯物史观”也是冒牌货色。他向我们宣传，就像货币作为一般等价物来衡量其他所有商品一样，生产力是衡量社会进步的“一般等价物”。他告诫我们，“特别重要的是不能离开生产力来抽象地讲所谓社会主义政治原则和道德原则”。他指责，“在干部政策上，有些地方和部门还没有把革命化同生产力标准统一起来”。“这是唯物史观吗？否，这是庸俗生产力论。……此书作者直截了当地否定了剩余价值学说，又以庸俗生产力论来冒充唯物史观，这除了暴露其背离马克思主义的面目以外，又能说明什么呢？”

从网上看完这篇文章，我满头冷汗，连看4遍，一直看到凌晨5点，越看越清楚了。显而易见，这些批评文章是不承认以经济建设为中心的基本路线的，否认生产力的作用。在文风上是抓住一点便无线上纲，尤其对生产力经济学的否定，违反历史唯物主义原理，已到了极其可笑的地步。然而不少文章指向深远，我只不过是一个靶子而已。我知道，“时代性质改变论”的提出是决定中国道路的重要转折点，这是邓小平的观点，在十二大就提出来了，怎么都算成自已的呢？我内心真实的想法，只强调马克思主义建设论，追求生产力经济学的建立，立论基础是时代特征转变，仅此而已。随着历史推进，这个特征还会转变。正确结论也可能是发展与竞争时代。然而有些人固守原来领地，坚守无产阶级革命时代的理论，这才是国家可悲之处。

山东社科院的研究员董建才为应付上级审查的要求，用钢笔写了3页纸，共计才600字，里面夸奖我的理论勇气。上面不同意，要求打印出来，不少于3页。董建才不予理睬，说我是学者，反正他们也不能撤我的职。他暗地里打电话给我妻子，说李锦了不起，是真正的马克思主义者，一定要挺住。

与此同时，也有不少人对我的理论产生共鸣。我国驻瑞典斯德哥尔摩领事馆总领事陈峰特地给我打来电话，说中国有我这样的学者，是中国的骄傲。这位在瑞典工作十多年的学者，通过对比分析，认为不需要革命和战争，可以达到社会财产公有与社会保障的目的。我提出的社会主义目的与道路要比瑞典党的纲领更为符合马克思的原意，走在人类马克思主义发展的前面。《求是》杂志编委阎长贵是山东阳谷人，曾经为江青当过秘书，他则给包心鉴写了一封长信，认为我对于马克思主义的科学社会主义的划分具有重要意义。

三、党章修改了两处

那段时期，是我极为苦闷的日子。

最可怕的不是理论战线的“左”，而是擅长官场政治的人。有人专门跑到总社作为重大事项报告，幸亏遇到的是南振中值班，南振中又将此事转给何平处理，何平与我交谈时认为学者可以有自己的观点，应该提倡探索研究的风气。

我到总社找到领导，提出现在不能像“文化大革命”期间那样，整了人的人，不负什么责任。对这本书，任何一个人如果做出评语，必须署上他的名字，他们必须对自己说的话负责任。

南振中问我：“你自己认为有什么错的?”

我说：“有几个错字。但我讲的道理没有错，对国家有用。我的部分观点会吸收进党的十六大党章的。”

我又特意补充一句：“我与北京的政界与理论界的人，一个人也没有联系过，只是我手写我心，出于一个知识分子的良心。”

南振中听了不回答，也不表态，只是说：“你从西藏回来，一定要注意身体。”

山东省委副书记王修智对我相知甚深，他知道后说：“伙计，你吃了大苦了，这个风险冒大了，不过历史会为你画上一笔的。”

十六大召开前，最高层决定把“三个代表”重要思想以及新阶层入党的思想写进党章。这场因为马克思主义第三阶段划分引起的争论，突然间烟消云散。一些极端的思潮，一下子消失得无影无踪，丝毫看不出曾经有过猛烈批判的迹象。不可否认，对我观点提出批判的很多同志出发点是维护马克思主义理论，而我的出发点是创新马克思主义理论，有些分歧被不适当地扩大了。但我主要理论成果是对时代特征的判断及马克思主义三个阶段划分，并以生产力为主建立新型社会主义经济学的猜想，则是由于历史条件局限、自身能力的不足，难以承担这个过于重大的任务而致自己步入充满荆棘的领域，受了大难，我相信会有人继续完成这一历史任务的。2002年11月8日到14日，党的十六大在北京召开。十六大对党章做了一定的修改，其中有两处尤为引人注目，一是把“三个代表”重要思想写入党章，二是将中国共产党的性质由“无产阶级的先锋队”，改为“工人阶级的先锋队、中华民族的先锋队”。

后来采访我的记者回顾这段惊心动魄的斗争时，认为我身上有一种极为矛盾的人格：服从上级，然而富有个性；处事谨慎甚至胆小，然而思想大胆甚至激烈；干活全身心投入，然后自己总是所得与努力不符。

我想了想，我在书上是这样写的：

学者应当有“党性”，服从组织的领导，但在人格上一定是要独立的。思考的自由和独立对于一个人的成长非常重要，对一个学者尤其重要。尊重历史发展规律、始终不忘人民根本利益是我不渝的初衷，也是能够经得住历史考验的东西。现在流行的“媚上”“趋俗”“从众”是影响学者成才的坏风气，从自己内心世界说，还是想得太多，顾虑得太多。李大钊说过“铁肩担道义，妙手著文章”，学者的骨头应该是最硬的。

当时新华社有领导曾当面批评我不该写关于马克思主义的书。我回答，领导号召学习马列主义，我响应了，这是我的学习笔记。若干年后，在好苑建国酒店一场觥筹交错的筵席上，《求是》杂志一名主编第一次见到我，连问两声：“你是李锦？你就是李锦？”他当着京城一批学者名流开玩笑说，你们都是传声筒，在座只有李锦老师是能在历史上留下一笔的人。

第三节 调研花埠圈事件

一、干部被包围在村里

进入新世纪后，随着社会的发展，矛盾上升，基层稳定成为一个突出问题摆在全党面前。2003 年 5 月，刚刚担任临沂市委书记不到半年的李群遇到了一个极其严峻的考验。

2003 年 5 月，刚从市长调任为市委书记没几个月，这位年轻的市委书记就遇上了一个大难题。临沂市罗庄区的花埠圈村，是鲁南地区最大的少数民族聚居区，一年多时间内，接连发生 19 起事件，严重危害社会稳定。此事不但在临沂，而且在山东范围内造成了很大的负面影响。稳定问题，已经成为临沂市面对的难题。

从西藏回到山东后，担任领导职务的我行政事务多，但周末时间几乎都是在调研中度过的。李群是分社对外部主任董学清的山大同学，自 80 年代末就对我熟知。董学清是南振中、张百新、王进业和我等人之外跑临沂最多的记者，对我非常了解，时常对李群介绍我的调研水平。这一次，李群给我打来电话，说遇到了麻烦事，已经两个多月了，工作组仍在村里，怎么收尾，望李社长出高招。

8 月 30 日，我带着年轻记者宋振远来到临沂。此时董学清已等候多时，并收集了大量基础性材料。李群把政法委书记李洪海、公安局长刘杰找来，说你们现在的头号任务是协助李社长搞好调查研究。当天下午，刘杰局长与政法委副书记陈安信向我介绍了情况，事情是 5 月 17 日发生的，已经快 100 天了。工作组住在村里，现在正准备起诉 11 名犯罪嫌疑人。刘杰又说，已经等您一个月了。

经过 5 天调查，我摸清了大体情况。罗庄区花埠圈村回族群众占全市回族人口的七分之一。前几年，因为经济利益驱使，这里出现了一股以沙某为核心的势力，他依靠自己的运输队和本族人马，扯起“打倒村霸”的横幅，打垮了村中的“彭家六虎”，并借机称霸，形成了超越于党支部、村委领导之外的力量。

花埠圈的这股势力在村中站住脚后就很快向社会扩散，周围村的群众备受欺凌。邻村红土屯村有9亩地与花埠圈相邻，被花埠圈的人强占后竟说：“都是共产党的地，占也就占了！”红土屯村群众被迫上访，可区政府慑于花埠圈黑恶势力的淫威，只得责成办事处出钱租地，让花埠圈村人白占。

2002年的“79事件”是花埠圈群体闹事升级的重要转折点。一些村民为达到垄断摊点的目的，以农贸市场内同时存在羊肉和猪肉销售摊点为由，开始滋事。寺管会有人提出“要讨个说法”，公开在村中大喇叭上号召、煽动闹事。500多村民手持木棍、铁棍、铁叉、砍刀、红樱枪等凶器，分乘31辆汽车冲进市场内，掀翻了正在生产经营的64个摊位，并将经营户打伤。砸了工商所与派出所后，这伙人又浩浩荡荡赶到临沂市委门口示威。

刘杰局长向我介绍说，民族村闹事有个特点，即一呼百应，群体出动，聚众作案，动辄上百人，从呼叫到赶至现场有时比110的出警速度还快。市公安局曾收缴过花埠圈村家家户户都有的一种小本子，上面列了53个电话号码，封面上赫然写着：“为了我们的生存环境，要团结起来，铲除一切恶势力。凡本村村民遇事，无论何时何地均可拨打以下任何电话。”

当时，这支“队伍”已经拥有了40多支猎枪和数十辆机动车。有的人还披上了合法的政治外衣，担任了区人大代表。核心人物躲在暗处，经常收集各地回民闹事的信息，研究对付公安部门的办法，甚至派人跟踪执法部门的行动，窥探方向。他常对群众说：“如果让共产党镇住了，就得缴这税那费，我们三辈子就完了，只有闹大才能畅通无阻。”

5月12日，市公安局在村外密捕8名骨干犯罪嫌疑人。与此同时，罗庄区委组织了70多名干部组成第一批工作组进驻花埠圈村，深入群众做工作，并召开村“两委”会和党员会。然而在村委召开的会议上，寺管会有人公开跳出来，要求把罪犯交给寺管会处理，并试图夺过话筒，动员群众闹事。座谈会僵持到天快黑时，一些群众已经聚集包围了村委大院，有人拿来一把铁锁，把工作组人员锁在村委大院内，企图以他们为人质换回被捕的8名犯罪嫌疑人。

当晚，数百名干警紧急救援，但在进村时遭暴力袭击。为避免正面冲突，干警撤出，驻村干部被困一夜。

我从市宗教局局长段胜浩的介绍中得知，如果公安部门从“79事件”时就开始打击花埠圈村黑恶势力，就不会有后来愈演愈烈的局面。一些干部存在“回民特殊”的思想，客观上起到了纵容的作用，还有一些干部认为民族问题政治风险太大，处理不当，可能就栽在一个事件上。这些顾虑使一些干部在处理花埠圈村的问题时“怕”字当头，畏首畏尾，不敢管，也不会管。

这时，刚刚上任市委书记的李群显示出了他的魄力。一次市委常委会上，他明确指出：“花埠圈的问题，并不是什么民族矛盾，更不是宗教问题，而是极少数坏人打着‘民族问题’的旗号违法犯罪，公开向政府与法律挑战。花埠圈的问题不解决，群众利益得不到保障，共产党就在这里站不住脚！再不敢管，就会失去民心，丧失党在这里的执政地位。”我调查时了解到，李群说的这样一番话，非常振奋人心。李群把民族问题与违法犯罪问题分开来看，又把社会稳定问题与共产党执政地位联系起来看，对我的调研有很大启发。

面对紧张局势，临沂市委作出紧急部署。7月5日，组织工作组进驻全市所有回民村，开展大规模的群众工作，讲清花埠圈村的情况，分清民族问题和违法犯罪的界限。临沂市委还先后三次召开各县区委书记、政法委书记、民族宗教局长和公安局长会议，成立指挥部，要求各县区配合行动，做好当地回民群众的稳控工作。

山东省委书记张高丽高度重视花埠圈事件，多次询问事态情况，并指示保护绝大多数回族群众，依法打击极少数犯罪分子，确保社会稳定。他同时提醒临沂市，要注意探索和总结解决民族村稳定问题的经验和教训。

二、坏事变成好事

形势逐渐稳定。但三年前的“阳信事件”提醒着临沂市委市政府，事件远未结束。

2000 年 12 月 8 日，山东省阳信县河流镇发生一起违反民族政策、伤害回族群众感情的事件。事件发生后，山东省按有关程序，撤销阳信县委书记、县长、县公安局局长的职务。

一起民族村冲突事件，导致地方领导纷纷落马。前事之鉴，教训严重。此刻临沂市委市政府也正处在类似困境中，面临着执政形象受损，乃至部分地方领导被撤职、降职的可能。当时工作组仍然住在村里，最后怎么向省委汇报、向中央汇报，是关键问题。关键在于事件处理结果怎样，用什么方法处理的，有没有为共产党在民族问题执政方面积累一些新的经验。

“阳信事件”发生后民族问题成了一大忌，谁也不敢碰。我在西藏四年，深知民族问题首先是政治问题，必须从政治上看，从法律上着手，才能抓住根本，否则极易造成混乱。在具体处理时又必须把民族问题与刑事问题分开来看，绝不能伤害多数民族群众，要坚信绝大多数民族群众是好的，这点必须坚定不移。

调查第二天上午，我对李群讲了三点意见：一是从政治着眼，不仅要从稳定上着眼；二从党的领导思路着手，不要从公安经验入手；三是从国内和世界背景来理解，不仅从临沂、罗庄地区来理解。李群听了很高兴，认为调查有了高度，思路也新。李群和我讲，这里还有一个问题，不管出了什么情况，立场一定要站到群众一边，我们要扭转花埠圈的状况，最终是为老百姓的利益，包括回族群众，打击的只是违反群众利益的少数人。要在处理这件事情的过程中取得群众的支持，使党的威信比过去更高。这便是我们的出发点，李群的政治眼光与群众利益立场，对我形成深刻的印象，我也很受教育。

对于花埠圈事件的性质怎么定性，是首先需要回答的问题。我经过梳理后认为有两种意见：一种是以政法委、公安局为代表，认为法律至上，分清矛盾；一种是以统战部、民宗委为代表，认为是经济与文化问题累积的矛盾。不同于前两者，我是从政治角度，从执政党地位角度来思考的。我与李群、徐景颜、李桂祥、李洪海等临沂市领导一次次分析，从花埠圈的联络电话号码就可以看出，花埠圈事件是带有政治性质的、有预谋、有组织的行为，事实上已经对执政党地位提出了挑战。

李群认可了我的分析，认为转化为政治矛盾的苗头已经出现，矛盾已经发生转化，但是要从刑事犯罪入手，不要激化矛盾，要能够把已经开始转化的矛盾再转化回来。李群的分析，增强了我的信心。在场其他市委领导也表示赞同，唯有民宗委领导在一旁叽叽咕咕。我解释说，我们在思想上必须要想到这一层，当然在处理时做到掌握好分寸，绝不把矛盾扩大。民宗委领导这才放了心。

之后，我与董学清连续到花埠圈村中多次，一次次与驻村工作组座谈。我们还研究了回族发展史与回族文化特性，在调查报告

《民族村长治久安的新经验》中将临沂市委市政府整治花埠圈村的经验提升到新的高度，认为："从花埠圈村的治理经验可以看出国家治理汉族地区少数民族的一些重大问题，它从整体上构成我们对汉族地区少数民族村治理的应对方略。"

显然，我是把花埠圈当做一面镜子，从中看到整个中国民族村治理中存在的一些问题。一组四篇的调查报告在新华社内部报道上刊登，报告呈送省委书记张高丽。当时全省正在开领导干部会议，张高丽在首页写了很长一段批示，认为事情发生是无法改变的，而变坏事为好事是可以做到的。他认为从临沂花埠圈事件可以看出临沂市委的领导是坚强有力的，处理问题的方法是得当的，效果也是好的，关键是得到群众的拥护与支持，为执政党在民族治理问题上积累了经验。

调查报告刊发过程中还有个小插曲。当时，有位山东省委领导以反面报道为由，不同意刊发。他认为稿件中写的不都是好事，如果我们自己捅上去，会给山东工作留下阴影。这位领导的表态，让稿子拖了整整两个月。为此，我与董学清专程到北京送稿，汇报情况。我认为，少数人利用民族问题闹事是长期矛盾积累后的爆发，并不是现在的事。问题是作为执政党怎么认识这种现象，如何把社会稳定工作提高到新水平。临沂市处理花埠圈事件为我们党处理民族问题积累了成套的经验，为中央领导提出解决问题的基本思路。结果证明，这份稿件不但没有给临沂市与山东省抹黑，反而使临沂市委市政府从不利局面中走出来，将坏事变成了好事，树立了临沂市委市政府的执政形象，也维护了少数民族群众的根本利益。

第四节 寻找农民走向市场的对策

一、为了总书记的指示

时任新华社山东分社副社长、党组副书记的我，每到星期天便下农村调研。这是在广饶县贾杨李村群众家中召开座谈会。

我的调研报道有两个规律，大体上是一年搞企业调研，一年搞农村调研，一年搞党建与精神文明调研，五年内完成一个循环，基本与党的中央全会精神相吻合。而在 2005 年这一年，我便进行了两次大的调查研究，分别涉及精神文明建设与农村发展。

一个是和谐社会建设。当时，东营市委书记石军邀请我去东营调查东营市与胜利油田的关系。我从“工农关系、油地关系与贫富关系”三方面阐述了和谐社会的建设。石军是经济理论基础很扎实、概括能力很强，也常有精辟见解的领导干部，他在省经委当副主任时就负责理论研究工作，90 年代总结出“改革、改组、改造”的“三改一加强”的现代企业管理思路，一时风靡全国。他出过书，获得过社会科学研究奖。在调查时，石军提出“用老板的钱发展经济，用政府的钱搞好民生”的口头禅，强调政企分开的思路。我很佩服他的概括能力，据此写出题目为《一个市委书记的“土话”》调查报告，作为内参上送。这一次，我和董学清的和谐社会建设调查报告发到新华总社第三天，胡锦涛总书记就到中央党校讲话，专门讲了和谐社会建设。编辑徐江善十分惊讶，开玩笑说：“你老李总是早走一步，总是提前几天稿子来了，然后总书记便讲话了，鼻子太灵了。”那一次，新华社发了4篇内参，回良玉、王乐泉、张高丽等领导对稿件都做了批示。

第二个便是农村合作经济。进行农村合作经济方面的调研，是我在充分学习胡总书记的指示后进行的，这也是我在新华社期间在内部报道刊物上发表的最后一组长篇调查报告，一组四篇，一万两千余字。新华社提倡写短文章，每篇内参稿件不超过2200字。许多记者终其一生也没发过成组的内参调查，然而自上世纪90年代后，我几乎每年都会发出一组一万余字的内参调查。这种情况在新华社实属凤毛麟角。

2004年7月，全国政协副主席、中华全国供销合作总社理事会主任白立忱在呈报赴法国、荷兰考察合作社形成的《考察报告》时，给胡锦涛总书记写了一封信，胡锦涛作出批示：“家宝并良玉同志：请予研究、并注意总结国内的经验。”之后，温家宝总理、回良玉副总理相继作了重要批示。

胡锦涛批示后，全国供销总社党组书记周声涛想方设法落实总书记的批示，找了许多人研究，但一直没有形成权威的报告。这时山东省供销社主任白志刚到总社汇报，说新华分社的李锦是农村问题的调研专家，准备请他调研。周声涛听后很高兴，约我到北京细谈。当时供销社正在装修，机关搬到左家庄，两人虽初次见面，却相谈甚洽。周声涛已经从网上看到了许多我写的调查报告，他说，“这是总书记交下来的任务，要求总结国内经验。我们缺少有水平的调研高手，总书记交给我们的任务，我们得完成啊，压力很大”。

从总体上看，近10年来，农村问题缺乏探索性成果。尽管连续发了几个“一号文件”，但农村问题始终进展甚微。我认为，追根溯源，是过度分散的小农经济延缓了“三农”问题解决的脚步。在就这一问题接受采访时，我说：

解决“三农”问题，需要通盘考虑，统筹兼顾，要找准突破点，找准关键。我认为要实现农业产业化、农村城镇化、农民市民化，最根本的还是实现农业产业化，让农民自觉地走向市场，解决农民增收问题。这是治本之举。

“三农”问题根本的出路还在于推进市场化改革。新时期农村改革的成功经验归结到一点就是：在尊重农民意愿的前提下推进市场取向的改革。坚持了这点，才诞生了两个具有制度创新意义的重要成果，就是以家庭承包经营为基础的统分结合双层经营体制和乡镇企业的异军突起。市场化改革是农村改革的主题、发展的根本，市场化应当是推行各项政策措施的一个总体目标。

我想起17年前的一幕。1987年5月，我途经湖北省大别山区的罗田县白莲河镇。当时我冒雨往武汉方向走，路过镇蚕茧站时看到上百位农民在雨中等待收购。而把关收蚕站大门的镇长不仅不收购，还训斥群众。经过了解，我得知这里的乡镇控制蚕茧收购权，禁止丝绸公司收购的同时也不让蚕茧贩子进入蚕茧收购区。然而当时因为连日阴雨，收购太多，烘干不及，造成了一定的损失。为了降低损失，他们就不收农民的蚕茧，把损失转嫁到农民身上。我在现场拍的三张照片，发在《人民日报》头版上，湖北省委书记关广富批示要求处理好这件事。这件事发生在计划经济体制条件下市场经济刚刚萌芽之时，虽然已过去十几年，给我的印象仍然很深。

为了落实胡总书记总结“国内经验”的指示，我决定在山东范围内调查一下农村合作经济的发展状况，为党和国家寻找解决农村的思路。90年代开始，我便注意带年轻人，每次大的调研总是带一两个年轻人，对他们言传身教。这次，我找了山东分社内参编辑部的年轻记者王汝堂做助手。白立忱听说我要搞专题调研，还请中央政研室原副主任肖万钧专程到山东来协助调研。

在与周声涛书记叙谈时，我做出了一个大胆的设想：把供销总社改成中国农村合作总社，像党的农村工作部一样，提高农村合作组织地位，挽救不死不活的供销社。这个设想，引起了供销总社的极大兴趣。他们也希望我把这件事朝上推一推。

二、莒南经验

其后三个多月的时间里，我重点调查了农村合作经济比较突出的临沂、济南、枣庄、潍坊、烟台5市的8县，采访了包括农民、县委书记、供销社主任和专家四个层次的人群，走访了20多个合作社。

调查是第一位的，但“有准备的头脑”很重要。确立了这个主题后，我便下乡走村串户调查。另一方面，我利用晚上下班的时间，大量阅读有关文献资料和学者们的研究成果。像马克思、恩格斯、列宁、毛泽东等人关于合作社的经典论述，当今研究“三农”比较权威的白立忱、肖万钧、郑新立等专家关于农村经济改革思路的书和文章都读了。

调查中发现，山东省各级供销社出人意料地站到前台，不仅在促进农民增加收入中发挥了作用，而且遏制了供销社全线崩溃的颓势。在全省比较规范的1.5万个农村合作经济组织中，来自供销系统的占到2000多个。例如在临沂市莒南县，供销社形成了“一网两平台”，“一网”指农村现代流通服务网络，到农村建设连锁超市，保证优质日用消费品下乡、合格农产品进城。“两平台”，一个是农村社区服务中心，设置规范的餐饮、娱乐、洗浴、理发、医疗、维修、劳务、技术培训等项目，给农民提供方便快捷的服务；

另一个是农村合作经济组织，帮助农民发展生产、增加收入。莒南县 18 个乡镇、759 个村共开办乡镇连锁超市 116 处，村级便民店 1002 处，为农民提供综合服务的社区服务中心达到 48 处。

事实让我认识到，由供销社主抓农村合作组织，堪为解决“三农”问题的一个新思路。人民公社解体已经 20 多年，一直未能有效地建立起农村经济组织，使得农民难以成为市场竞争的主体，难以改变其弱势地位。而农村合作经济组织可望在一定程度上解决市场经济主体缺位问题。对于政府来说，找到了一个领导农村经济工作的“抓手”；对农民来说，找到了走向市场的“平台”。全国供销社有数百万干部职工队伍，有自己的营销网络和经营队伍，如果成功地实行体制与机制的改革，可望成为农村合作经济组织的组织者和管理者。而农业部门主要承担政府部门的工作，即结构调整、科技推广与农业执法方面的事务。

在给周声涛书记的一封信中，我阐述了自己的见解：

> 我们的改革应该坚持一个基本点，就是要从基层抓起，从终端农村“一家一户”抓起，使农民满意。合作社是农民自己的组织，是农民依据加入自愿、退出自由、民主管理、盈余返还的原则，进行共同生产经营活动的经济组织，它的存在由农民决定。

我在山东调查，看到山东发展农村合作经济组织的经验很有示范性。他们的五级供销社明确分工，没有政府行政领导职能，也没有政策专营特权，体现组织、指导、服务、协调、管理、经营六项职能，不同层次担当不同职能。层次越高，职能越强。这样自上而下地建立起农村合作经济组织的纵向结构，推向全国，就形成了铺排全国的大网。

三个多月的调查后，我写出了《解决“三农”问题的治本之策是组织创新——山东农村合作经济调查（一）》、《供销社应改为农村合作经济组织联合会——山东农村合作经济组织调查（二）》、《建立自下而上的农村合作经济组织新体系——山东农村合作经济调查（三）》、《领导重视要从“四个到位”抓起——山东农村合作经济调查（四）》等调查报告。

我一向强调调查报告要在最适当的时间传播出去，影响社会，推动历史进步。中华全国供销合作总社将在2005年1月29日至31日召开第四次全国代表大会。党中央、国务院也可能会就供销社工作下达新的文件。如果这一组调查出来，可能会对起草文件的领导有所启发。时间紧迫，时机难得。我专门写了一封一万七千字的长信给新华社副社长、常务总编辑何平。信中对“三农”问题的现状与根本原因、国外发展合作经济的经验、中国应怎样发展农村合作经济等问题都作了具体阐释，并希望能作特例处理，把这4篇以最快速度发出来，以期能及时为中央决策提供参考。

调查报告发表后，很快便引起中央与省级领导的重视。山东省莒南县所做的成功探索，也被中华全国供销合作总社概括为“莒南经验”而为人所知。这一年12月2日至3日，“供销合作社与新农村建设暨莒南经验高层论坛”在临沂市举行。白立忱出席论坛，来自全国政协、中央政策研究室、国务院发展研究中心、中国社科院、中央党校等部门的官员与专家学者聚集一堂，热议“莒南经验”，畅谈供销合作社在新农村建设中的作用。

1月27日，省委书记张高丽在到革命老区慰问职工和农民群众时，只安排了一个经济考察项目，即莒南县供销合作社农村流通服务体系，并给予了高度评价。他说，通过这样的网络和体系，使农民享受到了现代社会所能提供的服务。山东省长韩寓群则让蒿峰秘书长代表他感谢我对农村改革提出好的建议。

按说，农村研究是我的强项，很多人看我重新投入农村研究，充满期待。我自己开始也踌躕满志，意图对农村改革推一把。但是，结果并不算理想，自己的本事也使出来了，积累的资源也用上了，效果却非常有限。看来，天时不利，一个人的努力毕竟是有限的。

第七章 | CHAPTER 7

活着：大丈夫当有为于世

（2006—2014）

少年时，我比较敬仰屈原那种上下求索的悲壮情怀；稍长，对司马迁坚韧不拔的毅力很钦佩；后来注意到马克思也是记者出身，不断转移研究目标，不懈追求真理的精神。我常以“致君尧舜上”当作自己的追求。

金融危机的到来，为我再一次提供大机遇，没想到一封信引起大波澜。事后提出了“对历史趋势的发现力，对国家重大难题的破解力，对社会进步的引领力”的人生价值观。

第一节　社会稳定善治论

一、从“瓮安事件”确定平安协会方略

2008年，国际金融危机的猝然而至，汶川地震、玉树地震、舟曲山洪泥石流等自然灾害的频发，北京奥运会、上海世博会等国际盛事的相继召开，使得这一年欢快与伤感交错，五味杂陈。颇多起伏的局势中，“维稳”成为一个新鲜而关键的名词。

自20世纪90年代中期以来，我国群体性事件数量呈现出不断增多的趋势。2005年发表的《社会蓝皮书》表明，1993年到2003年间，群体性事件数量已由1万起增加到6万起，参与人数也由约73万增加到约307万。爆炸性数字的背后是社会问题和矛盾的日益突出。中国已经进入了风险社会时期，突发事件易发频发。

2008年下半年，我出乎意料地进入到了社会稳定领域的研究。

泰山以东，有座徂徕山，再向东是莲花山，往东南则是蒙山。这一代是著名的鲁中山地，山东的屋脊。从飞机上看，山山相连，只有群山中的洼地里有一条条大路游走相通。而在群山之中，有个名为

“新泰”的县级市。与孔子、伯夷、伊尹一起被孟子称为“四圣”之一的“和圣”柳下惠便生长于此。

到新泰市调研纯粹出于偶然。

我曾在泰安写过一篇公安打黑的调查，得到高层批示。一次酒席上，新泰市政法委书记刘玉得知对面坐的是我后，马上站起来敬酒说，我们遇到真人了。刘玉是很想办事、能力很强的干部，于是把我请到了新泰看看。

新泰市地处四个地级市交界处，人口多，少数民族聚集，很多乡镇位于矿区、库区、山区，各种矛盾、冲突时有发生，社情十分复杂。新泰平安协会便是在这种情况下，由农民企业家为保卫企业财产、保护经济发展环境自发组织起来的，是一个“看家护院”性质的民间组织。

一到新泰，我便抓住平安协会号脉。社会管理是党的一大主题，平安协会可望成为这方面的典型。但平安协会的独特性在哪里，我频繁地往返于泰安与济南两地，却迟迟找不到好角度。就在这时，“瓮安事件”的发生让我的思路陡然清晰起来。

2008 年 6 月 22 日凌晨，贵州省瓮安县女中学生李桂芬溺水身亡，死者家属不服尸检结果，请愿人群于 28 日下午与警察对峙，现场秩序发生骚乱，冲突升级，持续时间达 7 个小时以上，最后造成瓮安县委、县政府等单位被烧毁办公室 160 多间，46 台机动车被烧毁，直接参与打砸抢烧的人员 300 余人。这一轰动一时的事件被称为“瓮安事件”。

“瓮安事件”发生时，我正在新泰调查。每有一点变化，刘玉便从网上下载下来，供我分析。我认为，当时的中国正在发生两场地震，一是“汶川地震”，一是“瓮安地震”。“瓮安地震”是社会的地震，是群众与政府矛盾碰撞后的大地震，震源在于政府与群众利益的矛盾不平衡。而政府与警察直接参与群体事件的处理，使矛盾加剧。

出了事便让警察出面弹压，这种方法太传统了，是一种陈旧的国家治理方式。

更让我感到不安的是，有些地方在总结教训时，多是从“预警不力”等角度去总结。我觉得这样总结只能朝错误方向引导，最后只能强化政府与群众的矛盾，是条绝路，必须换一个思路，提出新的经验来。我对刘玉说，这个新经验我们来创造。

在分析“瓮安事件”经验与教训的基础上，我提出一系列建议，推动平安协会加大群众参与社会稳定治理的步伐，逐步走上依托协会、专群结合、预防为主、“德”“法”并重、协调合作的良性之路。平安协会也从成立逐渐走向成熟，各种体制机制开始逐渐健全，职能不断拓展，从最初的看家护院、治安防范发展到矛盾化解、法制宣传等方面，逐渐承担起了政府原先一些做不了、做不好、不能做、不该做的事情。之后，平安协会职能发挥又上了一个台阶，由化解矛盾维护社会稳定向推动经济发展、巩固基层政权延伸。

我的对策与建议，被地方政府吸收，很多变成文件精神。我到北京工作后，市政法委副书记张新德和市综治办主任泥德润经常到北京看望我，介绍基层平安协会的发展情况，听取我的意见。

二、把群众路线引入社会稳定

在新泰平安协会，我发现了一个著名的“洪马斗法”案例。

1997 年，禹村的农民洪来明、马洪强二人的合伙生意在散伙清算时，开始了一场旷日持久的官司。为了 5 万元，几年中，官司从基层院打到省高院，先后判决 6 次，马某和洪某互有输赢，并且都被拘留过两次，但矛盾依然没有化解。不仅如此，洪某、马某两个家族也参与进来，斗气斗法，两家筋疲力尽，56 岁的马洪强头发全白了。最后双方都落得倾家荡产，靠卖煎饼、借债和捡破烂来筹钱打官司。

镇平安协会做了一年多工作，采用民间妥协和解的方法，终于使两人握手言和，签字画押，表示永不再诉。

为了弄清原委，我反复进行过十多次调查，有时到两个当事人家中去聊天，一聊便是一天。我一个村庄一个村庄地实地调查，走进一个个农户家中去访问。发现我们国家治理落后的原因，很重要的是忽视人民群众的作用，国家治理需要现代化，需要动员群众参加治理。我到新泰23次，这种调查方式，在泰安市激起反响。泰安市政法委书记郭德文说，再也找不到像李锦这样搞调查的人了。这显然有过誉之处，我只能感受人家的一片好意。

“瓮安事件”让我看到新时期处理突发事件的不合理处：地方政府站在了人民的对立面，群众成为被管制的对象，而不能积极参与到社会稳定治理工作中，导致干群矛盾、党群矛盾一次次激化。“洪马斗法”则让我看到西方传入的公检法体制在中国水土不服，尤其是“治标”特色太过，依法办事和以法律为唯一准绳往往脱离中国实际，由此激化人民内部矛盾。平安协会则已形成政法专业队伍与群众自治组织联动的新型社会稳定管理体制，所代表的民间治本方法是一个补充。由此我提出了一条“人民治安人民办，社会稳定社会管”的善治之路。这两句话，已被平安协会镌刻在协会大门两边，成为协会灵魂。

2008年7月10日，我以内参形式对平安协会进行了报道。在《执政党领导农村基层政法工作的思路创新》、《找到抓社会稳定的基层群众自治机制》一组调查报告中，我对新泰经验作了详细阐述。柏继民、郭兆信、杨鲁豫等诸多领导作出批示。

调研报告发了出去，如何推广平安协会的经验？我想到了老朋友包心鉴。包心鉴从“沂蒙精神”研究开始，就与我有过多次合作。往往是我从基层中抓出典型，包心鉴从理论上写出报告，召开理论研讨会。以至于山东理论界将我们的合作称为“包李模式”。这一次，我又把包心鉴拉到了新泰。之后，包心鉴带着我特地赴京，找到自己的一些朋友，如中国社科院副院长、党组副书记李慎明、《求是》杂志社总编辑张晓琳、《人民日报》理论部张书林等汇报平安协会情况。

2009年11月28日至29日，维护社会稳定、促进社会发展机制创新暨新泰市平安协会建设理论研讨会在新泰举行。我作为平安协会的跟踪调查者，做了主题报告。因为中国政治学研究会招牌响亮，一些著名学者如李慎明、房宁、杨海蛟、周光召等都悉数来到山东调研。

从2009年下半年以来，新泰经验引起了我国理论界和政法战线的高度关注。全国有10多个省市的政法部门专程到新泰学习平安协会建设的经验。有30多个部门和单位的专家到新泰市调研。专家们普遍认为，新泰经验是具有鲜明时代特色的“党政领导，群众为主，预防化解矛盾，实现和谐平安”的社会稳定现代治理新思路。

在随后的4年时间里，我先后23次来到新泰进行实地调查，累计写出3万多字的文章，相继为《学习时报》、《人民日报》、《求是》等报刊选用。我与包心鉴主编的《平安之路》一书，详细总结了新泰市平安协会的经验，也被人民出版社于2010年9月出版。2010年8月，新泰平安协会的调查获得了山东省第二十四届社会科学优秀成果奖。

当下中国的调查研究，往往事例充分而缺乏理论支撑。于是我更进一步，依据对平安协会的亲身调查，在前人研究基础上，结合对现实社会的体察以及对未来发展方向的憧憬，从坚持群众路线角度出发，提出了“社会稳定善治论”。在《“社会稳定善治论”与未来研究——以新泰市依托平安协会社会稳定治理为例》一文中，对“社会稳定善治论”做了一个定义：

社会稳定善治论，是针对基层政府维护社会稳定的体制、机制、能力、方法上无法跟上时代要求的现实，以实现社会动态稳固为目标，以善治为手段，是动机、手段与结果相统一的理论。具体内涵是：以政府转型为起端，以多元参与为主要内容，以矛盾化解为任务，以“德”“法”并重、协调合作为基本方法，以稳定和发展为统筹，以根本改善社会环境、实现社会和谐为价值取向的治理活动。

我的“善治”理论强调的是国家现代治理能力的提升，是国家权力向社会的回归，善治的过程是一个还政于民的过程。因此从这个意义上说，“社会稳定善治论”就是将西方的公司“善治”引入社会稳定领域，是一种政府与公民对社会稳定的合作管理的理论。从实践上看，它是使不同的利益得以调和并且采取联合行动的持续过程。我的意图，通过社会稳定问题研究，找到国家现代治理的一条路径。我觉得，从统治到管理，再由治理到善治，是一个转变过程，也是国家由旧式社会向现代化转型的过程。这也是国家治理转型的任务。在新泰，我把这种看法倾泻到社会稳定问题上了。

然而在哲学方法上，我则坚持中国的“本”的哲学，我在几次研讨会上，都猛烈地抨击西方的公检法理论，认为这是西方“标”的哲学，对西方公检法的理论与方法，要改造，让它适合中国这个“水土”。像梁漱溟的乡村调查一样，我走村串户，树立起一个新典型，表达自己的倾向。更重要的是，在平安协会的树立过程中，我不仅去发现，而且去引导、去培育“善治”的新典型。但让我倍感焦虑的是，当下我国政治系统在十八大前的几年对典型的总结与推广，似乎过于迟钝与被动。

三、一年 38 篇稿件被批示

平安协会的调研与社会稳定善治论的提出，只是我在这一阶段众多调研成果中的一项。这几年，我专注于调查研究与理论探讨，仅

2008年，所写调研稿件就有38篇被领导批示。

有人说新闻是年轻人的事业，新华社是个养小不养老的地方。尤其在这个信息量极速膨胀的时代，新闻记者往往到了55岁之后，就会被无情地驱逐出新闻一线，这也是大多数新华社记者晚年的命运。55岁后的我，面临的就是这样一种状态。被宣布不适宜再聘任为记者，不再考核，写出新闻稿件也不能刊发，实际上已经提前被迫步入了退休赋闲的阶段。

在我看来，有些人以动态性新闻为生，年长了往往不如年轻人如鱼得水。相反，靠思想性新闻吃饭的人，四五十岁正是深度新闻生命的开始。

面对体制的束缚，我做了一番挣扎。

2008年，山东莱州市开展道德建设工程，市委书记林建宁派出数路人马，寻找高人指点，有两路人马都找到了我。我把莱州的公民道德建设经验从孝德、诚德、爱德为主题的“三德”工程总结。稿件在中国新闻社内参刊发，山东省省长姜大明、省委副书记刘伟、省委宣传部长李群批示。我总结的“三德”工程，为十七大道德建设论述的提出作了实践性的探索。

就在此时，中国新闻社山东分社社长王鲁平找到了我。中新社山东分社要建立内参平台，想聘请我为顾问，实际上做的是总编辑工作。

沂水“生物养猪法”总结，是我在中新社发的第一篇调查。

2007年底，山东省政府畜牧办慕永太主任带了一大堆材料到我办公室介绍情况。因为畜牧办要与农业厅合并，他们想让上面领导了解一些成绩。我注意到，材料中有一份讲的是生物养猪，是宋平建议张高丽抓的。生物环保养猪酵母素是从日本洛东化成工业株式会社引进的，宋平了解后，认为中国也可以试验。张高丽又把任务交给了慕永太，现在已经初有成效。宋平是我非常尊重的老领导，20年前，他对我的九间棚调查高度重视，曾派秘书彭清华专门听我汇报，并写信给姜春云，要求推广这一典型，使得九间棚影响迅速传播。生物养猪是宋平老人家让做的，我觉得更应该宣传推广好。

“猪病”与“猪肉贵”的问题，是当时的社会焦点。那时从英国传进来的“蓝耳病”很厉害，一死一大片，许多村民瘫坐在地上哭。猪肉少了，价格于是大涨。那年 8 月，猪肉由八九块一斤涨到十三四块。猪肉一涨，什么都跟着涨。新任农业部部长孙政才一上任，就碰上这个棘手事。那年温总理亲自到陕西去调查研究，回良玉副总理跑了几个省，开了几个电话会。国家拿出 1000 多亿补贴，养每头老母猪补 50 元，一头小猪补 10 元，以此刺激农民养猪积极性。我认为，拿钱补贴农民养猪是好事。但从根本上解决生猪发展问题，还需要找出一条路来。我把自己的想法讲给全国人大代表、九间棚村支书刘嘉坤听，希望他在“两会”上讲一讲。刘嘉坤后来在“两会”上发言，胡锦涛总书记听得很认真，停下笔，点头笑了笑。

建议虽然上达天听，但问题远没有解决。听了慕永太对生物养猪的介绍后，我决心亲眼看一看。我在临沂市副市长刘彦祥的陪同下来到沂水县长安村尹申健的养猪场。当时屋外气温零下 5℃，寒风凛冽，一进养猪大棚，眼镜片马上浮起一层雾。大棚里温度高达 20℃，很暖和，小猪们撒腿欢跑着。这时沂水县赵县长抓起一把猪粪让我闻，我吓了一跳，一闻，竟然全无气味，只有糠谷的香味。赵县长说，20 分钟前还是猪粪，因为生物发酵，猪粪就迅速转化。怪不得一个偌大的可以容纳 2000 余头的猪场，竟没有一点臭味。所有的工作人员都身着白大褂出入，很干净。尹申健告诉我，这叫生物养猪法，把玉米秸秆、稻壳、木屑粉碎，做成猪圈垫料，形成 80 公分的发酵床，然后在上面拌上微生物菌，使猪尿、粪分解转化，臭味便没了。没有臭味与蚊蝇，猪活得舒服，发病少，用药少，猪肉也达到国家无公害标准，农村也不再为环境污染操心，一举多得。

短短一小时的现场察访，我十分惊喜，闷在家里三天，上网查阅国内外资料，确认这项现代化养猪技术是一大进步。1980 年前是既吃猪肉又积肥，到了 21 世纪，用化肥多了，猪粪不值钱。工厂化养猪多了，水土污染问题又变得很突出。现在解决了养猪生病与污染环境的问题，确实是现代农业的一场革命。我不禁想起邓小平早就做出的预言："将来农业问题的出路，最终要由生物问题来解决，要靠尖端技术。"我认为，这件事应当让总理知道，这是帮助他卸去一块"心病"。于是以"养猪业的一场革命"为标题迅速成文，通过中新社内部信息清样给国务院领导发去。

2008 年 1 月 7 日，中共中央政治局委员、回良玉副总理在《山东组织推广环保型养猪新模式》的调查上批示：要认真总结和推广山东省沂水县环保型养猪的新模式，以此积极稳妥地推进生猪规模养殖的发展和科学养殖的水平。首先应在全国选择若干地方进行试验示范，并强化技术指导和支持。接着农业部部长孙政才、副部长张宝文、山东省委书记李建国、省长姜大明接连批示。

沂水生物养猪法很快在山东省乃至全国形成一定影响。1 月 22 日至 24 日，根据农业部部长孙政才的安排，农业部和国家外国专家局经济技术专家司副司长王营带领调研组，到沂水县调研自然养猪法示范推广工作。5 月 21 日又在吉林省长春市召开"全国自然养猪法示范推广经验交流会"。后来国家专项拨款几千万元，用于扶持、推广应用生物养猪法。

当时调查出来后，还引起了一些小麻烦。与沂水县相邻的沂南县有意见，说生物养猪是他们先搞起来的，面积也比沂水大。因为省委农村领导小组陈希玉是沂水人，便拉上慕永太和我，于是就有了"沂水经验"。我叮嘱刘彦祥副市长，都是临沂的事，你们要平衡好，否则传到外面不好听。刘市长说，一定，一定。这时与临沂市相邻的枣庄市也有意见了，说临沂人是从枣庄学的，那个尹申健便是到枣庄参观后才搞起来的。我只好劝道，你们先干有功，临沂人创造出经验来也有功，都是山东的事，就不要嚷嚷了。后来，吉林人也有意见，说这种做法虽是从日本传来的，但最早是宋平在长白山看的。

就在 2008 年，我组织起草了 58 篇调查报告，其中有 48 篇为副省级以上领导所批示，包括温家宝、回良玉、张德江、刘延东、孟建柱、王胜俊等中央领导。

从泰安市打击黑社会的做法、新泰市“平安协会”经验、武城县“监督县委一把手”经验、李沧区“网络执政能力”到青岛法院救济人制度，我的调查研究搞得很热闹，搞完一个再搞一个，登门邀请调研的从未间断。山东各地县的学术界、党政界常有人到济南找我，带着材料来请我诊断，听我分析，提出建议。这时候，我已不当社长了，但是仍然是天天有人看望，天天有酒喝。一顿饭吃三四个小时，边吃饭边听情况介绍，别出主意。

看到我搞得有声有色，领导批示不断，其他新闻单位感到了压力，辗转找到山东省委领导。领导开玩笑，老李你不要干得太猛了，也要让人家有饭吃啊。

如今身在体制之外，我的新闻调研生命重又焕发光彩，这个是我内心值得自豪的。

促使我最终从庙堂走向江湖的是 2008 年 12 月发生的一个小插曲。当时媒体正热火朝天地宣传改革开放 30 周年，改革初期的一些典型案例被翻出来进行重访。中国第一个万元户的照片是我所拍，但是某家新闻单位在网站宣传时却不再署我的名字。我在网上看到很多博客文章，激动之下便想自己试一试。于是我把在《新闻业务》上发表过的一篇《万元户的发现》找出来稍加整理发表在人民网上，没想到仅过十分钟便登上首页，接着又被转移到头条专栏，一小时内便有一万多人点击。新华社的大多数稿件也没有这样的传播效果，我异常欣喜，我意识到，互联网已经形成全民参与的新体制，每一个公民，无论在体制内还是体制外，都可以同台竞争，平等参与，这是对传统媒体的致命性冲击。

自此，我又相继在新浪网、理论网、搜狐网开通了个人博客，并成了我的年龄段中少有的对互联网十分钟情的人，基本保持三天一篇博文的写作速度。仅 2009 年，我便发出博文 60 余万字。我的博客，更新速度快，内容新鲜，面又宽。国家重大政策出台，我便马上写文章评论，当然这些评论绝不是政治性的表态，也不是理论性的阐述，而是智慧性的分析。写了大概一年时间，中央党校理论网将我的博客作为首席博客来推介，在搜狐网财经博客专栏中，我位列茅于轼、张五常、陈志武、周其仁、许小年之后，在新浪网财经热门博客专栏中，我列于叶檀之后，为第二位。似乎成为拥有众多拥趸的网络意见领袖，这种感觉在以前是找不到的。

我庆幸自己能够转型成功，终于在新华社体制外寻找到一个更加开阔与自由的天地，更有如鱼得水之感。我感谢旧体制对我的“抛弃”，使得我“逼上梁山”，在“江湖上”掀开生命中新的一页。

第二节　上疏温总理　报告信贷风险

一、倾泻而出的四万亿

没有想到，我闯进网络世界仅仅三个月，便打了一场轰轰烈烈的大仗，这是我调研生命史上最值得回味的华丽一章。这便是金融危机发生后写给温家宝总理的遏制信贷风险和泡沫经济的建议书，被人称为“力挽狂澜、扭转乾坤”之作。这个评价是过誉了，但我觉得保持了“处江湖之远则忧其君”的境界，做到“穷也兼济天下”，自己内心得到安慰。

2007 年开始，一场大洋彼岸刮起的金融飓风，几乎波及了全球经济的每个角落。2008 年下半年，这股冷空气在东南沿海登陆后又以强劲地势头向内陆袭向纵深，让国人感受到了刺骨的寒冷。

这是进入 21 世纪以来中华民族面临的最大灾难，举国上下似乎一下子进入全民抗战阶段，气氛颇有“中华民族到了最危险的时候”的味道。人们不知道这场战火将烧到哪里，将带来多大的损失。后来回望这场灾难时，山东作协副主席、著名作家王光明写道：

> 中国有几十万新闻记者，几百万理论工作者，在史无前例的金融风暴爆发以来，他们都在表现着、表演着。个中，功劳显著的是李锦先生，他的实践告诉我们，在国家危急时，有大智者在。他做了一件事，写了一封万言信给温家宝总理。温总理认真看了，并做出重要批示，李克强、王岐山等都做了批示。国家财政部、发改委、央行、银监会开会研究，国务院常务会议研究了他提出的问题，这个报告遏制了刚刚出现的信贷风险，可谓力挽狂澜、扭转乾坤之作。

万言上书温总理，成为我继“马克思主义三阶段论”之后的又一在全国形成较大影响的举动。

我投入到这场猝不及防的经济战争，是从网络调研开始的。2008 年 11 月上旬，为扭转实体经济颓势，中央政府提出 4 万亿元的刺激经济增长计划。自计划提出以来，中国贷款便一直迅猛增长。11 月份新增贷款 4770 亿元，12 月份新增贷款激增至 7720 亿元，比 2007 年 12 月份增长了 14 倍。2009 年第一季度更是延续了 2008 年年底的增长势头。从 2008 年 11 月至 2009 年 2 月的 4 个月里，新增信贷投放已超过 3. 8 万亿元，相当于 2007 全年的信贷增量总额。从银行方面来说，仅 2009 年前两个月，四大银行的信贷

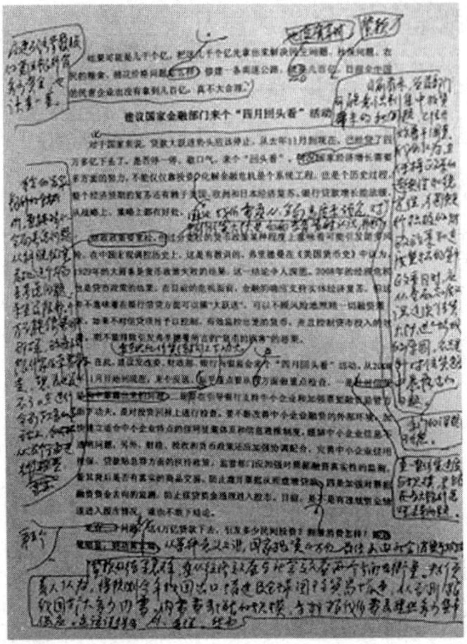
建议国家金融部门来个“四月回头看”活动

2009 年 3 月，我写给温家宝总理的 9400 字的长篇建议书的修改稿。

投放量均已接近或突破全年计划新增贷款额度的 60%。

看到这些数据之后，我十分震惊，隐隐觉得信贷增长的速度快得有些不太正常。这些消息在人民日报、新华社的报道中是看不出来的，但是在网上都能找到。我在网上搜索，确信总书记、总理没有就信贷问题讲过话。他们是不是了解真实情况，我也无从得知。

3 月 8 日早上 6 点多，我习惯性地坐到电脑前，突然发现网上出现了“信贷大跃进”的说法。尽管这一说法是来自银行的基层网友们提供的，缺乏一定的理论支撑，但接连几日对经济发展态势的追踪，让我决意聚焦这个话题。

由国内的信贷问题，我把视野拓展至美国。次级抵押贷款的兴起，促成了美国经济的繁荣。然而对风险的漠视，致使贷款由推动经济高速增长的动力演变成拖累美国经济发展的桎梏，并对世界经济产生巨大冲击。反观中国：中国是不是出现了信贷“大跃进”局势？这种信贷狂潮是怎么形成的？美国的经济危机是信贷引发的，中国目前这种贷款热潮有没有危险？这种增速有没有持续性？新增信贷是投入了实体经济，还是流入了股市？应当怎么认识贷款的规模与流向，保增长与调结构怎样统一？怎样调整贷款结构，金融监管与创新怎样进行？随着思考的深入，一系列的问题接连不断地涌出来。显然，我的研究是从怀疑开始的，抓住要害，不蔓不枝，把思考向纵深推进。

令我十分惊诧的是，当时举国上下对信贷快速增长的现象基本都持乐观态度。实际上，直到4月份，新华社发布的一篇极具代表性的消息还称，多位经济学家指出，信贷高增与此前国家4万亿元投资密切相关，体现了金融对经济的支持，在全球经济普遍低迷的同时，有望为中国经济率先回暖奠定基础。经济学家们普遍认为，“这个量并不过大。”

然而就在中国政府全力以赴阻止经济持续深幅下滑之时，大家都忽视了一场新的信贷热潮正在迅速形成。随着信贷的急速增长，信贷的速度、规模与结构都慢慢趋向失控。经济学在最需要他们讲真话的关键时候几乎集体失语，与上面一个调子，令我忧心如焚。在两会上，国家部门分管的领导回答记者提问时说“出乎意料”，就更使得我感到紧张了。

我的万言建议书是从3月20日开始写起的。写文章的前半夜，翻来覆去，难以入睡，凌晨5点，我便爬了起来，一口气写到中午12点半，爱人离家上班都没有察觉。爱人中午下班回来，发现早饭仍然摆在饭桌上，我在里屋电脑桌上坐了一上午，一直没有起身。午饭后继续写，一直写到翌日凌晨3点。24个小时里，我在电脑前坐了整整20个小时。时间一长，我就感觉严重缺氧，头痛难忍，但这些问题太重要了，在这严峻的时刻，需要有人站出来讲真话，我就顾不得身体了。

二、平信直寄温总理

2009年初，对于当时的货币和信贷政策，学术界和金融界总体上分为两派，一派推崇继续推行适度宽松的货币政策，坚持“天量贷款有理论”，尽管这种“适度宽松”早已从适度变成了极度；另一派则主张坚持“天量贷款有害论”，认为应当在信贷上收手，以免带来更多的负面效益。这派声音微乎其微，几乎可以忽略不计。第一派的声音异常强大，是当时的主流派，他们由银行的领导与专家们组成，认为信贷高速增长属于逆周期调控，有一定的合理性，既符合适度宽松货币政策，也是对上一次流动性压抑的释放。

面对“天量贷款有理论”，诸多经济学者们沉默了，本应春风和煦的3月，冷寂得像是冬天。显然，他们在辨别风向。此时我虽然人在体制内，但已经不再担任社长，正是这种“无官一身轻”的状态，让我不卑不亢，更加敢作敢为了。

我先是写的博客文章，一口气写了6篇，用连载的形式发出去。发完后觉得这是给老百姓看的，有什么用？唐山一个叫孙恩荣的博友提醒我，你的文章应该给温家宝寄去呀。于是把文章修改一遍。

在这篇近万字的文章中，我陈述利害，指明原因，提出对策。对信贷狂潮的产生、危害、措施等方面都作了详细探究与说明。信贷热潮是如何产生的？我认为有两方面的原因：

首先，信贷狂潮产生的动力来自银行追求自身的利润率与业绩。

目前，出现在中国信贷的大跃进是谁组织起来的？是中国的银行家们组织起来的。几乎疯狂的贷款热潮，动力来自银行追求自身的利润率与业绩。信贷增长是由于银行为追求业绩，主动放贷造成的。

其次，信贷狂潮的蔓延也与地方政府追求GDP的冲动有莫大的关联。

近十多年来，随着中央政府税收力度的加大，地方政府的经济更为紧张。地方政府的收入基本是税收、费收与卖土地大概各占三分之一。现在房地产几乎一下子停了下来。而地方政府总要办事，也包括“政绩工程”，钱从哪里来？就是银行贷款。

那么，这些大量的资金最终流向何方？我一路跟踪，最后发现近来的放量信贷资金流向呈现出“两头热一头凉”的局面。“两头热”，一是主要流向政府主导的民生工程、铁路公路、基础设施项目，二是流向国有大企业；“一头凉”是民营企业、小企业融资供给仍不足。

我在文中提供了一个细节：在2009年1、2月份信贷接连创下单月万亿元投放之后，实体经济虽然还未有正面反应，股市却“立竿见影”地一度暴涨600点，泛滥的信贷资金是否流入股市的质疑也随之出现。资金的不良流动，信贷狂潮存在的诸多隐患：

首先，银行存在坏账风险。其次，巨额票据融资存在“次贷”隐患。票据融资规模有虚增现象，票据资产容易产生乘数效应，票据融资的规模很容易“虚增”，但是并不一定能真实反映宏观经济的回暖情况。票据现象迅速上涨，是一种“中国式次贷”。第三，有可能造成泡沫经济现象。如果信贷流向中小企业或其他有助于扩大内需的领域，将是非常有益的。但如果流入股市、楼市、车市，风险将会很大。最终的结果可能是，增长的规模上去了，然而泡沫成分也随之快速增长，内需并没有扩大多少。这种贷款速度与规模似乎在制造一种新的风险与危机，资本的泛滥与企业的空心化，将为国家的经济发展留下隐患。第四，会转移为政府债务负担。第五，加剧了投资依赖型发展模式。第六，垄断企业的规模和集权地位会得到强化，使改革丧失动力。

最后，我建议人民银行、发改委、财政部与银监会的领导会商一下，在保持政策的连续性和稳定性，继续实行积极的财政政策和适度宽松的货币政策的基础上，增强政策的针对性和灵活性，马上采取紧急措施，把“信贷大跃进”停下来。

文章写出来的当天上午，我便将其直接交给了分社社长，谦恭地说，你们公事繁忙，没有时间坐下来研究，我为你们提供点参考。他说中国的体制就是这么怪，对有才华的，常常就是坚决不让你发挥；你不在位，或者不再聘任，便把你视若草木。这位负责人瞥了一眼，未予理睬，更未上送。隔了几日，以“你的看法与中央精神不一致”为由，搪塞了事。

其实，在情况最为严重的3、4 月，新华社在山东并未发出类似我这般真实而振聋发聩的声音，夜半北望，常常一阵悲情涌上心来。

按照惯常做法，我将调查一份给山东省社会科学学术年会，一份寄给南方的《南方周末》，再就是在博客上发表。然而做完了这些，我总是有些不甘心。我仍然觉得自己苦心孤诣的研究是为国家破解难题。念着杜甫的诗句“穷年忧黎元，叹息肠内热”，我猛然想起了博友提的建议：寄到中南海去！

我决定碰碰运气。

3 月23 日，我来到济南市中区玉函路对面的邮局。早饭没吃，已到中午，我便先来到附近的知味斋粥店，当时口袋里只带了 25 元钱，买了一个豆角炖肉 13 元，一个凉菜 7 元，一碗米饭 1 元。分社司机小安也在这里吃饭，他还为我买了一杯啤酒。我在邮局摊开信封，上面直接写“北京中南海温家宝 收”，在新华社山东分社的信封下面写上李锦。本来打算用挂号信寄出去，但是邮递员一称，挂号要6 元8 角，可自己只有4 元钱了，邮递员大姐说，平信只要3 元8 角。

我与邮递员逗趣说：大姐，你看看吧，这是写给总理的，你不能照顾一下吗?

邮递员笑了：你让温总理给俺主任打一个电话，主任一分钱也不会要你的。

我说：打到北京，再由总机转来转去的，这4 块钱打电话也不够了。

邮递员说：那就认命吧，这么大的一个国家，总理每天收信要几万封，哪能看到你的信。说完瞥了我一眼，带着几分劝慰。

我只好说：碰碰运气吧，平信就平信吧。

就这样，我把这封信寄往了中南海。对于温总理能否看到，我充满期待，但也不抱过高的期望。

三、中南海的电话

让我没有想到的是，在寄出信的十三天后，我接到了一个神秘的电话。

2009 年 4 月 7 日上午，我接到电话，号码显示是几个零，是保密电话。一听，是中南海打来的。电话中的陌生男子自报家门，说是国务院总理办公室，问我是不是李锦同志。我称是，对方便说你的来信，总理已经收到了，非常重视。首长让打电话向你表示感谢。对方的口吻很客气，话语也十分干净利落，说以后有什么重要意见可以直接向领导汇报，之后便挂了电话。

接完电话，我感到突然有一种巨大的幸运降临到自己身上，我一下子坐在了沙发上。仿佛黑暗笼罩、漫漫无际的海面上忽然闪现了明亮灯塔。脑子一时空白的我，努力回想着刚才的交谈，翻来覆去地念着那几句话。

从 3 月 23 日下午寄出信到 4 月 7 日上午接到中南海的来电，中间仅仅间隔了 13 天时间。类似这种反映非动态性经济主题的文章，在新华社也极少有发得这么快的。平信从济南寄到北京，要在路上走两三天，送到总理手中之前，还要经过层层筛选与批示。这封信能在 13 天内有了回音，可想而知温总理对这封信的重视，也可见国家信访部门的高效率。更重要的是国情紧急，刻不容缓。

实际上，早在 4 月 4 日，温家宝总理就看到了这封信，并在信上作出批示："请克强、岐山同志阅示。可请人民银行、银监会、发改委、财政部从全局高度分析下信贷形势，并提供全面情况和政策建议。"

4 月 10 日，一个电话又不期而至。电话是下午三点左右打来的，我拿起听筒，传来的是一个中年男子的声音。对方开门见山地做了自我介绍，称自己是中国人民银行金融稳定局周学东，受周小川行长委托，打电话向我表示感谢。他说，你写的信温总理已经亲自批示了，并把文章一起传达给了中国人民银行。行里上下都很重视，那封信对他们的工作有很大促进，他感谢我在关键时刻反映了情况。他还称，总理是用铅笔划着看的，从头到尾，留下很多杠杠，还有两个错字总理也划了出来。

紧接着，周局长肯定了我所反映的情况符合实际，他们在调研中也遇到了类似情况，比如贷款集中在大项目、大企业，而小企业和农民虽然更困难却贷不到款；再一个问题就是虚开票证，这特别容易造成呆账死账，引发通货膨胀或者紧缩。周局长承认这次放贷量太集中也太多，非常容易造成这种局面。我一直认为自己是个外行，在信贷方面的研究不够专业，也不够深入，只是从一个记者的眼光作了些思考。但周局长说我站得很高，把握得也很准确，讲得很透彻，能从全局角度以发展的眼光看问题，值得学习。

谈话结束前，周局长重申，下一步他们将会根据总理的批示精神，继续研究这方面的问题，提出改革措施并付诸实践。最后还十分客气地提到，周小川行长想邀请你来人民银行做客，一起讨论这方面的问题。我想到自己写这封信有点告银行状的味道，贸然前去还不知是什么状况，还不知是灾是福哩。再者，得到总理批示已经达到"致君尧舜上"的目的，不必再朝前走了。

4 月 11 日，国家信访局的电话又打了过来。我得知，这封万言信是国务院副秘书长、国家信访办主任王学军看过之后转呈上去的。

几天之内，我接连接到几个重要电话，都是特地向我表达谢意。北京来的几个电话都说当时的经济情报比军事情报还重要，我一直藏在心里，没有跟任何人说。直到7月份，中央一系列政策和措施出台后，控制信贷速度与规模已逐渐变为事实，我才敢与周围的人说起此事。

温家宝总理批示之后，4月5日，中央政治局常委、国务院副总理李克强也作出批示："发改委、财政部要按家宝同志批示精神对相关情况从宏观角度进行深入分析，及时提出意见和建议。"紧接着，中央政治局委员、国务院副总理王岐山同志批示："下周先从金融角度分析研究一次，请尤权同志告人行、银监会就落实家宝总理批示做准备。"4月6日，国务院副秘书长尤权在信上作出批示："请人民银行、银监会按家宝、克强、岐山同志批示做好准备。"

温总理批示的对象是李克强、王岐山两位副总理，具体来说批给的是我提出的央行、银监会、财政部与发改委四个部门，主题是关于信贷问题，内容是三个方面：一是要全面反映情况，二是要从全局高度认识问题，最后落脚点是提出解决问题的建议。

四、监管风暴

温家宝总理对我万言信作出的批示，立刻在高层刮起一阵旋风，引起各部门的重视。

从2009年4月中旬开始，一场轰轰烈烈的监管风暴迅速卷起。从4月7日至15日，除了央行货币政策委员会，包括发改委、财政部、银监会、工信部、国家统计局在内的多个国家部委都开会讨论信贷形势问题。

4月15日，温家宝总理主持召开国务院常务会议，专门研究信贷形势。

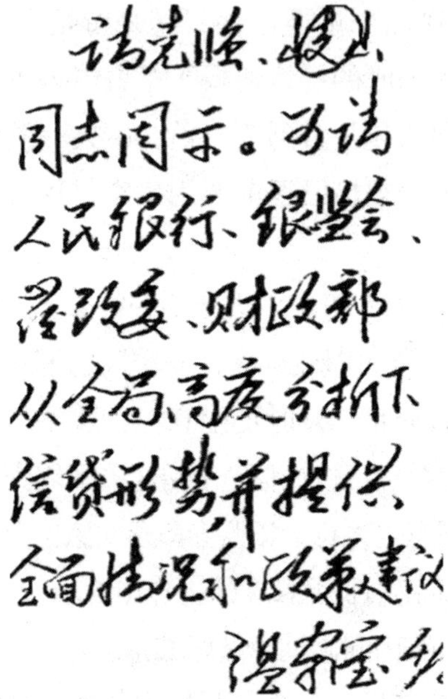
请克强、岐山
同志阅示。并请
人民银行、银监会、
发改委、财政部
从全局高度分析下
信贷形势并提供
全面情况和政策建议
温家宝

我写的9400字长信，温总理认真看了，并做出批示，李克强、王岐山等都做了批示。国家财政部、发改委、央行、银监会开会研究，国务院常务会议研究了我提出的问题。

同一天，银监会开展了对前五个月贷款专项检查活动，同是4月15日，央行向全国人大财经委员会汇报了第一季度货币政策执行情况。

与此同时，银监会打出组合拳，出台了一系列政策、规定和措施，集中治理信贷问题。全国银行普遍展开了自查和系统内的检查，专门针对信贷落实问题。据有关媒体报道，“银行一时间人人自危”。

看到这些变化，我很高兴。那些天，我每天坐在电脑桌前，一刻也舍不得离开。夜里起来去洗手间也是先打开电脑，看一看新浪与搜狐的财经频道有什么新信息。我的这封万言信以及其他文章也被新闻媒体广为转载。例如《谁制造了信贷井喷》一文，发表当日就被新浪网等网站转载，4月17日为《齐鲁周刊》采用，4月23日又为《南方周末》刊登，之后约有2000余家网站转载。

到了5月，一个重要的统计数据出来了，4月份的新增贷款来了一个大刹车，最终为0.59万亿元，大大低于之前几个月的信贷额度。从2009年7月起，下半年信贷新增额分别为0.4万亿、0.51万亿、0.25万亿、0.29万亿、0.38万亿，较上半年大幅度回落。整个中国经济形势由高烧不退进入了平和稳健状态。

第三节　探寻一条道路：混合经济论

一、“企业报所做的工作很好！”

金融危机中万言建议书的成功，使我运用互联网工具引领舆论的信心大增。卸去行政职务后，出庙堂而游于江湖之上，开了自己的博客，拥有众多拥趸，也产生了不错的社会影响。本想脱离官场，以这样一种江湖方式影响社会，报效国家，没想到59岁的时候，峰回路转，我又重回庙堂，被任命为《中国企业报》总编辑。

《中国企业报》是一张专为中国企业创办的报纸。1988年1月4日，由国家经委主办、中国企业管理协会承办的《中国企业报》正式创刊。2010年底，《中国企业报》响应国家文化体制改革要求，在行业内率先进行了转企改制，组建成立《中国企业报》股份有限公司。

2011年1月，我出任报社顾问，到了6月30日，我正式担任《中国企业报》总编辑一职。

同意到《中国企业报》任职，我也有自己的考虑。一直以来，我都将“发现思想，引领社会”作为自己的人生追求。普通人到了退休年龄，多是钓鱼遛鸟，喝茶打牌或写字作画，悠闲自得，我觉得闲不住，我来自齐鲁大地，常常与孔夫子相较。孔子一生颠簸流离，周游列国却备尝艰辛，无所成就，直到68岁无奈归鲁，专注于学术，才成就了其思想的伟大。孔子68岁才专注治学，我尚不到花甲之年，仍有再展雄心的念头。从新华社时居庙堂之高，去职后游走民间，到如今重归庙堂，在我看来，这是我人生的“正反合”，是经历过庙堂与草野两种生存状态后，人生面临的可能又一次飞跃与升华。身体还许可，再干几年也未尝不可。

在《中国企业报》的工作状态一般都是这样的。因为嫌床过于安逸，我基本每晚都睡在沙发上。凌晨一两点时，起床打开电脑，浏览一下最新信息，工作三四个小时之后，回到沙发再休息几个小时。这样的作息习惯，已经保持了很久。如若遇到第二天报纸出版，我要把社论与评论员文章写出来，还要帮记者们修改稿件，常常会熬一整夜。这样的工作，让我的思想始终保持着充盈丰沛的状态，但是自己生活节奏更快了，身体受到伤害。

我到企业报后，发现北京舆论界有一股很不好的风气，否认国企成为一种常态，有一批理论家对国企并不是很熟悉，却一股劲强调私有化，批国进民退。甚至新闻界也有种以否定国企为荣的风气在滋长。而为国企讲话的理论家则是对着干，以一种极端对付另一种极端，缺少智慧含量。于是我决定打一场“舆论战”。

我不怕忙，就怕闲，越忙越有精神头。

2011年6月15日至7月14日间，我策划组织了“国企改革与发展”系列报道，连续10期报纸55个版面，10大篇章，共计30多万字。报道以事实说话，把国企从被舆论妖魔化了的形象中还原，改善了国企的舆论环境。《中国企业报》此举被称为“独此一家的大规模系列报道”“2011年中国特有的新闻现象”。

为了使系列报道有条不紊地铺展开来，从4月到6月，我用了两个半月时间研究国企问题。我买来几十本书，一本一本看过去，天天上网，做到对基本情况了然于胸。等到把这些内容大体上消化之后，再对企业做一些调研，大概花了两个月的时间。又邀请中央政策研究室、国资委、中国企联、中国人民大学、中央财经大学的领导、专家研讨，制定出了分解执行方案。整个方案观点密集，纵横交错，前后呼应，在战略、战术与运行策略上都有具体要求。

这次报道，历时一个月，所发100多篇文章，均被数十家网站转载，一些文章先后得到张德江、刘云山、张高丽等领导的批示，还帮助相关国有企业解决了实际困难。国资委主任王勇对《中国企业报》的报道十分赞赏，批示认为“企业报所做的工作很好”！并要求更好地发挥《中国企业报》的平台作用。后来，王勇还提议将《中国企业报》转为国资委机关报，并派人商谈转报事宜。

中央财经大学新闻系主任、教授谭云明在《思想家办报高端引领——〈中国企业报〉“国企改革与发展”系列报道探析》一文中认为我的评论“有《人民日报》任仲平的历史时空感，也有新华社何平通讯的逻辑严密风格，显得大气磅礴，有很强的冲击力。这些评论本身便是经济理论文章，且有较强的对策研究风格，每篇总拿出一点新东西来，这是属于自己概括发现出来的东西。”

中国企联执行副会长兼理事长李德成在2012年1月的冬训中，对局处级干部讲，《中国企业报》原来是什么样大家都知道，一年下来，发生脱胎换骨的变化，文章有人看了，既有深度，又有高度，为什么发生这么大变化？就是因为来了一个有水平的总编辑。

二、六小时写出“央企市营六论”

2012年夏，我将全部精力投入到了中国建材“央企市营模式”的典型宣传中。我把这个典型成为混合经济发展道路的样板来解剖，到了7月份，演变成一个思想体系，8月则引发了企业管理哲学讨论的思潮。

2011年我组织国企系列报道时，基本算是“独唱团”，一年后，已是应者攘攘。《人民日报》、新华社、《求是》、《光明日报》等诸多大报纷纷展开国企系列报道，在此情形下，如若再跟别人发出一样的声音，只能是徒增合唱的音量，却凸显不出自己的独特。于是我决定另辟蹊径，抓住焦点，向深处挖掘。此时，宋志平和他执掌的中国建材集团进入了我的视野。

宋志平是我国第一个同时担任国资委两家中央企业董事长的企业家。2002 年受命就任中国新型建筑材料集团公司（中国建筑材料集团有限公司前身）总经理后，中国建材营业收入从 20 多亿元跃升至 2011 年近 2000 亿元。而中国医药集团总公司自宋志平 2009 年 6 月同时担任董事长以来，营业收入由 400 多亿元跃升至 2011 年的超过 1200 亿元。两家央企被誉为国资委系统充分竞争领域中快速成长的企业典范。

然而最吸引我的，并不是两家央企惊人的发展速度，而是中国建材在宋志平管理之下所走过的改革发展道路。

10 年前，宋志平调任中国建材前身中国新型建筑材料集团公司担任总经理时，公司尚是一家银行逾期负债高达 30 多亿元的困难企业。上任不久，他邀请行业专家集中开了几天会，明确了公司战略：作为一家央企，要做大宗、主流的建材业务。具体做什么？他把目光投向了水泥行业。

2006 年 8 月，中建材以现金人民币 9. 61 亿元，并承诺为徐州海螺水泥的 2. 3 亿元银行借款作担保，收购海螺集团旗下徐州海螺水泥全部股权；2007 年 9 月，又以浙江水泥、三狮水泥、虎山水泥、尖峰水泥为基础，组建南方水泥公司，在浙江、江苏、湖南、江西、广西、福建、上海六省一市跑马圈地，到 2010 年底，重组了近 150 家企业。其后，中建材继续举兵西进，联合重组了西南地区云南、贵州、四川、重庆三省一市的多家水泥企业，组建西南水泥有限公司。

了解中建材的重组之路后，我难掩内心的兴奋。中建材挥师南下，将诸多民营水泥企业纳入麾下，在短时间内取得如此令人振奋的业绩，其所走过的道路，不恰恰是自己在《坚持国企改革的正确道路》一文中指出的“国有企业改革为中心的阶段核心问题就是要找到国有大企业与市场经济融合方式”吗？

2012 年 5 月 21 日是星期一，当晚报纸就要印刷。那时已经有一篇关于宋志平的访谈，起床后我把访谈修改了一遍，11 点钟，我跟中建材办公室干志平主任说，想要再配一篇评论。没想到一写起来笔意纵横，一下子写出 6 篇。从 11 点到下午 5 点，7 个小时内，共计一万两千余字的 6 篇评论一挥而就。

在 5 月 22 日的报纸上，6 篇评论员文章一次性见报，形成了一次有规模的思想冲击。文章分别从中国基本经济制度、世界经济发展史、混合经济所有制、央企的功能定位、企业文化、市场竞争等角度，层层深入，对中建材“央企市营”的混合经济实践进行了一次有系统的理论总结。

我后来接受采访时说，6 篇评论不只是写的宋志平，或者说宋志平在这里仅是一个符号，我想阐述的是社会主义市场经济道路问题，是针对公有制与私有制、计划经济与市场经济这两组概念而写的。中国需要这么一个典型，来揭示中国社会主义市场经济的混合经济发展途径。

两个坚持讲来讲去，很多人总是偏执一端，不是返回计划经济的老路，便是迈向私有化的邪路，实际上搞的是一个坚持，在思想上造成更深层次的混乱，势必造成对立，在行动上造成动摇。中国建材的“央企市营”经验，找到社会主义公有制与市场经济的结合点，找到两者的相通性，真正做到两个坚持不动摇。可以说是一个“走正路”“走新路”的样本。我找了一年多，终于找到这样一个具有代表性的典型。由此我认定，宋志平与央企市营的意义不仅在企业界，而且在于思想理论界，只有把什么是“走正路”“走新路”搞清楚，才能把中国特色社会主义的理论学得更加深入、领会得更加透彻、贯彻得更加自觉。

我最终的目的，是想通过中国建材“央企市营”的典型，来引领一场思想解放的潮流，推进中央企业混合所有制的改革。

三、“李老师相当于一个军”

我为中国建材“央企市营”的6篇评论，很快在中建材乃至国企系统引起强烈反响。

中建材董事长宋志平看到“六论”后，第一时间给我发来短信，称这几篇文章思想非常精准，结构非常精确，用词非常精当。第一次与宋志平在一起吃饭时，宋志平不曾注意到坐在旁边一言不发的我。而这一次，几篇文章让他对我刮目相看。

但仅靠6篇评论，想要在众多大报进行国企报道的齐声合唱中凸显出来，还远远不够。因此，有过多年典型培养经验的我向宋志平建议，必须进行“两个一工程”：出一本书、开一个理论研讨会。

2012年6月，《央企市营：宋志平的经营之道》由企业管理出版社出版。

2012年7月10日，由中国企业联合会、中国企业家协会主办、企业管理出版社承办的“‘央企市营’成长模式座谈暨新书发布会”在京举行。《人民日报》、《新华社》、《经济日报》等首都新闻界、经济界的诸多大腕们齐聚一堂。

发言行将结束时，宋志平以简短的几句话感谢了几位多年来在新闻报道上给与帮助的一些新闻界朋友。随后，他说道：

> “我尤其要感谢的是《中国企业报》的李锦老师。李锦老

师为我们总结了经验，让我诚惶诚恐。我看了文章自己很害怕，因为我觉得自己没有这么好。李锦老师从马克思主义、市场经济理论、国家宪法等多角度对我进行了解剖，文章很深刻，很有气势，功力很深。对我来说，是一次非常好的学习机会，引导我来思考这个问题。正是在他建议下，才有了这本书。是他替我壮了胆，所以我要感谢他。”

宋志平说，我与李锦老师过去并不认识，也不了解。我们的认识只是中国十大新闻人物评比中在会议上握一下手，后来吃一次饭，连电话也没打过一次。宴会时，宋志平向我敬酒，以示感谢。他向别人介绍，“李锦老师相当于一个军！”中央企业界领袖人物对我的判断与称赞，当然这包含着对我的感激与他的爱才之心，我也感谢他的鼓励。

随着《央企市营：宋志平的经营之道》的出版，以及“‘央企市营’成长模式座谈暨新书发布会”的举行，我的名字很快在首都新闻界、经济界尤其是国务院国资委系统流传。

对于我来说，“央企市营”模式的总结与推广，不过是我几十年调查研究经验的一次再运用。此时我更多的是在充当企业的智囊。这种作用不仅在于总结企业发展经验，还在于帮助企业破解难题。帮助中铁建、中铁工解决建设资金便是一例。

2011 年，铁道部爆出惊天大案，独立王国的虚弱面一下子暴露在世人面前。铁道建设面临债务严重的困境，一万公里铁路陷入停滞状态，很多项目都处在停工、半停工状态，纠纷剧增，已经严重影响企业和社会的稳定。到 2012 年 5 月份，中国中铁的负债已经超过了 1000 亿元。仅在 2011 年一年就要加大利息支出 14 亿元左右。

一封报告发送到中国企联常务副会长李德成的案头。随后，我带领调查组来到了中铁建总部。中国中铁财务部部长杨良、中国中铁经营管理部副部长李夏初、中国铁建经营开发部副部长王旭永，还有多位铁建企业的知情人士与我直陈企业面临的困境。

困难明显摆在那里，更困难的是对策的提出。中铁工、中铁建等部门反反复复地强调自己的困难，强调借债要还的道理。但国家宏观调控的政策是不可动摇的，也是不能动摇的。不能指望国家再像投资 4 万亿那样，大规模地投入到铁路建设上来。我说，拿不出破解困难的办法，对领导只是添乱，这样的文章不能写，我们要为中央领导想出办法来。大家一条条提解决的办法，一次次地推翻重来。就在沉闷的调查似乎无法进行下去之时，中国中铁经营管理部副部长李夏初的一句话让我感受到一丝清新的空气。她说，可以用融资的办法解决，不要国家直接拨款，就能解决问题。在她的启发下，我紧紧扣住两条，一条是融资，一条是政府几个部门合力输血的办法。最后调查报告在末尾建议，"铁道建设欠款问题应当引起国家重视，由财政部、央行与铁道部等部门会商，提出一揽子解决问题的方案，把铁路建设发展与清欠债务统筹考虑，避免铁路建设债务风险加剧。"

《铁建企业被拖欠工程款上千亿元濒临债务风险》的调查在 7 月初上送后，经国务院副总理张德江、中国企业家协会会长王忠禹、国资委主任王勇、铁道部长盛光祖等领导批示后，国务院组织工作组很快进驻铁道部调研。10 月 12 日，发改委发函给铁道部，铁道部发行的铁路建设债券为政府支持债券。11 月 2 日，铁道部透露消息称将获得超过 2000 亿元的融资支持以缓解债务状况。财政部、银监会、发改委、银行纷纷解囊，出现抢救铁路建设的联合行动。

四、树起“大企业时代”的理论大旗

2012 年 9 月 1 日，新华社向世界发布一条电讯，宣告中国已进入大企业时代。简讯是这样说的：

新华社长春 9 月 1 日电（记者王晓明）“中国内地企业入围世界 500 强数量连续第二年净增 12 家，超越日本成为世界 500 强第二大来源地。”中国企业研究院首席研究员李锦 1 日在长春举行的 2012 年中国大企业高峰会上说，中国已经进入“大企业”时代，兼并重组是目前这个阶段的主要特征。

每一年，中国都要进行一次中国 500 强发布会，这是中国企业界的年度重大活动。既然是《中国企业报》，就应引导中国企业界重大活动向纵深发展，使之具备理论的深度，这一年我提出的“大企业时代论”随着新华社的报道广为传播，为 600 余家网站转载。

每年的世界 500 强发布，我都在当期报纸上发布《世界 500 强企业分析报告》，以最快的速度占领网络，以引领舆论。“大企业时代论”是这些报道中占重要地位的指导思想。我分析近来美国政府对待中国企业收购美国企业的态度中，发现美国经济霸权主义已经患上中国大企业恐惧症。2012 年，中国内地入围企业数量为 70 家，首次超过日本，成为世界 500 强企业的第二大来源地。这充分证明，中国大企业已经并且将继续改变世界经济的竞争格局，以往由美日主导的局面正在向中国倾斜，中国有可能成为世界经济新的中心。

中国在全球竞争中必须确立大企业发展战略。结合世界经济发展史，我对大企业时代的时代特征作出了分析：

1. 大企业时代对工业生产组织形式而言，生产和资本出现了集中的趋势。这些大企业往往控制着一个或多个部门的生产经营，甚至可能掌握着国家的经济命脉。

2. 向世界市场加快发展，进入国际化竞争时期。国际化竞争就是国家大企业之间的竞争。德国西门子与美国通用电气、日本的小松机械与美国的卡特彼勒、法国施奈德与瑞士 ABB，都是代表国家的大企业之角逐。

3. 大企业时代对生产力实现了一次质的飞跃，引发了经济结构变化。

4. 导致生产关系发生深刻变化，大企业成为社会与经济生活的主体。

5. 兼并重组是实现产业结构优化与提升企业竞争力的重要形式。2012 年中国企业 500 强中 154 家大企业共并购重组了 1111 家企业，并购重组活动持续活跃。

6. 大企业时代将催生新的管理思想，形成新的文化体系。

2012 年 8 月，我一下子推出 5 篇 3 万余字的“宋志平、稻盛和夫比较论”，在第四篇《东方企业管理哲学的崛起》一文中，我大胆地作出判断：

从经验管理到科学管理是由泰勒完成的企业管理的第一次飞跃，从科学管理理论到现代管理理论是由德鲁克完成的第二次飞跃，从科学管理到文化管理则是由日本稻盛和夫为代表而完成的企业管理的第三次飞跃。当前迅速崛起的社会管理是企业管理的第四次飞跃。宋志平的“央企市营，包容和谐”管理理论学习、吸收、发展前三次飞跃的成果，而在本质上可以纳入第四次飞跃范畴。

至此，从世界到中国，从宏观判断到典型剖析，从企业经济到企业文化，我完成了“大企业时代论”的提出与建构。后来宋志平读到这些文章后，说他很有福气，在需要总结提升时，李锦出现了；我说我也很有福气，在需要实践支持时，宋志平出现了。

第四节　打好一个基础：实体经济基础论

一、快速推出“银行暴利论”

2011 年，实体经济的空心化风险与虚拟经济的非理性繁荣，成为中国经济发展的两副面孔。这一年，我提出的“实体经济基础论”，正着眼于解决中国实体经济发展的困境，用以解决生产力发展基础问题的理论构想。

自从 9 月底温州高利贷事件爆发后，产业“空心化”问题便迅速暴露出来。这一年 11 月，在 G20 法国戛纳峰会上，国家主席胡锦涛指出，“要把财政和货币政策落到实处，确保资金流向实体经济部门，扩大生产”，12 月的中央经济工作会议又明确提出，明年经济工作必须做到“四个牢牢把握”，其中之一就是“牢牢把握发展实体经济这一坚实基础”。显然，发展实体经济已成为国家高层的意志。

有了《中国企业报》这个平台，自己的想法便能很快实现。自 2012 年 1 月 10 日起，我带领属下们开展了“系列评论专题：九十九评发展实体经济”，对实体经济展开了有规模的报道，在新闻界、实业界、经济理论界、金融界刮起一阵实体经济舆论旋风，形成了 2012 年两会报道的新气象。有报纸谈论说，这次系列报道为当下几近干涸的实体经济土地带来了一场及时雨，为中国企业提供了强有力的理论支持与舆论引领。印象中，这是中国新闻界有史以来规模最大的一次系列评论。

如若评选 2012 年新流行的经济名词，“银行暴利论”恐怕必在当选之列。“银行暴利”话题的广泛传播，并且为社会所接受，与我们的实体经济评论有直接的关系。

2 月6 日，中国国际问题交流中心副秘书长陈永杰接受访问时，说出了银行利润超过烟草行业的惊人事实。2011 年，农行、建行、工行、中行四大行的净利业绩分别是 1220 亿元、1694 亿元、2084 亿元、1303 亿元，相当于日赚 17. 26 亿元。银行业一举超过房地产业、烟草业，成为中国最赚钱的行业。看到这则消息，我脑海中立刻出现“暴利”两字，不管银行的人自己承认不承认，这已是基本事实。看到消息已是晚上 8 点，第二天就要出报，我马上安排实习的学生写一篇，自己动手写三篇，一口气写到凌晨 4 点。8 个小时，《企业衰退，银行还会幸存吗?》、《银行业榨取理论的“风景线”》、《银行暴利的三大推手》、《终结银行暴利七策》一下子拿出来了，从现象描述、后果分析、问题发掘到策略阐释，形成了一个小系统。

在其后的实体经济系列报道中，《中国企业报》又先后推出了《企业衰退，银行还会幸免吗?》、《银行正在成为垄断资本阶层》、《银行与企业不能变成“黄世仁”与“杨白劳”》、《实体经济是银行高利润的最大受害者》等 15 篇关于银行的评论，同时报纸在 3 月 9 日一期以整整 10 个版——“回归实体，银行暴力之弊端”，对银行业发展现状加以报道。通过一连串集中式的轰炸，把实体经济寸步难行与银行业暴利的水火两重天现象描述了出来。

为什么要针对银行进行大规模的评论，我们在开始设计时也没有这么多内容，只有七八篇。后来在研究时发现这里面东西很多，写着写着，便把银行作为虚拟经济的载体与实体经济的对立面来写，分量一下子便重起来了。从新闻美学来说，对于实体经济这个主题，有了银行暴利这个“阴暗面”，便显出一凸一凹，一明一暗，一正一反，使得整个报道显得深刻了。

不久后，媒体上出现了一篇“李锦 PK 杨凯生”的文章，银行方面的人坐不住了，中国最大的银行工商银行行长杨凯生亲自出面驳斥我“不是银行的人”。原本只是从银行方面对实体经济进行评论，现在却演变成一场学者与银行家的思想交锋。

这一年的“两会”上，围绕着银行暴利，专家、学者、官员们展开了激烈论战。很多银行从业者站出来替银行业“辩护”，由此导致论战一浪高过一浪。中国农业银行行长张云表示，“我不苟同暴利这样一种说法”，工行有关负责人也表示，其净利润增长是国民经济运行的良好态势在金融领域中的体现。建行副行长庞秀生认为“银行日赚几个亿，反映的是经营规模，与利润的薄厚没有直接关系”。在这些论战中，我和工行行长的“交锋”以及中国人民银行行长周小川为银行暴利做的辩护与解释，构成了“银行暴利”论争的高潮。

最后温家宝总理为这场纷争下了定论。4 月，在到广西、福建等地调研时，温总理就企业融资问题说了这么一段话：“我们银行获得利润太容易了。为什么呢？就是少数几大家银行处于垄断地位，只能到它那儿贷款才贷得来，别的地方很困难。我们现在所以解决民营资本进入金融，根本来讲，还是要打破垄断。中央已经统一了这个思想。”温总理的讲话实际上间接为“银行暴利论”正了名，银行利润非正常现象的观点于是从支流转变为主流，成为中央政府的看法。自此之后，尽管还有为银行辩护的声音，但已如秋后蝉鸣，几不可闻。我与弟子们很兴奋，有种饮马长江、旗开得胜的感觉。

我到北京后，带了一批研究生弟子，来自北京大学、人民大学、中国社科院与传媒大学，我出了标题与观点，让他们写，然后我再改一遍便发表了。他们很有战斗力，热情很高，多数是一挥而就。

二、实体经济 99 评

实际上，早在 2011 年 9 月，《中国企业报》便在我的部署下，开始将报道触角伸向实体经济。从温州高利贷事件到上海砸楼盘、鄂尔多斯楼市现象、淘宝商城，每件事情发生后都及时跟进。例如11 月份在鄂尔多斯楼市崩盘的报道中，我便写道："对于今天的鄂尔多斯来说，房地产是否崩盘已不重要。甚至于，房市泡沫消除也不是坏事，重要的是政府将如何作为：是把巨额资金用来救市，继续看着'鬼城'复制出现，还是拿出壮士断腕之态，把资金投到实业上来，投到科技创新上来。"

从 2012 年 1 月份开始进入实体经济系列报道，是 2011 年国企系列报道的继续与延伸。不同的是上次战役是为国企讲话，这次战役则重点是为民企讲话。我这样铺排，基于以下考虑：

我们在那次报道中发现很多问题，特别是中小企业的生存太困难了。这次实体经济报道的主角实际上是中小企业。《中国企业报》作为唯一以企业和企业家为报道内容的全国级报纸，在这个时候就必须站出来，为企业说话，贯彻我们"问题推动，思想引领"的办报思路。让老百姓了解到最新的情况，听到最真实的声音，引导社会舆论关注实体经济，推动各个机构去帮助实体经济的发展。这次两会报道前，中宣部、国资委对两会报道都没有什么特别的报道精神，于是我们便确立了"为企业说话，说自己的话"的方针。把这份酝酿已久的计划拿出来了。

就在两会前后，《中国企业报》的实体经济系列报道在新闻界、实业界、经济理论界、金融界引起了广泛关注。实际上，成为中国企业的智库或智囊，正是我对于《中国企业报》的一种定位与期望。按照世界上最着名的智库——兰德公司的创始人科尔博莫的定义，智库就是一个"思想工厂"，一个"头脑风暴"中心，一个敢于超越一切现有智慧、敢于挑战和蔑视现有权威的"战略思想中心"。个别媒体总是喜欢揭开伤疤，穷追猛打，但我不喜欢用"骂"的方法去评论，总是尽量给出解决问题的方案。2011 年，考虑到国企报道的艰巨性和企业报长期发展的需要专门设立的中国企业研究院，主要负责对企业进行研究服务、舆情监测等。

2012 年 9 月，清华大学出版社出版了我的《中国实体经济 99 评》，编辑推荐语指出：这是一部为实体经济立说之作，这是当代规模宏大的财经系列评论。

2012 年 11 月，经过半年多的舆论战后，十八大报告中最终出现了关于实体经济的两段话："牢牢把握发展实体经济这一坚实基础，实行更加有利于实体经济发展的政策措施"，"健全促进宏观经济稳定、支持实体经济发展的现代金融体系。"这是对社会公众殷切期盼的回应，也是对实体经济回归的新的动员。

2012 年 12 月 9 日，中国实体经济回归与转型论坛在京举行，这是党的十八大召开后经济学界、企业界与新闻界的一次响应与跟进，然而我对此并不乐观：

实体经济讨论已经一年半时间了，严重性、必要性、重要性，都已经是陈词滥调了，调子高喊了一年多了，实体经济并没有出现由虚变强的征兆，人们对这种热闹已经有几分倒胃了。多数人开的所谓药方似乎多是"丹参、黄芪"之类，吃了无害也几乎无用。症结是否找到，如何破解这道死穴，从哪里入手，人们期望大智慧的出现。

这名为《实体经济回归需要大智慧》的文章是我写给这次论坛的评论文章的开头，这次论坛邀集了上百人发言，专家学者们走马灯似的登台，但确如我所言，开出的药方多是"丹参、黄芪之类"。在回顾中国实体经济空心化问题的萌发过程基础上，我提出了导致中国实体经济弱化的四大原因：

> 问题似乎越来越清楚，我们对国情、世情与历史发展趋势的情况把握都不够准确。一是错误地判断金融创新的功能及其

> 产生的历史条件，过于强调金融创新，走得太急太快，把经济发展阶段判断错了；二是错误地把握虚拟经济的标准，像天平一头高一头低，衡量金融的标准是什么？是企业起来了，这是第一标准。然而现在金融发展第一标准是银行自己赚钱，标准失误导致杠杆失衡；三是错误地把金融与实业部门分开，两个部门分开管理，使得银行与企业变成“羊与狼”而不是“鱼与水”的关系。与双重体制并存相对应，政策也在两种状态中变动；四是错误地让金融部门牵头搞改革，自己革自己的命，不会成功，只会有一种结果：贻误战机，延长实体经济回归进程。

在文中，我回忆起虚拟经济对实体经济的利益侵占现象，便以“狼”与“羊”来隐喻当下银行与企业的关系：

> 该说的废话已说完，留下不少笑话。当前，最大的笑话是让狼出来说不再吃羊。银行赚的钱是从企业身上得来的，要银行不赚钱就像叫狼说不吃羊一样。而目前的中国现状是，从小银行到大银行的行长们都出来表态要支持企业，尤其是中小企业。他们越是笑眯着双眼说着蜜甜的话，越是让羊们害怕，因为他们总是这么说，而羊们总是少了一只又一只。所以温州金融改革总是改不下去，银行家们的高调仍在唱着，人们希望金融改革能够成功的梦仍在做着。
>
> 四大错误是实体经济难以回归的四大穴，最后的死穴便是顶层设计，需要在顶层设计上“攻坚克难”。到这时候人们才明白让“鱼水”变成“狼羊”，是体制设计错误。让银行成为狼，不是狼的错误，因为他们本来便不是狼，也不想做狼，他们赚钱太容易了，连他们自己都不好意思了。温州金融改革陷

入困境，也不是银行的错误，因为他们本来便不想改变自己命运。特殊利益集团一旦形成，就会成为阻挠变革的力量。

文章最后，我从发展战略发展动力、发展平衡、发展体制上提出了让实体经济回归的对策。我指出，要让快的慢下来，让重的轻下来，让分的合起来，让不肯改革的站到一边去。谁来办这个事情，便是顶层设计。高层决策层重新设计，这并不是涉及政治制度的根本改革，不需要做伤筋动骨的大手术。

这篇文章，是我的风格，我追求雄阔大气又一针见血，还有操作性强的对策提出。

就在2012年的实体经济报道中，我的企业理论家名声逐渐在北京传开。两会召开时，《人民政协报》要在两会间出一期国企专版，到国资委宣传局讨要两会报道精神，宣传局干脆利落地回复，你们去找《中国企业报》李老师，他会与你们讲的。财经部主任陈建萍专程到我办公室求救，临走时又恳求我写一篇理论文章。三天后，《人民政协报》推出四版国企报道，在两会代表中引起强烈反响。国资委王勇主任看后，认为“很及时、有水平、有深度。”

一个月后，中央宣传部部署坚持两个毫不动摇的宣传，诸多新闻媒体纷纷前来约请我做访谈。在40多天里，我以中国企业研究院首席研究员的身份先后出现在新华社、光明日报、中央台、《中国青年报》、《人民论坛》、《了望中国》、《国企》、《北京商报》、《经济导报》等20多家报纸刊物上，以至于同行以“访谈明星”称呼我。上世纪80年代，我曾是以报道“包产到户”上报率最高的新闻明星，50天内100多次在北京大报上出现。30多年后，我则以新闻解读人的身份出现，我的观点几乎每天都出现在报纸上。我紧张而忙碌，似乎重新找到了30年前青春洋溢的感觉。

新闻解读的生活，我坚持了三年。以“次数之多、速度之快、范围之广、影响之大”引起媒体与社会关注。中国人民大学新闻与社会发展中心主任、全国新闻学研究会会长郑保卫教授的文章《新媒体背景下李锦在国企解释性新闻中的兴起》中，认为“他的作品主题重大，思想独特，能够起到警醒读者、激扬风气，匡扶正义，乃至影响社会、引领潮流的效果”。“李锦的出现，是新媒体时代深度报道竞争和人才竞争的一种体现。实践证明，高水平的、能够发挥正能量的学者是珍贵的资源，是新闻生产力的代表”。局面打开了，自然引起上面的重视。到了2014年10月，国务院国资委将我作为特聘专家，聘为国资委新闻中心首席研究员，成为国家关于国资政策及央企新闻的重要解读人。我的新闻生命，从此揭开新的一页。

从十一届三中全会到十八届三中全会，改革整整走过了35年。35年，沐风栉雨，弹指一挥间，时光改天换地的力量令人惊叹。35年一路走来，如今在改革步入攻坚期与深水区的关键时刻，我仍然在改革第一线厮杀打拼，觉得自己没有被时代脚步落下，一直在生龙活虎地干着，只要可能，自己便一直这样干下去了。

59岁时才独自北上，“骑马客京华”，没有想到，仅仅三年的时间，我便在京城中打开一方天地。从“大脑国家理论”“消费主导型经济论”“央企市营理论”“混合经济论”“大企业时代论”“实体经济基础论”到“国企分类论”，我有幸专注于经济发展战略与企业研究，构成了自成一体的改革理论体系。党的十六大前，我提出生产力改革理论体系，曾遭到生产关系学派的批判。十八大前后，我致力于社会主义生产力改革理论体系的建立。35年的调查研究累积，此刻如河出伏流，一泻汪洋，不仅开拓出调研人生的一片新天地，更为十八大之后党的新领导集体的改革献上了一份理论动力。

2010年，在《金融危机在中国的演变》一书中，我根据金融建议的智囊实践提出了“三力”观：“一个知识分子的核心价值，应在于其对历史趋势的发现力，对国家重大难题的破解力，对社会进步的引领力。”这是我经过多少次风雨洗礼后逐步明确的目标，也算是我的价值观。这种价值观成为引领我前行的源动力。我知道，实现这种价值的根本路径一是调查，二是研究，别无它路。

谈笑间指点江山，激扬文字，游走于江湖与庙堂之间，我感觉比过去更忙，更累，然而自由舒畅，心宽体闲。

第八章 | CHAPTER 8

呐喊：为国企改革砥砺奋进

（2001－2018）

在千人诺诺时，我能做到一人谔谔，是因为互联网能冲决体制的限制，一个人沟通官方与民间两个舆论场，天生有才，必能有用。何必在意京飘八年七次搬家。

开始在体制内，后在体制边缘，再后来互联网给予新的生命，终成民间的国企改革舆论中心，为国家立心，为人民效力。我自己没有白到世界上走一回。这时候，我可以说我无愧40年，无愧时代。

对于新时代的国企改革，有一股欢喜、激荡不已的感觉，并且希望社会能有此同感。

第一节　我所知道的农村改革元勋胡耀邦

一个人的经历，其实是这个时代历史的浓缩。小时候，还是没有上学的时候，父亲便教育我要懂得感恩，“天地国亲师”，都要崇敬。稍长，我体味到“天时”与“地利”外，决定人命运的离不开国家领导人、亲人与老师。随着时间的洗礼，胡耀邦、穆青、范敬宜，还有父亲、母亲与妻子，像天幕上的星星，日显明亮。我的价值实现，运气全是这个时代的赐予。

我先后四次见过胡耀邦同志，这多是发生在农村改革初期的事情。这些年，纪念胡耀邦同志的文章已经很多了，而农村改革这一段还没有见人专门写过。想起胡耀邦大刀阔斧开辟农村改革初期的局面，心情很难平静，他实际上是那场改革直接的指挥者与推动者，冒了极大风险，很多细节人们并不了解。我是当事人，应该记下这些。

于众于己，我都该做这件事。

一、掀起农村改革风暴

中国的改革，最初是在两个层面上展开的。一个是发生在上层，在邓小平等老一辈革命家支持下，胡耀邦主持的拨乱反正工作在三个方面铺开，从政治路线上完成党的工作中心转移，从组织措施上平反冤假错案与老干部复出，从思想战线上展开实践检验真理标准的讨论，推翻左的思想路线统治。这便是后来人们说的胡耀邦的“三把火”。另一个是发生在下层，以推行家庭联产承包责任制为标志的农村改革。前一项工作从1978年开始，到1980年基本完成，后一项工作从1979年开始，1982年基本解决问题。这两件事互相穿插，相互关联，前一件事为后一件事展示了方向，从政治上、组织上、思想上创造了条件，后一件事是党的路线转移在农村实践中的展开。胡耀邦的贡献也是在这两个层面上得到体现的。

在我印象中，中国农村改革在领导层事先没有计划，也不是哪一个领导人提出来的，完全是农民的自觉行动，是一场自下而上的深刻改革，后来被中央领导层所了解、所肯定，变为一场上下联动的大革命。

对于“包产到户”，中央高层领导人开始公开支持的比较少。在对“包产到户”激烈争论之时，胡耀邦在大庭广众之下说出了“要吃米，找万里”。

家庭联产承包最初被视作资本主义象征，而受到压制和批判。然而，在胡耀邦的支持下，新闻界从1980年秋天报纸已开始推开“包产到户”的报道。我们当时发往北京的报道写的是“包产到户”或是“家庭联产承包责任制”，但到编辑手里都改成“农业生产责任制”，把“家庭”与“承包”这两个词都抹掉了。尽管本来应当“合法”的报道被迫以“不合法”的形式进行，“包产到户”犹如地下热火在冲压着，在一线调研的少数新闻记者亦如“地下党”般在冒着危险进行工作。然而这些报道还是引起了全国上下的震动。一方面得到广大干部和农民的热烈欢迎；一方面也受到一些领导同志的反对和指责。我本人就因为报道鲁西北包产到户受到社会指责，被一些人批评是资本主义的吹鼓手。

当时新闻单位负责人胡绩伟、穆青等多次直接向耀邦同志请示，他对新闻界的宣传首先是肯定、是鼓励。他说，三中全会的两个农业文件是试行草案，既然是“试行”，又是“草案”，理所当然的应该在“尊重生产队的自主权”的原则下，容许有所突破、有所创新。

由于受到来自上层的强大压力，《人民日报》在1979年的3月15日刊登了反对包产到户的“张浩来信”，收到全国各地数千封强烈反对的读者来信，耀邦同志知道了要求赶快补救。于是在这月底刊登了安徽省农委的来信，平息了这场风波。

农村改革前两年，不断听到来自北京支持包产到户的声音。一听到胡耀邦、穆青、杜润生的讲话，我们这些记者都要竖起耳朵听，一字一句记下来。他们指向哪里，我们就冲向哪里。

终于见到改革的旗手耀邦同志了。那是1981年5月3日，在济南南郊宾馆俱乐部。这一年4月26日到5月4日，胡耀邦到临沂和泰安地区视察工作。回到济南发表讲话，他强调，搞农业第一要靠政策，第二要靠科学。白如冰、苏毅然在他的两边，耀邦同志说着便站起来了。因为要拍照，当时没有长焦镜头，要靠得很近才能拍特写镜头。我接近胡耀邦后，发现他说话有时有些口吃，但一作报告，那生动活泼的语言，那催人奋进的思想，把所有人都牢牢吸引住。

二、利用新华社内参指导农村改革

在最初的农村改革过程中，耀邦同志是我们听到指示最多的领导人，是对新华社报道批示最多的领导人。我总是在想，为什么耀邦同志总是思潮如涌，思想是那样新鲜活泼，总是那样敢作敢为而且能站在农村改革的前列、站在农民的一边呢？

追溯历史，胡耀邦同志出身贫苦农家，对农民有深切的了解，直到他去世前，他哥哥仍是普通农民。胡耀邦与农村联系最有影响的是1961年的安徽调查。在连续三年饥荒期间，许多地方出现吃树皮草根，甚至吃“观音土”的情形。发现事态严重后，毛泽东派出工作组到各省访查。胡耀邦去安徽后写了一个报告，承认安徽一地饿死三百万人，这就是有名的“安徽报告”。这个报告对毛泽东是有影响的。

从指导思想上看，耀邦同志在那一阶段是自觉把农村改革当作中心工作，当作头等大事来抓。他谈过，“大跃进”以来，特别是十年内乱，我国受损失最重的是农业，受伤害最深的是农村，牺牲最大的是农民，因而在我们这个农业大国，在整个国民经济濒于全面崩溃百业待兴的时候，首先要抓的就是农业。所以他在解决政治、组织和思想路线以后，一个时期内就集中精力解决农业问题。

从政治实践上看，从1979年到1982年分为两个阶段。胡耀邦是1979年1月担任中央秘书长的，1980年2月担任总书记。1982年6月前，华国锋仍是党中央主席，他对包产到户是持否定态度的。这就决定胡耀邦前期是以拨乱反正为主要任务，而在后期胡耀邦则是名正言顺地为包产到户“上了户口”。中央五个一号文件都是在耀邦主持下制定的，农村改革的所有重大问题几乎都是在耀邦同志指示后源源不断传到我们新闻记者中来的。十一届三中全会上的两个农业文件、四中全会上关于农业问题的决议、1980年的75号文件和1982年的中央一号文件都是在胡耀邦同志主持下制定的，这四个文件像四个里程碑，一个比一个思想解放。

新华社的国内动态清样多次得到他的批示，就我知道的，家庭联产承包、农民买拖拉机、雇工、专业户、农民长途运销和精神文明这些事都是耀邦同志批示后得到肯定的，而后在全国大规模推广的。后来从耀邦同志对新闻单位负责人谈话中得知，他认为“人们究竟要了解什么问题，要明确什么问题，希望解答什么问题，你们

胡耀邦总书记批示肯定了农民买拖拉机的举动。《人民日报》在 1981 年 1 月 18 日的头版就用我的“商河三户社员联合买拖拉机种责任田”的图片新闻。

要切中要害地加以反映。……因为思想往往落后于形势，这就要加强对实际情况的了解，密切联系群众，密切联系干部。前些时候，我对新华社内参清样很注意。”显然，耀邦同志是有意运用新华社内参来指导工作的。当时形势很怪，对农村改革占主流地位的仍然是反对声音。新闻报道从下面发起，从一个一个口子突破，最终形成汹涌澎湃的大潮。耀邦同志始终站在农村改革潮头前面，哪里是难点集中就打通哪里。

农民购买农业机械这件事便是在耀邦同志批示后得到推动发展起来的。反对农业推行联产承包责任制的人，有个重要的理由是联产承包责任制破坏了农业机械化，生产力水平下降，社会主义优越性被破坏乃至被扼杀。

1979 年出现个人买拖拉机的，干部们全部持反对态度，认为私人购买大型农具，是违反原则的。贵州、湖南、浙江、福建等省有些部门与地县发了文件命令禁止个人购买拖拉机。我在菏泽县发现不少农民买拖拉机的事，当时县里也不同意报道。我来到黄河北的商河县张坊公社刘安邦大队找到 3 户社员联合买拖拉机种责任田的线索，开始编辑也不肯发稿。后来见到新华社的内参材料，胡耀邦总书记作了批示，肯定了农民买拖拉机的举动。《人民日报》在 1981 年 1 月 18 日的头版就用“三户社员联合买拖拉机种责任田”

的标题，发表了这条图片新闻。这是全国较早反映农民购买拖拉机的公开报道。耀邦同志在内参上一批示，公开报道就发表了。

这些报道，推动农民购买拖拉机形成了热潮。1981 年初全国私人拖拉机达 3.8 万台，1982 年达到 38.4 万台，增长 9.1 倍。

再一个大问题是农民走进流通领域的问题。当时各级政府对农民走进流通领域普遍持反对态度。采访中，我了解到商河县张坊公社白集大队农民走进流通领域，在市场与农民间搭起桥梁，一年向市场提供 100 万公斤新鲜羊肉，其中运销北京市的就达 75 万公斤，闯出一条发展商品经济的新路。

这件事在县里阻力很大，县里不肯评白集大队为先进单位。白集农民心里很有意见，他们向我反映不少问题，希望上面能有个答复。一是发展道路对不对，二是体制对不对，三是经销范围能不能扩大。带着这些问题，我写了调查报告，在新华社内部刊物发出。胡耀邦同志在 12 月 24 日作出批示："启立同志看后，转万里、润生、刘毅同志。这是一个极生动、极有说服力的例子。许多问题值得我们思考。"

山东省政府很快以文件形式，将胡耀邦的批示精神与调查报告转发全省各县，要求各地学习白集农民经销羊肉的经验，引导农民搞好流通，把农村改革引向深入。

《人民日报》农村部编辑肖俊熙很快打电话来，要我立即把调查改写成一条消息。1 月 20 日《人民日报》第二版头条刊用了，很醒目，加了编者按，配了图片，仅仅标题便用了 61 个字。编者按便是根据耀邦同志批示精神写的。当时，《人民日报》不少编者按便是根据胡耀邦同志批示改写的。

当时，我和南振中等议论这样一个问题，胡耀邦同志作为党中央领导人对一个大队的材料作出批示，可见农村流通问题的重要。而且他批给的是中央书记处、国务院及国家农村政策研究部门、商业部门的负责同志。使人值得琢磨的是胡耀邦认为“许多问题值得思考”这句话，这个问题便是打破流通体制，实际上已经走到了市场经济的边缘。

三、主持制定五个农村“一号文件”

五个“中央一号文件”是 1982 年至 1986 年中共中央于每年 1 月 1 日（或 2 日）发布、指导农村工作的五个文件，这些文件都是胡耀邦同志主持制定的。

在这五个一号文件中，影响最大的是 1982 年的“一号文件”。1981 年 11 月离开高唐王庄时，王本跃母亲的一席话给我留下极为深刻的印象。她拉着我的手问：“你能不能找邓副主席和胡总书记说一说，定个不变的政策。”大娘讲的是实话，使人觉察到农民怕变的心理。为什么有那么多人怕变？恐怕主要是几个原因促成的。

一是农村政策在前二十多年，变来变去，朝令夕改，群众总是被折腾，使他们难以相信。有人说：“问题来了定政策，形势好了变政策，运动来了批政策。”二是上面对家庭联产承包责任制的不同看法，影响形势的稳定。群众议论为“上头神仙吵架，下面凡人遭殃”。第三个也是最重要的原因，是中央文件认为“在一般地区，不要搞‘包产到户’”，这是一部分人敢于继续公开反对“包产到户”的根本原因。

从 1980 年秋到 1981 年底的一年，“双包到户”责任制仍然是在没有得到足够支持的情况下搞的，在政治上是冒风险的，在实践中是有起伏的，困难仍然不少。我们的一些报道，受到社会的责难与反对，也是在这种背景下发生的。

正在这时候，1982 年中共中央一号文件发表了，党中央站出来正面为“双包到户”落下“户口”，使家庭联产承包责任制从此列入社会主义的正册，为使其成为中国农村的基本经济体制打下坚实的基础。

后来了解到，中央一号文件出台是胡耀邦同志起了决定性作用，这是他担任中央主要领导职务后干的第一件大事。1981 年 6 月 27 日至 29 日，在党的十一届六中全会上，胡耀邦当选为党中央主席，新的领导班子紧接着便开始加紧进行农村改革。7 月 31 日，胡耀邦批了一期新华社内参给国务院副总理兼国家农委主任万里："我考虑今年九十月再产生个农业问题指示，题目可叫关于搞好明年农业生产的几个问题，请考虑是否叫农口同志先酝酿一下，如杜（指杜润生）。再下去考察前，也可找他先谈一次。"随后，胡耀邦于 8 月 4 日找杜润生谈话，布置了文件起草工作，他特别提出了文件要写政策放宽问题，并要求提交拟召开的中央工作会议讨论。

在 1981 年 10 月 12 日中央农村工作会议上，胡耀邦在接见代表时指出：有一个问题文件要讲清楚，这就是：农村改革、"包产到户"并未动摇农村集体经济；可是有些干部、群众总是用习惯语言，把改革说成是"分田单干"，这是不正确的，责任制用了"包"字本身就说明不是"单干"；土地是最基本的生产资料，坚持土地公有，只有"包"给农民，就不是"分田"，这应向干部和群众进行宣传解释，说明我国农业坚持土地公有制是长期不变的，建立生产责任制也是长期不变的。最后，文件草稿由各省带回去讨论，再根据各省意见进行了修改定稿，中央政治局于 12 月 21 日讨论通过，定名为《全国农村工作会议纪要》。当这个文件在政治局通过后，杜润生当场建议将这个文件能够安排在新年的元旦发出，成为新年的第一号文件，以便引起全党、全国重视。他们当即表示赞同，胡耀邦随后签发了这个文件。这样，第一个中央一号文件便产生了。

一号文件发表后，在基层干部和群众中引起强烈反响。一个突出的说法，便是农民吃上"定心丸"了。鲁西北有名的万元户

“王三万”王本跃到县城专门给我打了个长途电话，说如今能睡个安稳觉了。

四、新闻工作者要有独立负责的精神

1981 年 12 月至 1982 年 7 月，新华社党组发出“关于表彰和学习李锦同志的决定”，组织多次座谈会，全国各报刊发表数十篇学习李锦的文章。这场学习活动与耀邦同志的表扬有直接关系。

最早是由鲁西北茌平县博平公社杨庄农民一封表扬信引起的。1980 年，对家庭联产承包责任制推行，由于新闻舆论上还没有形成强有力的统一局面，理论上也缺深入的总结与引导，思想上比较混乱，不少新闻报道一发出去就在社会上议论纷纷，甚至受到指责。1980 年 10 月，我在茌平县博平公社杨庄了解到农民杨成海承包棉田获得 2206 元奖金的事。在分配兑现会上，杨成海领奖时情态比较好，我就发稿了。图片说明中有一个“包”字，便引起社会的广泛注意。短短几天收到 13 封读者来信。

南京军区某部有一封来信，署了 11 个人的名，提出的问题很尖锐。信中写到：“我们认为这是有严重政治问题的报道，牵涉到社会主义方向问题，不能不说话。”茌平县也摸不清底细，非常紧张，做了紧急设防，做好“不认账”的思想准备。我则陷入一种无奈，做好受批判的思想准备。

整个局面发生了变化后，杨庄村党支部觉得我宣传包产到户为老百姓着了难，受了罪，他们给新华社写了材料，称赞我是“庄户人家的好记者”，在困难时候为庄户人讲了话。我因为在鲁西北农村报道时间长，发稿量大，在农民群众中留下较好影响。在这阶段，鲁西北地区有 5 个县写信给新华社、山东省委和党中央，赞扬我深入农村调查和艰苦奋斗的作风。

1982 年 1 月 7 日，时任党中央主席的胡耀邦同志在《中直内部情况》看到高唐县委写的“千里单骑采访，留下一路新风”的材料，作了批示，要求中宣部与新华社，“请考察核实后，看是不是能公开表彰和在你们这一行中作为先进工作者典型介绍。”

中宣部和新华社领导作了批示，派了调查组在包产到户的村庄核实。1982 年 4 月 3 日，新华通讯社党组发出《关于表彰和学习李锦同志的决定》，新华社藉此掀起深入群众、调查研究的高潮。

学习活动也在山东省委、中直机关党委和共青团系统展开。

后来得知，就在耀邦同志对我作出批示前三个月在新闻界有一个重要讲话，那是面对社会上对新闻界攻击而讲的。他说，我国新闻工作者，只要合乎党中央的路线和政策，就有自由充分发挥自己的积极性、主动性和创造性。又说：我们的新闻工作者一定要有高度的积极性、主动性、创造性，“一定要有独立负责的精神”。

在 1981 年 10 月份，分社传达了这个讲话。有人说，党中央主席专门批示表扬记者，是党的历史上不多见的，这表明胡耀邦同志对新闻工作的倚重和肯定。耀邦同志在农村改革中，对新华社的工作，对新闻记者是非常重视的，这是大家公认的。我在那时候能够得到表扬，不是自己做得多么好，实在是因为党和国家需要新闻记者为改革事业冲锋陷阵，是对我们那一批新闻工作者的肯定与鞭策。

五、你为农民讲话，农民就会说你好

我永远难以忘记胡耀邦同志接见我的一幕，他的话“你为农民讲话，农民就会表扬你”，永远是对我的勉励。

1982 年 12 月 24 日，我正在山东商河县农村采访，接到新华总社电话让我到北京参加第十一届全国团代会。在耀邦同志表扬后，我被当作典型宣传，年底被选为共青团中央委员。团代会结束时，中央领导要接见部分代表。胡锦涛同志召集我们开预备会，说你们是各条战线的优秀代表，一定要向中央领导汇报好。他还特别说，“李锦，你是耀邦同志表扬过的，

你是深入群众调查研究的典型，对农村情况熟悉。

应该向耀邦同志汇报，耀邦同志很关心农村基层情况。”中直团委书记刘胜玉当晚与我谈话时说，你一定要向耀邦同志问好，听听他的指示，耀邦同志记忆力很强，会记得你的。

在农村改革的日日夜夜，我虽在农村，但遥念北京，按照耀邦同志指示去做，总想着还有什么事应该让耀邦知道，他还想知道什么？在接见时，我向耀邦同志讲起“我是报道包产到户的记者，你表扬过我”。“喔”，耀邦掏出一支烟，一边掏打火机，一边思索，像一下子想起了什么，他回头对我看了一眼说，“你是骑自行车跑了很多县的那个记者，很能吃苦的，我知道”。

因为在6天前耀邦同志刚刚在我写的调查上作了批示，我就讲起商河农民贩卖羊肉的报道，农村有很多想不到的新事，现在都冒出来了。耀邦同志说：“这是很生动的事例，很说明问题。”他接着说，“新事很多，都发生在下面，记者要到老百姓中蹲点才能发现新鲜生动的材料。你很能联系群众，你为老百姓说了话，老百姓不就表扬你了嘛。”耀邦同志还说：“庄户人家的好记者，是这个说法吧？新闻记者这个职业很重要，你们从老百姓那里来的，反映了真实情况，很多是中央关注的问题。”

我还汇报聊城、德州一带流传的“粮满仓、油满缸、穿新衣、盖新房，光棍娶新娘，腰包票子鼓囊囊，全村一片喜洋洋”的顺口溜，耀邦同志说：“很有意思。你再说一遍。”当时我还讲了王庄有个“王三万”，要搭伙到北京来看你，那里人都知道好政策是你制定的。耀邦同志忙说：“是小平同志，还有其他领导。”他问：“老

百姓关心什么?”我说：“就是一条，政策不能变!”耀邦同志说：“这个知道了。”

后来还发生一件事，我常去的王庄党支部给耀邦同志写了一封信，谈对农村形势看法，里面有我汇报的“粮满仓、油满缸”那段话，耀邦同志批转给《人民日报》，头版头条刊发了，使得几句顺口溜走向全国。

那次与耀邦同志谈话是短暂的，但给我印象非常深刻。一切从实际出发，关心群众，关心农民，他善于调查研究，善于从生活中发现问题。他关心与表扬记者，不是说我个人做得有多好，而是对新闻界的表扬，是对那一阶段新闻工作的肯定与鼓励，因为记者的调查来自实践，来自群众。在那个时代急中央所急，想中央所想，在历史转折时刻发挥了前哨尖兵的作用。

过了 3 个月，胡耀邦同志在十三陵参加植树节劳动，我再次见到了他。他在接受记者采访时看到我，招了一下手说：“你也来啦。”当时我心里有点紧张，人家称我是庄户人家的好记者，怎么跑到上边来了。很久，我心里总是不安。

第四次见面是在共青团十一届四中全会上，胡耀邦同志专门到会讲了话。他说老汉今年 70 岁，“王小二过年，一年不如一年”，身体大不如前。那次他强调干部年轻化，强调在经济体制改革的同时，也要进行政治体制改革。我清楚记得在这次讲话中，他深刻分析了当时苏联与一些东欧社会主义国家的状况。我们知道，在 1982 年后，他把相当精力投入到党风廉政建设和政治体制改革问题上，他踏进充满荆棘的新领域。

第二节 长者穆青

敬爱的穆青师长去世十年的日子到了，又想起了他老人家。

一、谁是李锦？站起来！

我在新华社36年，算是在浪头上行走的人，经历过大起大落，大苦大难，大喜大悲。想起穆青同志在农村改革初期对我的鼓励，困难时给我的殷切教诲，感念穆青同志对我的栽培养护之恩。心中涌起深深的感激之情，使我无法抑制，无法宁静得下来。

我是1976年10月到新华社的。过去对新华社的所知甚少，知道这是党和政府的舆论机关，作用特殊。但在少时还是知道穆青这个名字的，就像巴金、徐迟、周立波、杜鹏程、华山、杨朔等文化名人一样，穆青是一颗晶亮的星，闪耀在心际蓝色的天幕上。穆青的名字几乎是与新华社、焦裕禄这几个词同时铭记住的。在社教运动初期，《县委书记的榜样焦裕禄》通过广播电台一遍遍朗诵，播音员声调低沉雄壮而又激越。就是那时候，穆青、冯健、周原的名字深深地铭在我们心上了。我当时正在上中学，尚处在对世事似懂非懂的懵懂年龄，但用“咱们村的焦裕禄”为题写过村里一位干部的作文。显然，焦裕禄已成为时代的一面旗帜，影响我们的成长。

在以后的几年，我们听到穆青的讲话越来越多。一个杜导正，一个孙振，一个国内部，一个摄影部，从这些领导口中，不断听到穆青的声音，他们对于农村改革的大喊大叫，在我们这支队伍中急遽地卷起阵阵狂飙。

在党的十一届三中全会前，总社开了好几次农村记者座谈会，南振中是在农村报道中有影响的记者，常被总社国内部抽去。每次从北京回来，总有穆青讲话要传达。穆青同志讲话的意思是，农村再这样下去不行了，可能要发生一场激变，旧的一条路走不通，就要寻找新的路。农村记者的责任很重，要了解群众的愿望与呼声，就要深入下去，在田头炕头去听农民啦真心话，发现新事物。领导们的这些话，如一把火烧在心里，直感到发烫，使我们坐不住，觉得人生难得一回搏，要拼搏在时代潮头，生命才有价值。正是穆青这些思想，鼓动我们深入农村，调查研究，义无反顾地投身农村大变革中。从1979年到1982年，我一直在鲁西北采访，去过800多个村庄。仅1981年，我就出发315天，把生命的最好年华献给了农村改革，这也是我一生中最有意义的时光。

与穆青同志第一次见面是1981年12月份。此时，我到新华社工作已经5年了。在那前不久，有两次印象较深的记忆，一次是新闻照片《冒尖户王本跃与他的书记朋友》在《人民日报》头版发表。穆青当天看到报纸便说，县委书记与农民多好，肩并肩，像兄弟俩似的。媳妇坐在棉车上，有生活气息。看这骡子也很精神，耳朵竖着，像也在听。穆青的喜悦之情，溢于言表。得到穆青的表扬，摄影部领导孙振也很高兴。后来知道，当时上层对包产到户问题仍有分歧，有的干部“顶牛”很厉害，到底做人民的朋友？还是敌人？已在领导人口中当作一个严肃的政治问题提出来了。这幅新闻照片发表在关键时刻，报道的主题与领导的讲话相暗合。

还有一件事，是《棉花县长散传单》的照片上了《人民日报》头版头条。《人民日报》头版头条刊登山东棉花大丰收的两幅大照片，中央广播电台早晨播了。在编辑部见到蒋齐生，蒋老说，“穆青讲了，李锦要表扬”。作为一个年轻记者，连续听到社长的表扬，心里很高兴。我心里猜想，我啥时候能见到穆青社长哩，到总社来就望着穆青办公的那幢楼。见到五楼的灯亮着，心里就想，社长不知在关心什么，需要我们去调研。

这年年底，新华社摄影工作会召开了，这是十年浩劫结束后召开的第一次摄影工作会。会上，摄影部主任孙振安排我介绍在鲁西北农村深入基层调查研究的经验，讲了一个上午，会议气氛热烈。有一封信是高唐县委写给穆青同志的，穆青同志让在会上读一下，使得会议气氛热烈起来。

会议结束时，穆青来了。他坐定后，作了“新闻摄影大有作为”的讲话，讲到一定要深入生活时，突然问：“谁是李锦？站起来！”我从第五排站了起来，全场都望着我，穆青同志盯着我看，约有三四秒钟，会场气氛像凝固了，一片静默。在短暂的停顿后，他一招手又让我坐下。

穆青说：“李锦同志为我们新华社争了光，带来了荣誉。李锦采访很深入，所以取得了突出的成绩。”接着说，什么是优秀记者，要让人民来说。自己说自己是高级记者、特级记者不行呀，要让人民来评判，庄户人家的好记者，这是谁封的呀？人民封的。我内心非常激动，就像见到毛主席那么激动。穆青讲的什么话，我也记不清了，满脑子只记着两个字：“人民”。

二、庄户人家的好记者

“庄户人家的好记者”提法，是经穆青社长的肯定而被传扬开的。

最早是在平县杨庄党支部在给穆青的信中提到的，其实这涉及到一场政治风险。1980 年秋天，我拍了一张农民在政策兑现会上领奖金的照片，农民的情态较好，报道的是杨呈海承包棉田获得奖金 2206 元的事。2000 多元在当时是个了不起的数字，在这之前，一户农民拼死拼活干一年，也分不到 100 元。照片说明文字很短，

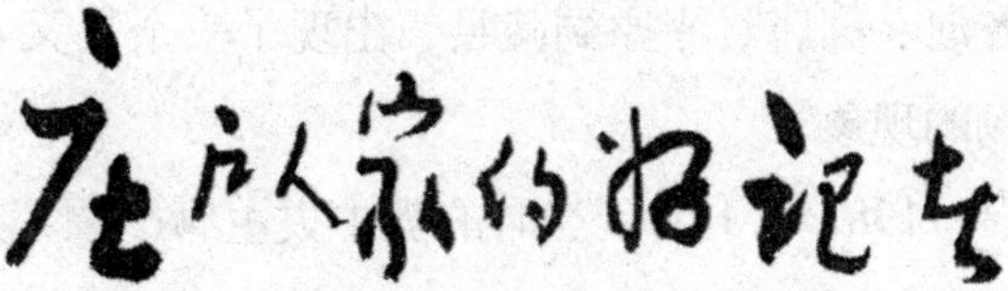

穆青为我写的通讯题写的标题。

但因为出现一个“包”，触动这根社会上绷得最紧的弦，引起社会广泛关注。仅新华社摄影部就收到13封反对者的来信。对于农村联产承包这件事，开始绝大多数干部是摇头的态度。在新闻单位，在记者中，坚决报道包产到户的人是极少数人，最初是非常孤立的。我们这些人就像地下党似的，在下面激情如火一样燃烧，觉得历史开了一个新纪元，而回到济南则顿缄其口，用眼色交换看法，不敢敞开来谈联产承包的好处。编辑部的调查，使茌平县委很紧张，县委领导派人偷偷地到济南送信，告诉说上面调查您了。县委只说是符合事实，其他什么也没有说。

一年过去了，以包产到户为标志的农村联产承包责任制被中央认可，这时候，富起来的杨庄村老百姓想起了我，有人提出，去年来的那个记者为庄户人受罪了，挺对不起人家的。村里便以党支部名义写信给新华社编辑部，想为我平反，认为我是庄户人家的好记者。从这封信开始，便有了庄户人家的好记者的提法。新华社党组成员、摄影部主任孙振在1981年夏天的郑州会上，讲了这件事。

又是一年过去，又是一封“党的好记者，庄户人家的好朋友”的信寄到新华社，这是高唐县委写来的。反映我深入王庄报道万元户，骑自行车采访的事。这封信，穆青同志看到了。我去的多是熟地方，稿件发得也多。像“万元户入党”“农民侯俊香不贪份外财”“新春佳节夸支部”“白集农民经销羊肉”等稿件，都为《人民日报》采用，有的稿件为中央领导胡耀邦、万里批示，有的被评为新华社社级好稿。一路骑车采访，一路稿件见报。千里单骑采访，加上又是在风雪严寒的冬天，在鲁西北各县引起很大反响。从齐河、高唐、平原到陵县，出现了一个县又一个县写信给新华社表扬的现象。

1982 年 1 月，当时的党中央主席胡耀邦对高唐县委的来信作出批示，建议把我作为先进工作者的典型在宣传战线予以表彰。总社党组立即派出调查组，在春节前后两次赴鲁西北农村 5 县，核实我在群众中深入采访的情况。

春节后，穆青同志专门听了调查组的汇报。新华社党组作出《关于表彰和学习李锦同志的决定》。这可能是穆青同志担任新华社社长、党组书记后发出的第一个决定。据了解，穆青同志是 1982 年 4 月 6 日担任新华社社长的，而这份报纸是当天定稿，隔日发出的。当时前进报刚刚复刊，试刊这一期以四个整版刊登了学习文章。穆青为通讯标题“庄户人家的好记者”题了字，其中有一篇是“穆青要大家向李锦同志学习”的消息。前进报和《新闻业务》陆续发了孙振、蒋齐生、赵奇、徐光春、胡颖等 20 多位同志的文章。广东分社记者蔡东士等还在《中国青年》杂志上发表报告文学表扬我，一时蔚成风气。

1984 年 9 月，我在中国新闻学院读书时，兼任中国新闻学院院长穆青勉励我“一手拿相机，一手拿笔，做两翼齐飞的新型记者。

1982 年 4 月，穆青刚当新华社社长的第二天，新华社党组便发出“关于表彰和学习李锦同志的决定”，“庄户人家的好记者”几个字便是穆青题写的。

三、到穆青家串门

穆青同志自己便是庄户人家的好记者。他出身在河南农村，在担任新华社社长后，每年都要深入农村，走家串户，了解民间疾苦，倾听人民呼声。他结交了一批农民朋友，在几十年间保持密切联系，通过他们体察民意，确定报道主题。红旗渠的劳模任羊成带着自家种的小米、绿豆到北京来看望穆青。而穆青则买大米、白面让任羊成带回林县红旗渠。穆青社长才是庄户人家的好记者哩，他现在拉扯起我们这个队伍，就是要求我们向群众学习，做庄户人的代表，代表庄户人。他想使自己的队伍都走上这一条路。作为一社之长，他希望自己的队伍朝这样去努力，这是他的天性流露。

穆青把新华社视为人民的队伍，提倡艰苦奋斗的作风，靠调查研究解决队伍建设问题，因此他特别看重人民的评价，群众的赞颂。由此，反映这位革命家的根深蒂固的思想基础，一种民本主义思想和历史唯物主义立场。穆青由一个卓越记者变为专职的政治家后，身居高位，不忘黎民，一直保持着平民本色，尤其是根深蒂固的农民情结。中国人民为什么认可穆青，理解穆青，用今天眼光看，穆青是中国的，是中华民族文化的穆青。如果说，在战争年代范长江、邹韬奋以勇敢与真诚点亮革命火炬，焚烧旧中国的黑暗，给人民展示一种希望。那么，穆青则以新一代共产党人的形象昭示着人民的未来。而穆青报道的人物在树起一面面工农旗帜的同时，穆青社长在新闻界也竖起了自己的旗帜，这就是深入群众、深入实际的旗帜。

后来，已当上分社副社长的南振中到北京汇报山东分社开展向李锦学习活动的情况。6 月 11 日，《前进报》在头版头条发出新华社党组进一步开展学习李锦同志活动的通知。南振中带信给我，你到北京去时告诉穆青同志一下，他要见见你。

我难以忘记，这是一个清静的夏夜，天很黑。我来到穆青家中小院，在门卫打过电话后，穆青同志便迎上来了，他手拉着我手进了院子。我手足无措，就像小孩被大人牵着。进了门，他搬出两个小凳，一个递给我，我们对面而坐。院子里有竹子，偶有微风吹来，能听见竹叶飒飒的响。有蚊子，老人家不时用扇子为我拍打着。他问起我的经历，知道是农村苦出身。问起农村改革的情况，他说，一个记者赶上大变革，是种幸运。但机遇属于勤奋刻苦的人。接着穆青讲起自己从鲁迅艺术学院毕业后，是周扬找他谈的话，他想干文学创作，最后服从组织。自己也没干过新闻，但越干越愿干，大半辈子就这么下来了。穆青社长提醒一定要多写。他总觉自己写得太少，也不够勤快，很多该写的而没有写，心中有负债的感觉。他说，一个人要有长期吃苦的思想，坚定为党和人民奋斗一辈子的信念，心无旁骛。他说，你文字基础好，可以一手搞摄影，一手搞文字。十八般武器都能用上，这是通讯社队伍建设的方向。美国记者斯诺到延安，既拍照片，又写文章，在当时起的作用特别大。在院子里，一个多小时不知不觉就过去了。当时穆青 61 岁，我 30 岁，与穆青同志谈话，如沐春风，感受父亲般慈爱。我不过是穆青麾下数千大军中的一个小卒，得到社长如此教诲，可见他对队伍成长关注，殷殷之心，如渊如海。

这件事，带给我的荣誉太多，远远超出我该做出的努力。1982 年底，我作为新当选的团中央委员，由团中央负责人胡锦涛推荐给中央领导，见到了邓小平，让我汇报农村发生的种种情况，邓小平知道我去过那么多村庄，了解情况，说“你有发言权”。

四、抬头望见北斗星

少年成名实乃人生之大不幸。特别是某种潮流到来时，我们就像江心的树叶，随着急浪漩涡，一点也由不得自己。1989 年春夏之前的一场剧变把我拖入冰窖般的地狱中。正是这场变化，撕开了以往被遮掩得阳光灿烂的一角，让我看到人生残酷乃至惨烈的一面。

在最困难的时候，我到沂蒙山区四面是悬崖峭壁的九间棚村蹲点。

因为天气骤然降温，我在山顶上病倒了，腹泻不止。没有医生，也没有药，我硬撑着。整整腹泻 8 天，最多一天拉肚 20 多次。夜里从厕所里回来，晕倒在山坡上。被寒风吹醒，我抬头望见湛蓝天幕上的北斗星，心中想起“抬头望见北斗星”那首歌。我想，穆青在哪里？他身边的阴霾有没有散去？我相信穆青总会讲话的。我咬紧牙从山坡上一步一步的朝回爬，爬回住处，身上衬衣都被汗湿透了，直冒热气。最困难时候，我躺在床上起不来，大爷大娘们送来花生、鸡蛋、面条与咸菜。有的老人流着泪说：“你走人吧，俺山里穷，买不起书。”他们还以为我是新华书店卖书在此落难的人。夜晚睡不着，有时又想起穆青，心里说：穆青社长，你知道吗？我住在老百姓中哩。我是您表扬过的人，我按您的话去做，要做得更好。

在 1989 年夏天之后，中央派出工作组在新华社住了很长时间。穆青同志处境微妙，我不敢找他，怕为他添麻烦。我想，穆青倒了，新华社不知是什么结局哩。我站在新华社九号楼最西北的地方，望着穆青家住的那个小院。我期望看到穆青一眼，听说老人的头上飘的银丝比过去更多了，可是一眼也没看到。

在新闻界，穆青是以爱心而著称的。他以丰富的爱心，爱这个大千世界，爱他手下的将士。人都说穆青是个好人，心地善良，从来不整人。这是新华社人的共识。然而，我知道这是不容易做到的，为保护别人而不怕牺牲自己的人才是大丈夫，真男子汉，穆青有这种勇气，也有这种胸怀与胆量。就在我被新闻界一、两个人总是抓住不放时，穆青的《新闻散论》出版了。我急切地翻开 1981 年 12 月的讲话，肯定我的话仍然原封不动地保存着，“为新华社立了功，带来了荣誉”。穆青同志一个字也没有删。在这时候，穆青还不知道我在挫折中的表现，不知道我是不是能再站起来，可他竟一字未删，可见老人家的胸怀之大与心善之极！我心里涌起一阵难以言传的喜悦，对穆青同志的感激与敬佩是巨大的，如山高海深。因为在前不久，另一位曾经写多篇文章学习我的人态度大变。我是在极度鲜明的对比中，看到人性低凹的渊谷，然后又看到耸立的高峰，反差之大，触目惊人，撼动魂魄！

五、为什么不找我

1993 年 2 月，《经济参考报》总编辑周建英打了一个电话说，穆青让你到北京找他，他要与你谈一下。这时穆青同志当了 10 年新华社社长，刚刚退下来。

要去见穆青同志，百感交集，更有种负疚和歉然之感袭上心来。已经三四年没有见他老人家了。因为我心气浮躁，作风轻飘，不知利害，不知深浅，以小失而酿大难，以己过而致公害。多少次踯躅在九号楼面向西北的窗口，多少次梦中盼望见到穆青的面。今天，终于来了，我向穆青负荆请罪来了。到了六楼的穆青办公室，看到穆青的脸庞消瘦了，头发更少了。他一脸严肃，手一指，让我坐下。

我讲起自己的教训，承认自己的不足，我是新华社的人，招致新闻单位同行中有人跳出来藉此攻击新华社，伤害了新华社的形象，辜负了穆青同志与新华社党组对我的栽培。我一口气讲了约十分钟，穆青摆了一下手说“行了”。他打断我的话说，教训应该吸取，也就是这些了。既然谈了，认识可以。他说，你去获什么奖啊，我们一生都应该与名利思想作斗争，千万不能因为取得一点成绩而沾沾自喜，也不要因为遇到挫折而消沉。要一辈子对得起人民，因为最终结论是由人民做的。

穆青的一番话，天高地阔，使我觉出自己思想的委琐。和穆青不计名利，不较荣辱，鞠躬尽瘁，忠于人民的崇高境界，相差是多么的远。

穆青很快地把话题转向对我的鼓励，他说，你搞的双星集团、九间棚村调查，影响不小，山东省委、临沂地委都表扬了你，我们都知道了。一个地委发出学习的决定，是不会轻易做出的。这比我们做决定重要得多，他们是来自人民的声音。你跌倒了能自己爬起来，很快又站起来，做出成绩，这种锐气很难得。这说明你按党组的要求去做了，更加深入实际，是过得硬的，你感动了人民，人民就会说你好话，人民是最有良心的，民心是秤呀。有这一点，我就放心了。你在新疆发的稿子也很好，文章照片都不错，我还以为你调到新疆去呢？到艰苦的地方锻炼，有利于成长。

我说到劳其筋骨，苦其心志，苦其心志更重要，孟子是把它排在前面的。穆青接着说，孟子讲的话很有道理，古人的话是经过千百年检验和过滤流传下来的。我也委婉地提出，希望领导要慎重对待批评报道，不能把被批评的人提供的情况当作结论，也应该听一听记者的意见。

穆青问，“他们没有与你核对？”我回答只向我报道中被批评的群众核对。当时向被批评者外调材料还没有与我核对，也没有形成组织结论，就被新华社内部人拿到社会上宣读，有个单位就抢先在报纸上发表了。

穆青愣住了，盯着对面空白的墙，眉头皱着，久久不语。他突然打断了我的话问，“当时为什么不找我?”

我说：“那时北京很乱，您也很难，我不能为您添乱。他们不是在打倒穆青吗，刊物上也点了你的名字，新华社不能没有您。只要您不倒，新华社就不会乱，您迟早会讲话。”穆青手指着我说，“幼稚，你为什么不找我!”我又讲，“因为我确实有错。”

我在这一年里，神经几近紊乱，半身麻木，手握笔总是发抖。要不是分社社长刘光辉与同志们的理解与保护，我也许就见不到穆青了。忍受3年了，屈辱、痛苦与愤懑像憋满了的水库，一下子冲决而出，一泻千里，四处漫流，我连自己也阻挡不住。

我迎面看了穆青一眼，发现他的眼圈有亮点，穆青泪水出来了，沉默中他用大手自上而下抹了一下脸。他手又指着我说“把泪擦了”，下令似的。我此时已经泪流不止，无法说下去了，几年来，我第一次痛哭出声。自知言重，我对穆青说：“对不起”。

穆青说：“你说。”我无法再说下去了；穆青说“都倒出来”，我不知还说什么。

在长长的寂静之后，穆青讲，社会复杂，人生难呀。年龄大了，经历的事多了，也成熟起来了。我们这支几千人的队伍，就得有种士气，这便是始终坚持联系群众，始终坚持调查研究。树你这个标杆就是想让这个风气传下去。好在你还年轻，四十岁刚过，为党和人民工作的时间还长。沂蒙山区人民对你评价是公正的，最终是人民在评价你，不在乎那些毁誉了。也要学会原谅别人，包括领导的过失。相信人民，相信历史！不管形势多复杂，思想不要退回来，是经验的还是经验，就不会变为教训。当然是教训，也要认账。别人怎么样，不要管他，让他们自己去想。

穆青站起来目送，只是轻轻招一下手，又坐下。

六、拍好照片，也要写出好文章

从穆青那里回来不久，我便到兴福镇蹲点来了。我在这个镇一下子住了48天，我仍然骑着自行车调查，走了18个村。我走上了更加扎实、更加深入具有自己特色的调查研究道路。有人写文章认为这是“李锦现象”，他们哪里知道，这是穆青要我们这样做的，我们能够做得好一点，只是“穆青现象”的扩大而已。

去西藏任职时，穆青不在家。后来，因为母亲病重，我从西藏赶回来，到北京先见穆青。他不在，我留下一盒虫草，知道老人肺不好，虫草对肺、肾都有好处。过了一天，秘书小陈打来电话。说老头抱怨，怎么连面也不见一下就走了，在西藏身体怎样，老头很关心。

穆青对大自然怀着一片真情。退休后，他的足迹遍布五大洲的山山水水。走到哪里，他都把照相机带到哪里，拍到哪里。他拍照片重于选择，画面往往显得气势磅礴，朴实自然，不事雕琢，透射出深厚的美学思想和自己的独特感受。临回西藏，我又去看望老人，与他说话有半个小时。他早就想去西藏拍一些照片，可终未去成。他问我最低的地方从哪里进去。如果不进藏，在附近哪里更有西藏特色。我回答是塔什库尔干，可那里也有海拔3200米。穆青眼神中滑过一丝失望，轻叹一声，“去不了了”。

回到西藏，我写的《目击中国农村改革》书出来了，这书以图片为骨架，用文字缀连起来，写中国农村改革的过程，更多的是一个记者在第一线调查研究的感受，体现农民群众创造历史的思想。书一出来，我首先想到穆青，就像向父母报告一样，先给穆青寄去一本，也算是对尊师的汇报。没有几天，穆青的秘书陈二厚打来电话，让再寄两本。小陈说，老头看了你的书，看得很认真，他和我们说，李锦是苦出身，在他这个年龄算是吃苦多的，经过磨难，一直没有脱离农村一线，底气足，是靠自己干出来的。像他这样文字与摄影都突出的人才，很少。

听说穆青同志得了肺癌，我的心猛地一惊。肺癌发现不易，一旦发现，生命延续期是 3 个月至 1 年时间。何况老人家已经 82 岁了，他能抗得住病魔的肆虐吗？我无论如何要看老人一眼。隔年 3 月，我去南方分社考察学习，从济南带去几盒阿胶浆。因为我的母亲也是患肺癌去世的，胸腔里血水抽得很多，每次都是半脸盆血水，阿胶有利补血，而切块熬又太麻烦，阿胶浆用起来方便些。

七、我在家里点上香

穆青真的走了，一颗闪亮的大星陨落了，我至亲至敬的老领导，父亲般的尊长终于离我们而去。小时候，我是在父母慈爱的目光下歪歪斜斜地学会走路的，到新华社在穆青慈爱的照护下跌跌撞撞学会做事做人。老人患病晚期，我未能尽一点晚辈、学生的职责和心意，想来更加难过。我心里只有一个念头，去看看他老人家最后一面。听到分社的人不要到北京来的通知，我便在家里摆上穆青的像，悄悄地祭奠。

在我的一生中，在家中祭奠过三次老人，一次是胡耀邦总书记去世，这不仅是因为他表扬过我，更是因为我觉得农村改革初期耀邦同志的功劳很大很大，品行高洁，内心深为钦佩。一次是母亲的周年，我不能回去。再就是为我终生难忘的穆青社长了。也算不上是灵堂，只是在桌面上放上老人的像，点上三支蜡烛，馨香一柱，放上几个菜，一碗饭，一双筷子，一盅酒。还有老人为我题词的那张报纸。我在三鞠躬后，便坐在旁边，看着柱香袅袅升起又慢慢失去的烟丝，默默地想，默默的流泪，泪流不完，又从眼眶溢出。我的妻子也跟着鞠躬与流泪，把穆青视如自己的老人。

情满天下，泪满天下。半个多世纪来，由穆青亲手培育或领受他恩泽的莘莘学子，何止上百上千。在这些日子，不知有多少人在哀悼穆青，纪念穆青。随着时间积累，我心里所感受的苦痛继续增长着。像穆青这样始终如一地敬重人民，与人民群众保持鱼水深情的新闻界领导很难见到了，像穆青这样以父兄之心关心爱护记者的领导也很少见到了。哪怕再见上老人家一面，当面鞠三个躬，也难表达我对于这位领导、长辈、恩师的敬爱与感铭于万一。从穆青第一次当众问“谁是李锦”，已经过去32年了。多年与老人家接触，耳濡目染，我已是很幸运的了。天遂人愿，正好总社让分社干部去北京参加“三个代表”重要思想轮训班。早上到了北京，我便赶到穆青灵堂，深深地鞠了三个躬。看到胡锦涛、江泽民、吴邦国、温家宝、李长春、丁关根等领导人献的挽联，挽联如雪，白花花一片。悲情如歌，尽是赞颂的话语。穆青是一座雄伟的高山，是一片浩瀚的海洋，不管人们用多少美好的语言来赞颂，也不为过。我注意到，送花圈的还有焦裕禄、潘从正的后代。党和人民记着穆青，人民的悼念是对这位老人的最好纪念。这马上使我想起他的话，最终是由人民做评价的！

我又见到穆青了。在八宝山公墓，他静静地躺在那里，脸态安详，身处永远的静寂。鲜花、松柏与党旗簇拥着老人。我第一次注意到这位回族老人高高的鼻梁，脸色显得很白。他光辉的一生是新华社的骄傲，也是中华各民族的光荣。

第三节　我的国企改革“两把刀论”

一、国企改革进入全面深化新阶段

国企改革是十八届三中全会以后改革中难度最大、争议最多的改革。从 2013 年底到 2015 年底，国企改革“顶层设计”，成为中国的高频词。

2012 年 12 月 24 日，新华社发表记者何宗渝、史方圆的报道《聚焦 2013 年中央企业改革发展新看点新走向》。我在他们对我的访谈中提出对国有企业改革进行顶层设计的建议。

党的十八大以后，国企改革进入“深水区”，难度更大，面临的质疑也更多。自党的十四大确立中国经济体制改革的目标以来，中国经济改革力图摆脱计划经济的羁绊，开始实施对计划经济的突围，而国企改革一直是中国经济改革的核心环节，在过去 20 年时张时驰，时缓时急。国企改革到底应该怎么突破？人们的疑虑、困惑与关切在增多。

当时，国企改革议论的焦点是，是否私有化。而且，私有化这种声音仍然是强大的。我们必须把改革的方向搞正确。我在 2013 年 12 月出版的《国企改革的方向与焦点》，是我三年来的理论文章与观点的荟萃。在书中我重点回答了国企改革的方向问题。国企改革的方向是市场化，而不是私有化，改革的焦点是授权，政府要放权、减税、减费，让企业成为市场的主体。

我在接受新华社、《人民日报》等媒体访问时一直把“改革焦点”挂在嘴上，并在接受《光明日报》专访时给出了明确的答案：

“国企改革的方向是公有制与市场经济的结合，而不是私有化，这是由中国的基本经济制度决定的。”

《光明日报》记者冯蕾问：一个时期来，有些学者提出，国有企业要退出竞争领域，实现私有化。您对此如何看？我回答说：“国企改革的方向，是个带根本性质的问题。我们从更远的历史时空来理解、体察国企改革的过程，才可以对国企改革的方向问题形成清醒的认识。1992 年我国对经济改革进行“顶层设计”，即充分发挥市场对资源的配置作用，把建立社会主义市场经济体制作为改革方向和基本目标。这个方向和目标在 20 年来没有改变过。国企改革的目标是从计划经济体制转向市场经济体制，建立现代企业制度；国企改革的任务是进行国有经济战略布局调整，实现公有制经济与市场的有机结合，而不是走向私有化道路。这是国企改革的实质所在。”

冯蕾又问：现在，社会上很多人认为国企改革的方向，一个是市场化，一个是私有化。您怎么看？我说：“市场化属于体制改革问题，私有化属于所有制改革问题。这是两个不同性质的问题。可是有些人把本来的国有企业市场化改革硬扯到“归谁所有”问题上去，对国有企业在改革发展过程中出现的种种问题常常借题发挥。对此，我们必须从理论视野上弄清真相，对准焦点。”

在《光明日报》的专访中，我特别提到，目前国有企业改革的核心问题就是要找到国有企业与市场经济体制的融合方式，找到公有制的实现形式。如果把改革理解为国有产权转变为私有产权的过程，势必背离改革的本意。在现阶段，已经不能够再简单地沿用 10 多年前县以下国有企业“卖”小企业的办法。改革的思维方式需要转变，这就是在公有体制下依托资本市场对国有企业直接进行市场化改造，如通过上市实现公众公司改革。改革趋势是坚持走向市场的本意，而不能鼓励私有化。不要以为私有化就能解决所有问题。

在电话中与冯蕾讲了一通，冯蕾说："李老师，你讲的句句都有用，整理一下，便是非常好的访谈"。《光明日报》很久没有登有关国企的专家访谈了。我说："你问一下你们主任，是不是要?"冯蕾说："太需要了，中宣部刚刚发文，没有撑起来的稿子。"我说："你们要的话，我再为你们说几段吧"。

这篇访谈以"私有化还是市场化?"为标题，以"国企改革的方向是公有制与市场经济的结合，而不是私有化""国有企业退出竞争领域将会动摇社会主义基本经济制度""国企改革的目标是彻底的市场化，公司法人治理结构是当前的核心问题"和"'十二五'国企改革突破口在哪里?"为四个插题。

既然改革的方向是体制改革而不是所有制改革，当前体制改革的主题是什么？我认为，中国国有企业改革的一个重要内容是切断政府和国有企业的财务关系，切断补贴渠道。国有企业改革的主题是使国有企业彻底市场化。目前，我们国有大企业改革的方向是公众化、市场化，就是通过资本市场把现在的国有企业改造成为上市公司，让它成为市场竞争主体，独立承担它的民事责任。现在中央企业60%以上的净资产已经进入上市公司了。

我在2012年4月对《光明日报》记者的谈话，为我以后的发声定了调子。有几点值得一说，一是坚定地强调社会主义市场经济方向，这与一年半后党的十八届三中全会决定是吻合的；二是强调把国企做大、做强、做优，是中国特色社会主义市场经济追求的目标。这与四年后习近平同志重提的"做大、做强、做优"是一致的；三是国企改革的目标是建立明晰的国家所有权委托代理关系，实现所有权与经营权分离，形成新的体制和机制。这与三年后的国企改革顶层设计精神是吻合的。事实上，在以后七八年间，国企改革的实质一直是这些问题。

正是在这个背景下，2013年10月，党的十八届三中全会拉开了新一轮改革开放的大幕。十八届三中全会通过了《中共中央关于全面深化改革若干重大问题的决定》（以下简称《决定》）。这个决定加上两个词，叫做“全面”和“深化”。国企新一轮改革被寄予了彻底去除行政化、成为“真正的企业”的期望。

十八届三中全会结束后不久，我们的改革很快就遇到了麻烦。这种麻烦是思想理论分歧的反映。隔年 3 月，混合所有制改革的论坛铺天盖地，一直开到年底。然而，政府智库部门的研讨会，多围绕股权多少来讨论，一方维护公有制，防止国有资产流失；一方是鼓吹私有化，显露出消灭国企的意图。显然，讨论的焦点在所有权上，而不在经营权上，是要不要改革，而不是怎样改革。这场改革，一开始就失控。而这些闹哄哄场面的主角主要来自首都的“衙门”与大学（教授们）。

从零公里处起步，新一轮中国的国企改革从混合所有制改革开始，就迂回曲折，进入迷途。中信、海螺水泥的混改，甚至中石化的混改，所遭遇的不只是国内深受传统观念和主观偏见束缚的人们的忧惧，更有政治精英的质疑，还有国有资产流失的批判。很快地，混改由积极变为有序，所谓试点企业，实际上被冷藏起来。

这时候，国企改革顶层设计出台，成了全国乃至全世界的焦点。

二、五道封锁线的羁绊

到了 2013 年，我已经成为媒体追踪的焦点。我天天发声，找我的人就多了起来。

大家越是焦急，国企改革顶层设计越是出不来。静下来，我常思考。讲起国企改革来，为什么观点那么混乱？为什么我们这个体制，改起来那么难？中国这个要改革的体制，从 1952 年产生“国营”企业开始，到 1978 年，总共也不过就是 26 年。权力高度集中的计划命令体制，应该是在 1958 年到 1978 年期间形成的。总计 20 多年时间，形成那么一套体制，为什么用 30 多年还改不过来？不是原来体制多么高明，而是既得利益者不放弃自己的权利。先是国营，后来是国有，再后来是国资，改了 37 年，为什么还改不过来？人们还在呼吁改革、讨论改革、建言改革。到底是什么力量在反对、在应付、在拖延、在曲解这场改革？改革艰难的深层原因是什么？分析后我们发现，国企改革顶层设计文件出不来，实际上是利益摆不平。归纳起来，国企改革实施要突破五道权力的羁绊：

第一道权力的羁绊，是政府与企业权力之争。政府不放权，国企难以走向市场。国企改革改了半天，却发现原来改革的主体是政府，企业只是改革执行者，没有改革自主权。国资委行使出资人职责，不得直接干预企业的生产经营活动。“不错位、不缺位、不越位”，是国资委成立时给自己的定位。实际上这些年国资委对市场和企业的控制和干预，是非常全面、系统的，大大超出了出资人职责。

第二道权力的羁绊，是国企与民企利益之争。国企与民企权力之争，应该在经营权上。可是现实中完全弄反了。2014 年上百场高层论坛，多围绕“股多股少”，都围绕所有权，而没有对准焦点“经营权”。这样的争论，吵了不该吵的架，净浪费时间。部分国企垄断和不退步，社会资本难以进入。

第三道权力的羁绊，是国资部门权力之争。国企改革单兵突进，各个部委文件不出来，改革走不动。特别是税收与五险一金，给企业压力很大。财政税务部门永远觉得钱不够花，决不肯退半步。部门不协调，意见不一致，文件怎么出得来？国企改革内容，由国资委、财政部、发改委、中组部与劳动人事部分别起草。权力利益平衡，不是一厢情愿的事情。

第四道权力的羁绊，是国企高管“一把手”内部人控制。国有制的代理成本方面和道德风险方面存在不可克服的缺陷。我曾经指出存在“一股独大、一权独大、一人独大”现象。后来，2014 年被称为“国企反腐年”，揭露出来的事实，确实达到触目惊心的地步。董事长“一权独大”会上升为主要矛盾，出资人与职业经理人权力之争，是一场博弈。

第五道权力的羁绊，是意识形态的影响力之争。我从 1978 年开始参与改革的全过程，深知每次改革必然在理论上要引起争论，80 年代是“姓社姓资”，90 年代是“姓公姓私”，21 世纪初是“有产无产”，现在的“股多股少”是这场争论的继续，每过 10 年争论一次。有一批人只是在这些争论中显示自己的存在，根本不顾这种争论是在耽误改革时间。这是中国经济一个走不出来的迷魂阵。

五层包围圈，层层需要突破，层层难以突破。最后，出来一句话，叫做“寻求最大公约数”，不同意见暂时搁下。

2015 年 9 月 13 日，中共中央、国务院印发《关于深化国有企业改革的指导意见》，这份新时期指导和推进国企改革的纲领性文件终于揭开“神秘面纱”。

显然，顶层设计在很多问题上已经找到最大公约数，文件中也用了很多“既要”和“又要”，方案明显是各种不同声音之间调和的产物，而这种看上去非常全面而完美的表述，对操作的人来说，极容易失去对焦点的共识，也容易给什么也不干的人带来托词。因此，社会对其解读至今仍然呈现不同的声音，最大公约数带来最大的解读空间，最需突破之处，不知何处，一片茫然。

我把舆论引向国资改革。投资经营公司下面是企业经营，投资经营公司是管理为主，上面是个“监”，下面是个“管”，再下面是个“营”，三个层次。《指导意见》明确国资委是政府机构，而投资经营公司是授权机构，下步焦点自然会集中在投资运营公司方面。投资与经营公司的是股东，放开“经营权”，促使国有企业完全走向市场，国资委便回归到政府机构的位置上了。

我的文章出来了，国资委有人打电话给我说：“李老师，有些话还是不说为好。比如三框架，儿子不听你的，孙子还听你的吗。”我当然是要给面子的。但是要知道，改革根本上是利益问题。有利于社会整体和长远利益的改革举措出不了台或延宕出台，或使已经实施的改革措施发生变异，不经意间使改革成为维护既得利益的工具。

确实，国企改革方面，中国人推出过许许多多的连国外经济学家和企业家想都没有想过的点子和办法，不能不说中国政府的改革政策多、措施多，国企改革的政策和措施从中央到地方都可以说是文件等身，看都看不过来。

我的核心观点是所有权与经营权分开。从 2012 年起，我便对媒体提出：国企改革焦点是经营权，必须把所有权与经营权分开。改革的办法是在所有权与经营权之间切两刀。一刀从组织体制上切开政府与企业的联系，一刀从运行机制上切开出资人代表与职业经理人的联系，使得国有企业成为独立的市场主体，充满活力才可能成为现实。这就是我的“两权分离论”——“两把刀论”。

中国的企业改革有两条路可走，一条是所有权改革，一条是经营权改革。围绕国有化或私有化的学者基本上属于所有权改革论，我支持的是另一条路，经营权改革，把所有权与经营权分开，这是我的两把刀论的理论基础。

三、一个人的国企改革“观点通讯社”

2015 年 9 月 13 日上午，我打电话给国资委部门，希望提前一小时，让我看一下文件，便于向记者解读。这时候，所有央企都已看到了文件的征求意见稿，不是几百人，而是几千人看到了。我诚恳至极，几近可怜。因为文件一公布记者蜂拥而至，我的时间太紧张了。我只求给我看一眼，提前半天就行。但是被拒绝了。“主任说”“主任要求”“委里要求”，谁也不能向外界泄露，谁泄露，谁承担责任。我也得理解人家，当官不容易，领导不让干的事情，是绝对不能踩红线的。

文件刚出来时，整个国资委几乎没有发声的。同时，整个国家的媒体人如热锅上的蚂蚁，急得要命。

《关于深化国有企业改革的指导意见》发表，犹如一石激起千层浪，各家媒体纷纷跟进，国企改革的新闻铺天盖地。文件内容政策性强，所用词汇刻板、单调，使得专家解读成为了各家媒体竞争的“新闻眼”，这时，我对《关于深化国有企业改革的指导意见》的解读异常集中。

9 月 14 日下午文件公布，记者们手里都有了，我手里还没有。记者们一个个拍了照片通过手机传给我，都希望第一时间听到我的声音。我看了前面的第一页，便开始解读了。边说边翻，边翻边说。

9 月 14 日下午，在接受新华社、中央电台、《经济日报》、《光明日报》与中国新闻社等主流媒体访问。这些官方主流媒体发稿极为有限，只需专家三两句话，而非官方媒体空前活跃，都想搞独家新闻，而且都答应用一个整版报道。我把主要框架的材料拿出来，然后分别加上专业的材料。唯有提高内容的稀缺性，才能让内容的价值得以最大化体现。我为五家不同的纸媒提供了各具特色的解读内容。这些媒体分别发表如下专访：《国企改革主线是推进国企与市场融合》（《21 世纪经济报道》），《国企改革带来新下海潮》（《新京报》），《国企改革最大难点在政企分开》（《京华时报》），《国企改革的行动纲领》（《中国企业报》），《稳增长时代，改革成就怎样的新国企》（《中国经济导报》）。这五篇专访，大多是以一个整版发表的。这是我国学术界极少出现的盛况。五家媒体的专访文章得到新华网、人民网、新浪网、凤凰网、腾讯网等1000多家网站的转载，除主流媒体外，还有市场媒体、基层网站。

我写到晚上九点，还有一个大活没有干，那就是对《关于深化国有企业改革的指导意见》进行系统解读。我把这10900字的报告反复看，删去讲道理的话，把框架与观点留下来，分成60个问题。里面填上我的解释，逐条分析，抓住要害，剖析了政府决策的重点和难点，说明了其中的新论断和新变化，而且多是口语化，通俗易懂，帮助大众更好地理解和消化《指导意见》的政策，具有可读性以及通俗性，显然降低了政府文件的阅读门槛。

9月15日，四家媒体全文发布我的万言解读。《每日经济》、新闻网、中国企业网与《经济学家周报》发表的李锦新闻解读文章，每篇都是10000多字。这就使得我的观点系统性公布了。

从9月14日至9月25日，我每天都接受不同媒体的专访。《关于深化国有企业改革的指导意见》发布后的十天内，我像一座发射塔，不间断地传出大量观点，每天至少有一篇文章、一篇专访发表，十篇左右的报道采用我的观点。其中，9月15日和9月25日两天分别达到了高峰，最多一天有24家媒体采用我的观点。打开网站，信息标题不断出现“李锦说”“李锦认为”。

显然，我对国企新闻的解读迅速，不仅有纸媒，同时亦有电子媒体、网媒与我当面交流，不同传播媒介共同构筑出覆盖面广、辐射力强的传播体系，形成我个人的国企舆论场。

9月14日，我上午接受中国新闻网的视频采访，再一次逐条逐点对国企改革抒发己见，下午做客人民网强国论坛与网民直接交流。人民网和中国新闻网又根据对我的专访各自编发相关的新闻稿，以专访加新闻稿的组合方式实现多层次的立体传播。这两篇专访篇幅分别为7000字、10000字，每篇长文都是一根红线串起数十个观点，呈现珍珠链条状。这使我的观点被媒体广泛选用与转载。

其实，我对国企政策的解读，是长期耕耘的结果。政府文件中的观点多是我反复呼吁的，有些是政府吸纳了我的观点后形成的。不仅国家高层、中央部门，很多研究部门、媒体、证券行业，已经将我列入舆论监测与重点搜集范围。我的主要做法可以用三句话表达：主动发声，形成国企政策解读的主力军地位；占领主流媒体阵地，形成国企宣传的主旋律；实施价值引领，主导媒体的国企舆论方向。从普通大众到国家层面，我的观点和思想在不同层面得到认同，这是我国国企研究领域也是新闻领域在新媒体时代极其罕见的现象。

《关于深化国有企业改革的指导意见》发布的第二天，也就是9月14日，晚上8点，媒体采访潮已过。《瞭望周刊》记者尚前名的采访结束时，我嗓子哑得说不出话来了。这时候，想起来该吃饭了，我知道当天午饭、晚饭都没有吃，记得是早晨喝的粥，可能锅里还有。到厨房一看，锅没有洗。又想起，这是昨天早上做的稀饭，里面有几个红枣。难道我昨天中午、晚上也没有吃饭？想来想去，已经5顿饭没有吃了。昨天，为了赶写60个看点，一夜未睡，白天到中国新闻社与《人民日报》社去了。

这时候突然觉得饥饿难忍，头晕了，站着摇摇晃晃的。我不能亏待自己，到楼下大排档要了两碗大米饭，一碗红烧肉。菜还没有上，先把一碗大米饭吃下肚了。

这时候，光想着手机上铺天盖地的“李锦认为”，早已经把在“衙门”遇到的苦恼忘得一干二净了。

在顶层设计出台两个月后，我的《国企改革顶层设计解析》，由中国言实出版社出版了。在东二环的保利大厦举行新书发布座谈会。国资委新闻中心副主任苏桂锋、新闻处处长张金庭等出席座谈会。座谈会由清华大学教授管益忻主持。他为《国企改革顶层设计解析》一书写了序言。他在《序言》中说：

现在放在读者面前的《国企改革顶层设计解析》一书，是我国目前唯一正式出版的关于解析国企改革顶层设计的著作，可谓应时之作。在新一轮国企改革背景下，其社会价值非常突出。这本书把文件分成60个要点进行解析，基本上回答了为什么要改革，改革的焦点是什么，怎样搞国企改革，影响国企改革的因素是什么等问题。为十五万家国企阐明改革的理论与观点，实是政府与企业管理者必读的改革战略指南。

会议变成对“李锦现象”的研讨。清华大学新兴产业研究中心主任、教授吴金希发言时说：近几年来，每当国企重大政策出台，李锦常喊出“天下第一声”，颇有左右舆论的巨大力量，不愧是国企改革舆论旗手。

当然，人们说我是“中国国企政策与新闻第一解读人”“中国国企舆论旗手”，树大招风，引起对立面的出现，也是情理中的事情了。譬如，《国企改革顶层设计解析》出版，这应该是某部门做的事情，组织一个小组三五个人干半年的活，而我仅仅一个人单打独斗，用两个月便拿出来了，这给人家带来压力，我心里也觉得过意不去。

从2009年开始，旧的“我”已经死了。我脱离了体制，开始走向舆论的市场，有了新的生命，这时候我已经57岁了。我像老鹰换毛一样经历生死考验般的努力，走向互联网。这一年，我给国务院总理温家宝写了一封长信，扭转金融信贷风险，对我自身影响也极大。互联网是一个好东西，谁都是记者，谁都是评论家，谁都可以发表自己意见，万家齐鸣智者胜。我先是以博客打出威风，接着以微信群，后以公众号影响舆论。这需要自己不仅彻底改变文风，还要改变思维方式，不是为上级，而是为国家为人民，这是脱胎换骨的变化。你写文章只会歌功颂德，说不出智慧来，是没有人点击的。后来，我给原新华社社长田聪明写信说，我这辈子感谢两个人，一个是穆青，他使我在体制内大红大紫；一个是田聪明，把我逼向社会，使我在体制外大红大紫。我的人生幸运，都是新华社为我带来的。

照我看，不是我水平有多高，主要是讨了体制的大便宜，别人不能发言，我是退休之人，是完全的自由人，没有个人利益，也没有什么官场忌讳。然而，哪些能讲，哪些不能讲，心中是有底线的。就像当年的乡镇企业，是在国有企业不干的背景下，才致三分天下有其一的。确实，我一是爱好，二是认真，三是坚持，其它方面也就没有什么优势了。

第四节　“三国演义”中的立白集团

一、想为中国国企找一个样板

2015 年 11 月 10 日，习近平总书记提出“供给侧改革”，并要求总结各地创造的新鲜经验，发挥好先进典型的示范引领作用。可是热烈响应之后，很多地方按兵不动，我发出“两总焦急 三长不动”的叹息。

转了许多地方，苦于国企无好例，于是我转身到民企里找。2016 年 3 月，在立白集团调查 4 天，认定供给侧改革主体应是企业，写出《供给侧背景下企业创新发展道路——广州立白集团以新供给引领中国洗涤市场考察报告》。这是中央强调“供给侧改革”半年后的第一个典型，被《经济学家周报》全文发表。我四次到立白调研，掌握大量第一手材料。在供给侧改革一周年之际，我出面联系首都4家智库举办“供给侧改革背景下企业创新之路暨‘立白样本’高层论坛”，公布3份考察报告，进行研讨。以我在北京的政治、理论、新闻与企业资源，进行高层次的先进典型的经验传播。36篇消息、通讯、综述、调查、理论文章等不同体裁的资讯，被多家报纸、刊物、电台、电视台及3000多家网站发表、播报或发布，形成较大的声势。长期以来，经济增速下降已经是不争的事实。是从见效快的需求侧入手，还是立足长远倚重供给？这一问题争论不休，犹豫，徬徨。现在终于有结论了：“需求侧是重要的，但是更多是短期问题，属于凯恩斯主义；短期的问题仍要立足长期，要从“供给侧”下手。”这段话，是我在习近平总书记发表相关讲话的当月在报告中写的，也是供给侧结构改革背景。

2015年，国企形势堪忧，没有好的典型。在经济形势恶劣的论调弥漫中国时，我不得不把视线转向民企。一次偶然机遇，我与广州市立白集团相遇了。在深圳一次企业信用授奖会上，我与立白集团党委书记许跃东说到去产能问题。这是一个年产值170亿的大型民营企业，是生产洗衣粉的。全国25%洗衣粉都是他们生产的。他说立白没有过剩产能，我感到惊讶。在会客室里，我们对话：

“现在全国都开始去产能，你们怎么可能没有呢？”

“我们是日化行业，20多年前就全部走向市场了。与国企不一样。”

“我知道，国企70%是重化工业，市场经济步伐较慢。最早走向市场的是家用电器、家用日化与纺织。”

“我们没有政府这个靠山，完全靠市场。市场不允许有过剩产能，一出现就得淘汰。不淘汰，我们就死掉了。”

“家用电器、家用日化与纺织，是自己去产能。原来是国企，现在多是民企，民企是不是不断去产能，不断搞科技创新才能生存？”

“必须的。”

就是这样，我们留下电话号码。3 月份，供给侧结构改革的僵局没有被打破。我正好到广州讲课。结束了，我打过电话，许跃东接我到珠江边上白天鸽宾馆对面的立白中心。我是找供给侧结构改革典型的。然而，我到这里了解到外资企业和外资品牌的竞争白热化情况。这种供给侧结构改革的背景更为曲折迷离。

2016 年，长期占据中国日化市场占有率首位的美国宝洁公司进入麻烦期，仅有 23% 的跨国消费品企业在中国保持盈利，于是被逼换帅瘦身。把中国由洗衣粉时代带进洗衣液时代的是中国的本土企业，而广州立白集团是逼退美国宝洁公司这个“全球日化巨人”的一支重要力量。

这是欧美日化企业进入中国 30 多年后正在发生的新的转折。我国立白等民营企业的崛起，是供给端的一场变革带来的。

就像饮料行业的可口可乐与百事可乐、快餐行业的麦当劳与肯德基一样，在日用消费品行业，“英荷联合利华公司”与“美国宝洁公司”的竞争已辐射到全球的 140 多个国家和地区，这两个世界“五百强”一起组成了本领域里的双子星座。1986 年财大气粗的联合利华进驻上海，而宝洁则在 1988 年进入了广州。由于双方在产品类别、定位上的相似性，许多细分领域出现了两大巨头激烈竞争的局面。

外资品牌大规模进入，出现产品同质化严重、品牌缺乏个性、营销手段单一现象，造成众多品牌共抢一块蛋糕的局面。众多企业的加入及专业 OEM 厂家的出现使日化行业生产能力严重过剩，尤其是洗发产品。宝洁、丝宝、联合利华等行业巨头争相降价，使日化企业的生存环境变得恶劣。

就在这时候，立白集团出现了！

创建于 1994 年的立白集团，主营家居民生离不开的日化产品，涵盖织物洗护、餐具洗涤、消杀、家居清洁、空气清新、口腔护理、身体清洁、头发护理、肌肤护理及化妆品等 9 大类几百个品种。

立白集团品牌发展的阶段是清晰的。第一个阶段是前 10 年占领潮汕地区的农村市场，开展游击战，全面提升游击战水平。第二个阶段是从 2006 年开始。在市场拓展上，立白在农村站稳后，再攻城市市场。在走向全国的过程中，他们先在最有根基的两广打基础，站稳脚跟后，再往内陆发展。第三个阶段是从现在开始。广州立白、纳爱斯集团两家本土公司所占市场份额已达到 27．6%，对比之下，市场份额仅为 7．6% 的美国宝洁已岌岌可危。

面对立白，我想得最多的是政府现在用计划经济思路“去产能”。“三去一降一补”是针对产能过剩、库存高起、杠杆偏高、成本过高、短板突出等结构性问题提出来的工作目标和任务，本质上是市场行为，应该用深化改革的方法解决，但现在很多的做法却是把目标、任务当手段。政府现在用行政手段去产能，给各省下指标，这属于计划经济时代的“关停并转”的措施，这种搞运动的方式带来的结果是，过一阵还会反弹。立白的价值，就是市场经济“去产能”，依靠科技创新而不断转型升级，值得我们反思与学习。

二、找到“马桶盖”式的案例

立白集团是怎样在激烈的市场竞争中进行供给侧改革，并依靠科技创新而不断转型升级的？这是需要我用事实回答的问题。

立白从一个籍籍无名的区域品牌一跃成为洗涤行业全国老大，世界第四。洗衣粉、洗洁精市场的占有率，陆续超过美、英、法、日、德、韩等国，连续多年均为全国第一。不仅创立中国人自己的民族品牌，而且实现了“中高速度”“中高链条”的目标。他们凭的是什么？

立白集团董事长陈凯旋告诉我们，实施创新驱动发展战略，已经成为立白集团科研的生命线。立白人对全球日化领域的最新科技创新趋势，始终保持了一种高度的敏感。

到了立白集团，我一批一批座谈，一连谈了两天。给我印象最深的是张利萍博士，她了解世界日化行业竞争情况。我的很多材料是从她口中得来的。她还为我们解答科技创新方面的疑惑。

立白集团在自身品牌的打造上，懂得抓住科技创新这个“七寸”。连续多年，立白集团每年投入占总收入3%的科研经费和大量的人力、物力，不断拓展企业技术进步的空间，始终保持了对前沿技术的掌控。在车间，我看到“祝氏折箱机”“祝氏20kg大桶灌装机”“欧式灌装机”等。很多机器上都是以创新者名字命名的。维修工祝亚文主导的“祝氏折箱机”原是引进的意大利流水线，改装前不适应新产品，运回意大利改装要耽误一年时间，通过祝亚文的技术改造和程序优化，装箱精度稳定。祝亚文争取了时间，还节省了20万元。有四台机器，都以祝亚文命名。他对我说：“不创新，只有死路一条。”我们只要持之以恒地创新，就不会总是落在美国人、英国人后面。

供给侧的规律——这是任何指导经济的人不能不研究和不能不解决的问题。立白集团的科技创新转型实践，为我们研究供给侧规律提供了一个样本。

我在立白集团，发现一个令人振奋不已的案例。

美国智库的报告指出，跨国企业与中国本土竞争对手相比已经处于不利地位，至少在快速变化的消费品行业是如此，洗衣液即是一例。宝洁、联合利华等跨国企业由于在中国市场迟迟没有推出洗衣液，将市场的领先地位拱手让给立白等本土品牌。

我让张利萍找来论文，看她们是怎样分析的。又从报纸上找到宝洁对自己的总结。找到一个典型案例，犹如找到一把开门的钥匙，这使我信心大增。

我在微信上发表文章《美国智库误判致中国立白引领洗涤潮流》，被今日头条转发后，有 4 万多人点击，96 人评论。文章是这么写的：

据报道，去年五一期间国内 40 多万人到日本旅游，纷纷买马桶盖。“马桶盖事件”成为供给侧改革的反面样本。

最近，长期占据中国日化市场占有率首位的美国宝洁公司进入麻烦期，仅有 23% 的跨国消费品企业在中国保持盈利，于是被逼换帅瘦身。美国智库在报告中指出，跨国企业与中国本土竞争对手相比已经处于不利地位，至少在快速变化的消费品行业是如此，洗衣液即是一例。由于宝洁、联合利华等跨国企业在中国市场迟迟没有推出洗衣液，立白等本土品牌认准中国中产阶级消费群体“不伤皮肤，不伤衣服”的要求，大规模提供洗衣液，把中国由洗衣粉时代带进洗衣液时代。

日本的“马桶盖”是说中国企业的差距，中国的“洗衣液”是说美国企业的差距。这次，中国的企业广州立白集团摸准了市场需求，从供给侧创造满足市场需求的产品，成为引领消费潮流的好例子。

我是把中国的“洗衣液”与 日本的“马桶盖”作为对立物摆出来的。

2015 年春节期间，多达 45 万的中国游客赴日购物，消费近 60 亿人民币，马桶盖成为热销品。国人疯狂抢购的马桶盖实际上是国产货。于是，有人调侃这是一场“马桶盖的自由行”。

继在两会期间成为热议话题之后，“马桶盖”又在“3 · 15 晚会”亮相。短短 3 个月时间内，“马桶盖”已经成为 2015 年热门关键词，一向低关注度的卫浴行业受到了前所未有的注目。后来，总理李克强也就中日马桶盖对比、中国制造业尴尬现状以及转型升级出路进行了反思。

据调查数据显示，目前日本家庭的智能马桶盖普及率达到95%。中国国内智能马桶盖的普及率还不到3%，中国现在一年生产100万——200万台的智能马桶盖，本土销量每年却不超过30万台，其余大部分出口日本市场。

回到北京，我在《经济学家周报》发表评论文章《以来自企业的样本引领供给侧改革》。该评论以“马桶盖事件”作为供给侧改革的反面样本引出立白样本的正面作用与效果，并提出供给侧背景下的企业创新之路。

洗衣液在中国风行，是本土企业引领消费的成功一战。发达国家洗涤行业均以浓缩化、液体化产品为主。美国液体洗衣剂比例已经超过洗衣剂总量的90%，日本占54%。尽管洗衣液已经在欧美风行，但是，立白、蓝月亮等本土品牌却在中国洗衣液市场中处于领先地位。

数年后，美国宝洁陷入困境后得到的教训是，中国的中产消费群体更注重参与感与自我认同，供给路径不再是“设计师将产品推向市场——试探反应——不行推倒重来”，而是与消费者进行多频、多层次的互动和沟通。跨国公司的中国业务针对个别市场的创新可能被忽略，由此错过新的市场据点。立白等本土品牌的中国业务是作为供给端来运营的，他们认准中国中产消费群体“不伤皮肤，不伤衣服”的要求，大规模提供洗衣液，把中国由洗衣粉时代带进洗衣液时代。宝洁公司CEO大卫·泰勒曾在公开讲话时表示，宝洁目前正面临许多不容易解决的问题。除了美国业务持续多年增长疲软，在中国，宝洁也未能利用好中国消费者收入不断提高的机遇。在洗衣液等品类上，宝洁早已处于被动竞争之下，失去了10年前在这些领域的领先地位。在洗衣液市场，立白以及蓝月亮已经把碧浪、汰渍甩到身后。这是外国人找到的中国立白的供给侧经验。

宝洁的中国窘境之谜，是看错中产消费者。中国的中产阶层人数已达到1.09亿，为全球之冠。与此同时，这个群体也在不断地快速扩大。宝洁公司前CEO雷富礼说，宝洁之所以在中国市场陷入被动局面，原因在于管理层都认为这是一群“节俭的中产阶层”。不过，来自美国智库“需求研究所”及“世界大型企业联合会”的一份报告似乎又释放出相反的论调，指出对中国过于乐观的消费预测误导了跨国企业，中国中产阶层的规模和消费能力都可能被高估了。

美国关于宝洁窘境成因的争论，最后以服从智库“需求研究所”的结论告终。而中国立白也发生了一场争论，双方据理力争，最后的胜者是研发中心。立白集团首席科学家张利萍博士说，“女性的手是第二张脸”，美国人的洗涤产品已经70%高端化了，尽管中国现在只有2%高端化，只要我们有引领能力，在5年后会达到40%，时间就从现在开始。后来的事实，证明张利萍的预测准确。

三、国企、外企与民企的“三国演义”

在中国供给侧改革一周年前，我们写出中国日化市场供给端发展报告，强调供给侧改革最重要的是市场体制机制。我没有止步于科技创新这一角度，更重要的是制度供给，强调国企改革。我从日化行业发展，找到市场竞争性企业规律，窥探中国经济发展的未来格局，发现中国大趋势。

宝洁、联合利华、强生、欧莱雅的2016年财报公布了，数据显示这些大公司的营业收入和利润与去年同期相比均呈负增长。作为伴随着20世纪全球消费经济增长、中产阶级壮大而成长的奇迹，宝洁这一金字招牌为什么会在21世纪开始褪色？无疑，中国本土企业立白、特纳斯等品牌的崛起是逼退这个“全球日化巨人”的一支重要力量。中国民企是一支什么样队伍？是从哪一个山沟里杀出来的？

中国日化市场，鼓角争鸣，刀光剑影，演绎出一场没有硝烟的战争。80 年代中期，日化国企百家争鸣，风光无限；90 年代，外资品牌大举入侵，本土品牌几乎被全面围剿；15 年后，本土民企品牌大举反扑，逐城逐地争夺，外资品牌逐渐凋落。回首望去，中国日化的市场化虽然才走过短短 30 年的历程，却是城头变幻大王旗，国企、外企与民企轮流“坐庄”，反复上演着“三国杀”。

改革开放后，中国本土日化市场的头牌是“活力 28，沙市日化”，那个时代也可以称为“活力 28，沙市日化”时代，实际上是国企时代。在那个物资紧缺的时代，卖什么火什么，洗衣粉中“活力 28，沙市日化”响彻大江南北，“南有白猫，北有熊猫”家喻户晓，“海鸥”在桂林、天津等地雄踞一方。中华牙膏、美加净牙膏畅销全国，洗发水、香皂等产品卖得热火朝天。那时候只要打开电视机就能看到铺天盖地的国产日化商品广告，也正是因此，中国日化行业创造了一个又一个耳熟能详的品牌。

显然，国企品牌风光的背后却有很多不稳定因素，如价格低廉、利润较低；渠道简单、产品单一；推广有限、管理贫乏等。而随着上世纪 80 年代末至 90 年代初宝洁、联合利华、汉高等跨国日化巨头的进入，市场经济犹如山洪爆发，国内日化企业一下子被洪流淹没。

1986 年，英国、荷兰的联合利华进入上海；1988 年，美国宝洁进了广州。德国、法国、日本、韩国紧跟着杀入中国日化市场。仅仅几年，这七个国家控制中国日化市场的 80%，把中国日化市场瓜分了。而对于外资企业来说，进入中国市场最为快捷有效的方式就是并购。不过，他们很给中国人面子，不叫“并购”，叫“合资”。一时间，众多品牌纷纷与外资合并。而当时的政府以欢欣鼓舞的状态迎接外资的进入，很多协议是市长们在场时签订的，被视为“政绩”而被高度“曝光”。

在这场合资运动中，本土品牌合资的初衷似乎都一样：借更多的钱，做更大的事，拓展更大的市场份额，而选择的方式竟也出奇地一致：都是将自有品牌与设备转让给外资，都是在合资公司里占据不到一半的股份。

问题是，美、英、荷、德、法等外资企业在收购前后都信誓旦旦地表示绝不“雪藏”中国品牌，并将大力发展中国本土品牌。但事实是被外资收购的民族品牌，均渐渐淡出人们的视野，极少幸免于难。中国日化民族产品面临着全军覆没的危险。合资后的品牌不是被“雪藏”，就是成为“拓展失败”的案例，一场双方你情我愿的美妙婚姻却让这些曾经深得消费者喜爱的日化名牌产品彻底地销声匿迹了。中国本土的日化企业拱手让出了自己原本价值不菲的品牌和市场，合资就这样赔了夫人又折兵。

以“熊猫”洗衣粉为例。1994 年，“熊猫”的娘家——北京日化二厂与美国宝洁合资成立了北京熊猫宝洁洗涤用品有限公司。宝洁的手法很简单，先是在熊猫的价格上开始了手术的第一刀。那就是，它把熊猫洗衣粉的价格在原来的价格基础之上提高了 50%。结果是，当年与上海“白猫”有“北熊南猫”之称的熊猫洗衣粉在经历了 7 年的艰难历程以后，年产量从 6 万吨下降到 2000 年的 4000 吨，数字让人痛心。

一番“圈地运动”之后，日化企业间的品牌竞争也日趋激烈。美国的宝洁、庄臣、雅芳、安利、强生、露华浓、高露洁、雅诗兰黛、吉利，英国、荷兰的联合利华，德国的汉高、威娜、妮维雅，法国的欧莱雅，日本的资生堂、高丝、花王等都在中国土地上投资建厂。到了 2000 年左右，国内外资化妆品企业已经达到 703 家，中国市场上约80%的日化产品都是外资品牌。

令人意想不到的是，时间过去15年，世情大变，就像外资进入中国没有遭到抵抗一样，民资崛起，竟也呈现摧枯拉朽之势。中国立白、特纳斯等民企也惊叹自己竟会那么快突破外企防线。如果不是经过调查，我不相信有这样的事实。

外资品牌在日化市场出现了产品同质化严重、品牌缺乏个性、营销手段单一等局面。尤其是众多企业的加入及专业OEM厂家的出现，使得日化行业生产能力严重过剩。加之宝洁、丝宝、联合利华等行业巨头争相降价，日化企业的生存环境愈发恶劣。

在1994年，陈凯旋还是拿着国企洗衣粉贴上自己“立白”品牌的代销商。几年间，他洞悉外资企业的种种弊端后揭竿而起。本土民营日化公司开始通过科研突破、品牌重塑、特色定位、营销求变等手段，极大地加强了整体的竞争实力。不少本土品牌开始崭露头角，中国日化行业开始了一场新的转折。当年沉寂的一些国企品牌也不甘示弱，纷纷与外资“离婚”，踏上新的征程，力图再创新的辉煌。

相关统计显示，2016年本土日化品牌总体市场份额首次超过了外资品牌。中国“民企”的旗帜便是立白。创建于1994年的立白集团，起家经历很有意思。国有企业从哪里撤退，立白人就从哪里立足，把国企丢掉的山河都变成自己的根据地。

中国民企收复了大部分国内洗涤品市场，向大城市进军，向全球进军，向产业高端发展。后面随之呼啸前进的有民企，也有国企。有些隐匿多年的国企也开始重整旗鼓了。

在中国日化市场，目前，外资企业和外资品牌最好的时代结束了，中国企业和中国品牌最差的时代结束了。但是这并不意味着，前者已经进入到了最差的时代，后者已经进入了最好的时代。现在双方仍处于拉锯阶段。

通过对中国日化市场的研究，我觉得国企要在完全市场竞争领域做大做强做优，如果不改变体制机制，是非常困难的，或者说是没有可能的。下一步，如果汽车行业对外资的股比放开，很可能出现类似日化行业的“三国演义”。

四、4 家智库的联合行动

经过一年调查研究，我决定在北京举行一场研讨活动。过去，参加过无数次研讨会，多是官方举办。这次是我以智库名义举行的。

2016 年，钢铁、煤炭产能分别退出 6500 万吨以上和 2．9 亿吨以上。在看到成效的基础上，对于供给侧结构性改革的进一步发展，社会继续保持着高度关注。我有两种感觉：一种是，很多人对供给侧结构性改革并不理解，对供给侧结构性改革意义认识不足。在供给侧结构性改革一周年时，学术界没有活动，冷冷清清；另一种是，有些供给侧结构性改革，是政府强力推进，有搞“新计划经济”的嫌疑，与供给侧结构性改革的主旨不相符合。基于此，要清楚地回答“在供给侧结构性改革中，政府与市场主体（企业）各自应如何定位”这一问题，也就是提出我一直以来强调的观点：供给侧结构性改革的主体是企业，国企改革的主体也是企业。我想用立白样本来说话，尤其是用一个民营企业经验来对国企冲一冲。我觉得，我是有发言权的。

民营企业是供给侧结构性改革的天然拥护者，也是供给侧结构性改革经验的创造者。要帮助民营企业总结经验，树立形象。

在供给侧结构性改革中，企业是主体。企业发挥作用的空间是在竞争性要素层面，即通过积极改进以资本、科技创新为主要内容的要素组合状况，提高所供给的商品或服务的质量。

政府是制度垄断性的供给者。在供给侧结构性改革中，政府发挥作用的方式主要是制度供给与制度创新，以释放出经济社会的一切发展潜力与活力。

以此而言，立白是一个样本。过去，我通过提供调查报告，上达天听，影响社会。现在在北京积累这么多年了，人脉关系也有了，理论、新闻、企业界也熟悉了，可以一试了。

贾康，是新供给理论代表人物，多次参加国家经济政策制订的研究工作、主持或参加国内外多项课题，撰写和出版多部专著和数百篇论文。他曾经相继受朱镕基、温家宝、胡锦涛等国家领导人之邀座谈经济工作，被媒体称为“中南海问策”。与他联系，他很支持。

管益忻，是著名战略管理与企业文化学家，长期致力于企业体制改革、企业经营运作、战略管理与企业文化研究，是很勤奋的老人，研究立白写了一篇大文章。

吴金希是清华大学社科学院战略新兴产业研究中心主任，研究创新政策、战略管理、科技社会学、组织核心能力、产业竞争力的，曾供职大型国有企业，从事技术开发与管理工作。李东红是清华大学经济管理学院创新创业与战略系的，清华大学全球产业4．5研究院副院长。谭云明是中央财经大学新闻传播系主任。徐文中是北京师范大学中国企业文化研究院院长。还有国务院研究室中国政策网总编辑王丹誉，这些多是相处多年的朋友。我一说，他们都答应来，而且几家智库一起来办。这样一来，财政经济学、发展战略学、市场营销学、企业文化学、新兴产业学与新闻传播学的大专家都有了，而且层次不低。

早在4月份，《经济学家周报》就在第一版发表评论《以来自企业的样本引领供给侧改革》，为这场品牌传播活动铸了魂、定了位。从生产方入手，也就是从立白的科技与产品质量状况入手，致力为企业发展注入新动力，回答中国供给侧改革的核心问题，使得这个主题具有很大的“核心竞争力”，为吸引媒体创造了一个“磁场”。

供给侧改革一周年回顾与展望暨“立白样本”高层研讨会在清华大学召开了。

新华社、中央电视台和《人民日报》《经济日报》《中国青年报》《工人日报》这些体制内媒体出场，市场类的《第一财经日报》《21 世纪经济报道》《中国经济时报》和腾讯网、凤凰网也出场了。报道的导语是：

11 月 28 日下午，由清华大学战略新兴产业研究中心、清华大学全球产业研究院、中企之声研究院共同主办的“供给侧改革一周年回顾与展望——中国企业创新发展之路暨‘立白样本’高层论坛”在北京顺利召开。本次论坛以“新动力、新产能、新供给”为主题，结合“立白样本”进行深入研讨，总结提炼立白集团的供给侧改革经验，展示供给侧背景下企业创新发展道路。

我在主持会议时说，今天的会议选择了一个特殊的时间，是供给侧改革一周年；选择了一个重要的时刻，是中央经济工作会议之前；选择了一个特殊的角度，是作为供给端的企业具体案例。我们希望 2016 年经济工作会议主题是供给侧改革。

这次会议对供给侧改革一周年进行了回顾，我们提供了 3 份报告，作为学者深入调查研究，按照供给侧改革的要求，用解剖麻雀的方式进行经验总结。这种做法，也是本次会议的创新。

第一份报告是《供给侧背景下企业创新发展道路——广州立白集团以新供给引领中国洗涤市场考察报告》。供给侧的主体不是政府，而是企业，是供给端。企业怎么走，是靠科技创新。

第二份报告是管益忻老师用了一个多月时间专门研究出来的，《高举大日化旗帜以“先发优势”制胜——跃向中国制造 2025 的立白发展模式》。调查报告23000多字。管益忻老师在2025大日化这个大背景下大角度、大视野地解剖这个点，分析得气势恢宏，又细致入微，是一篇高质量的研究报告。

第三份报告来自中企之声研究院，围绕中国日化领域国企、外企和民企的竞争，看到民企比国企和外企丝毫不差，甚至走在前列，因为他们天生来自市场。而且，这些成果不是专家随口发言，都是《企业家日报》与《经济学家周报》全文发表的，已经是精品，装在会议材料袋子里。

中石油、中铁工、中铁建、中冶、中国远洋海运、中工国际等23家企业参加了，企业代表多是我在国资委系统认识的熟人。包括清华大学、中央财大的学者在内，共有110人出席会议。

会议主题是供给侧改革一年回顾与展望，在当天，会议消息被8家媒体采用，转载的网站有400多家。从当日百度搜集，相关信息达4400多条，来自37个搜索页面。

《人民日报》海外版发表的报道"四智库共析'改革故事'基层样本引领供给侧改革深化"，强调了四智库，是一个新的角度。因为供给侧改革是通过智库向中央提出来的。《人民日报》海外版是面向全球的，西方人对智库是感兴趣的。这些智库的人员来自财政部、国资委和清华大学，是有份量的。通过具有影响力、公信力的各大媒体的报道，立白品牌获得更加广泛的关注与认可。媒介在立白品牌的传播过程中起到了舆论导向作用。

参会专家中央财经大学新闻传播系主任谭云明教授认为，一个企业就像一只麻雀，反映了一个国家最优秀的东西，我们发现它并提炼出来，通过这一个点来反映中国的供给侧改革。这种传播效果是近一二十年以企业为内容的论坛中最好的一次，简直是创造了奇迹。关键是让懂行的人办专业的事情。

过去几十年，我一直在体制内生活，依靠甚至依赖这个体制，离开则寸步难行。从2008年后，依靠互联网发挥才华。在北京经略6年，依靠自己的人脉关系，也能拉个场子为国家做点事了。不过，心里难免有几分酸楚。我一直是为国家做事，政府没有做的事情，我也做了。习近平总书记、李克强总理抓的供给侧改革是经济领域头等大事，北京却没有一场纪念活动。习近平要求总结各地创造的新鲜经验，政府部门没有做而由我做了。我也是太把自己当骨干了。

不过，10个月后，中央把供给侧改革看得很重，在十九大报告中把供给侧改革作为经济工作主线。我是“俏也不争春，只把春来报”，这样做，自己心安。

第五节　联通冲击波

一、对混改缓慢的焦急心态

国企改革的又一个焦点是“混合所有制改革”。

2013年十八届三中全会公布全面深化改革方案。其中，“混合所有制改革”作为国企改革的爆破点，令市场激动和震颤。到2017年8月联通混改起来时，我实际上已经是第六次参与这项改革的研究与推动了。

对于混合所有制改革，我最早关注的是1994年山东省博兴县的兴福现象。在兴福镇调查一个星期后，我请山东省省长赵志浩来看。赵志浩省长对我说，兴福镇依靠农民自己的力量发展市场经济，怎样搞混合所有制改革，要回答好。你好好调查，如果确实有推广价值，我们在全省宣传推广。

再次对混合所有制进行研究是在1997年，研究对象是西藏拉萨啤酒厂的股份制。从那以后放下10多年了，直到2011年那场国企安全舆论保卫战。在一次“混合所有制”专题报告会上，我临场讲述，分成几大块，混合所有制本质是什么，它的优势是什么，目前现状怎样，实现途径是什么，结果是什么，从不同角度和侧重面来讲，算是重新拾起对混合所有制改革的研究。

2012年夏，我将全部精力投入到了中国建材行业“央企市营模式”的典型宣传，我把这个典型作为混合经济发展道路的样板来解剖。

2014年夏，中国海洋石油公司的“混合所有制改革”课题研究，我是具体执笔者。此前的1月，25家境内外投资者以现金共计1070亿元认购中石化销售公司29.99%的股权。“打响第一枪”的说法我是始作俑者。通过这件事情，我认识了中国石化董事长傅成玉。他原来是中国海油董事长，在对外开放中，是敢于打破陈规旧俗的人，也是国企改革标志性人物。有关部门对混改持高度谨慎甚至过度谨慎态度，并没有对企业包括傅成玉的企业改革给予真正的支持。

2014年的混合所有制讨论，简直是一场空泛而远离主题的闹剧，层次很差，就像各地提指标、刮风一样幼稚可笑。更可笑的是，他们中有相当一部分的理论基本是斯大林的苏联政治经济学，把混合所有制改革看成是反公有制的，予以抵制与反对。中信股份“混合所有制”改革中，泰国正大集团与日本伊藤忠组建的合资公司，以803亿港元获得中信股份20.61%的股份。尽管交易金额巨大，但交易后中信集团依然持有59.9%的股份。有人认为，在这样的股权结构下要摆脱行政力量的羁绊是非常困难的，投资者也觉得受骗。也有人认为，这是国有资产流失。各有各的看法。

一时间，混合所有制改革的舆论锣鼓喧天，但是犹如一片更加浓烈的雾霾，使人感受到窒息。一些民企不想“混”、不敢“混”，敢“混”的还要冒着成为“傻瓜”的风险，因为“民混官”可能被“官”控制甚至吃掉，这是参股民资最担忧的结果。从目前能源国企公布的混改方案看，民营资本占股比例有明显限制，这也容易造成民资进入后得不到话语权、决策权。混改应当是“民与官”的双赢，而作为弱势一方的民资需要更大的支持及保护。因此在混改推进的过程中，应不断完善、细化制度政策，在产权保护制度方面让民资打消担忧。

2014 年春天，我写了一篇题为“天津食品街国企‘小股独大’欺负民企太甚”的文章，在博客上发表后当天有 19 万人点击。文章强调防止国有资本流失，还要强调保护民有资本，尤其是保护民资的经营权，三者不可偏废。

当时，闻名全国的天津食品街发生股权纠纷，闹得沸沸扬扬。国有企业只占 40% 的股份却控制决策权、经营权和收益权，占 60% 股份的民营企业连续十年没有得到分红，连组织股东会的权利都没有。市场环境不公平，使得混合所有制改革的效果受到怀疑。

天津食品街是一个闻名全国的特色街区。到了 2003 年，由于种种原因，经营不善，食品街入不敷出，工人工资发不出来。此时，民营企业资本出现了。天津市世纪利德公司与天津逸玖公司以 6000 万元参股，其实两家民营企业法人是同一个人，但是为了不影响国有企业形象，有意分开，最后天津某国企以相对控股的名义而取得食品街的决策权、经营权和收益权。

问题就出在这里，明明民营企业占了 60% 的股份，却说了不算，而占 40% 股份的国有企业却以“政府”自居，利用国有企业与政府的天然联系，用政府的权力来干涉企业产权纠纷，结果导致经常无法召开董事会和股东会。食品街公司由于经营权纠纷还发生了一起“抢公章”风波。作为拥有 60% 股份的民营企业按章程可以召开股东会，选举董事，但是却被国企负责人定义为“伪董事会”“伪政府”。

到底谁是“伪政府”？不能不辨。在企业里面，政权的力量显然不能干涉企业的正常经营，而是应该以股份多少来决定产权大小以及股东的地位。占股份多的民营企业召开股东大会被称为“伪政府”，占股份少的国有企业不召开股东大会却以“政府”自居，这种颠倒股权的做法发生在进入市场文明的21世纪，实令人惊诧。

股份制企业应该将所有权与经营权分离，可是占据40%股份的国有企业却囊括董事长、总经理和财务总监职位，不让大股东参与，这是哪家的产权制度?

习近平总书记对于各类企业依法平等使用生产要素、公平参与市场竞争，是讲得很清楚的。确实，在混合所有制企业，如果不明确国有企业和私有企业的平等地位，这样的混合所有制只能是以“混合”为名，践踏民营企业的资本，让民营企业见“混”色变，再也不敢向混合所有制靠拢了。

我在搜狐博客上发表文章，是借天津食品街有限公司的混合所有制纠纷为大家敲响警钟，给参与混合所有制的非公有制企业多一点同情，多一点支持。先完善产权制度，再发展混合所有制，进而使混合所有制这个好东西真正能够发挥好作用，从而解除误解，促使混合所有制的改革更健康、更快速、更持续的发展。

后来，这个天津民企负责人到我家里来看我，继续诉说他们的困难，临走时给我一个红包，里面是两万元钱。这位董事长说：“是稿费，您为民企讲话，这是应得的。”这位企业家是位知恩图报的人，应该理解她的心情。我说：“为企业讲话是我的良心所在，我说的是真话。一收钱，就讲不清了。”她给红包时把一起来的人支出去了。我说：“别人不知道，但我自己心不安。天津的国企改革是不够彻底的，有些企业是很坏的，他们什么手段都用得出来。”后来，果然，天津这家企业通过关系到北京找到中国企联，告我

“为民企讲话不正常”，并扬言，要通过天津公安厅把我抓起来。他们认为我肯定会收民企钱的，否则我不会为民企讲话的。我当时怒不可遏，对天津来人的做法非常反感。我想，如果真的收人家两万块钱，就真地说不清楚了。后来，我很想找这家国企理论理论。因为忙，也就算了。

确实，在政府机构一些人的思想意识中，国有企业是主人，民资总是外人。在重大决策时，一股独大容易产生国资“一只手压倒一片手”的现象，民资只能扮演“陪太子读书”的角色。内部人控制的直接结果就是委托代理机制的失效和股东利益的受损，甚至直接导致企业的垮台。一旦出现这样的状况，参股国企的民资将遭受巨大的损失，甚至直接破产。这种市场气氛太差了。

二、十九大前的联通风波

2015 年 3 月，混合所有制改革开始进入“有序”等待阶段。

期间，中央做过多次指示，开始的“积极开展”，中期的“不搞拉郎配，不搞全覆盖，不设时间表，成熟一个推进一个”。在 2015 年 3 月以后文件中提出“三不”，正好是对前一年复杂局面的回应，强调“稳步进行”“有序推进”，向外界释放出这种信号：不要为了混改而混改，不要盲目追求混改数量，要追求效果与质量。在 2015 年 3 月后，很多地方改革速度变慢，长期试点而经验难以推出。有观点认为混改只是“画大饼”，“只听楼梯响，不见人下来”，表现出一种唱衰的灰色心态。

我在媒体发表看法，现在改革的会议多、文件多、方案多、口号多、督察多，口号喊得震天响，但雷声大、雨点小，表面上热热闹闹，实际上改革并未落地，这已成为常态，大家几乎都心知肚明。我觉得应该进行一次震动比较大、超出预期的改革行动，以增强改革的信心。联通混改前三个月，2017 年 5 月 2 日，《华夏时报》记者陈岩鹏对我进行专访，写了一篇报道《尽快改变国企改革进展缓慢的局面》，4000 字，占用了一个整版。报道开头写道：

从改革的全局来看，改革落实不力仍然是当前影响全面深化改革工作的突出问题。中国企业研究院首席研究员李锦接受《华夏时报》记者专访时称。为此，李锦提出了 21 条建议。他首先建议把国企改革作为重点突破的方向，对突破方向、带动范围与牵引作用做出部署。

我站出来讲话了，呼吁混改应该是对整个国企改革具有突破性、带动性作用的改革。而当务之急是，打通"中梗阻"，解决"两头热中间冷"的局面。这需要从具有垄断特征的国企入手，拿出切实可行的办法，尽快改变目前国企改革进展缓慢、办法不多、成效不大的局面。

我注意到习近平在中央深改小组连续三次会议上的讲话。确实，不少地方国企改革的面宽了、节奏慢了，需要突破。突破口要定在混合所有制改革上，不能再等，不能再拖，不能再耽误，不能再懈怠了。

显然，中央也开始焦急了。

三个月后，我的呼吁变为现实。十八届三中全会以来"力度最大"的混合所有制改革试点项目——联通混改方案浮出。我呼吁的这些观点，几乎全部在联通混改方案中得到体现。

2017 年 8 月 16 日下午 5 时许，中国联通的混改重组方案出台。联通集团旗下的 A 股上市公司中国联通发布混改方案，百度、阿里、腾讯、京东等四家互联网巨头，以及多家垂直行业企业和两家基金，以 780 亿元人民币的总对价，成为中国联通的战略投资者。

混合所有制改革突破口为何选在联通？中国联通已成为国内三大运营商中业绩最差的一个，与中国移动差距逐渐拉大，急需混改进行自救。在业内看来，中国联通在三大运营商中业绩最差，用户最少。从2016年营业收入来看，中国电信是中国联通的近1．3倍，中国移动则是中国联通的2．6倍；以净利润来计，中国电信约为中国联通的30倍，中国移动则是中国联通的172倍。

同时，中国联通的资产负债率居首，高达62．57%，中国移动、中国电信分别为35．43%、51．52%。当时有个说法，联通要由中国移动或者中国电信兼并。混改是不得已的一种选择。

《经济日报》《中国证券报》《上海证券报》《中国经营报》《经济参考报》《新京报》等纸媒和中央电台、中国财富网、新华社客户端、澎湃新闻等非纸媒相继采访我。我从下午5点说到晚上11点。

我在第一时间发表文章，解读联通混改方案。作为国家发改委主导的国企混改首批试点项目，联通集团最终披露的混改方案有多个突破点：

看点之一：联通混改的体量是改革以来最大的，中国联通拿到780亿巨量现金，有利于公司发展特别是5G业务的发展。

看点之二：联通作为目前唯一的一家集团层面整体混改，将部分公司股权释放给其他国有资本和非国有资本。

看点之三：国有股比例大幅下降。把联通集团对中国联通的持股比例从原来的63．7%降低到36．7%，失去了持股50%以上的绝对控股地位。这是以前做不到的，或者说不敢做的。

看点之四：这是具有垄断特征企业的混改，大股东不一定要处于绝对控股地位。这次“联通集团+中国人寿+国有企业”结构调整基金的持股依然处于绝对控股地位，这个也是创新，股权多元化，但同时依然保持多家国资股权联合实现控股。

看点之五：混改参与方的增量资金的注入可以缓解联通资金压力，中国联通的资产负债率居三家之首，高达62．57%。

看点之六："混改热 + 互联网热"成为当下央企混改的一个特征。中国联通的子公司联通运营公司在北京分别与腾讯、百度、阿里巴巴、京东等合作方，以书面方式签署了战略合作框架协议。腾讯占比最大，投资 110 亿元，占 5．21%。

看点之七：增加新动能。可以加速建设 4G 网络、布局 5G，缩短与另外两家运营商的网络覆盖差距。推动重点业务和产业链融合发展，扩大中国联通在创新业务领域的中高端供给，培育壮大公司创新发展的新动能。

看点之八：员工持股，什么人能持股，持有多少，这些问题都很复杂，这次联通把员工考虑进去，也是一大突破，后来的发改委推动的第二批、第三批国企混改都可能会把员工持股考虑进去。

看点之九：在近两年来竞争力下滑、市场份额缩水的企业取得突破，原因在于进行倒逼型改革，比较有代表性的就是中国联通和东方航空。

看点之十：中国联通混改落地具有极强的示范意义，带动国企加快改革节奏。对于后来的央企改革，联通今后的发展轨迹、改革操作、思路想法都会成为重要参考。目前，通信板块国企包括中国电科系、中国电子系、普天系、武邮系、电科院系等，都将受到启发。

当然，我也指出混改所存在的风险与挑战。董事会的规范化、市场化将面临最大的考验。此次入局的企业数量较多，其间利益交错复杂，各方能否通过规范化的管理选出代表众人的董事，能不能加强职业经理人建设，对符合政策要求的高级管理人员探索施行中长期激励机制，并建立与激励机制相配套的约束机制，在管理期间能否规范化地治理，这会是接下来联通混改最关键的问题。如果把中国人寿和国有企业结构调整基金合计持有的 16．33% 的联通 A 股公司股份，与联通集团持有的 36．67% 的联通 A 股公司股份，同样看作是国有股，那么混合所有制改革完成后的联通 A 股公司中，国有股比重为53%，仍是一种国有股份控股的结构。如果这三家国有股东的股东大会投票协调一致，在所有的股东大会普通决议事项上，其他所有股东都将没有什么发言权。这些问题，都要在实践中解决。

事实上，中国联通是唯一以 A 股上市公司，即集团核心资产作为混改主体的混改企业，中国联通混改是垄断领域国企混改一次重要的试水和探索，已经对整个国企改革造成冲击，影响巨大，对国有企业的改革路径、股权结构、经营机制、法人治理结构的变化都产生了重要影响，对国有企业改革发展来说，具有里程碑的意义。

三、一波三折的联通混改

消息公布后，8 月 16 日从下午 5 点到晚上 11 点，我应答媒体，讲了 6 个小时。

到了半夜，联通 A 股公告消息又撤了。媒体一时炸了锅，议论纷纷。市场猜测撤回是冲撞定增新规所致。今年 2 月份，证监会修订的定增新规要求，上市公司申请非公开发行股票的，拟发行的股份数量不得超过本次发行前总股本的 20%。此次中国联通 A 股拟定增 90．37 亿股，按现有股本 211．97 亿股来计算，定增比例达到 42．63%，远超新规要求。

这时，国务院新闻办、发改委、国资委保持高度沉默。媒体上有一些不负责任的负面消息出来，一些驻华的外国媒体也卷入其中。路透社、《欧洲时报》记者们问我是什么原因，我判断是技术问题，不会是政策问题。这当然是凭经验判断了。

从去年 9 月底开始的联通混改试点，是国企混改形成突破势头的一个标志性事件。中央指出的“对滞后的工作要倒排工期，迎头赶上”是对前一阶段节奏过慢现象的扭转。发改委会同国资委于2016年启动实施第一批混改试点，确定将东航集团、中国联通、南方电网、哈电集团、中国核建、中国船舶等中央企业列入第一批混改试点。中国联通混改方案的提出，便是突破阶段的象征性事件。

就单个企业来说，联通混改是新一轮国企改革以来，力度最大的一次改革。联通混改是按照习近平总书记在中央经济工作会议确定的“完善治理、强化激励、突出主业、提高效率”混改十六字方针组织实施的。联通集团这一“突击队”如果趟出一条新路径，对后面的国企改革将有借鉴和启发意义。无论是混改目标的确定、标准的明确、路径的选择和难题的破解，还是在混改过程中使用的方式方法，都将为后面的混改队伍提供经验。

三天，是非常紧张的三天。联通在烈火上烤，我也在烈火上烤。当时，国企专家中，只有许保利仍然为联通讲话，而多数人沉默。而和联通有关系的发改委、工信部专家也不习惯在媒体露面。这时候，反对联通混改的是多数，一时有黑云压城的感觉。官方新闻发言人都不发言，我露在明处，压力很大。

反对与质问联通混改的文章，在17日后的三天，集中爆发。《联通混改方案是“大杂烩”或涉国资流失》《警惕新常态下的国有资产流失新模式》《混改简单说就是国有资产部分私有》《专家：联通混改，私有化意味重大》《联通混改：一场各方共赢的豪华盛宴背后一地鸡毛》等文章，重点指向国有资产流失与私有化。

我是骑虎难下，处于风口浪尖，只有迎着风浪上了。对于国有资产流失的现象，我对社会进行正面回答。在国企改革的历史上，对于国企引入社会资本，过去有“改制合并、分拆转让”模式，也出现过国有资产流失的现象，这是我们时刻不能忘记的。这一次以联通为代表的混改，与过往国企混改不同在于：一是坚持公有制的控股地位；二是核心部分的电讯网牢牢控制在国家手里；三是改革的重点是经营市场化，是经营机制的改变，而不是所有制的改变，焦点不在股份“多”和“少”，而是在经营权程度的“深”和“浅”；四是防止国有资产流失，这次混改规定员工持股最高不超过1%，断了少数人趁混改暴富的路；五是并非简单改制，而是转向公司化治理，建立法人治理结构，以市场化经营来体现效益。不是像以前有些地方那样，把改制当作目的，改制效果就不再过问了，而是把效果和要求放在前面，应该说新一轮改革与以往的改革有着本质的进步。

一波三折的中国联通混合所有制改革方案终于尘埃落定。8 月 20 日晚间，在经历了一场信息披露“乌龙”之后，联通混改方案落地，证监会发布消息，对中国联通混改涉及的非公开发行股票事项作个案处理，适用 2017 年 2 月 17 日证监会再融资制度修订前的规则。

我的观点，通过媒体向全世界传播。我知道，“把混合所有制改革作为国企改革重要突破口”是习近平总书记在中央经济工作会议上讲的，而联通混改是刘鹤同志抓的，我们应该坚决拥护，在关键时刻决不能当改革中的“驼鸟”，明哲保身、保持沉默。当时，我写了 2 万字的长文《联通混改的历史价值与改革标杆意义》。罗虎发表文章《新时代的国企改革，需要大智慧——读李锦的 <新时代国企改革策>》予以评价：

十九大前，李锦发表重磅文章《维护把混改作为国企改革重要突破口的正确抉择——联通混改的历史价值与改革标杆意义》，这篇文章，站位更高，发挥正常“压舵石”作用。整体上看，每个部分是环环相扣的逻辑架构，将“当代中国国企改革的最大的焦点”刻画出来，令人读后茅塞顿开，全方位感知“把混合所有制改革作为国企改革重要突破口”的过程与意义，诸多似有疑窦之处即可因此而冰释，有拨云见日之感。

四、我的意见被摆到政治局常委面前

在联通混改的关键时刻，我的观点被人民日报记者送到中央政治局领导手中。

我认为联通混改试点，有三大突破点：一是有垄断特征的国有企业由公有制绝对控股转向相对控股，让出30%以上的股份，力度非常大；二是央企集团层面混合所有制改革，层次高而深，战略投资加财务投资，外部投资加内部职工持股，方式复杂；三是“混改热+互联网热”的模式出现，拿到780亿巨量现金，利于国企向产业链条中高端发展，可以搞5G。

联通等试点企业的混改，具有实际操作的引领意义。突破口，意味着突击队的出现，要在将被攻破的城墙上撕开一道口子，引领整个战场乃至整个战役走向胜利。就像攻城，需要云梯，需要弹药的保障，需要掩护，当然更需要勇气。对于联通等试点企业来说，一下子被推到风口浪尖上，已是开弓没有回头箭，唯有不怕牺牲，冒着枪林弹雨，勇往直前，斩关夺隘。如果联通混改停了，五年之内也发动不起来。

当然，在联通等试点企业的混改操作中，怎样绷紧国家安全这根弦，遵循行业监管规则，符合电信网络信息安全要求；怎样选择正确的路径，防止国有资产流失；怎样以董事会治理为核心，以市场化运营为原则，建立权责对等、协调运转、有效制衡的混合所有制公司治理机制；怎样依法改革，实行同股同权，体现股权面前一律平等，建立一套新的体制、机制与制度；怎样在程序上公开、公平、公正，在操作及技术运行上树立典范；怎样健全激励机制，让最广大基层员工拥有更多混改获益感，都是值得回答的问题。

当然对参加混改的各方，我也提出建议。对于联通来说，以混合经济的效益与成果说话，增强央企实力，将央企做大做强，而不是将央企做散、做小。对于多家机构投资者而言，需要有足够耐心，需要同心同德、扎扎实实地去改进公司治理结构，改善企业管理；对于政府而言，建立容错机制，允许失误，甚至失败后的攻城策略的调整，不可求全责备，不可抓住一点不及其余。政府应该给企业更多的宽松时间，乃至试错时间；理论界也要本着积极呵护改革的立场，提供扎实的理论根据，对待先行先试而试错的企业应该宽容，持谨慎的批评态度，或褒或贬，都应充分地探讨，但不能随便扣帽子、打棍子。说实话，在联通混改中文革式的“扣帽子”“打棍子”现象出现了，到了很厉害的地步了。我写过文章，为“防挨打”又看一遍。我知道，为改革而“挨打”，官方是不会有人为你讲话的。

在国企改革获得突破的过程中，全社会也将面临考验。

当时，舆论中出现杂音，有人甚至借此说事，公开呼吁停止混合所有制改革，与中央的口径背道而驰。是继续突破，还是马上停止，孰是孰非，不可不辨，大是大非，不可糊涂。

当前改革的主要矛盾是干与不干、改与不改。需要对“干”的支持，对“改”的支持，如果口口声声讲改革，嘴里说“好箭好箭”，改革真的来了，就“叶公好龙”起来，这是要不得的。我们可以期待，围绕联通混改的操作程序、国资定价、董事会建设、经理层市场化转型、股权激励等方面，总结制度性经验，并加快复制推广。

关键时刻，中央主要领导表态了！联通混改前行了！我的观点得到肯定。

联通混改风波过后两个月，党的十九大召开了。

习近平总书记的报告，我一直全神贯注地关注，就看讲不讲国企混改。我从十三大报告，看到十八大报告，预计混合所有制改革必然会写进去。其实，在十九大开会前一天，我几乎是一夜未睡。从党的十大开始，也就是从1973年开始，我就一直在“迎接、庆祝与落实”党的代表会议精神的生活中，整整45年了，从来没有空过。在党的十九大前，我已经在多篇文章中呼吁把混合所有制改革放在突出位置，加以明确。2017年8月20日发表《对十九大报告起草的11个企业问题建议》，10月15日发表《十九大后国企混改势必有更大突破》等文章。十八大报告讲到推行公有制多种实现形式。我推测，十九大报告还会坚持两个“毫不动摇”，混合所有制改革可能会写入。十九大后国有企业混改势必有更大突破，这是一个基本判断。

习近平总书记在党的十九大报告中明确指出，“深化国有企业改革，发展混合所有制经济，培育具有全球竞争力的世界一流企业”。我真的怀疑自己听错了，怎么讲到“深化国有企业改革”，后面只有“发展混合所有制经济”一句话，没有第二句话?！可见混合所有制经济地位空前突出，空前重要。《报告》凸显了发展混合所有制经济的重要地位和作用，为做好国企改革发展工作进一步指明了方向。

发展混合所有制经济排在极其突出位置，使人心情难以平静。这使我想起两个月前，在舆论上有时几乎是独力支撑，几乎是在舆论枪林弹雨中冒失地冲锋，我们是做对了。

我在党的十九大闭幕后10天内，写了7篇解读文章，共5万多字。党的十九大闭幕后仅仅1个月，我的《新时代国企改革策》出版了。罗虎在文章《新时代的国企改革，需要大智慧》中评论道：这是十九大后中国第一本探究中国国企改革的书。从理论归纳到改革实践铺展，无不基于作者长期改革、舆论研究的深厚积淀和独到思考。对于日益成为舆论焦点的国企改革，对于进一步提高国企工作者决策能力与理论水平，这是一本提供智慧、提供思路的书。

第六节　供给侧改革的《中国力量》

一、连续48个月的经济下行

供给侧结构性改革是这五年中值得大书特写的一件事。

2003年加入世界贸易组织，中国经济再次进入快速增长通道。但2008年的美国次贷危机把中国经济推向了困难境地。2009年，政府出台4万亿投资计划、产业振兴规划以及宽松货币政策来抗衡危机对中国经济的冲击。但仅仅过去一年，经济增长率则一路下跌，经济进入下行周期。到了2012年，产能过剩、环境污染、腐败各类问题交织，“经济社会矛盾到了临界点”。中国经济遇到的困难似乎一下子都暴露出来。

新一轮国企改革的突围就是从经济连续下行开始的。GDP增速自2010年一季度达到12. 1%的高点之后，一直在震荡下行，直至2015年的6. 9%，而且下行趋势尚未得到扭转。这就使中国不得不重新思考：中国经济的主要问题可能是结构性问题，而非周期性问题，不能用解决周期性波动的宏观政策去应对。目前国有企业在传统产业、产能过剩行业、重化工行业分布较多。亏损首当其冲的是8大行业，钢铁、煤炭、水泥、玻璃、石油、石化、铁矿石、有色金属。前些年，用投资刺激经济，一哄而上带来的是过剩。2015年全国规模以上工业企业实现利润总额63554亿元，比上年下降2. 3%。这是继1998年以来，规模以上工业企业利润首次出现负增长。也就是说，形势回到朱熔基1998年脱困三年的起点。

21 世纪第二个十年，看起来比以往任何年代都更显得风险重重。从 2011 年底起，我国国有经济连续 48 个月下行。中央经济工作会议主题词不得不由“保增长”改为“三期叠加”，后来又改为“新常态”。2013 年、2014 年这两年，重点是解决怎么看的问题。

我调研的中国冶金科技集团，是个典型代表。尽管在 2012 年《财富》世界 500 强排行榜中，中冶集团仍以 376．126 亿美元的营业收入居于第 280 位，但高速度难以掩盖质量下降，经营业绩已经在国资委系统连续两个年度被降到最低的 D 级，2012 年全年亏损高达 73．6 亿元。企业深陷包袱沉重、效益下滑的管理低谷，发展面临累棋之危。

当时，中国中冶股价从 5 元多跌到 1．5 元，中冶人面对的是股东拍着桌子喊“你们已经垮了，关门算了吧，我们不相信你们了”！最可怕的是内部“信心危机”，被提拔的干部不愿就任，在职的技术人员要求调动。懈怠情绪弥漫，很多人说中冶到了最危险的时刻。

开船偏遇顶头风，这是当时的整个中国，也是中冶集团所面对的共同处境。

从 2015 开始，我选择一家中央企业中冶集团进行调研，跟踪了 3 年。我来到北京东北角的三元桥，中冶集团总部大楼。这是从首都机场进北京城路上遇到的第一座高楼，被很多人称为“国门第一楼”。2013 年 8 月，一排蓝色帐篷格外醒目。帐篷下百余名讨薪者席地而坐，几步之遥的中冶集团入口则大门紧闭。从 7 月 28 日起，这支浩浩荡荡的索债队伍便聚集至此。

“要是能按时归还我们的工程款，谁愿意千里迢迢地坐硬座从甘肃来到这里讨薪呢?”队伍里，一位来自甘肃的讨薪者忿忿不平又万般无奈。

原来，这一百多位讨薪者都是中国八冶建设集团有限公司所属安装公司的员工。之所以从全国各地北上围堵中冶北京总部，为的是讨要中冶集团在辽宁省葫芦岛市一个锌厂项目所欠下的4800万工程款。

鞍钢、宝钢、攀钢、武钢等钢铁生产企业可谓家喻户晓。与之相比，作为冶金建设企业的中冶集团则显得默默无闻。这些钢铁巨头都是中冶所建。

20世纪90年代以来，随着中国改革开放程度的日益提高与市场经济进程的愈演愈烈，钢铁行业驶入了发展的快车道。1990年，我国全年钢铁产量为6635万吨，到1996年首次突破1亿吨，达到10124万吨，一举跃居世界首位。从2000年开始，中国粗钢产量便以平均每年增加近5000万吨的速度一路狂奔。2012年，我国粗钢产量达到7．17亿吨，是2000年的5．6倍，年均增速达到16%，钢铁产能方面更是超过10亿吨。要知道，在2012年，全球钢铁总产量为15．478亿吨，我国便生产了全球近一半的粗钢。那一时期，甚至有人直接将钢企的轧机比做“印钞机”。

终于，到了2012年，冰河世纪降临了。钢价一夜跌回到18年前。“一吨豆渣贵过一吨钢”“一斤钢材价不抵4两猪肉”等说法不绝于耳，成为2012年钢铁行业低迷情状留给人们的生动记忆。

此前，世界500强与上市的宏伟目标，推动着踌躇满志的中冶集团在多元化扩张的道路上一路狂飙。当时的企业规划目标是大力推进业务多元化，把工程承包板块的比重降下来，加速企业在资源开发、设备制造、纸业及房地产四大领域的发展，希望以此提高非冶金工程业务的收入比例。

距离唐山市东北仅300公里的渤海之滨，有一个名为“葫芦岛”的地级市，这里矗立着中冶集团头上的第一座大山——中冶葫芦岛有色金属集团。2007年末，中冶集团从资源开发向有色冶炼深加工扩张，通过无偿划转和20亿元增资方式，持有葫芦岛有色

51．1%股权。然而实际上，葫芦岛有色进入中冶集团时就已资不抵债，企业生存面临着原材料依存度过高、生产工艺落后、债务和历史负担重、管理粗放和效率低下等诸多问题。当时，对于辽宁省国资委而言，葫芦岛有色无异于急于摆脱的烫手山芋。

2010年锌业股份亏损2．4亿元，2011年便攀升至亏损10．8亿元。2012年，锌业股份的亏损额达到了令人咋舌的37．09亿元，每月亏损额就达3．08亿元。如此巨亏，让投资者感到不可思议。葫芦岛有色将面临全面停产，职工生活无着落，1．2万户居民面临停水停电，或引发社会问题，情势迫在眉睫。而在先后投入98亿元资金后，中冶集团再也没有能力继续为葫芦岛有色输血。讨薪者围堵中冶总部的那一幕，便发生在这样的背景之下。

如何走出“三期叠加”的雾霾，是中冶集团，也是整个中国经济亟须思考的问题。

2015年底的新华社报道：前10月全国国有企业利润下滑9．8%，比前9月扩大1．6个百分点；地方国有企业利润连续3三个月同比下降，由前8月降1%、前9月降2．7%，扩大至前10月下降6%。在钢铁、煤炭和有色等持续亏损行业，为数不少的企业已连续多个季度亏损、债务不断攀升、低效问题尽显，一些企业举步维艰，整个中国经济似乎不可逆转地走到生死关头。

二、供给侧改革的新药方

2015年11月10日，是中国经济极不平凡五年结束的日子，也是中国经济发生转折的日子。

那一天，习近平在中央财经领导小组会议上强调，在适度扩大总需求的同时，着力加强供给侧结构性改革，着力提高供给体系质量和效率，增强经济持续增长的动力。我当时存在一个担心，供给侧是一个新处方，这个药方是否有效？是不是管用？

在北京金融街，由新华社、《经济参考报》与供给研究院联合举办的研讨会上，我把供给侧改革与国企联系起来了，或者说，把这个话题拉到国企身上了。我提出见解：供给侧改革主体是企业，首先是国有企业。供给侧改革是上面提出来的，但是事情要由企业来做，由企业来负责供给。比如说供给是生产马桶盖，让政府哪个部门负责生产马桶盖？没有。供给的主体是企业，政府提供制度，为企业提供产品创造条件，政府是为企业提供服务的，最终还是由企业提供供给。

我在 2015 年 11 月，中央提出供给侧改革部署的当月，提出“不平衡是当前经济发展的主要矛盾”的观点，并且对这种规律进行分析，提出建议。在我提出这个观点的一年多后，党的十九大报告作出当前主要矛盾是“不平衡、不充分”的评判。我的发现与结论的提出，要早 20 个月。显然，作为一个智囊，应该为党中央决策做出前期的艰难探索，及时发出改革的“天气预报”。

从 2015 年 11 月到 2016 年 10 月，是异常艰难的 12 个月。在这个波澜起伏的一年内，我对供给侧改革的呼吁可以分为五个阶段。从我呼吁的内容，可见供给侧改革的思路。

第一战役，发动阶段，习近平总书记、李克强总理提出供给侧改革。在当月，我提出一万多字的国企供给侧建议，提出“供给侧改革国企主体论”。我的文章主题是“供给侧改革对于国企的意义与建议”，副题是“对习近平总书记‘供给侧改革’论述的理解”。文章表明，“供给侧”为我们提供了解读中国经济政策和经济前景的新角度。文章回答了如下问题：1. 为什么要搞“供给侧改革” 2. 为什么说“供给侧改革”的出发点是搞好企业，增加新型供给？3. 国企改革顶层设计与新供给经济学有什么联系？4. 新供给经济周期与国企“3 个一批”的同一性？5. 为什么国企进行“供给侧结构性改革”，从消化过剩产能开始？6. 国企将怎样为“供给侧改革”提供动力？继而明确：新供给的主体是谁？是提供产品与服务的经济组织——企业；新供给的形态？是生产，是实体经济；“供给侧改革”的出发点？搞好企业，增加新型供给；“供给侧改革”改什么？通过简政放权，把原来政府掌握的权力放给市场、放给企业，让市场活起来，让企业愿意去生产（增加供应）；把原来国资掌握的部分行业放给市场、放给社会，让社会资本愿意投入企业（增加供应）；通过供给结构调整，这种宏观调控着力激活微观活力，在减税、金融改革等方面，努力帮助企业降低成本，这有利于提高企业发展能力，增加有效供给。从而得出结论，放权、减税、让利、引资，我们要做的事，用这 8 个字可以概括。

第二战役，发现解决问题的思路，集中在两会前后呼吁。2016 年 2 月 4 日中国证券报对我的专访《李锦：供给侧改革面临十大阻力》报道说，2016 年经济工作供给结构改革是主题，去产能是主线，淘汰“僵尸企业”是主要抓手，兼并重组与清理退出是主要形式。国企改革将由单纯的体制改革向产权体制与产业结构二重改革转变，推动企业减产能将进一步促进市场化兼并重组，通过优势企业发挥主导作用，用市场化办法对生产力进行重新整合，提升整个国企的生产效率。我围绕 10 个环节发声：两会热点前瞻、两会新闻发布会、总书记的讲话、政府工作报告、“十三五”规划、总理的记者会、国资委主任的新闻发布会、国资委主任在部长通道的讲话、中国发展高层论坛以及会议期间的文件颁布。从 3 月 1 日到 3 月 22 日，有 13 家媒体发表了对我的专访。

第三战役，坚持阶段，保持定力，重点是权威人士的解读。到了 5 月，形势发生变化，5 月工业增加值等等数据出来了，投资和消费下滑。当前中国经济最大的问题是社会预期混乱、企业信心不足。于是，人们沉不住气了，出现了再度起动需求侧的呼声，各地批了大量的投资项目。5 月 9 日，权威人士在《人民日报》上发声，明确当前及今后一个时期，供给侧是主要矛盾，供给侧结构性改革必须加强、必须作为主攻方向。权威人士讲话当天在《人民日报》上发表，我一夜间写出文章《权威人士讲话堪比 < 论持久战 >》，篇幅达 14000 字。文章发布后 200 多万人点击，我自己的微信便有 20 万人点击，“格上财经”微信转发后竟然有 30 万人点击。6 月 19 日，我写文章《建议为供给侧改革设五道底线》，提出五点建议，保持改革的战略定力，只要在底线上面，就要坚持住。“改革红利”的产生不仅需要时间，而且需要支付“改革成本”。一些重大领域的改革，在短期内不但不能改善经济，反而会令经济更加困难，甚至可能引发各种震荡，这对改革推进者无疑是一个巨大的挑战，考验着执行者的战略定力。

第四战役，到了 10 月，红利形成阶段。1 – 10 月国有控股投资增速为 20. 5%，大大的超出民间投资 2. 9% 的增速。国有企业经济呈现“缓中趋稳、稳中分化、分中向优”的基本态势，特别是 16 家中央企业效益增幅超过 30%。这些，符合预期，发展新常态的特征更加明显。我在万博新研究院和新华社、《经济参考报》联合举办的供给侧改革圆桌会议上发言，我认为央企效益大幅增加的意义有两方面：（1）这是 2012 年以来长期沉浸在经济雾霾中的中国迎来的一股强风，预示晴朗的蓝天即将到来。经济犹如在无底洞里一直下沉，突然着了地，产生很强的稳定感。（2）我国利润行业构成发生重大变化，总体稳步发展、行业分化加快、结构趋向优化，这正是供给侧结构性改革所期盼的境界。这是牵涉中长期的重大变化。在 11 月 28 日举行的“中国企业供给侧改革研讨会”上，我发表“当前中国企业形势怎么看”的演讲。在国务院国资委第二届国企改革前沿论坛上，我发表演讲“国企供给侧改革进入红利期的判断与论证”，断言中国国有经济进入中国国企供给侧改革新红利的新阶段。

第五战役，舆论巩固阶段，发生在12月的“立白样本”研讨会，是对供给侧结构改革的欢呼。这年年底的统计数据告诉我们，规模以上工业企业的利润增速，已从2015年的－2．3%转为2016年的8．5%。经济拐点的出现，可能意味着向好趋势将从结构向整体扩张，中国经济增长的新周期的起点逐步确立。在102家中央企业中，有99家企业赢利，其中29家企业效益增幅超过20%。

三、中冶集团搬“三座大山”

在宏观上的观察与呼吁，需要微观上的调查研究的支持。我一边在媒体上大声疾呼，一边到中国冶金建设集团调查，以事实点燃对国企改革的信心。

2017年5、6月，中冶集团党委宣传部长齐冬平找到了我。他是一个诗人，文采粲然，性格豪爽，是东北汉子，认准了的事情，九头牛也拉不回。他很真诚，请我出山，为中冶写改革五年的传记。我因为手里活太多，一再推辞，他固请不退。

过去对于中冶集团，并没有什么太深的印象。引起关注的，是2012年中冶与中远、中铝并列为央企三大“亏损王”。那时，国企的舆论环境不算太好，尤其是央企在众说纷纭中基本都保持“沉默是金”的态度。

中冶集团请我，与2016年12月为他们写的长篇调查《重铸国家实力》有关系。2016年，机缘巧合，我们来到中冶集团调研，随后写出了《重铸“国家实力”——中冶集团深化改革扭亏转型纪实》和《执政党需要依靠力量 国企需要“执政骨干”》的考察报告与评论。此事与习近平刚刚发表的国企党建讲话高度一致，中冶集团党委发出决定在集团上下学习，学习活动在集团内外引起很大反响，有 20 多家子企业写出学习文章。我们因研究成果受到央企管理层与员工的重视而备受鼓舞。

2015 年，仅仅过去三年，中冶集团的发展形势就出现了大逆转。那时，我们参加国务院国资委组织的“走进央企”活动，到恩菲、十七冶、华天等中冶子公司，得知中冶集团在短短 3 年由 112 家中央企业亏损前三名到赢利增幅第一名，成绩令人鼓舞。但与此同时，3 年中竟然发生这样大的变化，有点出乎意料，也令人心生疑窦。

中央企业有 50 多家总部在北京，多集中在二环、三环两侧，走在二、三环两侧，高楼林立，抬头望去，耸立云霄，气势宏伟。有的央企年收入二三万亿，赶上西部好几个省。这些央企总部不少是由一个部改建过来，与首都理论、新闻、文化部门有广泛的人脉关系，对北京人的素质高低也大致了解。在司局级官员满街跑的北京，多数人只是凭借体制二字，一旦离开他们赖以生存的体制，便如滥竽充数的吹竽人。中冶集团一心要找个能写的人。中冶是 112 家中央企业之一，是世界 500 强，因为被五矿集团合并，从下至上，有一种情绪，特别是近五年形势大好，他们希望为中冶讲话，以此扬眉吐气。也许是齐冬平感动了我，也许更多的是中冶的实绩吸引了我，我被他说动了。从 2017 年 7 月开始，我带着李宁、严荣从重庆到成都，从湛江到深圳，从上海到南京。在湛江，石块从大海中的船上，到石料场，炼铁、炼钢、冷轧钢，一个个程序看过去，看完石头炼成钢的全过程。

当时，国企供给侧改革第一个要做的，就是在减产能方面加大力度，取得实质性进展。很多决策者对去产能闻之色变，认为去产能就是“破”，意味着砸机器、倒牛奶、社会动荡。这时，中冶集团以改革的思路，开始向头上的“三座大山”宣战了，并最终提供了成功案例。

其中最精彩的是葫芦岛的生死突围。2012 年末，葫芦岛有色资产负债率高达 241．68%，严重资不抵债，成为庞大的“僵尸企业”。

当时，锌业股份已经连续三年亏损，正处于退市的生死线上。如果破产重整工作不能在 2013 年完成，就将被迫退市。葫芦岛有色在局部已经具有“僵尸企业”特征，然而长期在“死不了，死不起，死而不僵”的状态中徘徊。在处理“僵尸企业”方面，中国的经验并不多。中冶集团围绕葫芦岛有色金属集团破产重整的会议，召开了一次又一次。据有人统计，党政联席会至少开了 50 次以上。

葫芦岛有色将破产重整！听到这个决定，当时很多人目瞪口呆，有人惊讶得张大嘴半天合不起来。在许多人的心目中，破产就代表着一个企业的死亡。“央企破产，这不是宣布企业死刑嘛，你们自己说得出口?”当时，甚至有地方领导反过来劝导中冶集团领导。

事关重大，必须请求上级党组织。2012 年 11 月 6 日，时任国务院国资委主任的王勇主持召开国务院国资委第 220 次党委会。会议做出决定，同意并支持中冶集团上报的解困方案，从此拉开了以破产重整方式处置“僵尸企业”的序幕。

2013 年 1 月 31 日，经最高人民法院同意，葫芦岛市中级人民法院正式受理了葫芦岛有色和锌业股份的破产重整。在此过程中，葫芦岛有色和锌业股份通过资产评估夯实了企业资产，核销资产约 47 亿元；同时，按照《破产法》关于债务重组规定，以评估后企业资产总额作为清偿全部债务的底线，通过与 3600 户债权人充分沟通，依据法定债务清偿顺序分类确定清偿比例，既确保过程公平公正公开，又确保结果具有法律约束力，从而清理了近 150 亿元债务。

其中，对中冶集团78亿元债务清偿6．1亿元，全部用于后续职工安置；对银行金融机构近45亿元债务依法进行了有效清偿，平均清偿比例为20%，为企业后续发展创造了良好的金融环境；对其他近27亿元经营性债务严格依法清偿，通过法定程序裁定，再加上企业和政府多层次多角度耐心沟通，得到了债权人的理解和支持，使企业彻底减轻了债务负担。

葫芦岛有色破产重整的精彩之笔，是采用了混合经济的方式，大胆吸引民资参股。在辽宁省支持下，宏跃集团作为新引入的重组方参与到重整之中。由此实现了三个重组方到位：中冶集团控股55%、宏跃集团持股35%、辽宁省和葫芦岛市各持股5%的第一步股比目标。在后来的工作推进中，这一股比又调整为宏跃集团控股39%，葫芦岛市持股29%，中冶集团持股27%，辽宁省持股5%。

不了解内情的人，或许难以想象葫芦岛有色职工安置问题的复杂与艰难。当时，在职工安置初期，职工由于对国有身份的依赖、对个人利益期望过高以及对方案的理解不足，曾进行上百次群访。职工代表大会召开后，又突发了700多职工群访政府事件。面临严峻形势，中冶集团始终把保持职工队伍稳定作为头等大事，一方面投入约30亿元资金完成重整和职工安置，另一方面以加强组织领导、事前预防为工作重点，第一时间将矛盾纠纷化解在萌芽状态。在整个重整过程中，中冶集团全力维持企业正常生产经营和职工工资发放，制定合理的重整方案，平衡了各种关系，化解了个性矛盾，维护了社会稳定的大局。

最为重要的一步，便是锌业股份恢复上市。最终经过18个月的艰辛努力之后，2014年8月6日锌业股份实现恢复上市，股价由停牌价3．88元涨到6．3元，为企业、职工和20万股民增加了信心，也为破产重组奠定了基础。

从2012年初到2015年末，经艰难跋涉，中冶集团终于搬掉了葫芦岛有色这座最为沉重与险峻的大山。葫芦岛有色破产重整案，是央企当时最大的破产重整案。

从发展过程看，到了2015年底，中冶集团头顶上的“三座大山”已经尽数被削平。针对中冶恒通、中冶纸业、葫芦岛有色三家企业，中冶集团果断实施了剥离策略，根据每家企业所在的不同行业和特点制定了具有针对性的处置方案，成功控制了“出血点”，为以后的输血、造血奠定了基础。

这个过程，异常艰难复杂，而中冶集团并没有一份完整的材料。后来，中冶集团的人也感到惊讶，不知道我们从哪里找到这些材料的，把一枯燥过程，写得那么清晰而生动。其实，这更多的事情，是我的助手李宁做的。他视野开阔，写作能力很强，他看了全部文件，自己从网上搜集了大量材料，为弄清过程，看了几百万字材料。李宁是沂蒙山区农家子弟，在山东读大学时通过老师认识了我，后来上研究生一直随我实习，读完博士研究生，再读博士后，我们这次一起调研了七八个月。

四、《中国力量》构建全新的话语体系

《中国力量》是我国第一本全景式记录中央企业在过去“极不平凡的五年”中推进供给侧结构性改革的相关情况的纪实报告。这本书，我们不仅仅写的是一个企业，从一开始我们便属意于写“极不平凡的五年”的国企，展现一个中央企业怎样走进新时代、他们遇到了什么、做了什么。我们赶赴全国各地，考察了中冶集团的十多个子企业，一个人一个人地交谈。例如，为了解湛江钢铁与越南河静钢铁这两个被称为“双子星”的钢铁基地建设情况，我们便赶赴位于重庆的中冶赛迪集团调研了三次，先后与30多人座谈。

我们反复思考，中冶集团的经验是什么？其对新时代的国有企

业提供了什么启示，也就是其核心价值何在？我们用五句话来概括：这是在内部亏损严重、外部产能过剩的双重危机下，奋起自救，杀出一条生路的改革转型典型；这是“回归主业、整枝去杈、固本强身、转换动能，建设世界一流企业”的供给侧结构改革的经验；这是围绕主业进行全过程、全产业链、全生命周期的全要素生产率集成创新的竞争力模式；这是围绕加强党的领导这一核心，以提高领导力为抓手，实施政治作风引领、发展战略引领、破解改革难题引领、制度创新引领与企业文化引领的管理体系；这是中央企业在新的伟大历史斗争中维护与发挥国企力量，建设社会主义现代化强国和实现中华民族崛起的正确道路。党的十九大报告作出进入新时代的重要判断，并作出了高速度转向高质量发展、新旧动能转换、全要素生产力、推动国有资本做强做优做大、培育具有全球竞争力的世界一流企业、毫不动摇把党建设得更加坚强有力等一系列部署与决策。我们发现，这些十九大报告中对于国有企业的要求与希望，在中冶集团身上表现得那么显著突出，中国的国有企业走向新时代的步伐在中冶集团体现得那么清晰有力。写完全书并作修改后才发现，我们是以党的十九大报告精神对中冶集团的五年实践进行观照，从某种意义上说，这是我们在实践中学习领悟十九大报告的精神之旅。

2018 年 5 月 28 日，《中国力量》新书出版，出版座谈会在北京召开。

国务院国资委研究中心副主任、中央企业智库联盟副理事长彭建国写到：《中国力量》一书揭示转换动能奥秘，证明中央供给侧结构性改革决策的正确，为中央企业改革发展提供一个样本。这本书，经验归纳得好，智慧含量高。

华夏新供给经济学研究员首席经济学家贾康、中央党校马克思主义学院副院长陈江生、中国作家协会书记处书记吴义勤、冶金工业规划研究院院长李新创等也给予较高的评价。

一本书引起经济学、新闻学界的共同关注，在于其表现时代的内涵。国务院国资委新闻中心主任毛一翔说，《中国力量》一书并不止于展现一家企业的改革历程，而是将中冶集团放置到党的十八大以来的中国梦、供给侧结构性改革、“一带一路”倡议等多重语境中。

中央财经大学新闻传播系主任、教授谭云明认为，《中国力量》的最大贡献是运用十九大精神审视过去五年，建立了新时代的新话语体系。过去“极不平凡的五年”，是习近平在十九大报告提出新时代理论的实践基础。怎么认识、怎么总结、怎么写好“极不平凡的五年”，对我国舆论界来说是一个重要课题。可是，走进新时代了，很多人仍然是以旧脑袋、旧习惯、旧语言来讲话。作者通过扎扎实实的调查，建立新时代的话语体系，其发现力、判断力、归纳力与创新力足可以用“强大”这个词来形容，可以把这本书作为新时代国企改革的智慧书来读。

“供给侧改革 24 字经验的概括，很见功夫”，是新华社《经济参考报》副总编、《国企参考》主编宋振远的评价。《中国力量》以十九大精神为指引，以国资国企改革为主体，供给侧改革为主线，用调查研究的方法，报告文学的形式，讲了中冶扭亏为盈的故事，说好搬走三座大山的情节，总结出 24 字的经验，几个要素优势融合得很好，是记者、学者与作家素养的完美融合。调查研究概括了 24 字的经验，是真经，概括很见功力。写经验不是简单的歌功颂德，是实事求是，把握适度，讲究实效，避免“高级黑”和“低级红”，《中国力量》有故事性，讲究表达技巧和呈现形式，具备穿透历史的价值。

中国石化集团、中石油、中国兵器工业集团、新兴际华集团、中国黄金集团、中国国新集团、国家电网、葛州坝集团宣传部、研究室领导与企业家出席会议。

《中国力量》是5月28日出版的，开印20000册。企业成百上千地购买，一个月后，出版社加印5000册。一部国企改革的书，在企业中引起的强烈反响，出乎我们的意料。

中冶集团党委第一时间印发了《中国力量》精彩段落引读，中冶基层成立了数十家读书小组，干部职工纷纷写书评与体会文章，读《中国力量》，联系实际学习理解十九大精神，读书活动搞得很有规模。

2018年08月15日，中冶集团党委发表消息“中冶集团各子企业党委精学《中国力量》热潮持续升温”。报道说，《中国力量》专著自5月出版以来引起了中冶集团各子企业党委的高度关注，学习《中国力量》专著的热潮一直持续升温。各子企业通过党委会、专题研讨会、学习小组等形式，从上至下，由浅入深，将《中国力量》专著学精学深、吃透弄懂。一时间《中国力量》成为干部职工身边炙手可热的畅销书籍。两个月来，各级党员干部、基层职工纷纷将《中国力量》的学习感悟与自身所在企业、自身职业发展结合，集团官网“《中国力量》学习心得”专栏刊登基层员工读书心得共计350余篇，学习成果显著，将《中国力量》学习氛围推向高潮。

一本关于国企改革的书，能引起这么多企业的学习活动，是极为罕见的。更令人感动的是，这个集团的网站上发表有310篇读后感。写这些文章的，有企业董事长，也有普通工人。每篇文章都有一个标题和一个副标题，副标题通常是“读《中国力量》”，很多写得情真意切。例如，中国十九冶集团蔡维华写道：合上《中国力量》一书，抬头一瞥，天色竟已暗淡下来，不知不觉中，我坐在此处已整整一下午。本以为这是一本教科书式的纪实报告，可不曾想此书详细记录了中冶集团70年的辉煌历程和新时代下中冶集团的奋进之路，其不畏艰辛、众志成城、不忘初心、砥砺前行的精神，令人感慨万千。

中冶天工集团李利霞在《我也是中冶故事的参与者》中写道：这是一本看了小半章节就让人欲罢不能的书，读得直让人潸然泪下，热血沸腾，豪气干云……短短一天的心路历程可谓波澜起伏。没错，读完《中国力量》一书，我只用了一天，这是我很久没有过的阅读速度。

第七节　身在京城拼打，却到沂蒙山村安家

一、习近平讲话后的 15 个不眠之夜

2018 年 9 月 26 日，习近平在齐齐哈尔的中央企业考察时指出："单边主义逼着中国走自力更生之路。这不是坏事。"我当天发表文章《学习习近平重提"走自力更生道路"论述的体会》，全文 5000 字。在整个国资委系统并没有人对习近平当日的讲话表态，我的文章就显得孤独也就更引人注目了。

其实，从 2013 年重提国企改革以来，习近平先后 15 次发表关于国企改革的讲话，包括在基层考察和全国两会上的讲话。每次讲话，似乎都是我一个人做解读。这 15 次讲话，几乎是我的 15 个不眠之夜。

2016 年 10 月，受国资委属下的中国大连高级经理学院委托，摘编习近平总书记国有企业治理方面的重要论述。这个学院原来是中央一校五院，后来由国务院国资委主办，学员多是央企负责人，这个学院成立一个国企研究中心，我被邀担任这个研究中心的特邀研究员，我做了一件有影响的事情，便是主持编纂《习近平国有企

业治理重要论述摘编》，作为学员读本。这大概是我国第一本有关习近平国企治理重要论述的书籍，是我领着几个研究生，用 3 个月时间做出来的。

习近平关于国企党建的讲话，学者解读的，我是第一个。那天晚上回家，在地铁上，听到“国有企业是党和国家最可值得信赖的依靠力量”，知道这是一个重要讲话。回家已经是 9 点了，来不及吃饭，也不能睡觉了。一夜写了 8000 字，凌晨 5 点通过微信发出，因为官方没有解读文章出来，7 点以后各大网站转载的都是我的解读。我的站位与多数人是不一样的，首先是从政治家角度分析，我觉得这是一篇《国企论》，是习近平国企治理思想的核心，是纲中之纲，是党建工作尤其是新形势下国有企业党建工作的指导思想与行动纲领。

过了几天，我又写文章《习近平国企党建讲话堪比古田会议决议》，认为习近平的党建讲话，有着古田会议风格，其内涵是一脉相承的，这当然是我个人看法。我认为是对的，便在第一时间发表出来了。

为什么五六年来习近平总书记关于国企的讲话，总是由我一个人解读？人们猜测甚多。中国人民大学新闻与社会发展中心主任、全国新闻学研究会会长郑保卫教授从改革角度来说这件事情的。他在《新媒体背景下李锦在国企解释性新闻中的兴起》中分析：

在首都舆论界出现了一个现象：凡国有企业的重大政策新闻，常有中国企业研究院首席研究员李锦出现，他的观点成为国企新闻报道中的重要组成部分。李锦近几年对国企政策新闻的解析出现次数之多、速度之快、范围之广，在国企新闻报道中十分突出。人们也许以为李锦是“体制内人”，其实他是个不在编也不拿一分钱俸禄的“局外人”，是一个以“智囊人物”形象出现的学者。他以局外人身份在国企新闻报道中的表现耐人寻味。

他认为，李锦现象的出现，是在体制还不能够很好适应媒体格局的变化的背景下形成的。目前，我国的新闻发言人制度还不健全。体制对新闻发言人授予重大责任，同时形成强大的约束力，使得新闻发言人只能受命发布，“讲什么”“讲多少”都是按领导要求去讲，不能多讲，越雷池一步则会在体制内外引发重大风险，承担失误乃至失责之过。

郑保卫教授的分析说出利害之处。确实，体制内制度安排的滞后，为局外人留下了“说话”空间。关键是我这个“局外人”，以江湖人做庙堂事，以互联网这个平台来发挥一生功力，以新闻精神做理论政策研究。

如果从个人禀性来说，我能够比多数人强一点，并不是体制为我提供什么条件，除了几十年做学问外，便是始终如一，集中全力去做业务，坚持不懈地做。可以说，我 90% 的时间用在写作上了，而不是体制上。日积月累，终厚积薄发。党的十八大一结束，我担任主编的《十八大报告国企学习读本》由人民出版社出版，这是国企发展史上第一本党的代表大会辅导读本；十八届三中全会召开，我一个月拿出《国企改革的方向与焦点》；党中央、国务院发表《关于深化国企改革的指导意见》，马上拿出专著《国企改革顶层设计解析》；习近平提出供给侧结构改革，我的著作《国企供给侧改革的难点与对策》便也拿出来了，至今仍然是唯一出版的国企供给侧改革著作。十九大一结束，我就拿出《新时代国企改革策》，这五本正式出版的书，达 200 多万字。这些是中国国资系统的一等一的“大活”，每本书，都是我一个字一个字敲打出来的。

我从 1978 年改革一开始，便摇举中国国企改革的旌旗，40 年间，我对改革有种与生俱来的热忱，现在一个人沟通官方与民间两个舆论场，对于新时代改革态势笔之于书，有一股欢喜、激荡不已的感觉，并且希望读者能有此同感。很多市面上流行的关于国企改革的语言，常常是我通过微信先说出来，被舆论传播，然后才流行开的。我首次提出而成为媒体约定俗成的标题就很多，从这本书的时间对照中可见“央企瘦身”“混改基调发生变化”“积极变为有序”“一股独大、一权独大、一人独大”“分类是国企改革的基础与前提”“国企改革设计图转变为施工图”“在政府企业间应当设隔离层”“四梁八柱”“改革要有天花板与地板”“国企，姓国名企”“中国国企将进入公司制时代”。一些提法与概念，本来没有，或者声音小，因为我说了，便也流传开了。

我亦认为，从消极角度讲，如果不是我硬撑着，还不知道中国国企舆论界是多么混乱。我是很敬重“为天地立心，为生民立命，为往圣继绝学，为万世开太平”的北宋人横渠先生张载的。这里，每一句开头都有一个“为”字，可以简称“四为句”。对于“四为句”，解释的难点在第一句“为天地立心”，多数人是理解不了的。我的解释是，天地没有心，但人有心，人的心也就是“天地之心”，是指为社会建立一套精神价值系统。“立心”也就是“立天理”之心，因为天理“能使天下悦且通”，从而使“天下”接受，“为天地立心”的涵义很清楚，其重点不在认识论，而在价值论。我的人生座右铭是“发现思想，引领社会”，就是“立天理”。

二、北漂七年八搬家

郑保卫教授文章所言“希望他能创造更好的条件，使自己的理论智慧发挥得更好些”，是话中有话的。他听说我日子过得艰难，尤其是经常搬家，他这样去写，是老先生对我的同情，意图引起官方的重视与照顾。

2018 年元旦，写了长文《北漂七年八搬家》，是说我在北京生活的艰难。在偌大的北京，我居无定所，终究是一个打工的漂泊者，搬家可见我无助的痛苦。

我从山东过来，到北京一直是自己租房住，先住在人济山庄，在里面搬过一次，接着是安定门外的外馆斜街，之后依次是北京北五环外的航天城、南五环外的房山长阳半岛、阜成门、六铺炕、菜市口。在航天城时，到了深夜11点，昌平地铁站仍然是人潮如涌，排着长长的队伍。北漂的人潮中，多是20多岁的年轻人，只有我一个是过了60岁的人，挤在他们中间了。与这些在昌平租房青年人在一起挤着，人挨着人，胸贴着胸，喘不过气来，我猛然感到心尖有点痛，不由自主地抬起手护住心脏部位。一车的人，一车的汗腥味，我看着孩子们像沙丁鱼一样挤在车上，心生怜悯。第二天凌晨六点，他们还要从昌平赶到市里，体谅这些小孩在北京漂着太不容易了。

搬家是很累的事情，特别是像我这样的读书人，写书人，视书如命，一本也舍不得扔掉。一年写一本国企改革的书，书出来，拿来几百本送人。每次搬家，三十个啤酒箱的书，死沉死沉，楼上楼下爬无数趟。有的老房子，没有电梯，上到五楼来，过一层，歇一次，就更吃力了。常常瘫坐在楼道拐弯的地上，呼哧呼哧地喘着气，擦着汗。每次搬家总是大汗淋漓，像从水里捞出来一样，累得站不起来。每搬一次，差不多要忙一周。

有一次搬书物时，一用力，鼻子一凉，血窜下来了，手帕红透，毛巾也红透了，竟止不住。到医院抢救，小护士用棉纱朝鼻孔里硬放，一米多长的棉纱进不去，还硬放。我的鼻孔被撑得实在难受，就用手抓着她的手，不让再放了。小护士央告说："大爷，我救你的命哩，你的血不从鼻子出来，就会从脑子里出来。"我一听，心凉了。以后自已不能下大力气干活了。这次，命救过来了。不过，家还是一直在搬。

租房的时候，总要跑好几天。有些好房子也不过150平方左右，因为地段好，南北通透的，每月房租三万多元，我是断然不敢住的。细一打听，央企几十家搞房地产，个中问题多多。我租房时也了解不少世态炎凉的事。心里想起来，不免有几分悲愤涌上心来，想起杜甫的“朱门酒肉臭”的诗句。

央企都有宣传经费与课题经费，数量不少。也有些通情达理的人，为我讲课或者做课题，给点补偿。我很感谢人家，有了租房的钱，我便可以继续为国家效力了。

不过有些央企，就不好说了。有的是有事有人，无事无人，很势利。有家央企因我一纸调查，得到张德江副总理批示，解决巨大困难，获得数百亿支持；有家央企因为不好的事情上了焦点访谈，上了新闻联播，求我时急如星火，我文章一出来，天下声音平息，至今一瓶矿泉水也未曾喝到。形形色色，见多了，也就不怪了。

我有时也想，体制内外的差距咋就那么大哩？我是退休的学者，不管你做多大贡献，这个体制一点也不会管你。可是转念一想，正是因为我得不到他们一点好处，才能够保有独立、自由的身子，有客观的立场，做到始终为国家讲话，为老百姓说话。哪怕指点“衙门”的错误与缺点，他们也奈何我不得。我想这种身份非常难得，使我时刻保持清醒客观，也是我为改革发声宏大而有战斗力的根本原因。

文人的骨头终究是硬的，轻易不张嘴求人，这点颇为难得。苏东坡流放海南时期，岛上生活一度十分艰苦：“此间食无肉，病无药，居无室，出无友，冬无炭，夏无寒泉，然亦未易悉数，大率皆无耳。”我现在的生活和苏东坡比，已经是很幸福的了。从1978年我就在改革一线冲锋陷阵，一开始就声音宏大，受到邓小平、胡耀邦等国家领导人的赞扬。后来，我到体制外发展，在金融危机到来时，我与北京多数学者有不同意见，写信万言送温家宝总理，影响亦大，被人称为“力挽狂澜”。在北京，千人诺诺时，我能做到一人谔谔，也是因为他们没有给我一点好处，我才能硬得起来。有互联网能冲决体制的限制，天生有才，必能有用，这就是文人的梦境呀。体制对做学问的人，终究不是一个好东西。

其实，人过于安逸了，也不想做什么了，过于顺利了，也体会不到民间凄苦。尤其是，享受体制的种种好处，便也要受其各种约束，少了自由独立，也写不出好文章来的。吃一点苦也没有什么，能够发挥年轻时积累的知识与经验，实现人生价值，是幸运不过的事情。诸葛亮有语“非澹泊无以明志，非宁静无以致远”，实是至理。

北京雾气重，人情淡薄，然而信息量大，每天总有新事，擂台多多，确实是写文章为改革做贡献的地方。虽然生活艰难，我暂时还不能离去。

元旦抒怀，诉说“北漂七年八搬家，只为改革写文章”的事情，在微信朋友中引起强烈共鸣，赞扬鼓励者有之，同情者有之，批评建议者有之，有的是年长我 20 岁的老人，有的素未谋面，但是都出于真情实意，甚至为我生起气来。

从 1976 年开始，经过大浪淘沙，我能够在政坛上活跃到现在，就是上苍对我的最大恩赐了。只不过无权无利而已，我的命运与生活，比历史上的先贤要好多了。有了互联网，一个人便可以成为一座智库，一个通讯社。我的学习方式、生活方式、思维方式已经被互联网悄然改变。其它并不需要什么，只要活着便可以了。

没有想到，文章一发表，跟随的帖子如潮水一般涌来。“大梦长安”写道：读元旦长文不免感叹！当老北漂不易哈，您不说真难以置信。“雷哥老吕”写道：独立学者不易，居京城更不易。“凤鸣”写道：看了你的北漂史，八次搬家透出你的艰辛和无奈，满纸国策言，一把辛酸泪；都云作者痴，谁解其中味。八年来的不懈笔耕，个中艰辛，令人肃然起敬。

贺寿天是我的中学同学，特地写诗《诉衷情》赠我。他写道：一腔赤诚为国酬，奔七情更尤。职场风刀霜剑，痴恒自风流。探黎庶，察朝野，四十秋。改革大业，农村国企，一眼尽收。古来才俊难封侯，傲骨拒俗流。如今清平盛世，志士莫悲秋。上擂鼓，中随动，民声稠。天道酬能，体制藩篱，指日穿透。

"老兵"说：李锦的事迹激励了几代人，我们30多年前的芳华就是在李锦的《棉颂》的艰苦奋斗精神激励下度过的。没有想到，他坚持了40年，仍然这样在艰苦中奋斗。

"呼唤"写道：一代奇才，为改革40年作出重大贡献！从万元户起家，九间棚沂蒙精神名世，金融危机救国，国企改革先锋，风风雨雨四十年，从不下战场，天下一等的改革大英雄。40年磨一剑，不服不行。

保定市委研究室的刘力鹏写道：刚才读了您的大作，两天三篇文章，在没有固定场所，没有资金支持，没有人员帮助的情况下，仍然为改革鼓与呼，体现了一个新时代改革者的家国情怀，真心佩服您。

"吸呼"写道：明明人家不想改革那么快，你却天天讲改革，逼人太盛；明明人家想沉默，你偏偏高举改革旗帜。你不是找死么?

我觉得他们说得有些重了。也可能我对改革的呼吁，触动一些人的利益，但是并没有发现整我的人。在大面子上，官方对我还多是感谢之词。

批评我的内容中，也有理解。"鸣锣"写道：在这样一个相对艰难的生活环境中，他却生活得非常幸福，他的幸福指数比锦衣玉食的人高许多，他生活很充实，没有那么多乱七八糟的事情缠身，他在体制外好好奋斗，而不愿意在体制内勾心斗角。这是一种聪明的活法。

“心声”写道：看来李锦是耿直无媚、心地善良的人，掌握那么多京城黑暗事情，为什么不站出来揭露央企的腐败与懒政，做当代的鲁迅。中国失一鲁迅，痛矣！

高伟写道：愿意读完李老师的文章，真的很感动！宁鸣而生，不默而死！自由的声音，权威的声音。“愈艰难，就愈要做。改革，是向来没有一帆风顺的”“必须敢于正视，这才可望敢想、敢说、敢做、敢当”，这是鲁迅先生的话，先生原来也是讲改革的。现在，你已经陷入鲁迅当年的困境了。

我之所以把这么多微信上的话摘下来，实在是因为觉得理解我的人太多，心怀感激，可从中见到社会情绪。有些话不一定准确，但却是真情实感。

《世界华人报》总编辑朱东海在其文章《国企舆论旗手是怎样炼成的》中评论道：

在中国国企改革舞台上，李锦的名字日益响亮。差不多每天都要在三五家媒体上发表看法，观点出来，常常影响股市的涨跌，甚至影响经济趋势。因此，去年首都经济学界开会研讨“李锦现象”。他生活极简朴，每天在电脑前 16 个小时，总是孤独地坚守着。我们读了，感到有种震撼，想起“民族魂”这样的字眼。鲁迅以笔代戈，战斗一生，被誉为“民族魂”，从李锦的孤独里，我们看到了这种忧国忧民、自强不息、顽强奋斗、与祖国同行，寻求历史进步的“民族魂”。

三、从“沂蒙精神”到“临沂模式”

就在北京漂泊的日子，我做出一个引起社会关注的举动。

2015 年 7 月，我决意在九间棚扎根，在山顶买下 6 间石头垒的民居。将自己的全部藏书一百二十余箱，一万五千余册运到到九间棚。这些藏书，是我从 1965 年以来购买的，陪伴半生，走遍全国，包括我撰写的 20 多部著作和几百本手稿，其中有原全国人大副委员长姜春云写的书名“蹲点”。我把一生珍爱藏于此地。

爱人李海萍是山东省社科联副主席，2004 年沂蒙精神研究会成立时当选为副会长，也来沂蒙山区多次。2015 年 4 月 2 日，妻子从济南开着车，带着锅碗瓢盆、油盐酱醋、铺盖衣褥，攀上高高的山顶，在九间棚家中开火做饭，也意味着我的书院开始正式面向大众。

1971 年，我第一次踏上这片土地。那时济南军区工程兵的劈山开路先锋连驻扎在现在费县大田乡的韩家庄，在挂心橛山峰下面，我在那里住了整整 3 个月。那里的封闭与落后，让我长时间陷入惊讶与伤感并存的复杂况味中。而信奉“民本主义”的我，从那时起，已经对这块贫瘠的土地产生了深刻的同情。

1980 年，我在平邑采访时路过九间棚山脚下。1989 年 8 月开始，带着背包住到四面都是悬崖峭壁的九间棚村，一住就是 52 天。后来，九间棚成为了中央第三代领导集体形成之后在全国影响最大的典型。习近平总书记就弘扬沂蒙精神发表重要论述，将沂蒙精神上升到全党精神的层面，深刻揭示了沂蒙精神的重要定位、历史作用、核心特质和实践要求。2018 年 5 月，现任市委书记王玉君到九间棚村调研，说要象爱护眼睛一样爱护“九间棚精神”。

曾任临沂市委书记的李群说，“临沂模式”是“沂蒙精神”之花结出的物质文明成果。“沂蒙红嫂”“沂蒙六姐妹”等一大批英雄群体都是“沂蒙精神”的承载者。先提出“九间棚精神”，后提出“沂蒙精神”，新华社李锦是“沂蒙精神”总结、提出与传播的奠基者之一。

从 1991 年起，我协助山东省社科联、临沂市委办好首届沂蒙精神研讨会，连续五届，我都写出长篇论文，为沂蒙精神鼓与呼。

其间，我还总结鲁光精神，在临沂召开研讨会，请韩曰明、周仲高、冯增田等学者一起研讨。

2010 年，我又去了临沂 58 天，帮助临沂办了一件大事。2010 年 3 月底，临沂市委提出举行临沂跨越式发展高层论坛。请谁来策划并担纲这样一个大型的高层论坛？市委领导专程去听取山东省宣传部部长李群的意见。李群反问他们，在山东谁的调研水平高？市委党校常务副校长王举生从新华社山东分社、社会科学院、《大众日报》、省委党校再到山东大学想了一遍，最后说，想来想去，水平高的还数新华社老李。“九间棚精神”“沂蒙精神”都是他总结传播出来的，影响很大。重要的是他这么多年来为临沂付出很多，对临沂有感情。李群便说，不请他请谁？

确实，这一阶段我一直没有离开临沂。1997 年，我在西藏工作期间休假，与包心鉴等人来到沂蒙山区，撰写的临沂市整体脱贫调查为《人民日报》采用，并被评为中宣部“五个一”工程奖。临沂市委对这次调研非常重视，由市委副书记张务锋主持，37 个部门分别写出工作报告，为我提供基础材料。我走遍临沂各个区县，与县委书记、县长们谈天说地，充实自己的调查内容。由于熟人太多，每到一地，便有酒席相待，老友候之。

从 2012 年 4 月至 12 月，我先后 6 次来到临沂，前后住了 58 天，走访了 4 区 9 县。在此基础上，提出“临沂模式”这一概念。“临沂模式”的具体内涵有哪些？我总结为：政府有为、民营主力、大市场启动、大城市拉动、产业带动、文化启动 6 点。

从 5 月 30 至 6 月 4 日，我闭门写作，一气呵成。王举生马上打印出来呈送连承敏、张少军、张务锋、李峰等常委，他们都予以充分肯定。张务锋书记把课题报告签发给临沂市委市政府办公室、研究室、报社与党校等十多个单位，认为这是一次高水平的总结与提升。

11 月 15 日，中央党校理论网在头条位置刊发这篇调查报告，全文 17000 字。“编者按”称“这是一篇充满科学发展智慧的调研报告，又是一项理论与实际结合的社会科学成果，值得一读。”发表当日，即为人民网、中国共产党新闻网、新华网、中国新闻网、中国广播网、中国经济网、《求是》理论网等 36 家网站转发，中国主流网站全文转播这篇长达 17000 字的调查报告，是网络报道中不多见的，也促使“临沂模式”在全国得到迅速传播。

2010 年 12 月 4 日至 5 日，全国革命老区跨越式发展会议在临沂江泉大酒店举行。我是会议策划者和课题主持者，算是半主半客，每到一处便介绍临沂的成绩，像自家事一般熟悉。主陪是市委常委尹长友，他说你比临沂人还熟悉临沂，硬是把我朝前推。

2015 年，鲁南制药集团副总经理谢宇找到了我。他是临沂的兰陵人，本来不认识。因为他们集团董事长赵志全突然去世，想找人写稿子。到了济南，一定要找一个“高人”。打听许久，找到了我。

2014 年 11 月 14 日深夜，与癌症斗争了 12 年的鲁南制药集团股份有限公司董事长、党委书记赵志全在批阅完最后一份关于企业改革与发展的文件，倒在了自己的办公桌前。他把一个濒临倒闭的校办工厂发展成净资产近 100 亿元的大型制药集团。用 57 岁的生命，回答“什么是企业家精神，如何在改革中永葆共产党员本色”，树立起民营企业家时代楷模的光辉形象。

我与鲁南制药集团的领导一个一个谈过去，终于找到一个让自己激动起来的兴奋点：企业改革的最高境界是把权力交给别人。赵志全去世前办公桌上摆一份企业高管人员任命名单，里面没有一个是他的亲属。他将自己一手打造的净资产超过 60 亿的企业经营权，交给了科研带头人张贵民，没有把权力留给自己的妻子与女儿，甚至公司中层以上管理层没有一位是他的亲属，实现民营企业传承时罕见的无私交接，臻于公司治理的最高境界。在公司开了十几年车的堂弟也没能转成正式职工。

他用自己一举一动回答“改革为了谁，发展为了谁”的问题。在9天调研后，落下笔：“新时代的楷模”，记沂蒙老区民营企业家——赵志全。当我写出稿件，临沂市委书记张少军与副书记李峰来看我。我说，这是沂蒙精神在企业的代表。他们说，只要您定下的，我们市委全力支持。后来，经过一级一级推荐，赵志全被中央宣传部授予“时代楷模”称号，成为沂蒙精神的最新代表。

四、李锦书院的设立

吾实山中人，心早归山中。如果说生我的是父母，那么接纳我成长的便是临沂的群众。尽管身居异地，我念念不忘的还是临沂。清明时节，万树绽放，像进了雪海。崮上的九间棚村地势高，看得远，也是著名的旅游之所。我写了一篇《龙顶山书院记》，开头是这样形容的：

“沂蒙崮秀，名冠天下。进大峪沟，仰视云上绝壁，九间棚村，坐落龙顶山崮上，四面悬崖峭壁。村民刘嘉坤率众劈山开路，坡陡涧深，回肠九转，其境胜绝。上岭方知平畴万亩，森森连岭。”

关于九间棚村，我写过很多，也谈过很多，但有一个细节一直深埋在心里，感怀不已，念念不忘。我第一次来九间棚村采访时，带了20多本书和一个剪报本。因为吃地瓜消化不良，我病倒了，身体虚脱，躺在床上。村里的老党员刘德香来看我，看到桌上的一堆书，对他说：“你走人吧，俺山里穷，买不起书。”我说自己是新华社的，老人说：“知道，是卖书的。”村里人不知道新华社是干什么的，还以为我是新华书店卖书在此落难的人。我忙说：“大爷，村里人嫌弃俺啦？”刘德香说：“哪里的话？俺心疼你呀。”老人带来大葱、煎饼、花生，走时抹了眼泪。

“俺山里穷，买不起书”，九间棚老乡这句话，深深刺激了我。我下山不久，就联系了北京大学，帮助村里的乡亲去读书学习。党支部书记刘嘉坤在导师厉以宁的帮助下拿到了北京大学“贫困山区脱贫致富之路探析”研究课题。掌握了知识的刘嘉坤带领九间棚乡亲在农村合作社、金银花产业、科技园、乡村旅游业和社区建设的发展上，做出了突出的成绩。

28 年来，我到九间棚村有 100 多次，凡是和九间棚有关的任何新闻、事件，我总是在第一时间做出回应，先后写了 100 多篇报道，有的得到高层批示。

“我此生不息追求，刚直前行，历经磨难，几度沉浮，数感世情浇漓，然乡亲以优容抚我，龙顶山以灵胜待我，安宁最是读书处，是天与我时，地与我所。”这是《龙顶山书院记》中的一段话，也是我的真心话。我数感世情浇漓，然乡亲以优容抚我，这是根本。我记得，自己离任社长后第一次去的地方是临沂。

2007 年，我一个人到临沂去，只告诉了宣传部的一位朋友，此外谁也没通知。没想到第三天临走时，我接到电话，被告知李群书记已经安排好宴席，就等着我过去。那是一个并不起眼的饭店，既不是官方习惯接待客人的陶然居，也不是颐正园。

我赶到时，纪委书记杜德昌、宣传部长丁凤云、党校常务副校长王举升、临沂大学校长韩云明、政法委书记李洪海等老友已等候多时。连承敏市长与张少军副书记从另一个酒席上赶来，市委常委、费县县委书记尹长友则专程从费县赶来。

我觉得过意不去，自己已是一介平民，无权无势，不能有这么大的场面。尹长友站起来敬酒，说：“不管到哪一天，不管遇到什么情况，也不管在不在位，李社长到临沂来都是临沂人民最珍贵的客人，是我们最好的朋友。我们这些人永远都把您当作好领导、好大哥、好朋友。”他说得真挚而动情，我不禁伸出袖子擦泪。那一顿饭，聚集了临沂市6个常委9个市级干部。临沂市一位领导说，从建国起就没有新华社领导在临沂受到过这种待遇，更谈不上是一名记者了。而我此时已经不是领导了，仅仅是一名尚未退休的老记者。世道浇漓，人情淡薄，我什么都体会到了，而临沂人的真情，让我一直感怀不已。

苏轼《定风波》写道：“万里归来颜愈少，微笑，笑时犹带岭梅香。试问岭南应不好，却道：此心安处是吾乡。”我也是“此心安处是吾乡”了。

每天，书院前人头攒动，成为九间棚的一大景点。门口是原山东省委副书记高昌礼写的“李锦书院”，很多人驻足在我写的长赋《龙顶山书院记》牌匾前，或拍照留念，或抄写文章。这些话，实是一篇带人生阅历的“读书铭”：

“深山独拥万卷书，闲日静与圣贤对。开门不见人世恶迹，翻书尽是世间哲语。”

“避世方能入书，入书始能致远，致远利于反思，反思终能升华。”

“世人多是书山出，少见晚来归书海。”

“少小离家已近半世，学无所成，业无所就，望七之年，不胜惭赧。今获此等读书之境，又何以求焉？一求读书养德，君子归仁；二求读书养智，百识变通；三求读书养礼，行止有矩；四求读书养功，慧济天下。”

“何以惠济天下？一曰社会趋势发现力，二曰国家难题破解力，三曰社会进步引领力，乃文人价值之至。”

由于是繁体字，小学生让大人念着听，一人领读众人随。村民陈凡莉背上全文，又让儿子背诵。临沂市水利设计院总工程师潘正松路过时说，“李锦真是接地气的大文人，他就是当今的赵树理、柳青”。

因为这件事情，2016 年 7 月 28 日，在内蒙古包头举办的第 25 届全国图书交易博览会上，全国“十大读书人物”评比中，我被授予“十大读书人物”称号，并上台领奖。《中华读书报》报道说，李锦的入选，是一个传奇。28 年前，新华社记者李锦带着一旅行包的书住进沂蒙山九间棚村 52 天，他边读书，边调研。写出长篇调查，得到中央领导批示。至此，九间棚精神作为沂蒙精神宣传的先声在全国传扬开来。他在这里由采访型记者转变为学者型记者，最终成为影响较大的国企理论专家。一次蹲点读书改变了人生轨迹，一个书生改变一个村庄的命运。

我常站在《龙顶山书院记》牌匾前，面对龙顶山想着“上得天光，下接底气，入则读书悟道，出则引领乾坤，进退自如，随心所欲，相伴日月，终老于斯”。从 2015 年后，我时常在北京，时常在沂蒙山，时常在全国跑来跑去。期间，很少回到济南。

“入则读书悟道，出则引领乾坤”，是我在改革开放 40 年之际的人生状态。在 2018 年，我先是山东，后是东北，再是深圳，半年间连续三次调研活动。中国的南北与中间，这三个点，可以看见中国经济发展的一个缩影。

先是济南。这是朋友崔里宁请我的，因为山东省转换动能，要约一篇文章，写山东国企。人家一而再，再而三，说了许多好话，也推辞不掉。我一口气写了 22000 字。我一开始便发问：山东新旧动能转换最缺的是什么？山东最重要的不是产业层级转换，而是思想意识转换，从省委、市县乃至全民都要解放思想。后来，山东省发改委在济南的山东会堂开会，我与范恒山、金碚、汪同三等被邀为山东会诊。

夏天到了东北。唱衰东北的声音，还是一如既往地强大。关于东北经济的振兴，我非常明确地提出反对用计划经济的思路解决东北问题，提出东北老工业基地振兴在于国企，国企振兴在于改革，要把思想统一到总书记提出的治本之策口径上来，防止重新跌入计划经济的各种陷阱，怕的是东北的领导“生在宝山不识宝”。我希望黑龙江的领导、东北的领导，还有国家有关部门的领导，到中国一重来看一看，看看刘明忠是怎么做的。总书记交给的任务，央企是怎么完成的？刘明忠和中国一重的领导是怎样创造一个新体制、新机制的？大家去看一看，想一想。我的方法，照样是在我的微信公众号上发表这篇10000字的调查，之后《现代国企研究》转载。

秋天到了深圳。40年过去了，面对军工企业市场化大潮中能否搞活做强、参与全球竞争的历史考验，中国航空工业在深圳以自己的成功实践回答了“能不能”“怎样能”两大问题，探索计划经济下的“国家队”变为市场经济“国家队”的转型规律。我在这里发现航空工业能够培育出6家境内外上市公司，以资本运作为手段，推动科技创新升级，是航空工业在深圳创造的最有特色的经验。

每个季度一个课题。东北怎样振兴，山东怎样转型，深圳怎样走向世界一流，我总是申明，我写的不是一个企业，我写的是这个时代，写的是中国道路怎样去走。

历史上真有学问者，常上谏无门，奏本无道，乃牢骚满腹。而今我不嗜酒不漫游，凝心聚力，识势著文，提练观点以引领天下，不靠体制，不靠关系，只靠互联网。射阳文人张峰赞我“一把忧国忧民泪，不负苍天不负君”，孔丹说我是“江湖人忧庙堂事”。我是草野犹唱主旋律，不怨庙堂冷漠时。人生几何，应时当歌，何以解忧，唯有慧济天下。

我们的青春早已离场，但是我们的生命没有离场，我们不仅是要回忆四十年风云激荡，历程艰难，更重要的是开始吟唱改革如此之新，等待新的开始。白居易写的“深山月黑风寒夜，欲近晓天啼一声”，是我的常态。雄鸡是独立的，威武的，在黑暗中发现曙光在何处来。站在岩上，雄鸡一唱天下白，阳气自然上升。当然雄鸡的缺点是张扬，甚至无所顾忌，因此常常是孤独的行者。然雄鸡能知时识时报时引时，天下侧耳，德高功高。此生当学雄鸡，当效雄鸡，当做雄鸡。

2018是中国改革开放的40周年，回望自己人生，体会其中的心路历程，发现自己许多思想和主张被党和国家确认和采纳，感到自己那些在黑暗里一个人企图发现思想、逆转国家命运的努力，并非无谓和徒劳。有一种思想价值存在，我亦安然。我觉得这个时代从不辜负人，它只是让我接受磨炼，为我创造机会，我总算坚持过来了，其间遇到妒嫉者的阻击、奸人的算计、恶人的迫害、掌权者的冷漠，并不比屈原、李太白、苏东坡、范仲淹与鲁迅们来得少，然而，我没有沉缅于酒与诗，或红烧肉，一天也没沉沦，一天也没有懈怠，开始在体制内，后来在体制边缘，再后来依托互联网横空出世，一直为国家而立心，为人民而效力，风风火火40年。我自己没有白到世上走一回。这时候，我可以说我无愧40年，无愧时代。

人是要有追求的，我的追求是“历史趋势的发现力，国家难题的破解力、社会进步的引领力”，倘一息生存，我将努力下去。

附录　李锦调研年表

1968年11月，到江苏省射阳县兴桥公社诚民大队插队。

1970年12月参军，到济南军区工程兵舟桥团技术连当饲养员。

1971年，当饲养员期间写评论34篇，因《路线斗争一刻也不能放松》被《前卫报》刊用，4月被调到团报道组，此后便一直从事新闻工作。翌年，被调入济南军区工程兵宣传处。

1972年5月至8月，住在沂蒙山区费县韩家庄调查采访长达三个月，在《解放军画报》发表《劈山开路先锋连》专题。

1976年10月，调入新华社山东分社任记者。采访山东荣成、莱西、安丘、昌邑、昌乐、青州、肥城、平阴等地农业学大寨情况。

1978年11月，党的十一届三中全会召开前后，在莒县、莒南、费县、掖县、临朐等地采访农村生产责任制和农村集市情况，多次实现国内"第一次"报道。

1979年，全年调查农业生产责任制与政策落实情况。在章丘采摄的《棉花姑娘的喜悦》为《人民日报》头版头条采用，被评为新华社一等图片好稿。

1980年，到菏泽、聊城、德州、惠民等鲁西北地区20多个县调查与采访，最早发现并报道"万元户"等现象。因宣传"杨成海承包”，受到责问与调查。

1981 年，继续在鲁西北采访一年，驻基层调研达 315 天。报道的《鲁西北棉花大丰收》为《人民日报》头版头条采用；《棉花县长散传单》、《冒尖户王本跃与他的书记朋友》等形成广泛的社会反响。茌平县杨庄大队农民写出《庄户人家好记者》的表扬信。

1981 年 12 月，高唐、茌平、齐河、平原、陵县、宁津等县相继写信给党中央与新华社，赞扬李锦深入群众调查研究的事迹。

1981 年 12 月底，新华社召开摄影工作会，介绍了李锦深入农民中调查研究的事迹，引起强烈反响。社长穆青在会议上说：“李锦同志做出了很突出的成绩，为新华社争了光，立了功。群众认为他是党的好记者、农民的好朋友，这是群众给他封的。深入生活，这条路子一定要坚持，不能动摇。”

1982 年 1 月，在陵县调查期间采写通讯《新春佳节夸支部》，为《人民日报》显著位置采用，被评为新华社社级好稿。

1982 年 1 月 7 日，党中央主席胡耀邦在《中直内部情况》看到高唐县委干部田乃仁写的“千里单骑采访，留下一路新风”的材料，批示给中宣部与新华社：“请考察核实后，看是不是能公开表彰和在你们这一行中作为先进工作者典型介绍。”

1982 年 4 月 3 日，新华通讯社党组发出《关于表彰和学习李锦同志的决定》。决定指出：“李锦同志坚持无产阶级新闻路线，一切从实际出发，深入鲁西北农村的‘泥屋土炕’，细心体察群众的思想感情，同基层干部和农民广交朋友，事迹生动感人。”

1982 年 4 月，山东省委宣传部发出开展表彰和学习李锦的活动。中共中央直属机关党委转发新华社党组的文件与介绍李锦先进事迹的长篇通讯，要求在中直机关开展学习李锦的活动。发表《旗帜鲜明地表彰先进 树立新时期的学习榜样》的评论。

1982 年 3 月至 10 月，山东省广播电视局、《大众日报》、《济南日报》、《青岛日报》、《烟台日报》、《枣庄日报》等报刊发出文件，开展学习李锦活动。

1982年5月，陵县县委发出通知，刊登通讯，开展学习李锦转变作风、深入调查研究的活动。

1982年5月11日至5月20日，新华社举办学习李锦的学习班，把分社记者从全国各地集中到北京学习、座谈。

1982年12月，在骑自行车调研过程中采写了调查《白集农民走进流通渠道贩卖羊肉》，胡耀邦、万里、胡启立等领导批示。

1982年12月31日，受到邓小平接见。邓小平听取汇报调查研究情况时称赞李锦“你有发言权”。

1984年10月，被评为中国首届优秀新闻工作者，作“到农民群众中去，深入反映时代变革”的经验介绍，并当选为全国记协理事。截至此时，稿件为《人民日报》采用99篇，当时是全国被《人民日报》采用量居第一位的新闻记者。

1987年4月，参加新华社大别山小分队。组照《贫穷落后，令人不安》为《人民日报》采用。《过程论与记者新思维》一文被评为新华社新闻论文奖。《卖茧难》被评为全国好新闻奖。

1989年，住到沂蒙山区平邑县天宝乡九间棚村调查52天，提出“九间棚精神”，后发展为“沂蒙精神”。九间棚成为了中央第三代领导集体形成之后在全国树立的第一个大典型。

1990年3月，发表长篇调查报告《九个党员，九根擎天柱》，宋平写信给山东省委书记姜春云，表扬九间棚的党员与干部。姜春云认为李锦“在关键时刻做出了特殊贡献”。

1991年，临沂地委发出决定，在全地区开展学习李锦深入群众调查研究作风的活动。

1992年，在青岛双星集团调查42天，写出《开拓市场经济的双星之路》（4篇）调查报告，得到万里、杨尚昆、俞正声等领导人肯定。调查被评为山东省社会科学优秀成果一等奖。

1993 年，随同朱镕基、乔石、万里等下乡调研，所写消息均为《人民日报》刊发。

1994 年 4 月至 8 月，到山东省博兴县兴福镇调查 48 天，写出反映民营经济的“兴福现象”调查，得到山东省委书记姜春云批示。同年底组织“兴福现象”研讨会，作主题发言。

1994 年 9 月 11 日，随同胡锦涛同志考察期间向其汇报“九间棚与沂蒙精神”调查研究情况，胡锦涛勉励“深入群众调查研究这条路一定要坚持下去”。

1995 年，到胜利油田大明集团调查 58 天，提出“资本经营”理论，写出资本经营调查一组，为 24 家报纸头版头条采用，受到吴邦国、姜春云等领导的批示与肯定。

1996 年 1 月至 5 月，与杨凤山、董学清组织社会主义精神文明建设调研组，发表 13 篇内部调查。新华社总编室对这次调查发出通报表扬。

1996 年 6 月，到新华社西藏分社担任副社长，主持业务工作。

1996 年 11 月，写出甲日乡反分裂问题调查，胡锦涛、陈奎元、热地、郭金龙、张全景等为此调研报告作了批示。

1997 年，住到拉萨啤酒厂调研，发表《拉萨啤酒厂转变增长方式调查》。

1997 年，与包心鉴、宋振远等人撰写的临沂市整体脱贫调查为《人民日报》采用，并被评为中宣部“五个一”工程奖。

1998 年，到西藏克西乡调查，写出治藏方略调查一组，得到江泽民、胡锦涛、罗干等肯定，并得到陈奎元、郭金龙、向巴平措、胡春华等好评。

1998 年 7 月至 12 月，主持揭批美国议员沃尔夫的报道，中央外宣办表扬“西藏经验”。

1998 年 11 月，到俄罗斯调研采访，写出“药比病还坏”等文章。

1999 年，参加藏北雪灾报道，发出多篇内参，调查为江泽民、李鹏、姜春云、李贵鲜等领导批示。

1999 年 2 月，新华社发出社长嘉奖令，通报表扬西藏分社在李锦带领下赶赴灾区、顽强拼搏，完成报道任务的事迹。

2000 年 6 月，回到济南，担任新华社山东分社党组副书记、副社长。

2001 年 5 月，就兖州矿务局生产与运输的困难写出调查，得到朱镕基总理批示，帮助兖州矿务局解决铁路运输的困难。

2002 年 5 月，出版《马克思主义的新发现》一书，提出马克思三阶段论与新阶层入党论，引起理论界关注。

2002 年 7 月，写出兴福镇农村新阶层入党调查，得到胡锦涛、曾庆红、吴官正批示。中央派工作组到李锦去过的 38 个村庄一一核实。

2002 年 8 月，新华社总编室发出通报，表扬李锦深入调查、勇于探索的精神。

2003 年，到临沂罗庄区花埠圈调查，写出调查报告 4 篇，得到回良玉、张高丽批示。

2005 年，写出《山东农村合作经济调查》一组 4 篇，宣传莒南供销社经验，得到温家宝、回良玉、白立忱、张高丽重视与批示。莒县农村调查为回良玉批示，博兴国税调查为吴官正批示。

2005 年 3 月，写出东营和谐社会 4 篇调查，得到张高丽、王乐泉批示。

2008 年，帮助中新社办内参，所写 38 篇调查得到温家宝、李源潮、回良玉、刘延东、孟建柱、马凯、王胜俊、李建国、孙政才和姜异康等领导批示。其中包括莱州三德建设经验、李沧区网上执政能力调查、武城县监督“一把手”调查、沂水生态养猪经验、青岛法院救助受害人制度、泰安打击黑社会经验、齐鲁文化进北京等调查报告。

2008 年 12 月，黄河出版社出版《资本经营理论的提出》与《过年》两本书，都是根据调研日记与新闻照片整理而成的调研实录。

2009 年 3 月，就金融风险万言上书温家宝总理，得到温家宝、李克强、王岐山等领导批示。温家宝总理批示明确要求财政部、发改委、银行、银监会研究。

2008 年至 2010 年，先后 21 次到新泰市就平安协会调查，参与中国政治学会的调查与研讨组织，调查为《人民日报》、《求是》等采用。同年，当选为山东省政治学会副会长。

2010 年 4 月至 12 月，到山东临沂调查 58 天，提出“临沂模式”。

2010 年 5 月，到杭州汽轮机厂调查，提出“大脑国家理论”，调查为张德江副总理批示，这一年在基层调研时间达到 305 天。

2011 年 1 月，到《中国企业报》任顾问，任中国企业研究院执行院长兼首席研究员。

2011 年 6 月 14 日至 7 月 15 日，组织国企报道战役，发表 54 万字，报道得到张德江、刘云山、张高丽、王忠禹等领导批示，得到国资委主任王勇的表扬。

2011 年 6 月，组织的中铁建债务调查为张德江、王忠禹、王勇、盛光祖、肖亚庆等批示，国务院调查组进驻铁道部调查，帮助企业解决问题。

2011 年 6 月 30 日，任《中国企业报》总编辑。

2012 年 1 月，对实体经济进行调查研究，组织“银行暴利论”的讨论，9 月出版《中国实体经济 99 评》。

2012 年 5 月 22 日，投入中国建材的混合所有制的研究，发表六篇央企市营评论员文章，推动混合所有制研讨活动。

2012 年 9 月，对世界 500 强和中国 500 强进行研究，写出 500 强分析报告，提出“大企业时代论”。

2012 年 11 月，对国有企业发展道路进行研究，主编《十八大报告国有企业学习读本》。

2013 年 5 月，对国有企业功能进行研究，提出国企改革必须从分类开始的重要观点。

2013 年 12 月，根据国有企业分层分类和国企红利提高上缴比例等问题的调查，出版《国有企业改革的方向与焦点》一书。

2013 年至 2014 年，到神华集团、中国建设集团、华能集团、长安汽车、中粮集团、保利集团等中央企业调研并参与理论研讨活动。

2016 年 3 月，到广州立白集团调研，写出《供给侧背景下企业创新发展道路——广州立白集团以新供给引领中国洗涤市场考察报告》。

2016 年 12 月，到中冶集团调研并写出调研报告《重铸国家实力——中冶集团深化改革扭亏转型纪实》。

2017 年 7 月到中冶集团调研 7 个月，写出纪实报告《中国力量》，全景记录了央企中冶集团推进供给侧结构性改革的具体情况和成功经验。